CLASSIC

當代大師
文學經典

紀念

爲艾列克斯皇太子醫治疾病，

因反對一九一四年戰爭的爆發而被殺害、身敗名裂的

格里高利・葉菲莫維奇・拉斯普廷(Grigori Iefimovitch Raspoutine)長老

左手的記憶

Le Roi des Aulnes

米歇爾・圖尼埃

MICHEL TOURNIER

許鈞◎譯

『在法國當代文壇，米歇爾·圖尼埃可說是新寓言派的著名代表人物。其作品既現實又充滿想像，不僅深含哲思及濃厚的辯證色彩，更予人一股魔力般的閱讀震撼！』

——【法國文學雜誌】

『這部以二次世界大戰為背景的小說，透過作者犀利的筆調、大量運用的象徵手法，以及對戰爭、對人性的入微刻劃，為我們提供了一個省思的空間。』

——【法國快報】

『雖以戰爭為背景，但全然不見血腥槍戰的場面，而是一些幾乎與戰爭不相干、僅有微薄關連的人與事……我們甚至可以說，作者想反應的其實是一個更大的議題，是一個超乎戰事、時代背景而關照人性最底層原貌的探討。』

——【北方之聲報】

『圖尼埃是法國當代最重要的作家之一。他一反哲學小說的框臼，將哲學與小說做了最完美的結合。』

——【回聲報】

『沒有任何煽動的文字，卻令人嘗受到真真實實的震撼力！』

——【解放報】

『充滿寓言與意象；以檉木王之形象，完整體現出生命的矇昧與無奈。』

——【書籍雜誌】

『圖尼埃的小說帶引我們進入一個私密、滿佈著驚人奇想，甚至還帶著詩意的境地裡……不管是在述說一種殘暴或瘋狂或陰暗的個性，也都不見他的情緒溢於文字，只有一段段寓言式的描述。』

——【比利時夜晚雜誌】

『雖以二次大戰為背景，圖尼埃的故事卻鮮少圍繞在戰爭的議題上，而以一種不急不徐、不喜不悲的筆調呈現在那大時代底下的人性。』

——【十字會雜誌】

『作者全然迴避正面去描寫納粹的殘忍，而藉由一段段寓言式的描寫，徹底坦露出納粹毫無人性、迫害生命行徑。』

——【新觀察家週刊】

CONTENTS

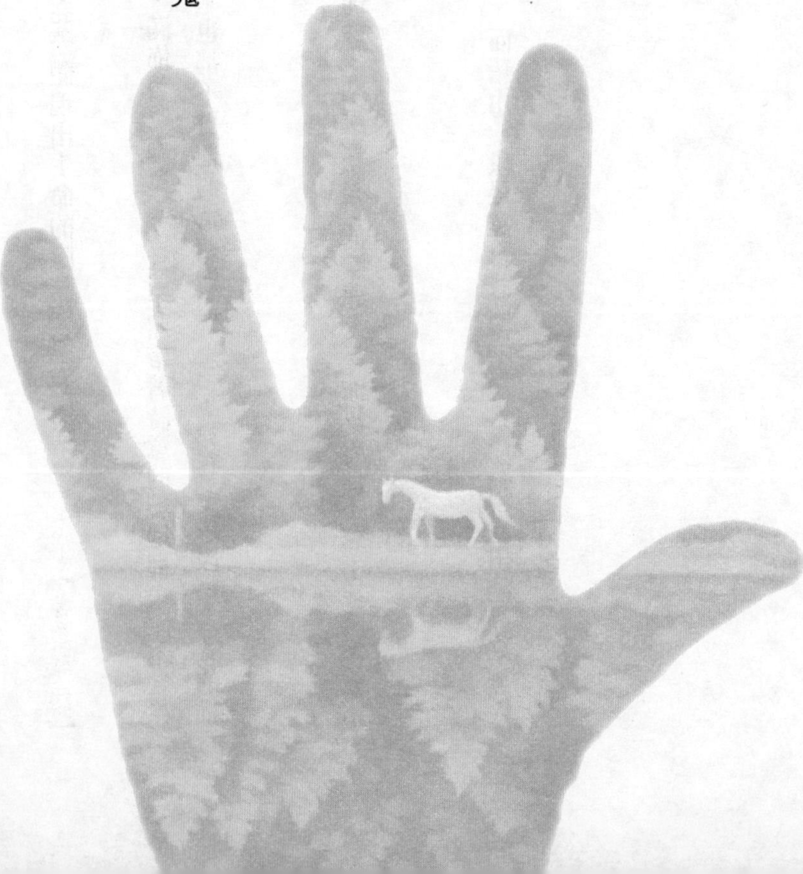

譯者序

許鈞

米歇爾．圖尼埃，喜愛外國文學的讀者也許對他並不陌生。《世界文學》曾經對他做過專門的介紹，法國文學專家柳鳴九先生譯過他的兩篇著名的哲理小說：《皮埃羅或夜的祕密》和《阿芒迪娜或兩個花園》。翻譯家王道乾先生譯過他的代表作《禮拜五》。我們這裡譯介的《左手的記憶》發表於一九七〇年，小說選擇的是世界文壇反覆詮釋和觀照過的二戰題材，作者以犀利的筆觸，富於象徵的手法，在作品中融入了自己對世界，對戰爭，對人性的深刻思考，小說一問世，便激起了廣大讀者的強烈共鳴，榮膺了當年的龔古爾文學獎。

在基本結構上，這部作品運用的是傳統的手法，以時間為線索，講述的是一個名叫阿貝爾．迪弗熱的法國人在整個二戰期間的經歷，時間跨度從一九三八年初，也就是德國法西斯開始進犯與吞併奧地利，燃起世界大戰戰火之時，寫到一九四五年三月蘇聯軍隊攻入德國本土，法西斯德國面臨全線崩潰和末日來臨之際，涵括了整個二戰時期。全書分六章描述了迪弗熱在整個二戰八年當中的經歷與感受。在德軍侵入法國之前，他在家鄉經營自己汽車修理庫。英法對德宣戰以後，他被征召進法國軍隊，當了一名信鴿通訊兵。很快，他就被德軍俘虜，關進了奧斯維辛集中營。在集中營中，由於幹活賣力，被安排當汽車司機，運送什物。接著，又被調配到位於法西斯德國首腦巢穴附近的『羅明騰自然保護區』帝國犬獵隊，直接為德軍元帥格林等納粹元兇的狩獵活動服務。在這之後，又被調到位於『卡爾騰堡』的一個納粹政訓學校服務。這時，第二次世界大戰已近尾聲。當蘇聯軍隊攻入德國本土，法西斯帝國全線崩潰之時，迪弗熱帶著一名被遺棄的兒童加入了逃亡的德國人隊伍。後來爲了躲避俄軍坦克，他終於陷入了一處沒頂的沼澤，在戰爭即將結束的同時，結束了自己的人生。

就總體而言，《左手的記憶》的脈絡結構是十分清晰的，整部作品按主人公的經歷分爲六章，但在每一章都是由許多瑣細零碎、互不關連的生活畫面和感受組成，沒有完整的、連貫的情節，看不出人物性格的發展過程。作品雖然明確地以二戰爲背景，有關二戰的時間、地點與重大事件，如德國吞併奥地利、法國的大潰退與投降、俄軍的史達林格勒大會戰、俄軍攻入德國本土與法西斯德國的全線崩潰等，在作品中都有明確的交代，但作品完全避開了正面描述戰爭雙方的交鋒，可以說，在長達三十萬字的作品中，雖然處處充滿著恐怖、處處可聞到血腥，但是卻看不到正面交鋒的一槍一彈。充斥著作品篇幅的，作者不惜筆墨大加渲染的，是許許多多瑣細的，似乎與戰爭無關的事物；作品中的人物，雖然都有明確的身分，但是，卻又都表現得像戰爭的局外人。主人公迪弗熱先是法軍的士兵，後來又成爲德軍的俘虜，但在作品中卻看不出他對戰爭的態度。在被征召進法國軍隊之前，他滿腦子想的都是與戰爭絲毫無關的；在被征召進法國軍隊當了信鴿通訊兵後，他的興奮點也只是在鴿子本身；在當了德軍俘虜並被要求爲德軍服務的時候，他毫無怨言，而且所關注的也還是服務內容的本身，如挖溝、開汽車、趕馬車、陪同打獵等等。作品中花費筆墨描述相對較多的德軍元帥格林，應當是這場戰爭的一個最直接的當事人，然而在這部作品裡也似乎超然於戰爭之外，人們看到的，只是他如何獵鹿，如何養獅子，如何大嚼野豬肉等等。作者在這部顯然是以戰爭爲題材的作品中，刻意地『猶抱琵琶半遮面』，是獨具匠心的。

圖尼埃是法國當代著名的新寓言派文學的代表人物，與法國及歐洲當代一些著名文學流派的作家一樣，其作品富含深邃的哲理，具有強烈的思辨色彩。雖然他不認爲自己具有某種統一的、基本的哲學傾向，一再申明主導自己『每一篇作品的哲理核心都不同，每一篇作品都是重新開始，都有自己的新起點，新的哲理核心』❶，但我們還是能夠從他的人生經歷和整個作品體系中把握到其主要的思想傾向與思想脈絡。圖尼埃出身於一個日耳曼化的家庭，父母都是通曉德國語言文學的知識分子，他本人從小就受到德語教育與德國文化藝術的薰陶，大學畢業後，還專門去研讀過德國哲學、研讀康德的本體論。可以想見，以康德的本體論爲代表的德國哲學在圖尼埃的思想上打下了深深的烙印。從作者爲數不多的已經發表的有影響的作品中，不難看到康德、胡塞爾、海德格爾等德國哲學家有關本體論、現象學等哲學思想的閃光。這些哲學思想都有一個共同的傾向，就是重現象，重超感覺、超理性的直覺，認爲世界的本質是永恆的、難以捉摸的，只有藉助自己的直覺、感覺，藉助於各種現象去推測、感知。在《榿木王》裡，我們可以看到作者同樣是以這種哲學思想來建構、統帥這部作品的，作者也許覺得這種人的直覺更能客觀地接近時代的本質。作品集中描寫迪弗熱在戰爭期間的各種直覺、感覺與感受，把這一切稱之爲『徵兆』。作品反覆強調：『一切都表現在徵兆當中』；『對徵兆的釋讀，一直是我一生中的大事』；『一切都是徵兆。但是，得有一道耀眼的閃光或一聲震耳的吶喊，才能打開我們近視的眼睛，或震擊我們發聾的耳朵』。由此可見，這裡所說的『徵兆』，實際上就是現實生活中那無窮無盡的、變幻莫測的、瑣細零碎的、常常不能引起我們注意的現象。作者認爲只有從這些『徵兆』中才能解讀出世界與人生的本質。

如何將這些徵兆組合起來，形成時代的畫面，並且引發讀者去思索它們所包含的意義呢？作者運用了寓言這種象徵的藝術手法。作品將主人公在戰爭期間所感覺到的各種徵兆，包括人、動物、事件、場景等等，都刻意處理成一則則寓言的形式，以時間爲線索貫串組合起來，整部作品是一篇寓言，每一章都是一篇寓言，每一章裡又包含著無數則寓言，在整部作品中，讀者可以感

註❶：參見《巴黎名士印象記》，柳鳴九著，社會科學文獻出版社，一九九七年版第二一三～二一四頁。

到作者刻意爲之的象徵性的寓言俯拾皆是，正如作品中人物所表達的：『這裡發生的一切都是徵兆，都是寓言。』作品正是企圖通過這些徵兆和寓言，來表現其多重的、多層次的主題與哲理。在《左手的記憶》這部作品中，作者這種獨特的藝術追求取得了很大的成功。作品所展示出的一則則寓言，對這個法西斯時代的邪惡本質和人生的命定與無奈進行了充分的揭示與渲染，給讀者帶來了深刻的思想啓迪和強烈的心靈震撼。

作品通過對一系列徵兆以寓言的手法進行描述，揭示出這是一個患了『惡性倒錯症』的時代。撒旦這個惡魔成爲世界的主宰，『在它那幫執政者、法官、高級教士、將軍和警察的輔助之下，展示出一面僞上帝面目的鏡子。在它的作用之下，右成了左，左成了右，善稱爲惡，惡稱爲善』。『對惡、痛苦和死亡的崇拜自然伴隨著對生命的刻骨仇恨。』作品中表現這種惡性倒錯的徵兆和寓言比比皆是。有的表現爲某一種場景，如『在每一個街角裡，在每一塊藍牌上，無不明明白白地顯示出對殺人犯的崇拜，一個個最爲傑出的軍人，亦即我們歷史上最爲殘暴的職業殺手的姓名，全都標在牌上，供人敬仰』。有的表現爲某一個人物的性格，如維克多是一個瘋子，但做事卻屢屢取得令人矚目的成功，『其成功正歸因於他的瘋狂』。『此人與秩序安寧的世界極不適應，可對戰亂，尤其是對潰敗卻應付自如』，『在戰爭的游渦之中，能像一條魚在混水中暢游』。有的表現爲主人公迪弗熱的一些令人難以理喻的感受，如他在被關進集中營後，『產生的自由感和無拘無束的感覺反倒越來越強烈』；令人毛骨悚然的奧斯維辛集中營在他眼中卻成了富饒美麗幸福的『加拿大』等等。總之，一切都表明這是一個受『錯位的規律』支配的時代。爲了適應這個錯位的時代，作品指出，『我們這個時代有著明顯的特徵，那就是從今以後，進步將逆向發展』。爲了寓示這種逆向發展，作品中出現了一系列徵兆，如帶有煤氣發動器的車和馬車比汽車更能受到人們的欣賞等等，尤其是出現了貫穿作品始終的迪弗熱『用左手寫的字』。一個偶然的事故，使他不得不用左手寫字，然而這卻使他從此能夠『用我右手肯定尋覓不到的詞語，寫下了新事物』。他在作品中的許多感受，都是用左手才能寫出來的。又是一個偶然的機會，一位五、六歲的小女孩無意中用左手與他握手，這卻啓示他今後必須用左手與七歲以下不懂事的孩子握手，因爲右手『每天都少不了要伸到殺人犯、神父、警察、當權者的手裡』，『受到了最令人厭惡的接觸的玷污』。作品主張通過逆向發展，用良性倒錯症『把惡性倒錯症已經顚倒的價値觀重新顚倒過來』。

這部作品沒有對法西斯的殘暴與殺戮進行任何正面的描述，但是，卻通過象徵的寓言表現手法，從不同的角度將法西斯吃人魔鬼的邪惡本質揭露得入木三分。

第三章寫的是迪弗熱在臭名昭著的奧斯維辛集中營的經歷。開始，這個血腥的殺人如麻的集中營在迪弗熱的眼中竟然是個寧靜的、帶有幾分田園風光的所在。挖溝渠的勞動、守林人的小屋、屋中燃著木塊的壁爐，接著，作者深含寓意地在這裡安排了一頭流落在山林中的、眼睛瞎了的駝鹿，花了不少筆墨寫迪弗熱如何與牠打交道。直到作品的最後，迪弗熱才通過一個小孩之口得知，這個被他視爲幸福之地『加拿大』的奧斯維辛木棚裡，堆滿著從被用煤氣毒死的囚犯身上拿下來的寶石、金塊、首飾、手錶等，『還有間小屋堆滿了頭髮，都是女人的頭髮』，『據說是用來爲在蘇聯的德國士兵製作毛氈鞋墊的』。迪弗熱以前對此全然不知，讀者此時會很自然地將他與那頭瞎了眼的駝鹿連在一起。作品以這頭瞎了眼的駝鹿來隱喻法西斯企圖蒙蔽天下，前後對比強烈，給讀者的感受是欲蓋彌彰，更加暴露了法西斯的邪惡本性。

第四章描寫迪弗熱在羅明騰自然保護區的經歷。這裡名爲自然保護區，卻是以德軍元帥格林爲隊長的帝國犬獵隊打獵的場所：這一章通篇寫的是以格林爲首的法西斯對羅明騰自然保護區各種動物的瘋狂殺戮，作品顯然是以此來隱喻法西斯的獸性。展示在讀者面前的是一幅幅血淋淋的圖畫：格林讓迪弗熱宰馬餵野豬，馬宰了以後，當場肢解，讓野豬來吃。接著，他又將野豬殺掉，餵他本人和他養的獅子，『他滿嘴塞得鼓鼓的，把野豬腿遞給了獅子，獅子跟著張牙猛咬。就這樣，那塊獵品在兩個魔鬼之間正常地來回移動，只見兩個魔鬼滿含深情地相互凝望著』。他們還對鹿群展開了大屠殺，『總共有十一隻公鹿和四隻不生育的母鹿躺在血泊中，冒著騰騰熱氣』。格林『高舉闊刃矛，跑到一隻隻雄鹿面前』，『他拉開那還顫抖著的龐大軀體的兩條大腿，把兩隻手一起伸進去，右手有力地拉鋸，左手摸索著被鋸開的陰囊，取出像鮮肉丸的睪丸，白裡透紅。』作品通過這些深含寓意的畫面將法西斯嗜血成性的兇殘邪惡本質暴露無遺。

第五章則又從一個新的角度來揭示法西斯的吃人本性。這裡描述的是迪弗熱在卡爾騰堡的納粹政訓學校的見聞。作品同樣運用象徵與寓言手法深刻揭露了法西斯對本國青年兒童的毒害和摧殘。爲了侵略戰爭的需要，納粹將這些從十二歲到十八歲的青少年從家中劫走，以法西斯思想毒化其心靈，再將他們驅趕到戰場上去充當劊子手與炮灰。作品象徵性地描述了一個又一個少年被自己手裡的火箭發射器與地雷燒掉了整個腦袋，炸得血肉橫飛。作品還提出，要『當心卡爾騰堡的吃人魔鬼！』，『如果有孩子的話，一定要始終想到吃人魔鬼』，『要是吃人魔鬼帶走了您的孩子，您就再也見不到他了』。這些，都飽含著對法西斯戰爭的控訴與譴責。

作品沒有滿足於人物形象的塑造，而是融入了作者對人類命運的關注與思考。在這個因法西斯肆虐而倒錯和充滿了邪惡的時代，人的命運又如何呢？作品通過主人公迪弗熱的人生對此進行了深刻的觀照與反思。作品以時空交錯的手法，全面展示了迪弗熱完整的人生。這是一個平庸的，從心理到生理都有不少缺陷的人物。他逆來順受，與世無爭，從中學時代起，便備嘗了同學的侮辱和惡行，『像個大傻瓜似地乖乖忍受著』，『認認眞眞咀嚼著』同學塞到他嘴中的鐵線藤草，『十分仔細地』用舌頭舔同學的傷口。成人以後，又一次次受到別人的誣陷迫害。當了俘虜以後，儘管有多次逃跑的機會卻都放棄了，賣力地幹著別人使喚他做的事。直至生命結束，未見他對這個社會有任何越軌和反抗的行爲。他又很善良，這充分表現在他對鴿子、瞎眼的駝鹿、馬等一系列他所接觸過的動物的悉心愛護上。在他生命的最後階段，還收養了一名流浪的兒童。總之，他確實是一個如他自己所說的『躲藏在大眾之中的無辜之人』。然而，對於這樣一個無辜的人，社會卻表現出那樣的不容。『那些社會渣滓竭力玷污我，使我陷入了絕望的境地。』他也曾清醒地認識到，造成這一切的根源在於這個邪惡的時代與社會：『我怎麼會這麼瘋，竟然以爲這個萬惡的社會會讓一個躲藏在大眾之中的無辜之人安安靜靜地生活。』然而他又表現出萬般的無奈，覺得這是自己無力改變的，『我這一生充滿著不可解釋的偶然事件』，『命運之神在監視著，希望我不要忘記它那無形的、但不可避免的存在』。作品通過迪弗熱的命運展示出這個邪惡的時代中，人生的無奈、無望、無助和無求。

作品沒有停留在對迪弗熱命運的展示上，而是通過推出『榿木王』這個貫穿全書的形象，進一步擴展了作品關於人的命運揭示的時空意義。榿木王是一具在榿木林中的泥炭沼裡埋葬了數千年之久的古屍，他蜷縮著，身上裹著泥炭，一張瘦小的臉，充滿稚氣與悲傷，頭上戴著一頂囚犯的帽子，眼睛上蒙著一塊飾著金星的布條。他深陷在沼澤中，由一層厚厚的泥沙保護著，不受任何侵害，無論是人類的侵害，還是時間的侵蝕。作品的主人公迪弗熱自從有一天偶然見過榿木王後，榿木王的形象就時時在他心頭盤旋，直到他臨死前，心頭又出現過榿木王的形象，而且他的人生結局與榿木王也驚人地相似：深深陷進了榿木林裡的沼澤之中。臨死前，最後一次仰起頭，『只看見一顆六角的金星在黑暗的夜空中悠悠地轉動』。在他生命的最後階段，他知道『自己的人生歷程將把他引向更遙遠、更深奧的所在，引到更易受到攻擊的黑暗世界，也許最終將走入榿木王那遙遠得令人無法追憶的黑夜之中』。而其最後的命運也確實如此。顯而易見，作者是以榿木王的形象來象徵主人公迪弗熱的命運，並進而象徵整個人類的命運。作品指出，在愷木王那裏著泥炭的永恆之中，深藏著最爲神聖的東西，而這又是一個永遠也揭不開的謎。在實際上是想說明，人類的命運是永恆的、不可解讀的，它像愷木王一樣深深埋藏在黑暗中，由厚厚的泥沙包裹著，『超越了時間』、『生和死是一回事，大自然是一個巨大的墳場』。原法文書名以『愷木王』命名，以愷木王這個形象和寓言，來揭示它所要表現的主題，那就是人生的命定與無奈：人生，都像愷木王一樣，被蒙上了雙眼，埋藏在黑暗時代的厚厚泥沙之中，不可自拔。

值得注意的是，這部作品在揭示這個邪惡的時代所導致的無奈人生的同時，仍不忘提醒讀者，這種無奈、無求的人生反過來對於這個時代又應當負什麼責任呢？作品用了這樣一個徵兆和寓言來表達其態度：當德國呑併奧地利時，『這災難的根子在他們每個人的身上，民眾處在生與死的關頭，呼喊的是「死！死！」』。作者試圖喚醒的，也許是人類抗爭的意識；作者內心呼喚的，正是人類的正義和善良。

最後，我還想補充說明一點，在圖尼埃看來，『小說的基本功能是「秘傳」，即小說家應該顯示認識自我和認識世界的所有複雜的發展階段，這一過程就像生活本身一樣是無法窮盡的，往往也是無法解讀的，作品的意義只可能是潛在、懸置的，是讀者放入其中的』❷。譯者，首先是一個讀者，我在上面所談的，只是一個普通讀者對《左手的記憶》的思考與解讀，希望能有更多的讀者去讀讀這部充滿象徵與寓意的作品，對人生，對人性，對歷史做出更爲深刻的理解與詮釋。

一九九九年八月十日於南京

註❷：參見《二〇世紀法國文學史》，張澤乾等著，青島出版社，一九九八年，第三三一頁。

1. 用左手寫下的文字

要讓一個東西有意思，
只需久久地望著它。

——古斯塔夫・福樓拜（Gustave Flaubert）

一九三八年一月三日。你是個吃人魔鬼，蕾雀兒常這樣對我說。一個吃人的魔鬼？就是說一個在時間的黑夜中出現、渾身充滿魔力的怪物？對，我相信自己的魔性，我的意思是說那種隱密的默契，它將我個人的命運與事物的發展深刻地結合起來，並爲我的命運注入力量，讓事物順應我的命運發展。

我也覺得我是在時間的黑夜中誕生的。世人總是熱切地關注死後等待他們的東西，而對自己生前到底是何種模樣卻毫不在乎，對這一毛病，我向來反感。此世總比彼世強，更何況它很可能掌管著彼世的鑰匙。然而我呢，早在一千年前，十萬年前，我就已經在世了。當地球還是個在氦天中旋轉的火球時，那個使地球燃燒、讓地球旋轉的靈魂，就是我的靈魂。再說，我出生的年代如此久遠而駭人聽聞，足以說明我的超然之力：生命與我早就並肩而行，我們是一對如此古老的伴侶，相互間毋需特意的愛，只要順應像世界一般古老的相互適應力，就可以互相理解，從不相互拒絕些什麼。

至於魔性……

首先，何謂魔鬼？詞源已經有著某種出人意外、令人感到有些驚訝的解釋：monstre（魔鬼）一詞源自montrer（展示）。所謂魔鬼，就是展示給人看的東西——也就是在市集等場合用手指給人看的東西。因此，一個生物愈有魔性，就愈應該展示。這使我不禁寒毛直豎，因爲我只能在黑暗中生活，並堅信我的那夥同類是因爲誤會才讓我存活，因爲他們不知道我。

若要不當魔鬼，必須類同於同類，與同類一致，甚至要與祖先同一形象；或者必須有著使你從此成爲一個新種類的第一個鏈環的後代。因爲魔鬼不是自己繁殖的。六條腿的牛犢是活不了的，騾子和江鱈生來就無生育能力，彷彿大自然有意要斷絕了一種它認爲不合理的實驗。而正是在這裡，我獲得了永恆，因爲它使我同時充當了祖先和後代。我與世界一般古老，和世界一樣永恆，因此，我只能擁有被推定的父母和收養的子女。

……

我重讀了這幾行字。我叫阿貝爾．迪弗熱，在戴爾納門廣場經營一家汽車修理廠，因此，我不是個瘋子。不過，我剛剛寫的這些文字應該以百分之百的嚴肅態度去對待。那麼又怎樣呢？那麼，在往後我將擔負起基本的職能，去展示——或更確切地說，是去闡明上面這幾行文字的嚴肅性。

一九三八年一月六日。汽車加油站的翼馬被霓虹燈光清晰地映照在潮濕而黑暗的天際，一道閃光反射在我的手上，隨即消失了。這種帶有灰紅色彩的閃動以及滲透著此處一切東西的陳舊的油脂味，構成了一種令我痛恨的氣氛，然而，我卻不可告人地耽於這種氣氛。如果說我對它已經習以爲常，那形容實在還太淺薄；它對我來說，就像我床上的溫熱一樣熟悉，或像我每日清晨在鏡中重新看到的臉龐一樣親切。但是，我之所以用左手執著圓珠筆，再次坐在這張白紙前——《用左手寫下的文字》的第三頁——那是因爲我已經認定自己如別人所說，正處於生存的轉折點，因爲我對這份日記有著某些指望，指望透過它逃脫這家汽車修理廠，擺脫那使我滯留於此——或從某種意義上說，使我難以自拔的種種平庸的憂慮。

一切都是徵兆。但是，得有一道耀眼的閃光或一聲震耳的吶喊，才能打開我們近視的眼睛，或震擊我們發聾的耳朵。打我開始就讀於聖克里斯多夫中學以來，我就不斷觀察到在我的路上留下痕跡的種種難解的符號，或聽到在我耳畔低語的一些模糊不清的言語，然而，我對這一切都絲毫沒有領悟到，從中汲取的，只能增添對我爲人品德的懷疑，當然，也確實是一種反覆顯現的證據，說明天空並不是空的。然而，這一線光明，卻在昨天最爲平庸不過的境況中閃現了，並不停照耀著我的道路。

一次很平常的事故，使我在一段時間內無法使喚我的右手。事情起於一輛汽車的發動機，因爲很難用蓄電池啓動，因此我想用曲柄搖上幾圈，清除一下發動機油環的污垢。可曲柄出乎我預料，反彈了一下，幸虧沒傷著我柔軟的手臂，肩膀也還可以使喚。然而，是我的手腕承受了那猛力的一擊，讓我清楚地聽到了韌帶的斷裂聲。我疼得險些嘔吐起來。直到現在，看到眼前這密不透氣包紮得鼓鼓的手腕，我還感到那脈搏跳得椎心刺痛。只有一隻手，在車庫自然無法做什麼事，於是，我躲進了三樓這個窄小的房間，裡面堆放著我的帳本和舊報紙。爲了讓自己的腦子不閒著，我用沒有受傷的左手，在記事本的一張白紙上信手塗畫了幾個毫無關連的字。

就在這時，我突然發現自己竟會用左手寫字！對，事先沒有經過任何訓練，我的左手便剛勁有力地寫下了一個個完美無瑕的字，沒有絲毫的猶豫，也沒有半點遲疑，那字體神奇而陌生，帶有幾分怪相，與我平常用右手書寫的字體迥然不同。對這一令人震驚的事件，我以後還要再談。我在琢磨到底是什麼造成的，不過，首先應該說明是在什麼樣的情況下，致使我第一次拿起筆，而拿筆的唯一目的，只是爲了傾訴衷腸，公佈眞相。

是否有必要回顧一下另一個情況？這個情況的重要性也許不見得比較小：那就是我與蕾雀兒關係破裂的事。可是這樣一來，要說的可就長了，那是一個愛情故事，簡單地說，那是我的愛情故事。毋庸贅言，我對此感到厭惡，可是這或許只是因爲缺少豐富經驗的緣故。對於像我這樣一個自然而然的隱密之人來說，把自己的五臟六腑全都攤在紙頭上，一開始確實讓人感到討厭，可我的手卻拉著我，彷彿一旦開始講述自己的事情，我就再也不可能停下筆來，除非倒盡心裡話。也許沒有這一被人稱爲日記的語言反射，我生命中的事件從此將再也難以一個個相繼發生？

我失去了蕾雀兒。那是我的女人。不是我在上帝和世人面前娶的妻子，而是我生命中的女人，我的意思是說——沒有絲毫的誇張——我個人天地中的女性。幾年前我認識她時，就跟我結識所有人的方式一樣，不過是把她當作汽車修理廠的一位女顧客而已。她露面時，站在一輛破舊不堪的標緻汽車方形車頭前，並且明顯因爲自己以女性身分開汽車所引來的驚詫而感到滿足；當時，開車的女人遠比今日讓人感到驚奇。她跟我一開始便裝出一股親熱勁兒，憑藉汽車這一玩意兒把我們聯繫在一起，很快，這股親熱勁兒又擴展到了其他的各個方面，以致我毫不遲疑地在床上得到了她。

我一開始便被她赤裸裸的模樣吸引住了，她果敢地帶著這副赤裸裸的樣子，就如同她穿戴著某種衣裝一樣，例如一身旅行裝束或晚禮服等等。對一個女人來說，最可怕的不幸，無疑是不知道人可以赤身裸體，而且不僅僅有著裸體的習性，還有著裸體的體型。我只消一眼，就保證可以從她們的衣服貼在肌膚上的那種呆板與怪異的樣子，看出那些在這方面純粹一無所知的女人。

蕾雀兒長著一顆小小的腦袋，側看像隻鷹；滿頭烏黑的鬈髮，好似戴著一個頭盔；身軀渾圓有力，然而卻擁有令人驚愕的女性特徵：只見那豐滿的髖部，兩個乳房佈滿巨大的紫色月牙形斑點，只有腰身深深地凹陷進去，渾身上下圓滾滾的，顯得有力而完美。然而如此龐大的身軀令人無法下手，各個部分構成了一個難以佔領的整體。就精神而言，她並無特別的個性，屬於『假小子』一類，自從那一本小說轟動以來，這種類型非常時髦。她從事的是會計師的職業，得去工匠、小商人或小業主的家裡，給他們清訖每日的帳目，也因爲這種工作型態而保有了個人的獨立性。她本身是猶太人，很恰巧的，我發現她的所有顧客也都是猶太人，她負責清查的文書的祕密性對此做出了雙重說明。

對她那種犬儒主義的思想，我本來是會感到厭惡的。她對事物有著某種傷風敗俗的看法，看她的舉止，彷彿患了大腦瘙癢症，致使她總是生活在對煩惱的恐懼之中，然而，她具有滑稽感，對人物與環境中內在的荒誕因素具有靈巧的捕捉能力，尤其善於在生活的灰澀中激發出令人振奮的歡樂氣氛，這一切無不對我那慣於抑鬱的個性有些幫助。

在寫這幾行字的同時，我迫使自己進行衡量，她對我到底意味著什麼？當我重複寫出自己已經失去了蕾雀兒的時候，我的喉嚨不禁發緊。蕾雀兒，我無法說清我們是否曾經愛過，但可以肯定的是，我們倆在一起歡笑過，而這，算不了什麼嗎？

再說，她正是在笑聲中，不帶絲毫惡意地確定了前提；我們倆不得不從這前提出發，藉助迥然不同的途徑，達到了同一個結論——即我們關係的破裂。

她常常像陣風似地到來，把車交給我的修理工，由他去檢修或清洗，而我們倆則抓緊機會上我的住所去，她每次總是習慣性地開一個淫穢的玩笑，故意把汽車的命運和開這輛汽車的女人的命運混爲一談。那一天，她一邊穿衣服，一邊漫不經心地指出我做愛的樣子：『就像是隻傻傻的金絲雀』。我一聽，以爲她是對我的學識與技巧提出疑問。她說我錯了。她指的只是我那種倉促的模樣，按她的說法，就像小鳥們爲履行交配的義務匆匆地戳一下子。接著，她又若有所思地回憶起她以前的一位情人，這是她實實在在擁有過的一位最佳的情人。這人事先給她許諾，說太陽一下山便要她，不到第二天太陽出來絕不鬆手。他履行了自己的諾言，與她一起作樂，直到黎明的第一線曙光出現了。『事實上，』她誠實地補充說：『我們睡得很晚，而且那個季節的黑夜也短。』

這個故事使我想起了塞岡先生的小山羊，牠效法老山羊熱勒德，爲了維護名聲，與狼搏鬥了整整一夜，直到太陽射出第一道光芒才被狼吃了。

『不錯，』蕾雀兒最後說道：『要是你以爲你一停我就會吃了你，那才好呢！』

這樣一來，我馬上覺得她那黑黑的眉毛、翹翹的鼻子和貪婪的大嘴，活脫脫是隻狼的模樣。我們又一次大笑。這是最後一次。因爲我知道她那個會計師的腦袋已經琢磨出我的缺陷所在，標定了她將去棲身的另一塊地盤。

像隻傻傻的金絲雀……打從六個月前說出口之後，這句話便一直不停地一步步往我心底深處爬。我早就知道，性交失敗最常見的形式之一就是 ejaculatio precox ❶，簡言之，就是一種沒有充分加以控制、推延的性交行爲。蕾雀兒的責備含意深遠，因爲它的目的在於說我已經處於無能的邊緣，它表達了人世男女之間極大的不和諧以及女人的極度失望，她們不斷受孕，但從來得不到滿足。

『你根本不在乎我是否快活！』

對這一點，我不得不承認。當我用自己的整個軀體緊緊裹住蕾雀兒以佔有她的時候，在她那緊閉的眼瞼後，在她那希伯來牧人似的小腦袋瓜裡有可能閃現的，正是我最終掛慮的這一點。

『你一旦用鮮肉消除了你的飢餓，就馬上要回到你的鐵皮堆裡去。』

說得對，也確實如此。一個男人吃麵包，是絕不在乎被吃的麵包是否會有滿足感的。

『你吃我，就像吃塊牛排似的。』

如果毫無爭議地採用這種『衡量男子氣概的標準』，也許是的，可這套準則純粹是女人創造的，是她們軟弱的保護甲。不過，首先一點，就是把性交當作進食行爲絲毫不讓人感到可卑，因爲許多宗教就藉用這種比較，如基督教的聖體聖事之說。儘管如此，這種對男子氣概的看法——絕對是女人的觀念——應該加以解剖。按此觀念，男子氣概是以性功能加以衡量的，而性功能則僅僅在於儘可能地推延性行爲。它是一種克己的行爲。因此，這功能一詞應取亞里斯多德學說賦予的含意，也就是行爲的反面——性功能是性行爲的反面，如同對性行爲的否定。它是種許諾在先，但從不守諾，而被無限地圍困、克制、中止的行爲。女人爲功能，男人爲行爲，因此，男人自然是無能的，與女人那種植物式的緩慢成熟過程也自然是不和諧的。除非男人乖乖地聽從女人的調教，按照女人的節奏，投入對方要求的激情，從奉獻給他的、反應遲緩的肉體中艱難獲得一束歡樂的火花。

『你不是個情人，你是個吃人魔鬼。』

啊，四季！啊，城堡！以這簡簡單單的一句話，蕾雀兒便呼出了一個魔鬼似的兒童的幽靈，這個孩子早熟得令人可怕，同時卻幼稚得讓人惶惑，這一幽靈的記憶以不可抗拒的權力佔據了我的心。納斯托爾。我一直預感到他遲早會強行回到我的生活中。實際上，他從來沒有離開過我的生活，只是在他死後，才給了我放鬆的機會，但不時會跟我打個小小的招呼——這做法並不嚴重，有時甚至還很有趣——而目的是要讓我別忘了他。我最近用左手寫的這些文字以及蕾雀兒的出走，在在都向我提出了警告，一股來自於他的力量即將甦醒。

一九三八年一月十日。最近，我常常看同班同學的一張合照，那是在六月份頒獎前不久拍的一

譯註❶：拉丁語，意思爲『早洩』。

套照片中的一張。那一張張兇神惡煞似的表情中，其中最單薄、苦難最深重的，就是我的面容。裡面還有尙達華納和呂迪紐，一個頭上戴著丑角的假髮套，簡直像個朝鮮薊，正扮著鬼臉；而另一個瞇縫著狡黠的眼睛，彷彿以午休爲幌子，在策畫著一個陰謀。然而在這其中，卻找不著納斯托爾，儘管可以肯定，這張照片是他還在人世時拍的。但不管怎麼說，完全是他自己逃避了這個有些荒誕可笑的小小儀式，主要是爲了在消失前別留下他在世時任何平庸的痕跡。

我那時恐怕只有十一歲，是我到聖克里斯多夫中學上學的第二年年初，已經不再是新生了。我也不再像初離家鄉，在一個陌生的地方飄零時那樣痛苦得發狂了。但是，在那平靜的外表下，這種痛苦像是一種反射，彷彿已經無可挽回，只是埋得更深罷了。我記得，在那個時候，我計算著自己的一個又一個不幸，然而卻並不指望在天邊看到一束希望的火光。我把老師和他們負責領我們入門的精神世界一筆劃去。我甚至——可我是否擺脫了這種態度呢？——認爲任何作家、任何歷史人物、任何作品、任何教育材料，一旦被大人竊爲己有，彷彿像是自己的東西、做爲精神食物賜予我們，那它們便毫無價值，徹底地喪失了其原有的品質。我查閱一部部辭典，在一本本教科書中尋覓，並在歷史課或法文課中注意對我來說舉足輕重的任何瞬息即逝的暗示，開始一點一滴地爲自己建立起一種邊緣的文化，構築成一座個人的萬神殿，在這座萬神殿裡，亞西比德❷和皮拉多❸，卡利古拉❹與阿提言❺，腓特烈-紀堯姆一世❻與巴拉斯❼，塔列朗❽與拉斯普廷❾互爲近鄰。有一種介紹政治人物或作家的方式——當然是譴責性的，但這並不夠，還需要別的什麼東西——往往使我側耳細聽，並琢磨著這或許是我的一個親友。於是，我立即著手調查，像是一場爭取眞福的訴訟，動用手頭的各種辦法，而最終我的萬神殿的大門是開啓還是關閉，要視情況而定。

我身體孱弱、相貌醜陋，一頭黑髮耷拉在腦袋上，框著一張既像阿拉伯人又有幾分茨岡人模樣的茶褐色臉龐。整個身子瘦骨嶙峋，笨手笨腳的，一舉一動都是那麼不可捉摸，沒有絲毫的優雅可言。更有甚者，我恐怕有著某種特徵，一切都是命中注定，甚至要遭受最怯懦之人的攻擊、最弱小之人的痛打。我是他們求之不得的一個證據，證實他們還可以統治別人、加辱於人。課間休息的鐘聲一響，我往往就被打倒在地，很少有在上課鐘聲又起之前爬起身來的。

佩爾納爾是新來這所中學上學的，可他身體強壯有力、個性純樸，使他一來就在同班的等級制度中贏得了重要的一席。他的威望有極大一部分來自他繫在黑色學生罩衫上的一根寬得嚇人的皮帶——我後來聽說這根皮帶是用一根馬肚帶改製的——皮帶的鋼釦環至少有上下三枚釦針。他長著一顆四方的腦袋，一頭不服帖的金髮，端正的五官毫無表情，淡色的眼睛射出直勾勾的目光；當他兩個大拇指插進腰帶，在三五成群的同學中走過時，一雙令人讚歎不已的釘鐵牛皮鞋踏得格格直響，每到重大場合，那鞋跟可在校園的礫石路面上踩出一束束火星子。這是個原本純潔的生命，沒有絲毫的惡念，甚至對惡也沒有一點防備之心，但如同太平洋島上的土人，跟白人無恥攜帶的病菌一接觸，便紛紛喪命一樣，就在我向他坦露了我內心的複雜性的那一天，他便一下沾染上了邪惡、殘忍和仇恨。

當時，學校裡突然興起了『紋身』風。一個通勤生做起了中國墨和尖頭筆的買賣，用了這兩

譯註❷：Alcibiad，亞西比德（約公元前四五〇～前四〇四），雅典政治家。
譯註❸：Ponce Pilate，皮拉多（？～三六以後），羅馬皇帝提比略在位期間任猶太巡撫，主持對耶穌的審判。
譯註❹：Caligula，卡利古拉（一二～四一），羅馬皇帝。
譯註❺：Hadrien，阿提言（七六～一三八），羅馬皇帝。
譯註❻：Frédéric-Guillaume I，腓特烈－紀堯姆一世（一六二〇～一六八八），勃蘭登堡－普魯士國的創建者。
譯註❼：Barras，巴拉斯（一七五五～一八二九），法國大革命期間督政府中的權貴。
譯註❽：Talleyrand，塔列朗（一七五四～一八三八），法國政治家和外交家。
譯註❾：Raspoutine，拉斯普廷（一八六四／一八六五～一九一六），沙皇尼古拉二世和皇后亞力山德拉宮廷中一個有權勢的寵臣。

樣東西，不必破皮，就可在肌膚上深深地留下一個個符號。我們就這樣一個又一個小時地相互在手心、手腕或膝蓋上『紋』上字母、詞句和圖案，而這都是我們在牆壁和小便池上亂塗的字畫中學來的蠢話和似是而非的象徵圖案。

佩爾納爾對我們這種新的消遣方式的魅力自然不會無動於衷，可他顯然缺乏必要的想像力和靈巧性，難以繪上與他威望相稱的圖案。一天，我裝做漫不經心的樣子，亮出一張紙，上面有我盡心畫的一顆心，心上刺著一枝箭——傷口流著一滴滴鮮血——周圍寫著這樣幾個字：A toi pour la vie（一生屬於你），他一見，馬上便表示出感興趣的意思。我著實誘惑了他一陣，可最後卻說這奇妙的圖案是我在朋友認識的一個外籍軍團的士官胸口描下來的。接著，我自告奮勇，要是他樂意，我可以在他左大腿的內側紋上這些神妙的字畫——那可是個隱蔽的部位，不過也隨時會暴露出來。

整個工序差不多用了整整一個晚自習的時間。我席地坐在佩爾納爾的課桌下面，依靠鄰桌的默契配合，唯恐有所閃失地細心操作，而鄰桌的同學藉用自己的身體、課本和書包築成一道保護牆，以防備冒冒失失跑進來的學監。不過這操作起來實在不易，因爲大腿壓在板凳上，表面很不平整，鼓出一塊。

佩爾納爾對結果十分滿意，可也表示出幾分詫異，因爲在那顆被箭刺穿的血淋淋心臟周圍寫的那句話變成了A T pour la vie。我面不改色，聲稱外籍軍團的軍人常把這些起首的字母以縮寫表示，這A T兩個字母或者表示A toi（屬於你），或用以表示對上帝的叛逆，意思爲Athee pour la vie（一生不信神），或者模稜兩可，同時表達這種與那種意思。對我這種複雜的解釋，佩爾納爾顯然沒有聽明白什麼，當時好像還挺滿足的。

可是第二天晚上，在六點鐘的課間休息時，他把我叫到一邊，看那臉色，好像沒有好事的徵兆。肯定有人在這以前給他開了竅，因爲他一開口便追問我那兩個謎一般的起首字母。

『A T，』他衝著我說：：：『那是你姓名的起首字母。Abel Tiffauges pour la vie（一生爲阿貝爾・迪弗熱）。你馬上給我去掉這混帳玩意兒！』

我的老底被揭穿了，於是乾脆豁了出去，做出幾個星期以來我一直強烈渴望的舉動。我走到他跟前，把手放在他髖骨部位的皮帶上；隨著我以神奇的緩慢速度漸漸地往他身上靠近，我讓雙手沿著皮帶往後移動，直到我的雙手在他的背後合在一起。這時，我把腦袋靠到他的胸口，恰好落在他的心臟位置上。

佩爾納爾恐怕在納悶，這到底發生了什麼，因爲他當時一動不動。不過，片刻後，他的右手慢慢地抬起——與我剛才採用的速度相同——最後啪地一聲落在我的臉上，緊接著猛地一推，這個不可抵擋的突然襲擊，把我從他身上分開，被擊到了離他好幾米遠的地方，仰天摔在地上。然後，他轉過身，走開了，皮鞋的釘鐵遂濺起了一束束火星。

打從他發現了奴役他人的魅力之後，便使我備嘗了他的侮辱和惡行，我簡直像個大傻瓜似地乖乖忍受著。我甚至心甘情願地把食堂分的飯留給他一半，因爲我實在毫無胃口；我還百般掩飾自己內心的幸福感，同意每天早晨爲他那雙令人讚歎不已的高筒皮鞋擦去污泥，塗上鞋油，因爲我這人向來喜歡摸皮鞋。

總的說來，這些要求還是合情合理的，但這還不夠，對他那被污染的靈魂來說，還需要更爲貪婪的滿足。爲此，他做出決定，要我每天吃草。午休一開始，他便把我扔到我們神聖的護主的塑像周圍那片貧瘠的草地上，往我的身上一騎，我便像野獸似地做出反射動作，馬上揚起下巴，他遂把滿把的鐵線藤往我嘴裡塡，我認認眞眞地咀嚼著，以免被草憋死。周圍是一群看熱鬧的人，他們觀賞著這一場面，每次都要等哪位學監趕來干涉——不過都是那麼不分青紅皀白地判定是我的過錯，對我進行懲罰——才能結束這一幕，如今回想起來，我心裡仍會有絲毫的仇恨與憤怒。

我的這股奴性一直達到了極點，才算得以告終。那是在初秋的日子，幾天午夜的大雨，使課間活動的院子變成了一個大污水坑。一層看似柔軟的污泥和枯葉覆蓋住了礫石和爐渣。我們這些孤兒似的人本來就命苦，吃不飽、穿不暖，從來沒有澡洗，如今天氣又這麼潮濕，弄得我們的衣服濕乎乎的，沾在身上，就像是披著自然膜、鱗片或甲殼，每次往下扒，可眞是痛苦，比如晚上脫衣睡覺，或者任何時候自己的身子要蜷縮一下，那皮膚便起雞皮疙瘩，肌肉打結，小雞雞直往裡縮。這一天，我們做的遊戲與往常不同，激烈異常，幾乎到了絕望的地步，彷彿是爲了回擊一下我們所處條件的惡劣和嚴酷，想當一當鬥士或野獸。有的掄起拳頭往對方的臉上死打，發出一記記沉悶的響聲，有的給對方的腳猛力一勾，呈拋物線狀摔倒在污泥中，還有的鬥士抱成一團，喘著粗氣在地上翻滾。很少聽到有人喊叫，絕對沒有辱罵聲，但摔倒的很少不順手抓起滿地的爛泥，往對手砸去，目的只有一個，那就是讓對手也一樣滿身污泥。我獨自躲藏在頂棚的柱子中間，企圖避開任何交戰——交戰是頻繁的——而對我來說，交戰有可能是不可避免的。我絕對不認爲自己是害怕佩爾納爾，因爲在這場如此壯觀的混戰中，他肯定不會把我這樣一個孱弱的對手放在眼裡。因此，當我爲了避開一只像炮彈似擊來的飛球，突然撞到他身上時，我並不感到過分驚恐。他摔倒了，但摔得也許很怪，只有一只膝蓋落地，只見他膝蓋處的一側沾上些許污泥，而其他部位幾乎乾淨淨的。我企圖一溜了之，可他一把抓住我的胳膊，抬起他的膝蓋，衝我吼道：『給我擦乾淨！』我馬上蹲到他的腳跟前，用一塊髒兮兮的手絹擦了起來。佩爾納爾很不耐煩地說道：

『你難道就沒有別的東西了嗎？那就用你的舌頭舔！』

他的大腿、膝蓋和腿肚的上部彷彿是用一塊黑泥均勻地塑成似的，若沒有髕骨下方那個開裂的傷口，那簡直像是上了釉，完美無瑕，可那傷口處於中心位置，模糊一片，呈紫紅色，從裡面流出一股鮮紅的液體，漸漸地變成赭石色，繼而又轉爲褐色，而且愈來愈深，最終與污泥融爲一體。我的舌頭在傷口周圍舔了一圈，彷彿給它增添了一個灰色的光暈。有好幾次，我從嘴裡吐出泥土和碎爐渣。傷口還在繼續淌血，就在我的眼前展開一幅任意擴大的地形圖，血肉往外鼓凸，被擦破的皮膚佈滿灰白色的血痞，傷口的表面往裡翻捲。我快速地用舌頭舔了一遍，不過動作並不太輕，以免引起肌肉顫抖，致使保護髕骨的圓肌脹裂而往外鼓。第二遍時，我舔得十分仔細。最後我的雙唇緊緊地貼著傷口的邊緣，到底停留了多長時間，我沒有計算。

我無法說清後來發生的一切。我只覺得自己渾身哆嗦，甚至抽搐起來，最後大家不得不把我送到醫務室。我好像記得因此而病了好幾天。對我在聖克里斯多夫中學的這一生活片斷的記憶如今已經相當模糊了。不過，我可以肯定，我的老師們準是覺得還是把我生病的事告訴我父親妥當，而且他們準是胡說八道，以自己意識不到的極其強烈的諷刺口吻，含沙射影地說我是因爲貪吃了甜食，造成了消化不良。

一九三八年一月十三日。我常對蕾雀兒說：『有兩種女人。一種是擺設型的女人，男人盡可以擺弄、使喚，還可以用目光去吻她，這種女人只是男人生命中的裝飾品。另一種是風景式的女人。對這種女人，人們可以觀光，而且可以把自己投進去，但有迷失方向的危險。第一種是垂直型的，第二種是橫向型的。前者說起話來滔滔不絕，性情多變，而且要求多，愛賣俏。後者則沉默寡言，性情固執，好支配他人，凡事記掛在心，並愛想入非非。』

蕾雀兒總是皺鎖著眉頭聽我說，試圖從我的話中找出有可能對她不恭的言詞。爲了逗她笑，我故意換一套說法，把我的意思大致地又重複一遍：『有兩種女人。一種是擁有巴黎式游泳池的女人，另一種是擁有地中海式游泳池的女人。』我邊說邊用手畫了一個小小的符號和一個大大的符號。她嫣然一笑，帶著一絲不安的心情，思忖我是否把她歸到大的一類——她本來就屬於這後一類，不存在絲毫的疑問。

這個無拘無束的假小子，這個凡事都能應付的女人，無疑是個風景式的女人；是個地中海式游泳池（更何況她家的祖籍就在薩洛尼卡）。她長著肥大的身軀，對人殷勤，像個慈母。我守口如瓶，沒有把這看法講給她聽，因爲怕刺激她——對她來說，話語不是撫愛就是攻擊，絕不是眞理的明鏡——至於當我把手搭在她髖骨上時產生的種種想法，我就更不對她直言了，她的髖骨極爲發達，那形狀就像是個岬角，俯瞰著周圍其他的風景。在高山般的大腿中間，腹部整個消失了，成了寒冷的背斜谷，深含著焦慮……我在思索這一神祕的概念：女性的生殖器。能夠企求這一名稱的，自然不是那一被斬首的腹部，除非依據的是女人的軀體和男人的軀體大致呈現的對稱性。女性的生殖器。若到女人的胸脯部位去尋找，也許會更富於靈感，因爲那兒神氣活現地掛著兩隻『豐收角』……

《聖經》對這一問題有過奇異的闡述。若你閱讀〈創世記〉，一開始便會對那明顯的矛盾之說感到驚詫，這一矛盾之說扭曲了那令人崇敬的經文的形象。上帝於是照著自己的肖像造了人，就是照上帝的肖像造了人：造了一男一女。上帝祝福他們說：『你們要生育繁殖，充滿大地，治理大地……』[10]文中由單數突然轉爲複數，確實難以理解，何況女人是取亞當的肋骨造出來的——只是，這是後來的事，可見於〈創世紀〉的第二章。反之，若我援引的這個句子中保持單數，那一切便明白易解了：上帝照著自己的形象造人，即同時爲男女兩性。上帝對他說：『生長吧，繁衍吧……』後來，上帝發現因雌雄同體造成的孤獨不是好事。於是，上帝使亞當沉睡，取了他的肋骨——不是一根肋骨——他的胸側，亦即他的女性部位，創造了一個獨立的生命。

這樣一來，人們便可明白爲何女人沒有純粹意義上的性部位，因爲女人本身就是一個性部位：

那原本是男人的一個性部位，但因爲過分累贅，難以總是隨身攜帶，於是大部分時間都被擱置一邊，需要時才取回。再說，人的本質——與動物相反——就在於能夠時刻爲自己配備恰當需要的工具、設備或武器，若不需要，也可以立即拋棄，而不像龍蝦那樣，命中注定要始終拖著那兩隻螯子爬行。人的手是一種抓取的器官，使人可以根據需要去拿錘、執劍或握筆，同樣，人的生殖器也是一種抓取所有性部位的器官，而不是性器官本身。

倘若這是眞理的話，那麼就應該對婚姻的目的進行嚴肅的評價，一般認爲，婚姻的目的在於將分離的東西儘可能密不可分地重新結合成一體。切勿將上帝拆開的東西重新結合起來！這一懇求純屬枉然！誰也逃脫不了古時亞當多少有點存心的誘惑：原始的亞當身披全套生殖工具，活生生地躺著，也許無法走動，但肯定不能勞作，而是永無盡頭地承受著完美出奇的愛的衝擊——即擁有激情，又被同一激情所擁有，至少在他懷上自己本身創造的東西時如此，誰知道呢！那麼，神話中的人祖的裝束就不該是這樣的了。神話中的人祖，原本是個負著女人的男人，後又負著孩子，眞是負擔之上又加負擔，就像那些季戈涅⓫式的玩偶，相互連成一串！

這種形象也許顯得滑稽可笑。但是我——面對配偶的錯亂，頭腦是多麼清醒——這一形象卻使我感動，喚醒了我對超人性生活的返祖性的思戀之情，這種懷舊之情連我自己也說不清道不明，它整個兒超越了時間與衰亡的曲折變化。倘若說在〈創世紀〉中有人之墮落的記載的話，那絕不是在有關蘋果的那一段——恰恰相反，它標誌著一種升級，達到了區分善與惡的階段——而是在把原始的亞當一分爲三的那個解體階段，從人中間造出了女人，繼又造出了孩子，一下創造了三個可憐的人：永遠爲孤兒的孩子，孤獨、驚恐、始終在尋找保護者的女人和輕捷靈活的男人，但這位男人卻

譯註❿：採自思高聖經學會版本。
譯註⓫：季戈涅是法國木偶戲中的一個角色，身體高大，從她的衣裙裡常走出一群小孩子。

像一個被剝奪了所有特權的國王，被迫像奴隸似地服苦役。重新登上陡坡，恢復亞當的原貌，婚姻別無意義。但是，難道只有這條可笑的出路嗎？

一九三八年一月十六日。當我離開聖克里斯多夫中學的時候，這座古老學校的靈魂已經棄它而去長達四年之久，在這個既像監獄又似教堂的教學天地裡，只剩下了幾個孩子和教士的身影。納斯托爾被活活悶死在學校的地下室裡，對他人來說，他已經死了，可對我而言，他卻比任何時候都更活生生地活著。

納斯托爾是學校門房的獨子。不管誰，只要熟悉這種學校機構，便可了解這一環境給他帶來的是何等的權力。納斯托爾既是住在學校裡，同時也是住在父母身邊，所以得到了通勤生和寄宿生的雙重好處。他父親經常交給他一些細小的家務事，因此，他常常在學校的各種房子建築裡自由自在地走動，並且幾乎掌握著開啓各種大門的鑰匙，此外，除了上課和自習之外，他還可以自由出入學校，到『城裡』去。

不過，若不是納斯托爾的話，這一切根本就不值一提。隨著歲月的流逝，我常給自己提出一個個有關他的問題，而當我還是他朋友的時候，這些問題從未掠過我的腦際。這個富有天才而又充滿魔力的畸形的生命，到底是一個成人，一個長到兒童的高度便不再成長的侏儒，還是恰恰相反，如他的身影所讓人想像的那樣，實爲一個巨嬰？我難以說清。根據我的記憶，我重新組織了他說過的一些話——也許或多或少有些出入，但這些話表明了他早熟得令人驚愕，如果事實證明納斯托爾確實跟他的同學是一個歲數的話。但是，這實在是再也說不準的事，而且不能排除這樣的可能，即恰恰相反，他也許是一個發育遲緩、頭腦遲鈍、永遠處於兒童時代的人，他出生在這所中學，而且命中注定要永世待在這所學校裡。在這種種疑問之中，一個我並未格外注意的詞出現在我的筆端：超越時間。談到我自己時，我也說過永恆這一詞。因此，納斯托爾——我無疑源於此——如我一樣，擺脫了時間，不受其計量，是毫不奇怪的……

他長得肥肥的身軀，說實在的，像患了肥胖症，致使他的一舉一動都顯得那麼緩慢而富於威嚴，與人打架時，僅憑他的這身肥肉，就令人生畏。他受不了熱，經年累月都往外冒汗，只有嚴寒季節勉強穿點衣服。由於受其異常的智力與記憶的拖累，他說起話來慢悠悠的，抑揚頓挫，斟詞酌句，顯得一本正經而又做作，沒有絲毫的自然感覺，每次說一句什麼格言式的話，總是情不自禁地豎起食指，我們都一致認爲是句妙語，但卻毫不明白其意義所在。開始，我以爲他只會用閱讀中搜集到的警句表達自己的思想，慢慢地，我進入了他的軌道，醒悟到自己錯了。他對所有學生都具有不可置辯的權威，連老師們也好像害怕他，把一些特殊的權利讓給他。開始我對他還不了解時，眞認爲這些特權實在太過分了。

這種擁有特權的情況我親眼目睹過，第一次時，那種表現在我看來確實令人忍俊不禁，可笑極了，因爲在那個時候，我對與他有關的一切事情周圍所籠罩的可怕氛圍還無動於衷。學校的每個教室裡，都有一個漆成黑色的箱子，放在老師的講台下，當作廢紙簍用。每當哪位學生想上廁所時，總是舉起兩個手指，呈V形，以得到同意。只要學監或老師一點頭同意，學生總是往紙箱走去，迅速地往下一伸手，抓起一把廢紙，遂向門口走。

可納斯托爾用不著打那個約定俗成的V形手勢。開始時，我沒有發現這一點，因爲他的位子在教室的最後一排。不過，看他往紙箱走的那副懶散的模樣，以及隨之出現的情景，我立即肅然起敬。他像個怪癖狂似的，把箱子表面各種各樣的廢紙仔仔細細地打量了一番，好似很不滿意，對哪一張都看不上眼，於是在紙箱裡亂翻一通，把紙團啦，早先扔的碎紙片啦，全都翻了出來，逐一加以檢驗，看他那樣子，好像還讀起上面寫的字來。全班所有同學的注意力不可避免地被他的這套把戲吸引過去，老師的地理課雖然還繼續在上，可聲音悠慢而機械，中間的停頓越來越長。對籠罩全班的令人壓抑而不安的死寂，我本該感到緊張的，若是另一個同學要這套把戲，那迎接他的準會是一陣響亮的笑聲。可是，我當時是初進聖克里斯多夫中學，見這情景，笑得我趴著課桌，淚水直淌，直到我的鄰桌用手肘直搗我的腰部，明顯帶著惱怒，可我毫不理會；當納斯托爾終於選準了一本塗得亂七八糟、淨是塗鴉的練習本時，鄰桌輕聲地從牙齒縫裡擠出話來，對他的這番評論我也沒有明白，只聽得他說道：『對他來說，重要的不是紙本身，而是上面到底寫著什麼字，是誰寫的。』這番話——還有許許多多其他的話，我將盡力回憶——不僅沒說明什麼，反而給納斯托爾罩上了神祕的色彩。

納斯托爾的胃口非同一般，我每日都可見到，因爲他晚飯在家吃，可中午在學校食堂用餐。每張桌子有八付餐具，由一個『桌長』負責監督，保證分餐均勻。開始那幾個月，不斷出現咄咄怪事，令我驚詫不已，怪事之一，就是納斯托爾竟然不是桌長。但是，他反而更能從中撈到好處，因爲擔任桌長這一職責的同學——同桌的其他人也如此——不僅任他把全桌四分之一的菜往自己碟子裡扒，連眉頭也不皺一下，而且還主動把吃的往他那兒供，就像供奉古代神祇一般。

納斯托爾不僅吃得快，而且吃得認眞、吃得勤奮，不到去擦從額頭上滲出、落到眼鏡片上的汗珠時絕不停下手來。看他那下垂的臉頰，圓滾滾的肚子和肥肥大大的臀部，彷彿他身上有著西勒諾斯⑫的血統。進食、消化與排泄三部曲是他生活的節奏，而且他的這三項活動受到周圍普遍的尊敬。然而，這一切還不過是納斯托爾表面的反映而已。他那深藏的面目，唯獨我在細加揣摩，那都是些徵兆，需要對徵兆進行剖析。這才是他生命的重要所在，連同他那壓迫著整個聖克里斯多夫中學的絕對的獨裁和霸道。

徵兆，對徵兆進行剖析……到底是何種徵兆呢？對之進行剖析之後，展示了什麼呢？若我能回答這一問題，那我整個生活將完全改變，而且改變的不只是我的生活——我深信誰也不會讀到這些文字，所以斗膽寫了下來——還有歷史的進程。納斯托爾無疑朝這個方向已經邁出了幾步，但我個人卻抱有雄心，那就是要順著他的足跡往前走，也許比他還要走得更遠些，因爲我所被賦予的時間更長，而且他的幽靈也給予我啓示。

一九三八年一月二十日。稀裡胡塗的我。一個好消息，一個極好的消息傳到了我這裡，我高興得心潮激蕩。可不久後，有人闢謠了。沒有留下什麼，絕對沒有留下絲毫的痕跡。可是，也不盡然！曾使我滿心歡快的那份喜悅雖然又消隱而去，但殘留著一種奇異的感覺，在我心底留下了一片幸福，彷彿海潮退去，留下了一個個清澈見底的水窪，藍天映照其間。在我的心底，還有某個人尚未明白那個好消息純屬謠傳，因此很荒唐地依然那麼欣喜若狂。

蕾雀兒棄我而去時，我沒有把這事情往心裡去。再說，我至今還仍然認爲那次分手算不了什麼大事，相反，從某種角度看，還有好處，因爲我堅信她已經打開了通往重大變化、重大事件的道路。但是，還存在著另一個我，一個稀裡胡塗的我。這個我一開始時對分手的事情絲毫沒有悟出點什麼。再說，他從來就沒有在事情一開始就明白過。這一個我沉重累贅、好積舊怨、患有體液症，身上總黏乎乎地沾著淚水和精液，被自己的習慣和過去緊緊地束縛著。過了好幾個星期，他這才明白蕾雀兒一去不復返了。現在，他終於醒悟了。他在哭泣。我把他留在自己心底，彷彿帶著一個創傷，這個幼稚而又溫柔的生命，耳朵有點兒聾，眼睛也有點兒近視，往往輕而易舉就上人家的當。可一旦出現不幸，卻又久久不能打起精神來。毫無疑問，是他指使著我在聖克里斯多夫中學那冰冷

譯註⑫：Silène，希臘神話中赫耳墨斯或潘的兒子，身體粗壯短小，禿頂、扁鼻、長有一雙馬耳，還有一根尾巴。

的走廊裡尋找一個弱小的幽靈的蹤跡，這是一個永遠無法撫慰的幽靈，他被眾人的敵意，更被一人的友情擊倒了。彷彿在整整二十年過後，我可以用自己的雙肩擔起他的不幸，讓他歡笑似的，對，歡笑！

一九三八年一月二十五日。聖克里斯多夫中學在博韋，佔據的是一個西都會修道院的建築，這個修道院也叫聖克里斯多夫，建於一一五二年，後於一七八五年荒廢。如今只有重被修復的修道院附屬教堂的拱頂，還留有中世紀的餘跡，中學的主要部分都集中在原修道院巨大的主樓裡，這是讓・奧貝爾在十八世紀建築的。這些細節並非無關緊要，因爲我們被迫沉浸在嚴厲、清苦的氛圍中，這一氣氛無疑給主樓四壁的來由和歷史增添了某些東西。再也沒有比在內院更能感受到這種氛圍了，然而內院不僅建築平庸，而且其歷史也只能追溯到十七世紀，如今成了寄宿生們在通勤生早晨到來之前、晚上離開之後的活動場所。我們只被允許去迴廊，迴廊中間用欄杆圍起的小花園，我們也只能透過欄杆欣賞一下。納斯托爾的父親精心拾掇小花園，裡面種著埃及無花果樹，一到夏天，無花果樹便放射出一片青綠色的光芒。花園正中，是一個缺了口的噴泉承水盤，上面長著一叢蕨類植物。在這個地方，處處透出一種淒涼的氣氛，由於四周高牆聳立，這一氣氛顯得更爲沉悶，但似乎還可呼吸。

通勤生們是我們與外部發生聯繫的活生生的連結點，一旦他們不在，每天早晚兩次，我們便囚禁在這個綠色的監獄裡，私下裡，我們都說這是個大魚缸。在這裡，嚴禁追逐，不許做大聲叫喊的遊戲，再說，這地方的精靈也足以把我們這種念頭扼殺，不過，我們總算還能在這裡來回走動，互相之間說說話。因此，這個大魚缸——比小教堂、飯堂和宿舍更勝一籌——構成了我們這些寄宿生平常聚會的場所，成了我們這一百五十個被迫處在學校這種與世隔絕的囚禁生活中的孩子的集合地點。納斯托爾很少在此露面，同樣，如同我在上面已經說過的，他晚飯也不跟我們一起在飯堂吃。但是，他並不因此而失卻存在——遠非如此——他的兩個管家，尙達華納和呂迪紐，專門負責傳送他的文書和命令。一般來說，這不過是某種施加影響的方式，原因是在聖克里斯多夫中學有著嚴格而微妙的懲罰和免除懲罰系統，另外，納斯托爾在這一重要領域行使著神祕的權力。

對聖克里斯多夫中學的那套懲罰手段，我實在是太了解不過了，因爲我經常受到全套懲治。首先是『示眾』，受懲罰者排著長隊，在院子的頂篷下默然無聲地轉圈子，有時一刻鐘、半個小時，有時一個小時，甚或更長的時間；其次是『隔離』，受懲罰者嚴禁跟任何人說話，除非回答老師或學監的問話；再次爲『罰站』，罰你孤零零一人在飯廳的一張小桌上吃飯，要站著吃。對這形形色色的處罰，哪一種我都可以忍受，就是聽不得那句令人恐怖的傳話與我的名字連在一起呼喊：『Tiffauges ad colaphum!』⑬這對我來說意味著惶恐和恥辱。因爲聽到後，就得立即離開教室，爬兩層樓，穿過一道空盪盪的走廊，推開負責懲戒的學監的候見室的門。然後就跪到一張跪凳上，有趣的是，跪凳放在候見室的正中央，面對學監辦公室的門，緊接著，便要伸手去搖就擺在地上的一只鈴。跪凳、下跪以及叮噹叮噹作響的鐵鈴，至今，我還難以自已，往往從這一懲戒的儀式中看到對舉揚聖體儀式的諷刺和戲謔性的模仿。因爲去懲戒室，絕對不是去履行一種敬拜儀式！鈴響之後，等待的時間有可能爲幾秒鐘，或一個小時不等，這構成了懲罰手段的極致，最不可忍受。最後，或早或晚，辦公室的門驟然打開，學監出現了，身上穿著的長袍發出憤怒的摩擦聲，左手拿著一份免予起訴的判決書。他猛地衝向跪墊，給受罰者劈哩啪啦一陣耳光，然後把已清洗了罪過的證明書往罪人手裡一塞，遂又像出現時那樣驟然消失。

譯註⑬：意思爲『迪弗熱去懲戒室！』

一套免除處罰的系統可以使你免遭這形形色色的懲罰，其標準是按照決疑論者最細緻不過的決斷制定的。免罰牌是一些小小的長方形的硬紙牌，有白色的，藍色的，粉紅色的，還有綠色的——價值不一——做爲對學習優秀者或作文優勝者的獎賞。我們也因此了解到，在那些寬容的神父的腦子裡，六小時的『示眾』的價值與一天的『隔離』是一樣的，而兩天的『罰站』或一次『懲戒』，若得過一次作文頭獎，兩次第二名，三次第三名或四個十六分⑭以上的分數，就可以贖除。不過，受懲罰的學生往往寧願受苦，把免罰牌積起來，因爲積多了，也可以買一次『小外出』（星期日下午半天）或一次『大外出』（星期日全天）。

然而，整個系統幾乎始終處於理論階段，彷彿害了癱瘓症似的，其原因是那些寬容的神父們無視聖者的相通之靈和以獎賞互通功德，而決定免罰牌必須嚴格地屬於個人所有——受益者的編號必須寫在方紙牌上——只有那些有資格免除受罰的人才能享用。可是，那些獲得免罰牌最多的學生——優秀學生，作文優勝者以及老師和學監的寵兒等——恰恰最用不著這些牌牌，因爲往往會突然出現神奇的保護神，使他們免遭『示眾』、『隔離』、『罰站』和『去懲戒室』之苦。在此情況下，只得依靠納斯托爾的全部天才，才能補救這一不完善的系統。

一九三八年二月二日。整整一天，我用一根橡皮筋在手指上不停地纏上，又不停地鬆開。明天，我將被迫進行鬥爭，以擺脫那一虛幻而又神奇的存在，它的存在與結婚戒指頗爲相似，但更令人惱怒，而象徵性則不足。這根橡皮筋就像緊巴在我手上的一只小手，每次試圖把它拉開時，它便抽搐，並微微地往裡縮。

一九三八年二月八日。人往往要等到深夜，才能從漆黑的天空中看到希望的閃光。正是『懲戒』第一次向我昭示了那令人驚奇的保護神，我此後一直受到它的保護，它也不斷地在我頭上張開保護網。

我所在的那個教室角落裡傳出一片喧鬧聲，我蜷縮著身子，真說不清在這片喧鬧聲中我到底幹了些什麼。可是，講台的上方發出了令人可怖的宣判聲，落到了我的頭上：『迪弗熱去懲戒室！』如往常出現這種懲罰時那樣，殘忍而歡樂的顫抖馬上傳遍了每排座位。我像在夢裡似地站立起來，全班四十個同學屏聲靜氣，在因此而形成的一片不潔的死寂中，我往門口走去。當時正值十二月，就要跨進一個似乎不可避免的嚴冬；我跟佩爾納爾發生那次衝突後情況很糟糕，打從走出醫務室那一刻起，他眼睛裡似乎就再也沒有了我。濕漉漉的暮靄浸遮著院子，透過一棵棵栗樹組成的黑色柵欄，可看到左側的天棚，裡面已經寥無人影，深處的小便池毫無遮掩地聳立著，就像男孩世界的祭台，總是煙霧繚繞。天棚的人行道旁，扔著一只球，我抬腳猛踢了一下。缺口豁嘴的掛衣鉤上，掛著黑鴉鴉的學生罩衫，在昏黑中猶如一群蝙蝠。一種拒絕生存的情緒在我心頭騰起，紛雜而又悄然無聲。這是一聲隱密的呼喚，一聲被窒息的吶喊，從我心底發出，消融在靜物的顫動之中。一股不可抗拒的動力把我們——靜物與我——驅向虛無，投向死亡，這一憤怒的撞擊，使我的雙肩再也抬不起來。我坐到地上，雙腳踩在排水溝裡，懷抱著雙膝。孤寂至少還給我留下了這對雙胞胎娃娃，長著四方的腦殼兒，光光的，凹凸不平——它們就是我。我用雙唇舔著菱形皮膚網正中的一個黑乎乎的痂蓋，有的地方淨是污垢，有的部位則積滿黑塵，乾巴巴的。我鬆了一口氣，終於又聞到了那十分熟悉的、如同燧石擦打時發出的氣味。我這才醒悟到，我剛剛相當猛烈地碰撞到了黑夜的深處，以致我登上苦難的階梯時，還仍舊茫然不知所措。懲戒學監的候見室沉浸在昏暗中。我盡力按

譯註⑭：法國通用二十分制。

捺住自己，沒有去開燈。從跪墊上，只能看清白牆上掛著一幅色彩強烈的圖畫，上面畫的是個正在遭受凌辱的基督，頭頂荊冠，一個粗野之人在打他耳光。當時，我對徵兆的釋讀——這是我一生中的大事——還一竅不通，所以根本沒有考慮到兩者之間存在著必然的相似性。今天，我才知道一張人的面孔，不管他有多卑劣，遭受多大侮辱，也會很快變成耶穌的面孔。

遠處響起了鈴聲。地板喀嚓一下。學監辦公室的門下，透出一線咄咄逼人的光亮。我屏住氣息，蜷縮在跪凳上。時間一分鐘一分鐘地過去，可我怎麼也難以下定決心去搖懲戒室的鈴。可是，鈴鐺在哪兒？我在黑暗中往地面摸去。手指很快碰到了那個沉重而又奸詐的小東西的銅殼一端的木鏤把。我慢慢地把它舉到眼前，小心翼翼，就好似握著一條正在熟睡的毒蛇。當下我的手指緊緊地捏住了鈴錘時，我心裡這才感到比較踏實。鈴錘是用鉛做的，表面經過鍛打，光溜溜的，像是人的肉體，上端和下端的環形軟墊往裡翻著。這說明鈴鐺使用的年代已經十分長久，我想像著鈴聲響起，那雨點般落在孩子臉上的耳光，那不計其數的懲罰，可一不小心，鈴鐺突然從我手中脫落，在跪凳的軟扶手上蹦了一下，哐噹一聲，滾到了地板上。辦公室的門立即打開了，燈光頓時間充滿了整個候見室。我驚呆了，閉起雙眼，等著挨打。

可是沒有挨打。恰恰相反，是某種撫摸，一種如絲般柔軟的東西在我臉頰上掠了一下，發出窸窣的聲響。我終於斗膽看了看。只見尚達華納站在面前，掛著譏諷的冷笑，像平素一樣，完全一副裝腔作勢的模樣，給我遞來一張小小的紙片，他剛才是用它擦了一下我的臉頰。緊接著，他往後退去，像個丑角似地做了個屈膝禮的動作，繼而消失在半開半掩的辦公室的門後。不一會兒，他重又露出了腦袋，扮了個鬼臉，遂又把門關上。

我看了看他剛剛遞給我的紙條，原來是學監正式簽署的一份釋放令。

回教室的路上，我腦子裡響得愈加厲害了，彷彿我受到了雙倍的懲罰。當然，我當時絲毫也沒有明白什麼，遠遠沒有想到我剛剛經歷的，正是那塊沉重地壓迫著我的命運磐石出現的第一條裂縫。從這值得記憶的一天起，我本該不再把命運看作是一種不可避免的必然，一種生就抱有敵意的必然，相反，我可以認為——打那天之後我不得不認為——命運也許與我個人的微不足道的歷史維繫著某種默契的關係，它可以把迪弗熱的某些東西投入到事物的發展中去。

但是，懲罰事件不過是個先兆而已。不得不等待了很長時間，才發生了徹底改變我在聖克里斯多夫中學的地位的事件，為我的生活打開了一個嶄新的年代。

聖枝主日那一天，寄宿生們按傳統都要進行一次『郊遊』，外加一次野餐活動，以表示冬季的結束。我就討厭被迫走出聖克里斯多夫的高牆，在這深院裡，我的生活雖然悲慘，但至少可以蜷縮在溫暖的外表底下，因此，這次外出野遊，是我最痛恨不過的事。果然，我們出遊時被分成兩組。有自行車的組成了令人羨慕不已的精銳隊伍——猶如古時軍隊的騎兵隊——由一位騎著機動腳踏兩用車的利未族小伙子指揮，出遊的目的地比較遠。我自然是沒沒無聞的步兵隊伍中的一員，大夥兒穿著沉重的鞋子，得徒步行走數公里，被一群很不好惹的學監驅趕著。

出發的哨聲就要吹響了，可就在這時，發生了一個轟動全校的事件。呂迪紐手推一輛光彩奪目的自行車出現了，這是納斯托爾的自行車。車子為翠鳥牌，石榴紅的顏色，直紋則呈淡黃色，鍍鉻的金屬車把，左側裝著一面小巧玲瓏的反視鏡，右側有個雙聲大鈴鐺，半圓形的擋泥板，白色的側翼，車子後部還有一個車架，架子上固定了一面反折射反光鏡；最後，實為當時所罕見的，那就是車子裝備有三檔換速叉。

我們大家全都料定呂迪紐會進入自行車隊，可他沒有這樣做。只見他穿過整個院子，在院子的鋪石路上，自行車一跳一跳的，猶如一匹踢蹬著前蹄的馬兒，我毫不起眼地待在步兵隊伍中，可他朝我走了過來。最後竟把自行車交給了我，簡單地交代了一句：

『納斯托爾叫我送來的，騎著出遊去吧！』

我驚詫不已，其程度不亞於全校所有的人，可他們卻當場指責我，說我具有非同一般的掩飾能力，因爲顯而易見，如此特殊的恩惠，必定會有長久的親密友好的關係做爲先導與準備。如果是一個對聖克里斯多夫中學的本質生活一無所知的外人，這一場面也許再也平凡不過，無疑不會引起他的注意。但是，對我來說，在過去了近四分之一個世紀之後，每當我回想起這一場面，我都忍不住會發出歡樂和自豪的顫抖。

隨後的一個星期裡，納斯托爾好像根本不認識我似的。不管怎麼說，我對禮儀這一套還是比較了解的，知道用不著對他道謝。可第二個星期六，呂迪紐在通勤生離校後下午五點鐘較長的休息時間來找我，告訴我座位換了，並幫助我搬位置。

毋庸贅言，學生的位子是由負責懲戒的學監一人說了算的，他總是儘可能地違背學生的願望，不是把朋友拆開，就是在前幾排的位子上安排上那些又懶又笨或愛想入非非的學生，他們自然巴不得活個自在，躲在教室的後幾排。唯有納斯托爾可以不受制裁地打破這一規矩，讓自己的意志取代學監的意志。他自己佔了教室最後一排左角的一個靠窗戶的位子，爲了可以不斷地監視整個院子，他甚至用小木塊墊高了課桌椅，還用一塊普通玻璃換下了窗戶上的一塊小小的毛玻璃，因爲全校所有教室全都裝配著毛玻璃。遵照這一只能出自於他的命令，我從此坐到了教室左角他身邊的位子上，確切地說，坐在他的右側。自從那一引起轟動的自行車事件後，這次換座位不僅沒有讓人感到驚奇，相反，大家都等著這件事的發生，無論是老師、學監，還是學生，概無例外。

從此之後，我在聖克里斯多夫的生活受到了愼重而卓有成效的保護。在我住校用的存物格子裡，每個星期我都能發現一點小禮物，大雨傾盆似的懲罰似乎不再落到我的頭上；那些頭一天對我態度粗暴的大個子們，第二天往往都神奇地露出一副挨過揍的模樣。然而，與在上課和自習課中納斯托爾讓我借到的光相比，這一切實在微不足道。他那龐大的身軀彷彿把整個教室往他所在的左側深處的角落推。對我來說，這兒確實是整個教室的中心點，不管怎麼說，其地位遠遠超過講台，在那兒，滑稽可笑的講演者們上上下下，不過是曇花一現。

一九三八年二月十二日。一位女顧客帶著一個五、六歲的小女孩來看我。臨走時，孩子受到了一頓斥責，因為她把左手遞給我握。我突然發現，大部分不滿七歲——懂事的年齡——的孩子都自然而然地請我們把左手伸給他們。**Sancta simplicitas!**⑮他們出於純眞的本能，知道右手受到了最令人厭惡的接觸的玷污，每天都少不了要伸到殺人犯、神父、警察、當權者們的手裡，就像鑽到富人床上的妓女，而可悲的、沒沒無聞的和被人忘卻的女人總是過著隱居般的生活，就如貞潔淑女，只接受姐妹們的擁抱。切勿忘記這一課。從此之後，要把你的左手伸給不滿七歲的孩子。

一九三八年二月十六日。納斯托爾總是不停地寫呀、畫呀。我很遺憾沒有得到他的一本作業簿，或者把它保存下來。他跟我說過的一切在我看來都是那麼奇妙，儘管我對他說的幾乎一點都不懂，直到這二十年後，我才用這些絕對不是他原話的詞語，來解釋與表達我的記憶想從他說過的話中汲取的東西。確實，我在他身旁度過的那個時期——總的來說相當短暫——深深地印在了我的腦際，而我後來所經歷的種種磨難顯然與這一時期密切相關，因此，在我的行囊中，幾乎沒有必要去區分哪些是屬於他的，又有哪些該是為我所有。

總而言之，倘若非要我拿出無可辯駁的證明，證明我是納斯托爾的受遺贈人的話，那只需看看

譯註⑮：拉丁語，意思為『神聖的純眞』。

我這隻在紙上移動的手，看看我這隻在書寫『左手的』文字那一個個字母的左手。因爲這隻手，納斯托爾曾經久久地在他手中握著，因爲他曾用他那隻沉甸甸、汗涔涔的大手握著我這可憐的小手，孵著這個浸是骨頭的半透明的小雞蛋，它任憑自己投入溫暖的懷抱中，卻不知道當時汲取的是何等的力量。納斯托爾的渾身力量，他那富於征服、摧毀力的整個精神全都滲入到了這隻手中。正是從這隻手中，這些『左手的』文字一天天產生了，因此，它們是我們倆共同的作品。小雞蛋孵化了。它成了這樣一隻左手，長著毛茸茸長方形的手指、寬大的手心，像是一個托盤似的，可以肯定，與其說用它來握自來水筆寫字，倒不如說用它來操作鉛筆。

納斯托爾右手握著我的左手，用左手寫字、畫畫。也許他向來習慣用左手。可我卻喜歡自豪地猜測，他只是爲了我才迫使自己使用左手，唯一的目的是爲了能握著我的手，而又不停止寫字。可以肯定的是，我從沒像這個値得紀念的日子一般，感覺到一種與他如此貼近的感覺。這是幾個月前的一天，我渾身猛烈地一陣顫抖，突然發現自己竟會使用左手寫字，發現自己的左手往紙上一放，不用練習，不用嘗試，就毫不猶豫地在紙上寫下了嶄新的字體，與我右手寫的字，與我右手字體迴然而異。

我就這樣擁有了兩種字體，一種是右手，它可愛、合群、善於交際，表現了我在社會公眾面前裝出的那種披著僞裝的個性；另一種是左手的，它被天才的種種左手的所扭曲，充滿了閃電和呼喊，總而言之，附著納斯托爾的靈魂。

一九三八年二月十八日。每次坐進別人交給我檢修的汽車，看到用螺絲釘固定在儀表盤上的聖克里斯多夫紀念章時，我總是回想起博韋的那所中學，對伴隨我一生而出現的眾多機遇中的某一次發出讚歎。有的機遇是意外出現的，似乎很可笑；而這一次卻是注定出現的。如聖克里斯多夫中學、納斯托爾、還有這一經營汽車廠的職業，使我重新置於背負十字架的巨人的庇護之下……還有更多的事。我這茶褐色的皮膚，直直的黑髮，是我母親遺傳給我的，因爲她長得像個茨岡人。我從來沒有起過好奇心，想過要查查她的家譜，我這一生已經充滿了夠多的先知先覺，若她家中有大篷車和馬匹，我絕不會感到大驚小怪的。

比如阿貝爾這個名字，我一直覺得純粹是偶然起的，直到有一天，《聖經》中那段敘述人類歷史中第一樁謀殺事件的文字跳到了我的眼前。阿貝爾，也就是約伯⑯，是個牧羊人，而該隱是個種地的。所謂牧羊人，就是遊牧的；而種地的，就是定居的人。約伯與該隱之爭從創世之時一代代延續到今日，如遊牧民族與定居民族之間那種祖傳性的對立，更確切地說，遊牧民族一直遭到定居民族的強烈迫害。這份仇恨至今還遠遠沒有消除，它又表現在迫使茨岡人服從的種種可恥的、侮辱性的規定——人們總把茨岡人當作死不悔改的罪犯，在每個村寨的入口處，這份仇恨總是顯現在一塊塊告示牌上：『遊牧人嚴禁停留。』

不錯，該隱受到了詛咒，對他的懲罰如他對約伯的仇恨一樣，也一代又一代地永遠沒有完結的盡頭。上帝對他說：『你現在是地上所咒罵的人，地張開口由你手中接收了你弟弟的血，從此你即使耕種，地也不會給你出產；你在地上要成個流離失所的人。』就這樣，該隱也當面受到了最嚴重的判處：他不得不成爲流浪者，就像過去的約伯一樣。他對這一判決說過一些叛逆的話，而且也沒有服從判決。他來到了離耶和華很遠的地方，在那兒修建了一座城市，這是世間第一座城市，被他命名爲以諾。

噢，我認爲，對農民的這一詛咒——農民們對他們的遊牧兄弟也同樣是冷酷無情的——我們今

譯註⑯：《聖經》中的約伯與法文中的阿貝爾的法語書寫形式均爲『Abel』。

天還依然可以看到。因爲土地不再養活他們，鄉巴佬們不得不捲起鋪蓋，背井離鄉，成千上萬的種田人從一個地方飄泊到另一個地方，殊不知在上一個世紀，由於把某種定居的狀況當作擁有選舉權的條件之一，一大群流動的人們被排斥在選民團之外，按照原則看，這一人群都是異端分子，因爲他們是失去了根的人。後來，他們在一些城市落了腳，構成了工業大城市中的無產階級。

而我呀，我躲藏在穩定的人群中，他們都是一些虛假的定居者，一些虛假的正統分子。我自然一動不動，但是我卻在維修這一遷移的最好工具——汽車。我耐心地等待著，因爲我知道，遲早有一天，老天將再也忍受不了定居者們的種種罪行，會讓天火降臨到他們頭上。到那時，他們全都會像該隱一樣，被亂七八糟地扔到路上，一個個沒命地逃離他們那被詛咒的城市和拒絕供養他們的土地。唯獨我，阿貝爾，將心滿意足，笑咪咪地展開我遮藏在這身汽車廠老闆的破衣服下的巨翼，雙腳踩著他們發黑的腦袋，用力一蹬，飛到群星中去。

一九三八年二月二十五日。一天，納斯托爾從他的課桌中拿出一個四四方方的小硬紙盒，把它湊到我的耳畔。我聽到一種抑揚的嗡嗡振顫聲，好似一架在高空飛翔的飛機傳出的隆隆聲。我的朋友瞇縫著雙眼，透過像放大鏡一般的厚厚的眼鏡片，含譏帶諷地打量著我。他把盒子放在桌上。盒子馬上豎起一角，繼又往下低傾，開始翩翩起舞，那悠悠的動作，給優雅的舞姿平添了幾分莊重。嗡嗡聲愈來愈響，每次盒子往下傾斜時，那聲音便變得更加低沉。最後，盒子往一邊倒去，在原地旋轉了幾圈，然後一動不動了。我好奇地湊到跟前，想看清我發現印在盒子上的字：法國著名物理學家萊翁・富科子一八五二年發明，以展示地球的旋轉……這時，納斯托爾拿起盒子，一邊把它打開，一邊神情嚴肅地對我解釋說：『這是個陀螺儀，是打開絕對奧祕的鑰匙。』這玩意兒由兩個同心金屬圈組成，在互相垂直的平面處焊接在一起。一個相當沉重的紅銅輪嵌在其中一個圓圈之中，銅輪之間有一橫軸，兩頭尖尖的，分別插在另一個圓圈兩邊的小洞內，從而隨銅輪一起轉動。納斯托爾把一根細繩伸入橫軸的一個孔眼內，然後把細繩纏繞在軸上。接著，他猛地一拉繩子，細繩立即展開，發出嘶嘶的聲響。銅輪遂轉動起來。這時，納斯托爾把一個表示艾菲爾鐵塔的小鐵架從盒子上取下來，把陀螺儀平穩地放在架子頂端。於是，優雅的舞蹈便開始了。這件小儀器形狀如此簡單，但精巧而又嚴密，圍著固定點旋轉著，畫出一個比一個寬的軌跡，那莊嚴、悠慢的運動與圓圈上的輪子瘋狂的迴旋適成對照，就好似那些蜂鳥，牠們那小小的翅膀搧動得愈快，飛得似乎就更慢，而且像在原地飛動一般的時間也更長。

艾菲爾鐵塔在木桌面上顫振著，發出沉悶的隆隆聲，立即吸引了學生和學監的注意力。納斯托爾對此毫不在意。他支著臂肘，半個身子朝著我，全神貫注地欣賞著還在翩翩起舞的陀螺儀。『一個玩具宇宙，』他低聲地說道：『這一小小的形象，完全忠實地表現了地心引力……你知道吧，馬貝爾⑰，你眼睛盯著看的這一運動，實際上根本就不存在！在起舞的是你，是聖克里斯多夫，是整個法蘭西！陀螺巧妙地擺脫了地球運動，所以好像在旋轉。實際上，是我們在圍繞著它轉。噢，你用手捏一捏它。』他說著就把支架頂端上的陀螺儀拿到手中，遞給了我。我用力捏住這一富於生命的小儀器，這一捏，我馬上在我的手裡感覺到一股異常的推力，一股不可抵擋的扭力，一直傳到我的手腕和整個手臂。

『像是個癩蝦蟆似的！』我驚叫道。

『癩蝦蟆，那是你，小弗熱，』納斯托爾對我說道：『你緊緊地抓著一個固定點，可地球要旋轉，你永遠也阻擋不了它。你手心中所感覺到的，是帶動著你的地球的轉動對靜止不動的陀螺儀所

譯註⑰：納斯托爾對阿貝爾的稱呼。

產生的阻力。把它還給我吧。每當事情不妙時，它就是我的依靠。它是我的袖珍的絕對存在……』

一九三八年二月二十八日。難道是我兩個月來總是沉湎於兒時記憶的緣故？如今，我心中一直縈繞著老瑪麗在雨天時一邊搖晃著我，一邊對我唱著的那首荒唐而單調的歌，這首歌使我那悲傷得已經麻木的靈魂蜷縮到了它那最黑暗的洞穴中。

每當我想起它
我的心便拉長……
猶如一塊海綿
浸入到
深潭
裡面充滿硫磺
煎熬著如此巨大，如此巨大，如此巨大的悲傷
每當我想起它
我的心便拉長

一九三八年三月二日。他養成了說話不動嘴唇的習慣，恐怕不是因爲非這樣做不可的緣故，而是出於對掩飾的嗜好，誰都知道他在老師和學監那兒享有豁免權，在其他方面，還擁有許許多多的自由權。他常常瞇著狡黠的眼睛，久久地看著我，對我說著話，可那話語深奧難解，往往把我推入

一種幸福的眩暈境地。

『總有一天，他們全都要走的，』比如他這樣對我說：『可你將留在我身邊，哪怕我消失。你既不漂亮也不聰慧，可你是屬於我的，聖克里斯多夫中學的任何一個學生從來都沒有像你這樣屬於過我。以後，你一定會使我變得毫無用處，可這樣很好。』

或者，他扶著我的肩膀說道：

『我把我所有的種子全都播種到了這一矮小的身軀裡。你以後必須尋找一種適宜於它們開花的氣候。通過那將令你恐懼的一次次發芽，一次次開花，你可以看到你生命的成功所在。』

如今，我完全領悟到了他以前說過的那一預言，那一天，他緊抓著我的下巴，迫使我張開嘴巴：『不久，』他說道：『這些小小的牙齒將長大。馬貝爾將擁有極大的利牙，他下頜的格格聲傳到任何人的耳邊，都會被認作一種可怕的威脅。』

也許在正在醞釀的事件的啓發之下，我以後終將明白他說話的意思，他說：

『只要猛烈地敲擊一扇門，它最終總會打開的。要不，從未見過的鄰居的門也會打開一條門縫，這就更漂亮了。』

或者還說：

『應該一筆連成始與終。』

我只見過他讀一部小說，可小說的許多段落，他爛熟在心，每當課上得讓人厭煩時，他便不動嘴唇，整頁整頁地背誦起來。這部書是詹姆斯·奧利弗·庫伍德的《金圈套》。納斯托爾一副神祕的模樣朝我傾過身子，像告訴一個令人陶醉的祕密那樣在我耳邊低聲背誦道：若在阿薩巴斯卡湖上放一獨木舟，沿著和平河往北航行，便可抵達大奴湖，然後順馬更些河而下，直駛北極圈……小說的主角叫布拉姆，是個野蠻的巨人，爲英國人、印第安人和愛斯基摩人的混血後代，他孑然一身，帶著一群狼，穿過了茫茫冰原。對布拉姆來說，與狼同嚎絕非一種富有色彩的比喻之說：他猛地把他那只巨大的腦袋往後仰去，以從他胸腔和喉嚨裡發出一聲來自心底的叫喊，讓聲音衝向天空。納斯托爾背誦著，開始是一陣雷鳴似的隆隆聲，繼而變成了尖利的哀吟，可在平坦的冰原上傳出數里之遙。這是主人對他那群狼發出的呼喊；是獸人對其弟兄發出的呼喚……回應這聲粗野的呼喊的，是呼呼的北風，可往往也有天空的音樂，這是北極的曙光在空中發出的神奇而魔幻的和聲，以預報它的升起。忽而是刺耳的尖鳴，忽而是輕柔的低吟，宛如一隻貓兒的呼嚕聲，有時又像蜜蜂金屬般的嗡嗡聲。

布拉姆的呼喊、群狼的嚎叫、北風的呼吼和北極曙光那金屬般的樂聲，這一切闖入了我們在聖克里斯多夫的生活，這是一種與世隔絕的幽禁生活，然而卻又擁擠而雜亂，屬於一個未開化的非人世界，如同虛無一般潔白清純。對我來說，這聲呼喚與我在十二月的那天夜晚，坐在天棚的人行道邊準備去——或以爲要去——懲戒室時聽到的那陣悄然的喊叫聲混合在一起，難解難分。但是，這聲呼喚豐富、擴大了我聽到的喊叫聲，使它充滿了納斯托爾敘述的故事所帶來的那種種強烈的誘惑力。我的朋友心情激動地跟我談起在黑乎乎的松林中怒號的暴風雨，談起了在穿越冰封的湖面時腳下那青綠色的深淵；雪鞋發出單調的沙沙、沙沙聲；群狼在冰冷的黑夜中窮兇極惡地追逐獵物；由圓木搭成的小木屋像個曲背的老人，半截身子埋在粒雪堆裡，夜晚，獵人在裡面棲身，點起大火盆，以溫暖自己的身軀和心房。

歲月消逝而去，可說眞的，我至今還沒有擺脫我兒時在裡邊苦苦掙扎的那種瀰漫著疫氣和霉味的氛圍。對我來說，加拿大始終還是那個遙遠的冥世，它往往把折磨著我的那種種微不足道的不幸化爲烏有。我敢寫下我自己沒有放棄努力嗎？會有一天，馬貝爾，會有一天的，你到時瞧吧！

一九三八年三月六日。去警察局換灰卡。窗前排著死氣沉沉的長隊，人們無可奈何地等待著，窗後傳來那些兇狠的醜女人像狗一般的嗷嗷叫聲。大家都夢想出現一個善良的專制君主，大筆一揮，取消戶籍證、身分證、護照和形形式式的證件，還有那個犯罪記錄，總之，取消所有那些噩夢般的紙片兒，其用途——就算有所用處吧——與其付出的勞動與造成的煩惱也是不成比例的。

不過，若得不到大多數人的承認甚或積極的支持意向，一項法規確實也難以施行下去。所以，死刑並不是野蠻時代的一種血腥的殘餘；對公眾輿論的各種調查無不證明絕大多數人都盲目地抱著死刑不放。至於行政機構立的各種卡啦、證啦，恐怕也是與大多數人的要求相適應的，或者更確切地說，是與人們一種基本的恐懼心理相適應的，這就是恐懼成為動物的心理。因為若無證件生活著，就無異於像隻動物那樣生活。那些無國籍的人、那些姦生子女或私生子所遭受的境況實際上僅僅是依靠某種證件而維持著。這些想法使我起念寫了一個小寓言。

從前有一個人，跟警察發生了一次口角。事情了結後，留了一個案底，一遇到什麼事情，就有可能翻出來。這個男子下決心把這個案底毀了，為此鑽進了金銀匠河沿河馬路的警察局辦公樓。他自然沒有時間也沒有辦法找到有關他的那份卷宗。因此，他得把所有『犯罪紀錄簿』毀了才行，於是，他澆了一桶汽油，一把火將整個辦公樓全都燒了。

首次壯舉大獲全勝，他堅信各種材料證件是一種絕對的惡，應該讓人類擺脫其束縛，這一信念鼓勵著他繼續走他開創的路。他把自己的財富全都換成了一桶桶汽油，開始有系統地光顧省政府、市政廳和警察局等地方，不管是卷宗、檔案還是資料，全都付之一炬，由於他每次都是單獨活動，所以誰也逮不著他。

可是，他突然發現了一個異常的現象：在他完成了壯舉的居民區，人們行走時總往地面傾著身子，從嘴中發出一些含混不清的詞語，總而言之，他們在漸漸地變成動物。最後，他終於醒悟了，發現自己本來想把人類解放出來，沒想到反而使人類墮落到了動物的狀態，因爲人類的靈魂是用紙做的。

一九三八年三月八日。晚上在飯廳用餐，我們有說話的自由。儘管只有一百五十個人，可聲音服從於一條正常的規律，自動地逐漸提高，因爲若要想讓別人聽清自己講話，誰都得不斷提高嗓門。當喧嘩聲達到頂點，形成一座聲響大廈，恰好塡滿了整個大飯堂時，學監便吹起一陣輪哨，將之徹底摧毀。隨之降臨的死寂有著某種令人眩暈的成分。接著一張張餐桌上又響起竊竊私語聲，一把餐叉噹地一聲碰到了碟子，馬上發出一陣哄笑聲，各種聲音和動靜又漸漸織成巨網，重複著先前的一幕。

中午，半寄宿生們又加入了寄宿生們的隊伍，總共有兩百五十人左右，可我們必須保持安靜。『示眾』懲罰劈頭蓋臉地落到了違禁說話的人頭上，如有人一犯再犯，那就要『罰站』。飯堂的一個台子，放著一張課桌，總有一個學生站在桌上，高聲朗讀一頁頁富有教益的文字，一般來說，都取自某部聖人傳。寬敞的大飯堂裡，充斥著餐具的碰撞聲和憋不住的交談聲，朗讀的人總想讓眾人聽清，不得不直著嗓子大聲地唸，也就是說只用一種腔調，那調子沒有絲毫說話的味道，純粹是一種怪模怪樣的誦詩調，無情地抹去了任何色彩——詢問的、譏諷的、威脅的或逗趣的——無論是哪一句話，都千篇一律地賦予一種悲愴、哀婉的聲調，強烈到逼人的地步。

朗誦的差使是學生們極爲賞識的，一般都是做爲對各類優勝者的獎賞，當然，他們得有能力完成這一差使。對一個孩子來說，要在四十五分鐘內毫不間斷，準確無誤地高聲朗讀一篇誰也沒想到會派上這等野蠻用場的文字，絕非易事。因此，朗誦者不僅馬上會擁有某種威望，而且還有在其他學生之前用餐的好處；按慣例，朗誦者吃的飯比普通伙食要更精細、更豐盛。

不用說，我毫無成爲朗誦者的天賦，可是一天早上，有人通知我中午進餐時，由我代替當時的一位朗讀者，這人出乎眾人的意料，竟然受到了一次『懲戒』，所以便沒有資格享受朗誦的殊榮，我得知消息後，感到很驚訝，不禁渾身顫抖。同時，那人還交給了我要唸的有關文字：那是一個聖克里斯多夫的生平片段，摘自雅克．德．沃拉吉納的《金色傳奇》。

我毫不懷疑是因爲納斯托爾，才給了我這份過分的榮譽，給我增添了負擔。如今，我清楚自己所了解的一切，重溫了昔日曾當著全校學生的面大聲朗誦的那幾頁文字，在這一令人驚奇的文字的字裡行間，我彷彿看到了納斯托爾的簽名。但是，在我的一生中，我是否擁有相當的證據，以揭示出將聖克里斯多夫的傳奇與納斯托爾的命運連結在一起的內在關係呢？納斯托爾的這一命運，是由我掌管、執行的。

雅克．德．沃拉吉納寫道，聖克里斯多夫是迦南人。他長著巨大的軀體，面目令人可怖。他很樂意侍候人，但這人須爲世界最偉大的君主。於是，他來到一位十分強大的國王宮中，據說，這位國王極爲偉大，無與倫比。國王見了聖克里斯多夫，仁慈地接待了他，並讓他留在了宮中。可是有一天，克里斯多夫意外地發現有人在國王面前提到了魔鬼後，國王馬上在那人臉上劃了個十字。克里斯多夫便問國王，爲何要劃十字。國王回答說：『每當我聽到別人說什麼魔鬼，我都要劃這個符號，害怕那魔鬼對我施行魔力，加害於我。』這一來，克里斯多夫馬上明白了他侍候的這位國王既不是最偉大的，也不是最強大的，因爲他害怕魔鬼。於是，克里斯多夫與國王告辭，出發尋找魔鬼去了。他行走在一片荒漠中，這時，他看到了一大群士兵，其中有一位外貌兇狠可怖，朝他走了過來，問他去何處。克里斯多夫回答說：『我在尋找魔鬼老爺，以拜他爲主人。』對方對克里斯多夫說：『我正是你要尋找的。』克里斯多夫欣喜若狂，立誓永遠當這人的僕從，把他當作老爺。然而，當他們一起行走時，遇到了立在路旁的一個十字架。魔鬼立即嚇壞了，急忙逃跑，離開了行走的路，領著克里斯多夫穿過了一片高低不平的地方。然後，他才又把克里斯多夫領回路上。克里斯多夫目睹了這一切，不勝驚訝，便問他為何如此害怕。魔鬼回答他說：『有一個叫耶穌的人捆在十字架上；我一見到他在十字架上的形象，就無比害怕，嚇得連忙逃跑。』克里斯多夫對他說：『我付出的努力還是白費了，我還沒有尋找到世界上最偉大的君主。現在告辭了，我離開你，要去尋找比你更偉大、更強大的耶穌。』

他花費了很長時間，尋找一個可以給他提供基督情況的人。最後，他遇到了一位隱修的修道士，修道士給他宣揚耶穌基督，向他佈道。修道士對克里斯多夫說：『你想要侍候的那位國王要求你服從一點，那就是你必須經常禁食。』克里斯多夫回答他說：『我是個巨人，飢餓難當。讓他給我提別的要求吧，我絕對不能禁食。』修道士對他說：『你是否知道有那麼一條河，許多行人正在那裡喪命？』『知道。』克里斯多夫回答說。修道士接著又說道：『你身材高大，強壯有力，若你能待在那條河邊，把倖存的人們送過河去，那對你想侍候的耶穌基督國王來說，也許是十分愉快的事。』克里斯多夫對他說：『好，我可以為此效勞，我答應一定為他完成這項義務。』

克里斯多夫來到了那條河邊，在河岸上建了一幢小木屋。他沒有用什麼木棒，而是手執一根杆子，用它在水中保持身體平衡，毫不停息地把旅行者一一送過河去。一天天過去了，有一次，他正在屋裡休息，忽然聽到一個孩子呼喊他的聲音：『克里斯多夫，出來把我送過岸去。』克里斯多夫馬上起床，可沒有找到半個人影。他回到屋中，可又聽到同一聲音在呼喚著他。他急忙又跑了出去，可還是沒找到人影。第三次，好像呼喊聲是從前方發出的。他出了門，發現河岸上有個小男孩，求他送他過河。克里斯多夫把孩子舉起放到肩上，拿起杆子，下了河，準備把孩子送過河去。可這時，河水漸漸地上漲，孩子像鉛塊一般，沉沉地壓在他身上；克里斯多夫向前游去，可水還在繼續上漲，在他肩頭的孩子也越來越沉，難以支撐，克里斯多夫恐慌萬分，害怕送命……

他好不容易終於倖免於難。過了河，他把小男孩放到河岸上，對他說：『你剛才把我置於極度的危險之中。你那麼沉重地壓著我，彷彿我身上負載著整個世界，我不知道是否還載過更重的東西。』小男孩回答他說：『你不要感到吃驚，克里斯多夫，你不僅負載了整個世界，你的雙肩還承載了創造世界的人：我就是基督，你的國王，你做的一切已經為他效了力；為了向你證明我說的是眞言，請你回到對岸後，把你的杆子插到你屋前的地裡，到了清晨，你就會發現杆子將會開花結果。』說罷，小男孩便消失不見了。克里斯多夫過了岸，把杆子插進地裡，第二天起床後，他果然發現杆子長出了樹葉和椰棗，看去像棵棕櫚樹……

我毫不費力，一口氣朗誦了整個故事，心裡頗為得意。下午兩點上自習課時，我坐到納斯托爾身旁，等著他向我祝賀。可他全神貫注，在畫一張畫，他畫這種畫，總是塗滿各種色彩，有時還要細加修飾，整個臉幾乎貼著畫紙，花上幾個小時。等他抬起頭來，我發現他畫的正是聖克里斯多夫。不過在他肩上，巨人負載的是整座中學的建築，各幢樓房的窗口，一群群學生探出身子。納斯托爾習慣性地用手絹抹了抹腦門，低聲說道：『克里斯多夫尋找絕對的主人，最後在一個小男孩身上找到了。但最重要的，是要弄清小男孩在他肩上的分量與杆子開花之間存在著的確切關係。』

我俯過身子，發現他給負載基督的巨人畫上了他自己的五官。

一九三八年三月十一日。兩個多月來，我一直在暗中書寫回憶性的日記，這種方式具有神奇的力量，能把日記敘述的事件及行為——我的事件與我的行為——置於一個新的視角，加以揭示，並賦予新的尺度。比如，自寫下二月十八日的日記以後，我的名字阿貝爾在我看來便有了新的含意。同樣，那些不被人所知的小小習慣，多多少少有些見不得人，而且明顯是荒唐的、無法辯解的，每當我就此在這兒寫上幾行文字，便感到自己可以補救那些不良習慣。

比如嚎叫。今天早晨，我讓右手腕用力撐著，可手腕發出閃爍性的疼痛，若沒有它的提醒，我準會又習慣地嚎叫一陣。嚎叫，這既是一種對絕望的模仿，也是一種戰勝絕望的儀式。我趴在地上，雙腳向外側，然後用雙手撐起雙臂，挺直上身，腦袋向後仰，朝向天花板。隨之便是嚎叫。那像是一陣深沉而連續的嗝兒，彷彿從我肺腑中往上冒，久久地震顫著我的脖子。如此一陣嚎叫，便發洩了對生活的一切煩惱和對死亡的所有恐懼。

今天早晨，由於不能嚎叫，我又發明了一種新的儀式，可稱之為『洗廁所』或『洗屎尿』，我還說不清楚。必須說明的是，每日清晨，我總感到難以繼續生存下去，當我試圖把這一感覺從其網絡中撕開時，它卻更為沉重地壓迫著我的身軀。這還不過是區區小事，因為每天起床，還有著——比平常的還更苦澀——照鏡子的失望。我這人從未肯放棄心中暗暗抱有的一線希望，指望隨著黑夜過去，一張有血有肉的新面孔會取代我平常的那張嘴臉。比如在某天早晨，也許會換上一張鹿似的幼稚而嚴肅的臉，在佈滿亮點的鏡面中，用兩只細長發綠的杏仁眼打量著我。我也會為那兩只靈活而富於表情的耳朵而樂不可支，那耳朵的蓬勃生機將因此而做為對面孔的奇特和僵硬的一種補償。

但是，出現的總是我自己，臉色比平時更黃、更憂鬱，兩只眼睛深深地陷在眼眶裡，兩道濃眉仍然黑如木炭，前額低低的，一副執拗的神氣，沒有絲毫的靈感，還有那兩道深深的皺紋，直穿過我的臉頰，彷彿是一條永不枯竭的淚河侵蝕而成的。我睡得很不好，粗糙的下巴長著濃毛，扎得我手心發疼，一口牙齒上則沾滿了灰綠色的東西。不，真的，哪怕就這一次也難以忍受！我高聲喊叫：『什麼嘴臉！這是一副什麼嘴臉！去，去廁所！』我一邊喊叫，一邊用雙手緊緊地卡著脖子，做出要把它擰下來的動作。一氣之下，我真的衝到了廁所。到了廁所，我跪倒在抽水馬桶前，像是要吐的樣子，可我卻把整個腦袋全伸了進去，同時舉起雙手，去摸衝水鏈。水箱一抽，發出瀑布般的嘩嘩水聲，頸背上隨即落上冷水，硬邦邦的，就像是斷頭台上的鍘刀。然後，我抬起身子，渾身淌著水，心裡卻平靜了，儘管還有著幾分茫然。不管怎麼說，這對我是有好處的！要是不再這麼做，那我才覺得奇怪呢！

一九三八年三月十四日。四點鐘的課間大休息達到了高潮。院子裡騰起一片合拍的喧鬧聲，幾百個學生身著飾有紅飾帶的黑罩衫，正在院子裡活動。我坐在納斯托爾正倚靠著的窗沿上，觀看著這一粗暴得令人著迷的新遊戲。體重最輕的男孩子坐在身體最壯的同學的肩上，由此而配成的對子——騎士與坐騎——猛烈撞擊對方，以把對手掀下馬來。騎士們伸長胳膊，當作長矛直刺敵手的臉部，緊按著手一縮，又成了鐵鉤，鉤住對手的領子，把他往邊上或往後拉。常有人猛地摔倒在爐渣地面上，可有的時候，騎士雖然被撞得腦袋後仰在地，可雙腿還緊夾著坐騎的脖子不放，兩只手拚命抓著對方坐騎的大腿，繼續戰鬥。

開始時，納斯托爾只是用目光掃視著整個院子，面對這場混戰，他若有所思地昂然不動，品味著由此而生的高人一籌的滋味。接著，他張口說了幾句話，按照他的習慣，這話並不是專門針對某個人講的：『一個課間休息的院子，是一個封閉的空間，然而卻留下了相當大的遊戲場地，可允許各種遊戲。這一遊戲場地就像一張白紙，各種遊戲一個個書寫在上面，猶如一個個留待分解的符號。但是，大氣的密度與籠罩著大氣的空間卻成反比。要了解這情景，得看看四邊的牆全都挨在一起時會發生怎樣的場面。這就像所有的字全都擠成了一團。會因此而更容易辨認嗎？至少可目睹到凝聚的現象。怎樣的凝聚現象呢？也許水族館，還有學生宿舍，可以提供某個答案。』

這時，一群戰成一團、難解難分的騎士搖搖欲墜，最後來了個人仰馬翻，紛紛摔倒在高低不平的地面上。納斯托爾興奮得渾身顫抖。『來，馬貝爾，』他對我說道：『讓他們瞧瞧我們的厲害！』說罷，他走到我的身後，把大腦袋伸進我兩條細細的大腿間，像吹羽毛似地把我舉了起來。他雙手緊緊地抓著我的手腕，用力地拉我的胳膊，使我穩穩地坐在他的肩頭，可我們倆卻因此而騰不出一隻手來。對此，納斯托爾毫不在意，因爲他只指望用自己的身軀去戰勝對手。事實也是如此，在戰場上，他一路衝殺過去，如同一頭憤怒的公牛，把對手全都撞翻在地。接著，他又轉過身，重新發起進攻，可出其不意的效應已經枯竭，倖存的騎士們勇敢地前來迎戰，發生了可怕的撞擊。納斯托爾的眼鏡被撞了個粉碎。『我什麼也看不見了，』納斯托爾鬆開我的雙手說道：『給我指路！』我抓住他的耳朵，像拉馬韁似的，想讓他往哪邊走，就一拉那邊的耳朵，試圖以此給他指路。可是，他很快又變換了另一種戰術。爲了擺脫窮追不捨的騎士們，他開始拚命地轉動起身子來，那龐大的身軀轉動之快，令人愕然。我呢，則有力地抓住伸手可及的一切，一抓住進攻者，便猛地往我身上拉，一個個進攻者如九戲柱般紛紛落地。片刻後，只有我們倆還站立著，周圍盡是敗將，痛苦地胡亂倒在地上。我們身邊圍起一圈崇拜者。從中走出一位個子矮小的同學，懷著敬意，把他撿起的納斯托爾的那付散了架的眼鏡交給了我。

納斯托爾跪了下來，把我放到地上，那動作在無言中使我想到了大象放下馭象人的姿態。接著，他一動不動地呆了片刻，露出微微的笑容，一副若有所思的模樣，掛著我從未見他有過的幸福神情，甚至都忘了他沒有用手帕去擦擦掛滿汗珠的額頭，做出這類習慣性的動作。他還是張著什麼也看不清的眼睛，把手搭在我的肩頭，沒有考慮再設法把眼鏡戴上。就這樣，我們又回到了方才離開的那個窗角，他臉上始終掛著那種略含憨態的欣喜神情。他默默地呆著，過了很長時間之後，才開口說道：『我原來不知道，小弗熱，肩上背著一個孩子，會是那麼美妙的事。』

一九三八年三月十四日。我有不少小小的安慰，其中之一就是給自己的皮鞋上油。我的衣櫃下，放著一個小箱子，裡面堆滿了硬度不一的毛刷子，貨眞價實的羊毛擦鞋布和一盒盒色彩各異的鞋油，有純黑的、純白的，還有一整套淺黃褐色的。我就喜歡用巧妙配製而成的不同色彩的鞋油擦鞋，使每天穿的皮鞋都呈現出新的顏色。每天晚上，我先擦去灰土，然後抹上油，第二天早上再細細地擦個晶亮。鞋子本來就該是這麼擦的。可是，我特別喜歡用手觸摸鞋子，並把手伸到鞋子裡面去。我的一雙手很大，像是閥門鉗，又好似陰溝鏟，要是放在一塊白桌布或一張白紙上，或用它們來擺弄小巧玲瓏的銀勺或鉛筆，實在滑稽可笑，在我指間，那勺子或鉛筆隨時有可能像根火柴棒一樣被折斷。可是一碰起鞋子來，那就不一樣了。

上個星期，我在一只垃圾箱上發現了一雙高筒皮鞋，鞋子破破爛爛的，被腳汗漚得浸是窟窿，此外，這雙鞋子還受到了凌辱，因爲扔掉前連鞋帶也被抽走了，所以兩隻鞋子像打著呵欠似地伸著舌頭，張著空空的扣眼。我的雙手友好地接待了它們，兩只角狀的拇指把鞋底彎成弓形——硬硬的軀體，可卻充滿深情——其他手指伸進了鞋子的裡面。在這富於同情心的觸摸之下，這雙可憐的鞋子彷彿重新獲得了生命，當我把它重又放到垃圾堆裡時，心中不禁一揪。

在我寫字台的一個抽屜裡，我有一小套擦鞋的工具：一管無色鞋油、一把刷污泥的硬刷子、一把擦油增亮的軟刷子和一塊羊毛擦鞋布。要是哪位顧客賴著不走，讓我感到厭煩時，我便毫不猶豫地擦起鞋來。在對方驚愕不已的目光之下，我打開全套擦鞋工具，有條不紊地動手擦我的皮鞋。需要時，我還脫下腳上的鞋子，放到桌子上去。無色鞋油的最大好處，就是抹油時可以——甚至有必要——不用刷子。這灰白色的半透明物質，散發著強烈的篤耨樹的香味，把它塗抹在手指上，再慢慢地按摩著皮面，給每一個細孔滋補營養，使每一道褶子變得柔軟，細心地撫平每一條裂痕，這是多大的樂趣啊！要是我的客人對我這般冒昧表示不滿的話，那他可就錯了。我往往可從中獲得愉悅，重新學會忍耐和寬容。

我的雙手喜愛鞋子。實際上，是因爲它們爲自己不是腳丫子而感到痛苦，就像那些長得過分高大的姑娘，爲自己生就不是男孩而終生抱憾。

一九三八年三月十六日。納斯托爾倒在他那個角落裡，右手緊緊地捏著我的左手。他的眼鏡貼著一條條膠帶，把碎鏡片勉強黏到了一起，透過這付顯得更加怪模怪樣的眼鏡，他笑咪咪地打量著我。

『你知道阿德萊男爵嗎？』他問我。

當然不知道。我怎麼會知道阿德萊男爵呢？再說，納斯托爾並沒有指望別人回答。

『那我給你講講他的故事，』他嘴唇也不動一下，對我說道：『他名叫弗朗索瓦·德·博蒙，在多菲內地區的拉弗萊特擁有一座城堡。那是在十六世紀，當時，宗教戰爭使整個王國到處有流血事件，各種強大的造物卻應運而生，得以任意發展。

『有一天，阿德萊和手下的軍官去打獵，追趕一隻熊，熊被一道深淵截住了退路。走投無路的動物於是對著一個追趕的人發動攻擊，那人開了槍，打傷了熊，可自己也跟著熊在雪地裡滾了下去。男爵見此情景，馬上衝上去搶救他手下的人。可他卻被一種難以言表的快感所控制，猛地停下了腳步。原來他發現那人和熊緊緊地摟抱在一起，正慢慢地往深淵滑去，他被這一慢速的滑動給迷住了，目光凝固了似地看著。接著，那團黑乎乎的東西搖晃著跌入深淵，白花花的地面只隱隱約約地留下了一道灰色的痕跡，阿德萊興奮得直喘粗氣。

『幾個小時之後，那位軍官又出現了，他受了傷，渾身是血，但總算保住了性命，多虧了熊，他往下墜落時得到了緩衝。軍官對男爵一點也不著急搶救他感到驚訝，於是必恭必敬地問男爵。可男爵笑吟吟的，彷彿還在夢中回味那美妙的往事，回了他一句神祕難解而又充滿威脅的話：「我可眞不知道一個人往下落會是這麼美妙的事。」

『打這之後，他便任自己沉醉在這一新的樂趣之中。他趁宗教戰爭造成的混亂局面，在信奉新教的國度，把天主教徒投進監獄，又在信奉天主教的地方，把新教徒關進牢房，然後再摔死他們。他還發明了一種考究的墜落儀式：犯人們被迫蒙上眼睛，在一個四周沒有欄杆的高塔上，隨著古提琴聲跳舞。男爵快活得氣喘吁吁，看著他們跳到塔邊，接著又往回跳，然後又跳到塔邊，突然其中一位一失足，嚎叫著跌入萬丈深淵，戳死在塔底地面佈滿的長矛尖上……』

我從來沒有產生過好奇心，去查證納斯托爾講的故事在歷史上是否確有其事。可這又何妨呢？人性之眞實——我將要寫作納斯托爾之眞實——遠遠超過事實之眞實。納斯托爾給我講述了阿德萊男爵那邪惡的一生之後，沒有做任何評論。然而今天，我卻情不自禁地把他後來表達的一個看法與這一故事聯繫了起來，當時我確實不明白他說的是什麼意思。他是這樣說的：『毫無疑問，在一個人的生命中，再也沒有比偶然發現他必定懷有的邪惡更動人心弦了。』我至今還記得，他最喜歡用一個當時在我看來學究氣十足的詞；欣快感。『阿德萊，』他說道：『發現了墜落的欣快感。』說罷，他久久地思索著這一搭配奇怪的詞語，也許在尋找別的說法，在尋找開啓不爲人所知的快感之門的鑰匙。

一九三八年三月二十日。今晨的新聞報導說，去年在法國消失且未留下任何蹤跡的人數達二千七百八十三位。可以肯定的，多數情況屬於離家出走或蓄意逃跑，以擺脫令人可憎的家庭或妻子。但是其餘的一部分，那純粹是因爲謀殺，用火、土或水徹底銷毀『罪證』的緣故。除此之外，如果說最爲完美的謀殺往往是那些得以藉正常死亡爲掩護的謀殺的話，那麼，大家對我們現在所生活的這個令人恐懼的社會便會有一個大致的看法。毫無疑問，在絕大多數情況下，犯罪是要抵罪的，可殺人卻往往不用償命。每天，我們握過的手中，就有下過砒霜或掐死過人的。就根本而言，司法機關所過問的事件本身就已經是失敗，因爲它們未能保證不被人察覺。但這類情況只屬極少數——每年只有十一、二件——這表明它們所具有的純粹是象徵的、暗示的性質，只能勉強讓人相信，大家都遵循著一個原則，即尊重生命的原則。

實際上，我們的社會有著它應該具有的公道。這種公道與人們對殺人犯的崇拜是相吻合的。在每一個街角裡，在每一塊藍牌上，無不明明白白地顯示出對殺人犯的崇拜，一個個最爲傑出的軍人，亦即我們歷史上最爲殘暴的職業殺手的姓名，全都標在牌上，供眾人敬仰。

一九三八年三月二十二日。儘管成爲廢墟的修道院附屬教堂已經修復，可我們還是集中在一座新建的小教堂裡做彌撒和禱告，小教堂的建築和裝飾呈拜占庭化的現代風格。平常，每天有人領我們去兩次——早禱告與晚禱告，可在禮拜天和鳴鐘宣告的節慶日子裡，我們得七進七出：早禱告、聖餐彌撒、大彌撒、晚禱告、晚課、聖體降福儀式和夜禱告。可以說，我們在那裡邊幾乎就像在自己家裡一樣，對自己的凳子、存物格和自己的位子所指示的各種標誌都已習以爲常。裡面的社會和在班級裡一樣有組織，而且等級森嚴，儘管兩者之間有著差別。首先是合唱隊隊員，他們由於參加排練而相當讓人羨慕，因爲常常在上課時讓他們去排練，有時曠課也可因此而得到庇護。不過，在舉行祭禮時，他們的處境——他們站在台上，圍著皮日爾教士正在忙著彈奏的風琴，頭頂上是仿焰式的巨大圓花飾——說到底是自由少，遭罪多，除了有那麼點好處，那就是可以處在比較高的位置，尤其是可以從背後去觀察集合在一起的全校學生。是納斯托爾提醒我注意到了這一點，他在琢磨，是否有必要提出一個什麼藉口，在那個廊台裡精心設置一個觀察點，對這一計畫，他後來好像不怎麼感興趣。關於合唱隊的事，我後悔沒有記下他有一天當著我的面說的那番話，他曾把合唱隊的整齊一致以及它所達到的建築般的整飭性與在課間活動的院子裡騰起的那股野蠻、激蕩的一致氣氛做了比較。

那夥合唱隊的孩子，在我看來簡直是一樁小小的醜聞——就該詞最詼諧的含意而言——納斯托爾對此大加嘲弄，可它卻使我開始明白了一些我極其需要領悟的事理。本來我以為，在一所教會學校裡，像輔助主祭主持彌撒聖祭儀式這樣的殊榮，自然應該歸於中學裡的精華，歸於名列學習優異獎、勤奮獎榜首的學生，他們都是遵守道德規範的楷模和傳播聖潔之道的種子。然而，我很快發現，這一標準雖然在選擇穿白長衣⑱的對象時起著不可忽視的作用，但卻要受到其他不同性質的因素的控制，而這些因素與靈魂之美毫不相干。事實眞相是卑鄙的，但善良的教父們絕對不會承認，除非遭受了尖樁刑或火刑；事實是，若沒有一張漂亮面孔，就當不了合唱隊員。而且不是一種大致的挑選，只是把長著一副猩猩相的優等生排斥在外，甚至要極其講究搭配，注重在祭壇的每道台階上，金色頭髮的與棕色頭髮的相配；身材苗條的與腰圓背厚的為伴，臉蛋胖乎乎、紅通通的小天使與面孔像梅特．多盧洛薩那樣瘦得淨是骨頭的搭配在一起，總之，既有令人歡樂的野獸般的無辜，也有經過苦行磨練的純潔。

納斯托爾把我的重重顧慮一掃而光。他在那天和以後各種場合跟我說過不少話，我尤其清楚地記得，他責備善良的神父們——他們的職業就是給小孩子們指路——竟然不知道一個孩子只有在靈魂附體的條件下才是美的。而要靈魂附體，就必須受到過侍奉。在克里斯多夫肩頭的孩子耶穌既是被背著的，也是被搶奪的。他的光輝全在於此。他是被強行奪走的，同時，被人極其謙恭而又艱難地舉在咆哮的波浪之上。克里斯多夫的光榮之處，就在於他既是馱重的牲畜，又是聖體顯供台。穿越河流中，既有劫持的成分，也有勞役的成分。誠然，我賦予他的話以其本身難以具備的力量和清

譯註⑱：在宗教儀式中穿的一種服裝。

晰的含意，由此而順應了我基本的天性。不過，我彷彿還記得，納斯托爾試圖在合唱隊的孩子身上重新發現這一含混不清的性質，想親眼看到高級聖職人員跪倒在提香爐的小輔祭跟前。

正是在這座拜占庭式的小教堂裡，命運之神將第一次出擊，給我們送上彩排的機會，這一年，排演的是聖克里斯多夫悲劇。

我像平常那樣，處在一列座位的倒數第二個位置。左邊，坐著納斯托爾，他就挨著小教堂邊側的通道，旁邊正好有個告解座，所以通道更加狹窄。不同往常的是，我右邊的鄰座伯怒瓦·克萊芒是個巴黎小孩，由於他家人對首都沒有出頭之日而感到絕望，所以把他『圈』到了博韋。這個叫克萊芒的不斷炫耀一些兇器或富於情調的東西，諸如左輪手槍、羅盤、帶保險卡槽的小刀、浮標、高爾夫球等等，所以在我們這些鄉巴佬的眼裡，輕而易舉地獲得了一定威望。我思忖，納斯托爾的那個陀螺儀，那個被他稱爲『絕對玩具』的東西，是否從克萊芒那兒來的。不管怎麼說，有一點是肯定的，那就是這兩個孩子之間，結成了某種同謀關係——要不就是某種友情——而克萊芒依仗著這一點，對納斯托爾表示出一股親熱勁兒，讓我感到好不難受。這既出於嫉妒，也因爲我朋友彷彿做出讓步，有失身分的緣故。大家經常可以看到他們倆在一起商量事情，討論例如交換物品或交流什麼東西——我最終得出了結論，堅信納斯托爾準是想要榨乾這位新生的所有財富，等到再也沒有任何好處可撈時，再把他置於本該屬於他的卑微境地。

說到底，克萊芒雖然坐在我的右邊，卻也沒有妨礙他們之間進行的交易，彌撒剛一開始，我的兩個鄰座便在我的腦袋上方展開了談判，對我根本不在乎，彷彿我壓根兒不存在似的。不用說，我沒有漏掉他們說的任何一個字，更何況這場交易並不新鮮，好幾天以前，他們就已經當著我的面討價還價了。那玩意兒是一九一四～一九一八年那場戰爭中使用的一只檸檬形狀的手榴彈，後被改製成了打火機。我好像還記得，克萊芒的要價是十張空白的免罰證，可納斯托爾覺得要價太高了，他要求至少應該試一試這打火機是否好用。『我知道是怎麼回事，』一場討價還價之後，納斯托爾對我說道，『那打火機呀，準不能用。』原來，要試打火機，得有一定數量的汽油才行，而這只有納斯托爾才可能弄到。

這個禮拜天早上，事情就講到了那裡，奉獻祭品禮儀式一過，他們的交易差不多就已經成了，由我代表納斯托爾交給克萊芒一小瓶汽油。克萊芒馬上給他的手榴彈灌油，機芯裡塞滿了棉花，可要往裡灌油並不容易。一個負責看守的修士在中間的過道上來回走動，克萊芒只好不斷地停止操作。納斯托爾全神貫注地監督著每一個步驟，這要是出了事，準得由他負責，也許他已經有所防備，可就在這時，主持中學的修道院院長登上了講道台，出口訓導了一番，奇怪的是，這番訓導彷彿與納斯托爾有關，致使他似乎很快把克萊芒、檸檬形狀的手榴彈和自己那一小瓶汽油丟到了腦後。院長那番訓導的頭幾句話，我剛剛花了不少精力，好不容易在蒙田的《隨筆集》中找到了出處。說的是十五世紀葡萄牙征服者阿封薩·德·阿爾布克爾克的一段軼事。佈道者激昂地吟誦道：『在一次海難的危急關頭，阿爾布克爾克把一個小男孩舉到了自己的肩頭，其唯一的目的在於在遭受海難之時，孩子的無辜可以作爲他的擔保與依靠，保證他獲得上帝的恩賜，將他拯救。』

這番開場白之後，善良的神父很自然地談起了我們那位神聖的主人，談到了他肩負著基督的神奇經歷，以及他得到的獎賞和他那根長了綠葉、結出果實的杆子。他補充說道，沒有任何東西可以讓人猜測，也許阿爾布克爾克想到了聖克里斯多夫的故事，想在危難至極的時刻效法聖克里斯多夫，儘管如眾人所說，克里斯多夫是所有旅行家和航海家的保護神。不，更有可能也更讓人激動的是，這位征服者與那位聖人一樣，當他們同一的命運之泉枯竭之時，他們不約而同地做出了同一的舉動：處於孩子的保護之下，同時，他們也在保護著那位孩子，也就是說在拯救他人之時拯救自己，承受起一個重擔，用他們的肩膀去負載，可那是一個光明的重擔，一個無辜的重負！

『你來背誦，』這時，納斯托爾低聲說道，『你白紙黑字寫下了這一切，而且背得滾瓜爛熟！這可是一部天書，做爲我的收藏品恐怕不錯！』

善良的神父此刻正把我們與克里斯多夫及阿爾布克爾克的經歷聯繫到了一起。

『因爲你們全都處在克里斯多夫的影響之下，所以從今以後，在你們的一生中，都要善於藉助無辜的外衣的掩護，度過難關。無論你們叫皮耶爾、保羅、或者雅克，你們都要永遠記住，你們叫「負孩童之人」，叫聖皮耶爾．負孩童之人、保爾．負孩童之人、雅克．負孩童之人。只要你們承載著這一神聖的重負，無論河流、風暴，還是罪孽的火焰，你們全都可以穿越。』

就在這時，一溜兒火苗在一排排座位底下滑過，最後在通道中間那晃動的簾子上升騰而起。克萊芒沒有發現自己給手榴彈灌油時，把瓶裡的一部分液體灑在了石板地面上。火石喀嚓一打，灌滿汽油的手榴彈立即燒得像個火把，克萊芒不得不鬆開手。所有在場的學生全部站了起來，亂成一團，可修道士們卻以爲見到了聖體顯靈，反而跪倒在地。大家恐慌不已，全都往門那邊擠，很快便擠得誰也出不了門。克萊芒把空瓶子往我手裡一塞，以便對付他那顆手榴彈，只見手榴彈仍然在座位底下滾動，一邊射出帶著火苗的汽油。我朝納斯托爾轉過身去，可他早已無影無蹤，實在令人無法解釋。佈道者響雷般的聲音終於響起，命令我們保持冷靜，回到自己的座位上去。確實，事情並沒有那麼可怕。由於火苗來得兇猛，所以去得也很快，所有的損失也只不過燒焦了幾本祈禱書。留下要追究的是罪人。佈道者以表示譴責的食指威脅著我們這個角落。克萊芒和迪弗熱受到隔離的懲罰，走出座位，跪在中心通道上，直到下達新的懲罰令。就這樣，我們處在眾目睽睽之下，四周傳來令人恐怖的議論聲，因爲我們手中拿著犯罪的工具，克萊芒拿的是那顆手榴彈，而我拿著那只實爲禍害之源的瓶子。爲了清楚地表明事故已經處理完畢，修道院院長放聲唱起了《信經》，合唱隊員們隨即跟著歌唱，開始時聲音猶豫不決，而且稀稀拉拉，可慢慢地變得越來越響亮。

在領聖體的時刻，我看見告解座的窗簾晃動了一下，一個不難辨認的黑影從裡面溜了出來，混進了隊伍之中。他們一個個從克萊芒和我身邊繞過，往合唱隊那邊的柵欄走去。納斯托爾往聖台走時，碰了我一下，只見他交叉著雙臂，三層的下巴搭拉在胸前，一副虔敬、冥思的模樣。

一九三八年三月二十五日。每天夜裡，我都想方設法讓自我復歸，盡量從睡眠中竊取我得以苦思冥想的時光，對我來說，這是我在這集體生活中唯一可以得到的一份獨立的清靜。在這個團體中，不是課間休息的喧鬧，食堂進餐時的嘈雜，便是自修室和小教堂裡隱隱約約的私語聲。學校沒有禁令，沒有不許你起床上廁所，所以，當我的心靈向我發出呼喚時，我便任憑自己去夜遊一番。不過，我並不濫用這一權利，因爲害怕面對面碰上同宿舍的夢遊神；殊不知哪一個宿舍裡都會有夢遊的，就像每一座蘇格蘭城堡都有幽靈一樣。

手榴彈事件、懲戒委員會的警告以及我遭受的隔離懲罰，使我在那天夜裡徹底難眠。我起了床，踏上了一排排床舖之間的過道。宿舍的幽靈，我好像眞的遇到了，只聽得一陣輕柔的腳步聲拖地而過，一個巨大的黑影慢悠悠地一步步往前走著，察看著已經入睡的人們，不時往這一位或另一位俯下身子，然後又變幻莫測地繼續向前晃動。我沒有細加觀察，便認出了他，原來是納斯托爾，他身上裹著一套厚厚的棉運動衫，使他整個身子顯得更笨重。他恐怕也已認出了我，雖然我的出現顯然是出人意外的，可卻絲毫沒有擾亂他的陰謀活動。即使我在他的身邊，他好像也並不怎麼把我放在眼裡，也許唯一的表示，就是低聲地道出他的那些想法，因爲他想讓我跟他分享，而且他往往也是自言自語。

『這兒，』他說：『擁擠到了極點。遊戲只能勉強進行。運動變成了凝固的姿勢，當然，姿勢也是有變化的，但卻無比緩慢。沒什麼，這也算是千姿百態了，得去理解才行。也許裡邊有著某個表示始與終的絕對符號。可到何處去尋覓呢？再說，睡眠是個虛假的勝利。當然，他們全都在這兒，一個個赤身裸體，毫無意識。但實際上，他們身上的某個部分已經整個兒擺脫了我。他們全都在此，但同時也不在此。他們那熄滅的目光就是個證據。可是，這些獻出的汗涔涔的軀體，莫非就是所謂的理想的凝聚？』

微藍色的夜燈將蒼白的燈光投射在排列成行的小床鋪上，看去就像一座座月光映照下的墳墓，有幾個孩子的呼吸聲斷斷作響，宛如柏林中的風聲。裡邊空氣稠密，一點也不流通，儼然是一個馬廄，因爲管理我們的那幫庇卡底和布賴的農夫就害怕氣流，彷彿那是萬惡之源。我們步履蹣跚地朝廁所走去，到了門口，納斯托爾猛地把我拉了進去，讓我大吃一驚。他插上門閂，轉身打開了整扇窗戶。城市的樓房和鐘樓宛如一幅幅中國的水墨畫，清晰地顯現在磷光閃閃的空中。聖艾帝安教堂的排鐘鳴響了清晨三時哀怒的鐘聲。夜間，清純的空氣與我們剛剛走出的宿舍裡的那股發悶的臭味適成對比，我們感到冷颼颼的。納斯托爾深深地吸了一口空氣，說道：『凝聚現象充滿著令人困惑的奧祕，因爲它是生命，不管怎麼說，清純是大有裨益的。清純就等於虛無。它對我們有著不可抵擋的誘惑力，因爲我們全是虛無之子。』接著，他帶著油然而生的激動心情，朝我轉過身子，高聲說道：『豈不是這扇可憐巴巴、插著蹩腳的插銷的冷杉木門把存在與虛無隔開了！』

灰撲撲的木便桶奇特地置放在一個搭有兩級台階的高台上，像個名副其實的『寶座』，雄偉地聳立在屋子的深處。納斯托爾轉過身子，背著我，慢吞吞地登上那兩級台階，彷彿在履行一個儀式。走到『寶座』腳下後，他鬆開了褲子，褲子呈螺旋形落到腳跟。他看了看便桶內側，取下掛在一個類似白鐵箱的地方的小稻草刷，動手刷了起來，而且先後幾次拉動抽水開關。我只能看到他的屁股，由於用力洗刷，他的屁股更是撐得鼓鼓的。然而，令我感到驚詫的，與其說是他屁股的碩大——這在我的意料之內——不如說是他屁股在某種意義上展示的道德表現。怎麼說呢？在那被各處擠到一起、鼓鼓囊囊的肉褶所扭曲的兩瓣月亮中，不僅具有崇高的樸實風範，更有著某種與納斯托爾這個人初次見面似乎覺得格格不入的東西：善良的品性。迄此，我一直爲納斯托爾的威望和權力所傾倒，對他的保護很敏感，也爲他給我的關心照顧而心動。然而，當我親眼看到了他的屁股時，我才平生第一次愛上了他，因爲他的屁股給我昭示了他身上沒有設防、拙笨易攻的弱點所在。

他站了起來，轉過身子。運動服的上裝一直蓋到肚臍眼。下方，那鼓鼓的腹部和兩條大腿構成了三塊白白淨淨、軟趴趴的肉堆，淹沒了那個深陷在交界處的小不點兒。納斯托爾坐到了便桶上，遂顯出一副印度聖賢的模樣，酷似一個大慈大悲、正在靜思冥想的菩薩。接著，他剛剛中斷的獨白又開始了。

『我絲毫也不反對院子裡的那些土耳其便盆，』他說道：『它們正滿足了大多數人每日排泄的需要，不管怎麼說，那些人也許並不褻瀆神靈，但肯定都是世俗之輩。你明白這兩者之間的差別吧！土耳其的便盆要求蹲著上，很不舒服，其中蘊涵著忍辱負重的德行。這是一種反跪的姿勢，膝蓋指向天空，而不是跪在地上——即指向地，指向終極，似乎要尋找與大地的直接接觸，彷彿可以通過某種磁力，吸取人體中與其最爲相似的力量，有助於排泄的進行。』

他翹起一個手指，繼續說道：

『不！不該這樣表達：在人體中的，是大地的一個狂熱的形象，那是一塊由活胚揉捏而成的土地，是一塊在我們獸性的溫暖之中孕育而成的土地。糞便不是別的，它只是一塊獸性傾其特有的活力而釀成的土地。但是，就其本質意義而言，土耳其便盆一下便完成了我們所創造的動物土地朝向礦物土地變化的過程。它只知道物質本身。然而，高雅的人士往往在靜觀終極所建立的形態中得到特殊的享受，這一終極往往善於精雕細鑿，甚至善於創造。這是一份極端的樂趣，必須在正常情況下進行，而且寶座周圍要籠罩著夜間的寧靜與悠緩氣氛。』

出現了一陣長時間的沉默。一陣風颼進了窗戶，吹得上釉的鐵皮燈罩直晃動，隨風還帶來了遠處鐵路線的喘動聲。寂靜再次降臨，直到廁所門突然晃噹直響，原來外面有人想進來，正猛烈地推門。我嚇得魂不附體，絕望地看著納斯托爾，可他堅如磐石，巋然不動。過了很長時間之後，他重又活躍起來，只見他站起身，再一次把腦袋伸進便桶裡面。

『今天夜裡，』他評論道：『這終極表現出了中世紀的情趣。瞧，小弗熱，這裡有主堡，還有角樓，周圍還有兩道厚厚的城牆，中世紀式的，甚至還有封建式的風格，眞的！上一個星期，我們建的是火焰式哥德風格的。』他若有所思地下結論道，一邊推開我遞給他的一卷衛生紙。

『不，瞧你，今天夜裡應該慶賀一番，要不就太可惜了。我專門存放了一種稀有的紙張，上面畫滿了出自一個高級聖明之手的符號，是我留著非凡場合用的。說實在的，我沒想到這麼快就用到它，不過很明顯，再也沒有比今天夜裡更適合用上它了。』

他打開了褲子的後口袋，拿出了三張紙，在我眼前攤開。我驚駭不已，讀起了開頭的幾行字：『在一次海難的危急關頭，阿爾布克爾克把一個小男孩舉到了肩頭，其唯一的目的在於在遭受海難之時，孩子的無辜可以做爲他的擔保與依靠，保證他獲得上帝的恩賜，將他拯救。』原來是修道院院長親筆起草的佈道內容！納斯托爾的巨掌把手稿捏在手心中，久久地揉搓著，以便把亮光紙搓軟。接著，他又把它遞給了我，雙手扶著馬桶圈，等著我履行職責。

納斯托爾沒有就此罷休放開我。後來，他又拉著我進了迷宮般的僕傭專用樓梯和走廊，我是第一次涉足這些地方。到了底樓後，納斯托爾在一個嵌在牆上的小壁櫥前停下腳步，把它打了開來，只見一排排鉤子上掛著數不清的鑰匙。他毫不猶豫地取下其中三把，又拉著我往前走，不過這一次的目標是地下室。裡面，再也沒有長明燈。整個兒漆黑一團。許久後，我的同伴才斗膽打開了廚房深處的一盞燈，他的這份膽量，眞令我瞠目結舌。接著，他又打開了冰櫃的一扇沉重的鐵門，拿出幾塊肉、一條羊腿、一塊格律耶爾奶酪和一桶杏醬，放在桌子上。他朝我打了個『請』的手勢，然後便不再管我，也顧不上沒有麵包和飲料，便開始大吃起來。

我害怕，我冷，這些食物令我作嘔，同時恐懼感在折磨著我。我懼怕遭受那威脅著我的懲罰。但是，只要納斯托爾在場，就會給一切事物罩上神奇的外表，有著令人無法抵擋的支配力。我並不以爲孩子們會具備十分深刻的審美意識。我想，若有人生出到孩子們中間去進行調查的念頭，了解一下他們所謂的美與醜的含意，那說不定會有驚人的發現。不過，他們之中大都對力量產生的威望很敏感，尤其是對神祕的、神奇的力量，這種力量往往善於對黑暗現實中的薄弱之處施加壓力，使其整個兒做出讓步，拱手交出它所藏匿的財富。納斯托爾擁有這一天賦，而且到了無以復加的地步，他總是把我控制在他的誘惑之下，更何況他的誘惑力是如此強大，我甚至都沒有膽量讓他對他自己在小教堂的行爲舉止以及手榴彈事件有可能給我造成的後果做一解釋。

等我終於回到自己的小床舖時，夜空雖然還是黑壓壓的一片，可附近軍營的院子裡已經奏響了起床號。我知道我還有一個小時，等到六點半時，鈴聲和燈光就將猝然打破我那溫馨的黑暗世界，帶來莫名的恐懼。

我完全明白，若納斯托爾與我及克萊芒一起牽扯到手榴彈事件中去，他就不可能有效地給我幫助。一旦與案件無關，他也就保住了活動與干涉的自由。但不管怎麼說，汽油起火時他突然失蹤，事後他又保持沉默，這摧毀了我的安全感，自從他成了我的保護人以來，我可一直生活在這一安全感之中。再說，這一事件的當事人只有克萊芒和他，我在整個事件中幾乎沒有起任何作用，總之，我是在替他受過，對此，我怎能忘記呢？無疑，我們在夜間相遇以及他富於力量、始終保持自我的表現，給了我些許安慰。可是，當負責罰戒的學監在早上正式向我宣佈，教師委員會將於次日舉行會議，等我們分別出庭受審過後再對我們做出判處時，我感到一切都在我心中崩潰了。我遭受的隔離懲罰終於使我絕望，我徹底失去了理智，出現了倉皇出逃的衝動。

對善良的神父們來說，寄宿生出逃是不可思議的，所以通勤生離校時，出口處的監視幾乎是零。於是，我輕而易舉地混到了外面，繞過聖艾帝安教堂，穿過馬萊伯街，順著塔皮斯利街，朝火車站方向大步走去。在博韋城，我沒有任何熟人。此時，運氣也在給我助力，因爲去迪耶普的最後一趟火車兩分鐘後就要發車。這樣，我就不會被抓回去了。我買了一張去布賴(Bray)的古爾奈(Gournay)的票，遊蕩到一個三等車廂，心想所有旅客準都會在我的臉上看到遭受隔離懲罰、倉皇出逃的雙重羞辱印記。車子每站都停，一遇到什麼情況，時間便往後延。因此，從博韋到古爾奈，相隔雖只有三十公里，卻整整用了一個多小時。

路上，我焦急不安，琢磨著該如何向父親解釋我突然回家的原因。可結果是，根本不用我費這份精力。聖克里斯多夫中學一個告急電話，我父親便在車站等候著我。這一次，他對我顯出了不可動搖的漠然神態，算是對我的歡迎。他動作機械地用他的鬍鬚在我的兩只臉頰上碰了碰，然後便對我解釋說，要是還有回博韋的列車，我當晚非得趕回學校去不可，再說，乘第二天早晨七點一刻那班車子，我也誤不了去警戒委員會的時間。這番話說得冷冰冰的，沒有絲毫的憤怒，也沒有一點兒不耐煩。回到家裡，工廠裡那股熟悉的氣味使我得到了些許安寧，可二樓的起居室極其強烈地反映了一位處於垂暮之年的單身漢的生活習慣——近乎古怪的精心拾掇與不堪入目的隨意擺放兼而有之——置身其間，我感到像在聖克里斯多夫中學一樣陌生，儘管我是在這兒出生，也是在這兒長大的。夜裡痛苦極了，不是作噩夢，就是睡不著，在漫漫長夜中經受煎熬。一個形象纏繞著我，一再出現在我的眼前，只見小教堂裡，大火突然在我身邊熊熊燃起。誠然，這是地獄之火，但同時也是解救之火，原因很簡單，倘若聖克里斯多夫中學起了火，倘若整個世界全都燃燒了，那我的不幸便也可葬身於火海了。

天快亮時，我好不容易睡著了，可父親來了，搖晃著我的身子，我那個死死的念頭——大火中的聖克里斯多夫中學——也在等候著我醒來，以便重新佔據我的腦際。我從中獲得了某種貪戀不捨的滿足感，毫不畏懼地想像著我在火災中化爲烏有的情景。至於火災不可能發生的這一點，竟在我的腦中奇怪地被一種簡單的想法所取代——那就是，如果我想要擺脫噩運，除此沒有別的出路。

我父親告訴我，博韋火車站有位修士在等我，可是我卻沒有見到半個人影。看來我的靈感應驗了，我心裡想，至少這一次，事物該走出它們預定的運行軌道了。我不慌不忙地沿著前一天的路線往回走。注意觀察著每一個行人臉上的徵兆。

在我學校的那條街上擠滿了人，嗡嗡聲一片，消防隊員們正在把人群往邊上趕，一邊在馬路上放噴水管。爲了應付意外情況，帶有長梯的紅色消防車也開來了，可沒有派上用場，因爲據說火災發生在地下室。果然，我發現從鍋爐房的排氣窗中懶洋洋地冒出一團團氣味嗆人的黑煙。上方，小教室的窗玻璃全被砸掉了，可以看到裡面燒成半焦的桌子、板凳和黑板，那亂七八糟的樣子簡直無法形容。而消防隊員拚命往裡澆水的情景，確實給這亂糟糟的場面增添了幾分淒慘。尤爲令人注目的是，原來擺講台的地方的正對面，只見木板地中間噴射出滾滾濃煙。在地下室醞釀已久的大火，如火山爆發，在此噴射而出。幸虧火災發生在一大清早——據說，準確的時間爲六點一刻——正好教室裡沒有學生。據說也沒有造成人員傷亡。可是，學校大門這時突然打開，一輛救護車從人群中開了過來。車子從我身邊經過時，我看清了納斯托爾母親那張浮腫的臉，她神色驚恐地坐在車上。

我在學校大門重新關上之前溜進了學校的院子。所有寄宿生都在院子裡，三五成群，一動不動地站著，一邊低聲地交談著。凡是通勤生，已儘可能動員回家。誰也沒有注意我，這天，我平生第一次領悟到了眾人對決定命運的徵兆是絕對看不見的，簡直到了不可思議的程度，可正是由於這一徵兆，我與眾人有了區別。對於這場火災與我個人命運之間不言而喻的明顯關係，別人有可能是一無所知！我稍有一點過失——其實我是無辜的——這幫愚蠢的傢伙就想置我於死地。如今聖克里斯多夫中學遭到了懲罰，即便我當眾說出眞相，他們也絕不會承認我在其中所起的作用！

我在尋找納斯托爾。他母親爲何在救護車裡？我了解到情況後，心裡疼痛萬分。這天清晨，納斯托爾的父親讓兒子在五點的時候到地下室裡給鍋爐添煤。納斯托爾並不是第一次做這一件差事。可後來到底發生了什麼事，誰也不清楚。一個多小時後，從小教室裡噴出了熊熊大火。最先想辦法衝進鍋爐旁的幾位消防隊員從裡面抬出了納斯托爾的屍首，他是窒息而死的。

一九三八年三月二十八日。今天早上，我奇怪地驚醒了，心想該是起床的時間了。我的鬧鐘標著一點四十五分，可鐘已經停了。我欠身拿起了床頭櫃上的手錶。手錶也停了，錶針指著兩點十分。我不得不打電話到報時台，才得知已經七點了。

街上大霧迷濛。我的舊奧茲基斯車就扔在人行道旁，以便在汽車廠開門營業前驅車去墨克斯的一位顧客家。可當我操縱起動拉杆時，汽車卻一動不動：蓄電池已經沒有電，準是被濃霧掏乾了。不用說，由蓄電池供電的汽車儀表盤上的錶也停了，上面指著兩點一刻。

對類似的一連串偶然巧合的現象，我已經習以爲常，不然肯定會感到愕然不解。我這一生充滿著不可解釋的偶然事件，我往往將之理解爲對我小小的提醒，提醒我注意遵守秩序。這沒有什麼，只是命運之神在監視著，希望我不要忘記它那無形的、但不可避免的存在。

去年夏天，我睡覺時總是大敞著窗戶。醒來後，打開收音機，讓每日最早來臨的時刻沉浸在音樂之中。先是那音樂漸漸響起，輕快、有力、鮮明而充滿魔力，接著，頭頂上方的屋頂上，突然響起一片嘰嘰喳喳的響聲，分散著我的注意力。是一些鳥兒，個頭恐怕不小，正在上面激烈地爭鬥，相互謾罵。聲音越來越響，我猜想雙方正在混戰之中，在傾斜的鐵皮屋頂上不斷滑動。最後，摔下一大團毛茸茸的東西，像是一包蓬亂的羽毛，在我窗沿上彈跳了一下，然後落到了房間裡。原來是兩隻喜鵲，牠們驚恐萬分，遂分開了身子，不約而同地奮力飛出窗戶，重新踏上自由之路。恰在這時，音樂的餘音消失了，響起了女播音員的聲音。『你們剛才聽到的，是羅西尼的「偷東西的喜鵲」的序曲。』我在被窩裡笑了。我低聲道：『你好，納斯托爾！』

有時，這也是對我沒有意識到的某種不知趣的要求的回答，它往往是含譏帶諷的。因為說到底，既然我周圍充滿各種徵兆，有著各種閃光，那我覺得我恐怕可以說我還是走運的，不是嗎？

六個月前，由於有一些到期的票據難以支付，我買了一整張國民彩券。買的時候，我簡短地祈禱說：『納斯托爾，至少中一次吧！』啊，我不能說沒有人傾聽我的祈禱！相反，有人甚至回答了我。當然先以嘲諷的方式。我的彩券號碼是B九五三七一六，可獎金高達一百萬的獲獎號碼竟是B六一七三五九，和我的號碼正好相反。這無非告訴了我，應該從我跟宇宙的原動力之間得天獨厚的關係中獲取再也普通不過的益處。我心裡很惱火，可後來我又笑了。

一九三八年四月四日。德國執政黨的正式機關報《人民觀察家》發出了口號：寧要大炮，不要黃油。這以最為基礎的方式，對到處發起的大規模的惡毒干涉行動做出了解釋。寧要大炮，不要黃油，若用典雅的詞語、普通的說法加以表達，意思就是說：寧死勿生！寧要恨，不要愛！

一九三八年四月六日。雷諾公司推出了一套裝有煤氣發動機的車輛。木料燃燒五、六分鐘後，載重一噸至五噸不等的卡車和從十八人座到三十一人座的交通車便可有充足的動力啓動、行駛。這種受專利證保護的裝置，可保證在汽車連續下坡行駛時生成煤氣，使汽車在必要時能夠有力地加速。而裝置中還包括一個簡單的過濾器，上面沒有附加任何織布組織，所以不用擔心堵塞或撕裂。

我們這個時代有著明顯的特徵，那就是從今之後，進步將逆向發展。若在幾年前，帶木燃裝置行駛的汽車問世，準會招致恥笑。可是不久之後，就會有人給我們推出最新技術的產物——牧草專用發動機，而且人們最終也將欣喜地發現可以使用由馬牽拉的汽車。

一九三八年四月八日。我在聖克里斯多夫中學一直待到十六歲。我的行爲舉止無可指責，但是學習成績卻一場糊塗。我給自己的面孔戴上了無辜的面具，而且再也沒有取下來。但是，與蕾雀兒關係的破裂，左手字體的發現以及其他徵兆的出現使這一面具產生了奇怪的震動。我橫下了一條心，要讓一個我只能期望從中得到不幸的社會把我忘掉。再說，我的靈魂從來都不善於掩飾。我的老師們做出種種努力，試圖將其納入文化的秩序之中，可對人們向它灌輸的一切，它全都吐了出來。直到中學學業結束時，我還是那麼了不起，連高乃依和拉辛爲何許人也不知道，不過私下裡，我卻常常背誦洛特雷阿蒙和韓波的詩作；至於拿破崙，我只知道他慘敗於滑鐵盧——而且對英國人沒有絞死這個背信棄義之徒而氣憤——可對薔薇十字會、卡廖斯特羅[19]和拉斯普廷等，我卻瞭若指掌；對我周圍有可能出現的一切徵兆，我時時都在捕捉，然而我卻一筆勾銷了形形色色的科學。到了高二的期末，看來我是准過不了中學畢業會考這一關了。善良的教父們毫不遺憾地把我劃入了被驅逐出校的中學生之列，每年，都有人被類似的學校趕出大門，唯一的目的就在於提高考試過關的比率。就這樣，我又回到了古爾奈，由我父親領我入門，幹他的機修工行當。我父親生性冷漠，沉默寡言，只要他一在場，我準會弄得手忙腳亂，腦子一場糊塗。不過還應該補充一句，如果說我是個極爲蹩腳的小學徒的話，那他也不是一個好師傅，他這人總是獨自埋頭幹活，就討厭開口去解釋什麼。沒過多長時間，我就跑到了他的競爭對手門下去了。那是古爾奈唯一的一座汽車修理工廠。由於服兵役，我獲得了『上』巴黎城的機會，在城裡找到了一位叔父，他在戴爾納的巴隆一帶開了一家汽車廠。叔父接納了我，對我十分熱情，其中夾雜著幾分怨恨，想要氣氣我的父親，原來由於祖父的遺產清理問題，兩兄弟吵翻了，後來他再也沒有跟我父親見過面。服滿兵役之後，我到了他身邊生活，他身邊第一次有了人陪伴，五年後他過世，便把他在巴隆的汽車廠遺贈給了我。就是這麼偶然，命運讓我從事了與我父親相似的職業，不過比他的要高一個層次，彷彿我這人有著雄心壯志，在不背叛家庭傳統的條件下，多登幾級社會階梯。可這不過是可笑的表象而已！實際上，我是在履行自己的職責——就像我服了兵役，有過女人，也如我在繳納稅金——只是做為一個業已消失的人、一個夢遊者，還在不斷地夢想醒來，突破現狀，使我獲得自由，得以重新成為我自己。這一突破，說我在夢寐以求還不夠。我已經說過，我臉上的面具在震動。尤其是這隻左手，使嶄新的迪弗熱首次顯現。三個月來，這隻左手一直在寫字，用我右手肯定尋覓不到的詞語，寫下了新的事物。空氣中洋溢著春天的氣息。春天的氣息，冰雪融化，一切都在化解……

一九三八年四月十一日。百分之九十九點零六的奧地利選民，昨日投票同意自己的國家歸屬德國。他們幾乎一起往深淵跑，這並不是外部力量起了作用，打消了所有人的顧慮。不，這災難的根子就在他們每個人的身上，民眾處在生與死的關頭，呼喊的是『死！死！』就像猶太人同聲回答彼拉多⑳：『巴拉巴！巴拉巴！』㉑

譯註⑲：Cagliostro，卡廖斯持羅（一七四三～一七九五），義大利江湖騙子、魔術師和冒險家。

譯註⑳：Pilate，彼拉多（？～三六以後），羅馬皇帝提比略在位期間任猶太巡撫，主持對耶穌的審判。

譯註㉑：據《聖經．新約》，巴拉巴為囚犯，因作亂被判死刑。總督彼拉多每逢逾越節都應眾人要求釋放一個囚犯，祭司長和長老便挑唆眾人要求釋放巴拉巴，而處死耶穌。

一九三八年四月十三日。一直到十二歲，我的個子都很小，而且體弱多病。可後來，我開始畸形發展，體重卻幾乎沒有增加，因此，我這瘦巴巴的樣子開始只是難看而已，接著變得滑稽可笑，不久便讓人著急了。二十歲那年，我身高一米九一，可體重只有六十八公斤。還要補充一句，那就是我的眼睛近視越來越嚴重，不得不戴上眼鏡，而且鏡片也越來越厚，等到我到徵兵體檢委員會體檢時，那鏡片已經厚得像鎮紙。負責體檢的鄉下警察也許是無心的，但做得委實殘酷，他竟然讓我摘下眼鏡，一把將我推進了市政府的『貴賓室』，我赤身裸體，兩眼摸黑的樣子一出現，便引起了古爾奈一幫鄉紳貴族的哄堂大笑，他們一排排坐在辦公桌後。最讓他們樂的，是我的生殖器，它與我的身高實在不成比例，簡直像個童男的小雀。本地的一位醫生說了一個高妙的詞語，再次引起了眾人的哄笑，因為大家都覺得『生殖器萎縮症』這個詞帶有特別強烈的下流意味。我的情況經過了長時間的討論，最後，在差點被退掉的情況下，我僥倖進了通訊部隊：這一部門對新兵身體突出的部位並不怎麼嚴格。

後來，我再一次遭受了人們愚蠢的批評，那時我剛勉強服完了兵役，正如納斯托爾所預言的，我的牙齒又開始瘋長，我的意思是說，胃口好得非同一般，這也開始每天折磨著我的胃。

開始一陣子，總是在兩頓飯的間歇時間，我便餓得發慌。在修理工廠或辦公室時，往往突然出現一種肚子發空的感覺，弄得雙手和雙膝直打哆嗦，太陽穴直冒冷汗，舌尖下直淌口水。我得吃東西才行，立即就要吃，不管吃什麼都行，一刻也不能耽誤。一旦出現類似的反應，我便往離我最近的麵包店跑，我把一個個牛角麵包和奶油圓球蛋糕往嘴裡填，麵包店老闆看得都傻了眼。後來，冬天到了，我想起了擺在一家酒店的人行道出售的一筐筐牡蠣，攤位周圍，瀰漫著一股潮濕的海藻味。這是個新鮮吃法，就著喝白葡萄酒，吃著海鮮，味道確實不錯，漸漸地形成了一股風潮。我讓人給我打開了兩打零號的葡萄牙牡蠣，外加一杯白葡萄酒。我的牙齒深深地插入這些黏乎乎的微小軀體中，那裡面的黏液鹹鹹的，含有碘，呈海藍色，如霧天般清涼，一旦剝去牠們那珠光閃閃的外殼，牠們便變得柔軟而無定形，任憑你的嘴巴所擁有。我貪婪又痛快地吃著，我那吃人魔鬼的天性由此而顯露了幾分。我領悟到，越接近絕對生食這一理想，就越能滿足我在飲食上的要求。有一天，我得知新鮮的沙丁魚——一般都是炸了吃或煎了吃——也可以生食或冷食，只要你有耐心在廚房把牠們身上的鱗去盡，因爲這種魚身上的鱗是很難脫的。這一來，我又大大前進了一步。但是，在這方面的重大發現首推『韃靼牛排』，這實際上是一種生吃的碎馬肉，吃時拌有蛋黃和味道強烈的佐料，其中有鹽、胡椒和泡有蒜、洋蔥、蔥頭及刺山柑花蕾的香醋。要滿足如此罕見的享受，也同樣需要一步步往前走。在納伊區，只有一家餐館供應這種帶有犬儒主義意味的野蠻菜餚，我跟餐館的服務員商量了好久，才終於讓他們去掉了這道菜的所有佐料和調味品，說到底，這些玩意兒的唯一作用不過是給完全暴露的生肉裹上一套外衣。由於我也常爲食用的數量多少而費口舌，所以我很快就自己動手，把從馬肉店買來的一塊塊裡脊肉投進絞肉機中絞碎。我因此而明白了那些鐵鉤子和肉舖的桌子對我一直有著吸引力，它們把一切全都展現在眾人的眼前，一頭頭巨大的牲畜被剝了皮，赤裸的身子野蠻地暴露無遺，一塊塊肉血紅血紅的，金屬色的肝臟黏乎乎的一片，海綿狀的肺葉呈灰紅色，一頭頭牝犢被誨淫地叉開肥腿，露出鮮紅色的內側，尤其是那股冷油脂和凝血塊味，在屠宰場的上空飄忽不散。

就這樣，我發現了自己靈魂的這個側面，可我絲毫也沒有爲此而感到不安。當我說『我喜歡肉、喜歡血、喜歡人肉』時，只有動詞『喜歡』才是關鍵。我充滿了愛。我喜歡吃肉，只是因爲我喜歡牲畜。我甚至覺得自己可以親手扼死我一手哺養並與我相伴一生的動物，而且會吃得津津有味。與無名無姓、不具個性的肉相比，我吃這種動物的肉時，連鑑賞力也會變得更深刻，更具有眞知灼見。圖比小姐因爲恐懼屠宰場，竟然連肉也不沾，我想方設法開導這個愚蠢的女人，可純屬枉然。她怎能明白，若大家都像她一樣，那大部分家畜將從我們的天地裡消失，這豈不悲慘？牠們會像馬一樣消失；如今，隨著汽車把馬從奴役中解救出來，馬類正一步步走向滅亡。

說到底，我心臟的質量——如果有必要的話——可由我的另一種嗜好作證，那就是對牛奶的嗜好。由於食生肉，而且不加任何佐料，我的味覺恢復了它本有的敏感性，形形色色的生食，雖然表面上都是那麼索然無味，然而我的味覺卻善於從中發現各種細緻差別，尤其在牛奶中找到了用武之地，所以，牛奶很快成了我唯一的飲料。在巴黎，得走很遠很遠的路才能找到一家乳品店，買到沒有被統一實施的可惡的巴斯德滅菌法與均質法損害的鮮牛奶！實際上，應該去農場，到乳牛那兒，到這一液體的源泉中去尋找，這一液體的同義詞是生命、慈愛和童年，所有保健醫生、清教徒、警察和其他板著面孔的傢伙都拚命反對這種牛奶！可是我，我需要上面飄著牛毛和麥秸、散發著牛圈味的牛奶，因爲它帶著眞實的印記。

我每天兩公斤生肉、五升牛奶，時間長了，自然少不了會改變我的體型以及我與自己身體的關係。如今，如果說我對自己的面孔很討厭的話，與我的軀體可倒是相處融洽。儘管體重已經在一百一十公斤上下，相比較而言，我的兩條腿還是比較長、比較瘦的。原因是我全身的力量全部集中到了寬大的髖部和凸出的背部。肩胛周圍，我背上的肌肉鼓鼓的，像是一邊一個布袋，彷彿讓人不堪重負。平時走路和身體擺動時，我總是給人一副被自己的脊柱壓垮的樣子。實際上，如果有必要，無論是羅森格車，還是西姆加V型車，我輕而易舉就可抬起它們的前部或後部，就好比吹根鴻毛似的。

蕾雀兒用放大鏡觀察過我，對我身體的各種特點瞭若指掌——當然首先包括我的生殖器萎縮症——一有機會，便大加嘲笑，從不放過。『實際上，』她對我說道：『你長得是搬運夫的體型，甚至可以說是役畜的骨架。像匹粗壯的佩爾什公馬，你看怎麼樣？或者更像頭公騾，因爲大家都說騾子是不能生育的。』

我胸口正中間有個地方往下凹陷，醫學院的『蠢才』們稱之爲『漏斗胸』，蕾雀兒特別喜歡拿它開玩笑，進行攻擊。我實在受不了，有一天，給她講起一個故事來，她聽得嘖嘖稱道，睜大了雙眼。

『這是我的保護天使，』我開始說道：『一次，我想做某件不該做的事情，它對我加以制止。我們爭吵了起來。我動手想搧它耳光。它對準我的胸口就是一拳。這是天使出的一拳。那拳頭比大理石更硬、更沉。是銅拳。我仰天摔倒在地，一時透不過氣來。如果這一拳是純物質形態的，那準要了我的命。可這是天使出的一拳，四周裹著精神的潔白羽毛，就像拳擊手的手套一樣，不過是用精神之羽絨製作的。我爬了起來。可從此之後，我帶上了這一印記，在胸口留下了這個凹陷的印記，兩邊是鼓凸的胸肌，如同兩個多節的硬球，又像兩個乾涸、絕望的小乳房。後來，我常常感到呼吸困難；我彷彿覺得那個大理石似的拳頭還沒有放過我，仍然沉重地壓迫著我的胸口。我當著自己的面，稱這種呼吸恐慌現象爲天使壓迫症，或乾脆簡而言之，稱爲天使病。』

『可是，你肯定這是你的保護天使嗎？』她追問道，那副嚴肅的神態，眞讓我吃驚。

『不錯，有時我也表示懷疑，』我回答道：『我在納悶，說不定是別人的保護天使在過分打我的主意。恐怕是妳的吧？要不就是我在寄宿學校上學時的一個同學的，我同學已經死了。』

『可是，』她還問道：『天使想制止做的那件不該做的事，到底是什麼事呀？』

至於天使病，這是我得的唯一的疾病。這眞的是一種疾病嗎？我找了幾位大夫，他們給我做了檢查，沒有發現任何異常，於是做出了種種離奇古怪的推測。我問他們中的一位，想知道胸悶是否與漏斗胸有一定關係，可他一口否認。

『也許不是一種因果關係，』我進一步問道：『可恐怕是一種象徵與象徵物之間的關係，您說呢？』

不管怎麼說，我應該歸功於天使病，是它改變了我本質意義上的呼吸生命。還是多虧了它，我的肺才從腺性的黑暗之中走到了若明若暗的肝臟所在，在極端的情況下，還能見到意識的偉大光芒。所謂極端的情況，指的是在胸悶發慌、呼吸極度困難時，我在地上掙扎，與一種無形的、但置人於死地的壓迫力量進行的抗爭，同時也指那種深刻而又幸福的呼吸，彷彿那群燕紛飛、琴聲繚繞的整個蒼穹把它的支根直接插進了我的肺臟。

一九三八年四月十四日。積聚在我肩膀和腰部的這一可怖卻無用的力量，難道還有必要說明是誰給我的嗎？顯然是納斯托爾遺傳的。除此之外，他還把近視眼遺傳給了我，這一可怕的近視眼足以使我消除對遺傳因素的任何懷疑。是他的力量充滿了我的肌肉，同樣，是他的精神指引著我這隻左手。也是他掌握著隱密的默契之奧祕，它將我的命運與事物的普遍進程聯繫在一起，並在聖克里斯多夫中學的大火中首次顯現，繼而通過一次次幾乎總是無關緊要的亮相，不斷提醒我。這同樣也是一次次警告，呼喚著我生命中最深刻、最幽暗的奧祕，等待著偉大的磨難，最終使這一奧祕徹底展示出來。

一九三八年四月十五日。昨天上午，去聖母院做了復活節前的禮拜四的彌撒。每次進入教堂做彌撒，我總是帶著相應的複雜情感。因爲儘管有千錯萬錯，路德譴責聖皮耶爾的寶座上出現了撒旦是有道理的。形形式式的等級都是受制於魔鬼，並厚顏無恥地給全世界披上了魔鬼的外衣。打開教會的大事記，只要不因迷信而瞎了眼睛，誰都會看到撒旦稀奇古怪的排場，君不見那一只只主教冠，如同驢耳紙帽；那一根根權杖，表示著一個個問號，象徵著懷疑與無知；那一個個主教，身披滑稽可笑的紅袍，酷似世界末日的蕩婦；還有那一套羅馬的用具，諸如蒼蠅拍和聖皮耶爾大教堂最高處的教宗御轎，轎上是出自騎士貝爾尼尼㉒之手的巨形天蓋，毛象的四條大腿和肚子蓋住了祭壇，彷彿要用糞便來玷污它。

但是，在這堆垃圾之下怯生生流淌的細泉，沒有任何東西可以使它完全枯竭，儘管撒旦撲向了《新約》這一遺產，但所有的光芒都源自基督，教士們不得不仗恃基督的聲望，同時又嘲弄他的教誨。因此，總會有一線光芒射進謊言和罪惡的密林，正是期待著這一似不確實的閃光的出現，我才決定要去參加一次宗教儀式。

這場彌撒是在聖禮拜五㉓悲切的陰影中進行的，但在靜思中贏得了閃光出現時所喪失的一切。唱罷『榮耀歸主頌』之後，響起了聖禮拜六來臨前的最後鐘聲。緊接著便是禱告，彈奏管風琴者伴之以巴哈讚美曲主旋律的變奏。

但願善良的上帝饒恕我，但是，每當上帝的正式樂器——管風琴一奏響它那莊嚴、金色的聲音時，我總是彷彿跨在古爾奈廟會的木馬上。迴轉的木馬不斷地磨出它那猛烈而憂鬱的老調子。小男孩們光著大腿，緊緊地貼著坐騎，坐騎的兩側上了漆，馬身半立著，張著大口，瞪著瘋狂的眼睛，直逼蒼穹。幼稚的騎兵隊在離地面一米的高度盤旋，開道的是像暴風雨般大作的手搖管風琴聲，這可是一座名副其實的音樂工廠，裡面有氣門、圓軸、鈴鼓以及如林的小孔，以乾脆而準確的動作彈奏出節奏，如同一位乳房鼓凸、目光恍惚的悍婦。將消失的事物精神化的記憶把這支旋轉的馬隊變成了使用對位法的讚美曲。在香霧繚繞、彩繪玻璃映照的光線中，我往往看到已經消逝的年

譯註㉒：Cavalier Bernin，貝爾尼尼（一五九八～一六八〇），義大利著名雕刻家、建築設計師和畫家。
譯註㉓：也指耶穌受難日，爲復活節前的禮拜五。

代中的那些小男孩們在轉呀，轉呀……

我沉浸在自己的回憶之中，不禁被《聖經》的吟誦和隨後進行的主教訓諭驚了一跳。合唱隊的十二位兒童坐在神職禱告席上，一個個從他們那身佈滿褶子的白衣下露出白乎乎的小腳，這赤裸裸的模樣在莊嚴的盛典氣氛中顯得格外令人心動。維爾迪埃大人先後在他們每個人面前跪下。他用一把銀壺，往赤裸的小腳上倒幾滴水，用布擦淨，顧不得自己的尊嚴和便便大腹，把頭低到地面，親吻小腳。最後，他給孩子一個小麵包和一塊硬幣——如同日耳曼鬥士，新婚之夜過後，給新娘子送上晨禮——以向小孩子表示感謝。孩子們對贈禮的反應不一。有的朝四周投去驚恐的目光，有的則閉上雙眼，顯出一副沉思冥想的神態，可我最喜歡的那個長著天使般臉龐的男孩則緊緊抿著嘴唇，以免憋不住大聲狂笑。

這位滿身披金、身著紅袍的老人形象永遠留在了我的心底：他的身子一直彎到了地面，將雙唇放在孩子赤裸的腳面上。不管教會在我的眼前顯露出怎樣卑鄙的行徑，但對二十年前納斯托爾在死的前一天提出的問題，它在昨天早上已經給予了十分深刻而又莊重的回答，對此，我永遠也不會忘記。

一九三八年四月二十日。幸福嗎？其中有著安逸和安排的成分，可這種統籌安排的穩定性對我是格格不入的。所謂經歷不幸，就是感覺到幸福這一個腳手架在命運的打擊下受到了震動，就這一意義而言，我心裡是安寧的。我不會受到不幸的打擊，因爲我沒有幸福的腳手架。我呀，是個悲傷而又歡樂的人。這悲傷與歡樂的兩極是與不幸和幸福的兩極相對應的。我赤裸裸地生活著，孑然一身，沒有家庭，沒有朋友，爲了生存，我從事著一項與我極不相配的職業。因此，當我履行自己的義務時，我想到的只是飲食消化與呼吸。我平時的精神氣氛是悲傷，它像烏木一般漆黑漆黑的，不見光明，永遠黑暗。但是，這茫茫黑夜往往出乎意料地掠過不該有的歡樂的閃光，瞬息即逝，但卻給我的雙目留下了閃耀的金色光芒。

一九三八年五月六日。今晨，所有報紙的頭版都登了新內閣成員的肖像。令人愕然的兇神畫廊！無恥、卑鄙和愚蠢以不同方式表現在這二十二張面孔上——人們已經有幸在其他的『組合』中觀賞到這些面孔，先後已有二十次之多。其中大都是上屆內閣的成員。

你應該設想一下《倒錯憲法》，其序言包括下面六條提案：

1. 神聖性乃孤寡及無俗權之個人的特性。

2. 反之，政權完全從屬於瑪門㉔。實施政權之人將社會群體的所有罪惡，即以社會群體的名義每天所犯下的各種罪行集於一身。因此，一個民族的罪魁禍首是佔據了政治等級中最高位置的人：共和國總統，在他之後是部長，再後面便是社會群體中的所有顯貴，諸如法官、將軍、高級神職人員和瑪門的所有僕從，他們全都是所謂『既定秩序』這一骯髒雜亂之物的活的象徵，一個個從頭到腳都沾滿人血。

3. 對這些令人愕然的職業，各機構通過完美的調整，予以適應。爲了滿足這所有行業中最爲卑鄙的一行，便進行了逆向的選擇，負責在構成垃圾昇華物的各團體中精心挑選出全民族有可能奉獻的精華之精華。按常規，凡內閣會議、教皇選舉會或最高國際會議，都必須散發出腐屍的臭味，連最爲麻木的禿鷲也會被趕跑。在次一等的水平上，比如董事會、參謀會或一個隨便由什麼人組成的團體的會議，也同樣是一個個下流之人的所在，是一個連中等誠實水平的人都不可能涉足的。

譯註㉔：《聖經》中的財神。

4.一個人在其施行法律之時起，便將自己置於法律之外，與此同時，也就脫離了法律的保護。因此，一個施行任何權力的人的生命不如一隻蟑螂或一隻陰虱的生命有價值。議員的豁免權應該成爲一種良性倒錯症的目標，從而賦予每個公民以權利，凡出現在其槍口的政界人物，毋需狩獵許可證，便可瞄準射擊。任何一樁政治謀殺案都是對道德有益的善行，會令聖母和天堂的天使露出幸福的微笑。

5.有必要給一八七五年憲法增補一條，明文規定，任何一個政府被推翻後，其所有成員必須立即槍決，不許違抗。一些被民族剛剛收回信用的人不僅可以不受任何懲罰回到自己府上去，而且還可以帶著因舞弊而倒台的光暈繼續從政，這是不可思議的。該條款具有三重的好處，一是可以擦淨民族中腐屍味最重的膿血，二是可以避免一幫人又回到繼任的政府中，三是可以給政治生活帶來它最缺乏的東西：嚴肅性。

6.任何人都必須知道，一旦自願穿上了任何式樣的制服，便自命爲瑪門的創造物，從而招來正派人的報復。法律應該清點在任何季節都可以驅逐的渾身散發臭味的牲畜數目，諸如警察、教士、街心公園看守，甚至包括各種院士。

一九三八年五月十三日。良性倒錯症。它的功能在於把惡性倒錯症已經顚倒的價值觀重新顚倒過來。撒旦這個世界的主宰，在它那幫執政者、法官、高級教士、將軍和警察的輔助之下，展示出一面僞上帝面目的鏡子。在它的作用之下，右成了左，左成了右，善稱爲惡，惡稱爲善。它對各城市的統治表現在各個方面，其中一個方面，就是數不勝數的林蔭大道、街道和廣場全都獻給了職業軍人，亦即職業殺手，當然，他們全都是在自己的床榻上死去的，因爲若沒有像地獄之王的爪子那樣荒誕不經的觸碰，就絕不會出現撒旦般的惡魔。甚至連上世紀最爲可憎的屠夫之一比若㉕的醜惡名字也玷污了法國數座城市的街道。戰爭這一絕對的惡必然成爲魔鬼崇拜的對象。這是瑪門在光天化日之下做的黑暗彌撒，受迷惑的民眾在其面前下跪的那些血跡斑斑的偶像稱爲：祖國、犧牲、英勇、榮譽。這一崇拜的聖地是『殘老軍人院』，它在巴黎的上空高高地展示其巨大的金球，充滿了帝國腐屍和在其間腐爛的幾個二等殺手的臭氣。連愚不可及的一九一四～一九一八年的大屠殺也有其祭儀，有著凱旋門下那臭氣烘烘的祭台和一幫提香爐的輔祭，就如它有著自己的詩人，如莫里斯·巴萊斯和夏爾·佩吉，他們發揮了自己的一切才能和影響力，爲一九一四年的集體歇斯底里大發作效勞，因此，確實有資格登上肢解青年的偉人的寶座——跟許許多多的人一起，這當然不用說。

對惡、痛苦和死亡的崇拜自然伴隨著對生命的刻骨仇恨。愛情——只能抽象地宣揚——一旦有了具體的形式，具備了形態，稱爲性行爲或色情，便馬上受到猛烈的迫害。這一歡樂和創造的源泉，這一至善，這一所有呼吸空氣的人們的存在理由，受到了那一幫世俗和教會的正統之徒魔鬼般的瘋狂攻擊。

P.S. 最傳統和最害人的惡性倒錯症的成果之一，就是孕育了純潔這一概念。

純潔是天真的惡性倒錯。天真是對生命的愛，意味著微笑地接受天上和人間的食糧，不知純潔與不純潔這一非此即彼的可惡交替。然而，撒旦模仿了這一自發的，彷佛出自本能的神聖品質，本想使兩者相似，不料完全顛倒了，那就是所謂的純潔。純潔是生命的恐懼，對人類的仇恨，對虛無的病態性的熱愛。一個在化學意義上純潔的機體中必然經受過野蠻的處理，才可能達到這種絕對反自然的狀態。被純潔這一魔鬼駕馭的人往往在自己身邊製造廢墟和死亡。宗教的淨禮、政治的清洗、對人種純潔性的保護等等，有關這一殘酷主題的變奏數不勝數，但最終都是那麼千篇一律地與

譯註㉕：Bugeaud，比若（一七八四～一八四九），法國元帥，曾任阿爾及利亞總督。

無數的罪惡聯繫在一起，其特殊的工具就是火，火是純潔的象徵和地獄的象徵。

一九三八年五月二十日。在卡爾．F家，有一台神奇的美國機器，可以用它往磁帶上錄下——然後再讓你重聽——由一個麥克風接收的各種聲響，與麥克風連結的是一根長長的細線，可以移動。卡爾．F讓我聽了各種各樣的動物聲音，尤其是處在發情期的母鹿的哀叫聲，我覺得這似乎是在暗示我過去的一種隱密的小禮儀，要不，該具有何等驚人的喚神力量啊！他跟我說，有一次，他錄了一些鳥的叫聲，讓博物館的一位鳥類學教授聽，這位正直的人士最後很自信地告知了辨聽的結果，說這是哪家音樂館的吹哨手模仿的。至於好不容易在大自然中錄製的眞正的歌聲，他認爲模糊不清，沒有什麼特徵，總而言之，糟透了。

卡爾．F遠遠料想不到他當作王牌留在最後播放的磁帶對我會產生如此的印象。磁帶錄的不過是一群人越來越響的嘈雜聲，從不耐煩到不滿，繼而又從憤慨到狂怒。這可能嗎？難道F君的窗下眞的有可能沒有那個千頭怪嗎？難道不是它在狂叫怒吼，嚎叫著殺人，致使仇恨的號叫聲夾雜著窗玻璃被石塊砸碎的噹噹響聲，一起升向天空嗎？難道這股詛咒的狂潮有可能是衝我湧來的嗎？我驚恐不安，嚇得渾身直冒冷汗，恐怕臉色也發白了。F君最後終於發現了這一點。他問我是不是感到不舒服；我儘可能縮短了這次拜訪的時間，臨走時，他帶著某種茫然惶惑的神態，好好打量了我一陣。

我只是靠了人們的誤會才得以生存的，人們誤以爲我不過是戴爾納城門旁的一個默默無名的汽車廠經營者，可是，一旦大家懷疑我帶有神祕的力量，那我很快便會遭受到林奇裁判㉖，這些，我怎能給他解釋清楚呢？連我自己都很難設想我命運中的這一奧祕：小時候有一天，我身上挨了一魔杖，這種魔杖的作用就是將有肉體的生命的一部分變成大理石塑像。因此，從這一天起，我就拖著一半肉體、一半石頭的軀體在世上闖蕩，也就是說，我的心臟、右手和微笑是討人喜歡的，可在我身上也有著某種堅硬、冷酷無情的東西，任何人一碰上它，就必然要被擊碎。這是一種祝聖的方式，而我負有授神品之責，不過是半自願的，我的意思是說我充滿熱情地服從這一職責，每當顯現某個徵兆時，我便重申自己的參與立場。

一九三八年十月三日。這個本子已經丟下四個多月了，要不是出現了一個非同尋常的事件，我本來是不想再把它打開了。今天早上發生的事情具有非凡的重要性，有必要在此做一匯報，而且要儘可能準確。

約莫在六點鐘，我起了床，心情極端糟糕。我想學母鹿發出一陣哀叫，然後再來一次『洗屎尿』，可是我這種厭生的情緒甚至奪走了我使用這些絕望救命丸的力氣。處在這種抑鬱的狀態中，最爲可怕的是頭腦的清醒——至少表面如此——它不僅伴隨著抑鬱的狀態，而且還給予刺激。對生命的無意義性，唯一的回答是絕望，這是不可避免的。其他的任何態度——過去的或將來的——看來都屬於迷醉之類。只有在迷醉的情況下，生活才是可以忍受的。而迷醉有酒精性的、愛情性的，也有宗教性的。作爲虛無的創作物，人只能讓自己迷醉才可能經受落到自己頭上的——在有限的生存時間內——不可思議的磨難。

我拒絕刮臉。套上工作服後，我也沒有到廚房去沖杯咖啡便下樓來到了車廠。面對世間萬物令人可怖的敵意，我必須用一身毫無人類缺陷的機器人的鐵甲去對抗。今天早上，我就是不折不扣的巴隆汽車廠的老闆了。可憐的本·阿哈默德最先覺察到了這一點。這個大字不識一個的文盲在機械

譯註㉖：指美國的私刑處死。

方面卻有著眞正的天分，不過他幹什麼事，都是憑『嗅覺』，沒有方法可言，也沒有個準性。當時修的是一輛喬治・伊拉特車的閥門——車子用的不過是輕便型雪鐵龍的兩馬力發動機——本・阿哈默德把閥門放到了一種專門的砂輪上，把底座磨平了。可是，他就是下不了那個決心去檢查一下閥門的底盤，用黑鉛筆在斜面上劃上間距爲二至三公分的閥門頭半徑。這恐怕是他不會使用鉛筆的緣故。我一邊罵他一邊把他從車旁拖開，自己親自動手。接著，尙諾也挨了一頓臭罵，因爲他姍姍來遲。我很快發配他到工作檯去幹活，有一打內胎的氣門嘴等著要修。後來，我自己關進了用作辦公室的小玻璃房，整理一大疊發票。七點半鐘，加雅克留下了他的那輛四〇二B型車，以檢修一下點火裝置，接著，郵差送來了郵件。這一天就這麼勉勉強強地開始了。

八點四十五分，我正在跟圖比小姐談她那輛羅森格車的事，恰巧本・阿哈默德修完了喬治・伊拉特車，啓動了發動機。我一只耳朵聽圖比小姐說話，另一耳朵在遙遙地聽診喬治・伊拉特車發動機的毛病，可車子的發動機似乎運轉得再正常不過。本・阿哈默德卻非要再猛地來幾次加速，這下可把我惹急了。發動機像只在呼吸的大貓，聲音均勻，可他憑什麼要猛地讓它加速空轉？整個汽車廠充斥著發動機的隆隆聲，到處都是排出的瓦斯，彷彿本・阿哈默德在拿這響聲和瓦斯取樂似的。最後終於平靜下來了。圖比小姐跟我談起了聖多米尼克教會學校的情況，她在這所學校教哲學。我好奇地問這問那，這股好奇心並不是裝出來的，因爲寄宿學校的事一直對我有著吸引力，我也在思忖，女子寄宿學校的生活會跟什麼生活相似呢？正在這時，喬治・伊拉特車重又隆隆地響了起來，幾乎蓋過了我們的談話聲。在一片逐漸增強的瘋狂的聲響中，我清晰地聽到了一記清脆的金屬碰擊聲。這一聲響也沒有躲過本・阿哈默德的耳朵，他立即停止了排氣。我在自己的位置上，這時看見尙諾伸手去摸太陽穴，身子朝工作檯傾斜，緊接著雙膝著地，仰倒在地上。我馬上意識到可能是碎了排風機的一個葉片，以可怖的力量打在了他的身上。我遂向他衝去，用我的雙手抱起他那已經毫無知覺的、瘦巴巴的軀體。

就在這一時刻，某種東西朝我湧來，滿含著令人無法忍受的、撕心裂肺的溫情。這是從天而降的一種令人震駭的祝福，我簡直驚呆了。我的眼睛定定地盯在這個彎曲在我雙臂上的身軀，一頭是覆蓋著栗色的頭髮，瘦骨嶙峋、血跡模糊的面具，另一頭是緊挨在一起的兩只細薄的膝蓋和一雙在空中拙笨地晃蕩的笨重的皮鞋。本・阿哈默德神色愕然地看著我。我一動不動。我完全可以像這樣一直呆到世界的末日。巴隆汽車廠連同它那蒙著蜘蛛網的大樑和積滿污垢的窗玻璃消失不見了。九個品級的天使聚集在我的身邊，放射出無形而輝煌的光芒。空氣中充滿乳香的芬芳和豎琴的和弦。一條溫柔的長河在我的血脈中莊嚴地流淌。本・阿哈默德終於介入了。

『看！』他指著在踩得結結實實的地面上漸漸擴展的一攤灰暗色的東西，對我說，『他在淌血！』

這句話後，一陣長時間的死寂重又降臨到我們頭上，帶著幸福的顫抖。

『我再也沒想到，』我好不容易終於吐出了這幾個字，『抱著一個孩子會是這麼美妙的事情！』

這簡簡單單的一句話在我的記憶深處喚起了經久不息的回聲。

最後，圖比小姐打破了迷醉的狀態。她不由分說地拉著我往她的羅森格小車走，我勉強帶著手中的負擔坐進了她的後車座。緊接著，我們往納伊醫院駛去。

尚諾的傷勢並不嚴重。只是頭皮裂了一大塊，另外有一處顱外傷。沒有頭顱骨折的跡象。我把他送回他母親家，當時他還昏昏沉沉的，他母親見他頭上包著一大團繃帶，也險些昏了過去。我們兩人中，受到打擊最大的還是我，至今我還在不斷地回想這一事故使我猝然置身其間的驚奇發現。

一九三八年十月六日。出現在我筆下的第一個詞看似平淡無力，但它卻表現出巨大的潛能：欣快感。對，當我的雙臂抱起尚諾那失去知覺的軀體時，從頭到腳籠罩著我全身的是某種欣快感。我說得很清楚，是從頭到腳，因爲我所說的這一幸福的熱流與平常那種部位狹窄而誨淫的快感迥然而異，它淹沒了我的全身，流入了我體內的最深部位，浸入了每一個遙遠的末梢。這不是輕飄、有限的愜意，而是我渾身一致的快活感。在此，我自然又要談起我對《聖經》的思考，談起墮落前的原始亞當，他負著女人，同時又負著孩子，永無盡頭地經受著色情的焦灼——既擁有又被擁有——我們普通的愛慾不過是其暗淡的影子而已。我的超人天賦是否會在某些情況下致使我進入假兩性畸形的偉大祖先的迷醉狀態？

但是，我必須儘可能擺脫思想，接近具體的所在。我昨日的經歷中最絕對的客觀成分爲尚諾的重量，它可以儘可能準確地以公斤進行度量。這一重量，我擔起過，所以，我感到欣快！

按照詞典中平淡的說法，此爲舒適的感覺。但此詞的詞源比較富於教益——欣快（Euphorie）一詞由eu和phorie兩部分組成。eu具有滿意、幸福和寧靜、平衡和歡樂的意思；phorie由φορέω一詞衍生而來，爲擔負的意思。感覺欣快者即爲幸福地負擔自己的人，亦即感覺良好的意思。不過，如果簡單地解釋爲幸福地擔負的含意，恐怕還更完全。這一來，一線光芒便倏然照亮了我的過去、我的現在，誰知道呢，也許還會照亮我的將來。因此phorie這一表示擔負的基本意義也出現在負載基督的巨人——克里斯多夫的名字之中，同樣也被阿爾布克爾克傳奇所闡明，同時也體現在這些汽車之中，雖然我很不情願地將自身中最美好的東西獻給了這些汽車，可它們仍然擺脫不了其平庸的品質，不過是負載人的工具，恰爲phorie的本義所在。

我得就此打住了。接二連三出現的徵兆灼傷了我的眼睛。不過，我還想再記下我的一個想法。十月三日出現的欣快感是由一個與我的體重合成一體的孩子的重量激發的。尚諾並不胖，可他恐怕也足足有四十多公斤，也就是這四十多公斤與我一百一十公斤的體重合到了一起。然而，我的『欣快迷醉感』用輕鬆、快活和如長翅膀的歡樂感來加以解釋卻是最合適的。就像一種加負荷的重力造成的輕浮現象！令人驚奇的矛盾！倒錯一詞遂出現在我的筆下。從某種意義上說，出現了符號的變換：多變成了少，相反，少變成了多。此倒錯是良性的、有益的、神祕的……

一九三八年十月二十日。今夜失眠。夜空溫柔，星光燦爛，我開著自己的這輛破舊的奧茲基斯車在街上漫無目的地行駛。香榭麗舍大街，協和廣場，沿河馬路。不一會兒，我便被堵塞了中央菜市場周圍地段的馬車和卡車的長龍擋住了。我丟下車，步行往前走，很快在多得成災的蔬菜和水果堆中迷了路，在這巴黎城的中心，四處的蔬菜和水果構成了一座超級菜園和果園，散發出濃郁、甜膩的氣味，在乙炔燈的金屬光的照射下，呈現出粗獷的色彩。開始時，這種景色會令人想到《巨人傳》裡的高康大的午餐，可瓜果蔬菜如此之豐富，漸漸地使任何消費食用的念頭都變得滑稽可笑，由此而令貪食者氣餒。我繞過了一座座花菜砌成的金字塔，一座座蕪菁堆成的高山，一輛擠在車流中動彈不得的載重車把滿車的韭蔥往人行道上傾卸，我差點兒葬身在雪崩似的韭蔥下面。

絕不要以為東西這麼多就會貶值。恰恰相反，它們身價倍增，因為多得無法使用，多得一開始就打消了人們食用的念頭。這樣一來，展現在我腳下的便是形形色色的種類，諸如蘋果類、豌豆類、胡蘿蔔類等等……

到處都是笨拙的女人，嘰嘰喳喳吵個不停，唯有一位賣淡水魚的，很有幾分姿色，看去容光煥發，全身沾滿魚鱗，亮晶晶的，宛如水神一般。但是，搬運工和城市裡的『苦力』們吸引了我的全部注意力，究其原委，是我感到他們和我之間有著親緣關係。他們全都長著寬闊的背，巨大的手，身上扛著半頭牛或一大桶鹹鯡魚，行走時總邁著快速的碎步，從某種角度看，這一切無疑就是我。但是，這是一種庸俗化的負載行為，沉淪到了唯利是圖的低級使用狀態。人們粗俗地稱他們為中央菜市場的『搬運夫』，而不說『載運夫』，恐怕就是這個原因。『搬運夫』是『載運夫』的粗俗形式。因此，我立即想像出了一個眞正的中央菜市場的『載運夫』，他英俊而慷慨，巨大的雙肩勝利地扛著象徵豐收的羊角，腳下噴吐出永不枯竭的鮮花、瓜果和寶石。

一九三八年十月二十八日。我翻閱一部詞典時，發現阿特拉斯㉗的雙肩頂著——不是世界，也不是通常表現的大地——天空。就地理意義而言，阿特拉斯畢竟是一座高山，如果說把高山喻成天柱還有一定意義的話，那把這一形象比作大地則是荒誕不經了。這是一個惡性倒錯的絕佳例證，倒錯的對象是最爲榮耀的『負載』英雄之一。他用自己的雙肩頂著星星和月亮，頂著星座、銀河、星雲、彗星和在熔化的眾多太陽。鑽入星際的腦袋與星球融爲了一體。這一切就要被改變。他頭頂上那一片給他祝福的無邊的金藍色被改變爲地球，這是個不透明的泥球，壓彎了他的脖頸，擋住了他的視野。就這樣，英雄貶値了，墮落了，負載英雄沉淪爲搬運夫，冷靜的愛欲變得難以忍受。

但是，我越想越覺得舉著天空、頂著星球的阿特拉斯是一個神話中的英雄，我的一生都要向他邁進，直至最終從他身上獲得他的歸宿與殊榮。無論我將來負載什麼東西，無論我受到祝福的雙肩擔負著怎樣珍貴、神聖的重擔，只要上帝願意，我勝利的目標終將是肩扛比三王之星更爲金光燦爛的星星，行走在大地上……

一九三八年十月三十日。今天上午，埃爾維又來取他那輛新的雷諾高級敞篷車。對這種讓人看熱鬧的車子我很反感，不過其佣金極爲豐厚，自然，我的厭惡感也就減輕了。有了新車，埃爾維激動極了，從來沒有像現在這樣容光煥發，無論對自身，對自己的社會成就，還是對自己的德行，也是從來沒有這麼自信過。不用說，在他的腦子裡，這一切當然都是一回事。他剛滿三十六歲，對我解釋說這是最爲豐盈、最爲平衡的年齡，是人從生到死這升降曲線的最高峰。

實際上，在我看來，他早就有三十六歲了，至少在我認識他的十年來，他一直就是三十六歲，恐怕早在我認識他之前就已經滿三十六了，也許一出生就是這個年齡。只是迄至今日，與他三十六歲這一年齡相比，他實在太年輕了，就像從今之後，隨著歲月的流逝，與他三十六歲這一年齡相比，他又將太老了。

每一個人在自己的一生中恐怕都有著這樣一個『本質年齡』，只要沒有達到它，人們就總是對它充滿渴望，可一旦超過了這個年齡，便又緊緊地捉住它不放。貝爾特朗的本質年齡是六十歲，而克洛德一生都將是一個十七歲的小伙子。至於我，我的永恆性使我面對衰老之悲劇有著不可逾越的距離，我總是以夾雜著憂楚的超脫感觀察著一代又一代的出現與消失，就像一塊磐石，在森林中目睹著季節的不斷更迭交替。但是，看見埃爾維如此神采奕奕，充滿樂觀精神，我腦中冒出了一個想法；這是個具有超適應力的人。醫學若能探索這一『超適應』的新概念，將不無裨益，學校應該注意，若過分擔心學生不適應，那就會一下子塑造出一些具有超適應力的學生來。

所謂具有超適應力者，就是幸福地處在自己的環境中，『如魚得水』。魚就是對水具有超適應力的典型。這同樣也是說，幸福越完整就會越不牢固。原因很簡單，如果水太熱、太鹹，或水位降低，那就……因此，對水還是具有普通的、一般的適應力爲好，就像兩棲動物，牠們無論在乾燥的地方還是在潮濕的處所，都沒有完全的幸福而言，但是無論在這兩者的任何一個環境中，都基本能適應。我並不是想讓埃爾維倒楣，可是我覺得，倘若某種東西在他那輝煌的組織中出現了裂縫，倘若命運之神準備給他不利的打擊，那他就很難再恢復他那完美的平衡。而對我們這些兩棲動物來

譯註㉗：Atlas，希臘神話中的提坦巨人，伊阿泊托斯和克呂墨涅之子，普羅米修斯的兄弟。

說，遇到什麼事情都不是那麼堅定，習慣於見機行事，見好就收，所以，我們生來就善於對付周圍環境出現的任何背叛行徑。

一九三八年十一月四日。每次從羅浮宮附近經過時，我總是責怪自己不經常進去看看。人住在巴黎，卻從不進羅浮宮，這是最不可饒恕的蠢事。整整克制了兩年多之後，我於今天下午進了羅浮宮。這次參觀的最明顯益處，就是使我從自己的興趣改變中領悟到了自身所經歷的重大變化。

我很難想像誰見到這琳琅滿目的傑作，會不熱淚盈眶。帕羅斯島古阿波羅雕像多有魅力！雕像的雙腿連在一起，雙臂從上身中伸出，身軀圓如石柱，顯得莊嚴刻板，可溫柔的面部容光煥發，閃耀著謎一般的微笑，在佈滿石像表面的刀痕的襯托下，更顯得悲愴動人，兩者之間形成了迷人的對比。

我想像著，倘若這位神祇，就在我的家中，為我日夜擁有，那我的一生該會有怎樣的變化。說實在的，若這顆二十個世紀前隕落的流星突然火紅一片，降臨到我的身邊，我很難設想該怎樣忍受。世間的任何東西都不能比這尊雕像更好地闡明藝術的本質功能：藝術品為我們那被時間折磨成病的心靈——由於時間的侵蝕，由於對藝術品的扼殺，也由於我們所熱愛的一切不可避免的消亡結局——帶來一定的永恆性。這是一劑靈丹妙藥，是一片我們嚮往的和平綠洲，是一滴落到我們燒得發燙的雙唇上的涼水。

在希臘及拉丁展廳中最令我流連的，是胸像。那一張張臉龐上，極為強烈地表現出智慧、雄心、殘忍、自信、勇氣，以及較為罕見的善良與崇高，無論你怎樣細看，都不會感到厭倦。人們也會不厭其煩地向他們提出同一個永遠得不到答案的問題：你們是何種環境、何種生命與何種宇宙的神祕象徵。

至於剩下的部分，用不著駐足停留，我較為匆忙地走過幾個展廳，沒有投入什麼注意力，除了有那麼幾幅畫——十五年來總是這幾幅——我在某種意義上拜訪它們一下，問候一下它們的情況，從它們身上觀照一下自己的形象，因爲這是些無可比擬的明鏡。我在這裡又有了某種體驗，想當初，這最讓納斯托爾感到不安，他在聖克里斯多夫中學的各個場所努力捕捉這種體驗的不同變化，這就是對空氣飽和的體驗。在這一美得飽和的空氣中，我領受到了某種飄飄欲仙的醉感，它與負載時的迷醉感覺並不是沒有遠親關係。在我耐心拼湊的巨大圖案中，如今又添上了一塊拼板。

走出檢查處的柵欄時，我發現一個小孩跟入口處把門的正吵得厲害。我很快明白了他們爭執的原因所在，看來是吵不出名堂的。原來小孩子帶了架照相機，可把門的要他交半個法郎才放他進館。但孩子沒有錢，於是便讓他把照相機存放在衣帽間；可這個主意很滑稽，因爲存放相機也要花半個法郎。最後，孩子放棄了，失望地離去，我當然進行了干涉，給孩子解決了難處；不是成人們那種荒誕的辦法，給他五十生丁的照相機贖身錢，而是具有傳奇、冒險和走私色彩的做法，我把引起爭論的照相機鼓鼓囊囊地塞在腰間，用上衣蓋覆，然後領著孩子走進了柵門。

艾帝安十一歲。他長得比實際年齡還矮小，髒兮兮的，令人心動。小臉蛋的五官很不端整，瘦瘦的，淨是骨頭，顯得坑坑窪窪的，與矮胖的身子、笨拙渾圓的雙膝形成了美妙的對比。他的衣袋，全都給書戳破了，兩隻手短短的，被無情地啃去了指甲。看樣子，他屬於那種智力成熟得令人震驚的孩子——好像一出生就什麼都讀過了，都明白了似的——與之相矛盾的，是身體發育的遲緩，不管怎麼說，都給人以天眞的印象。

一進展覽廳，艾蒂安便對展出的作品表現出驚人的熟悉程度，領著我直奔吉多．雷尼㉘的『大

譯註㉘：Guido Reni，吉多．雷尼（一五七五～一六四二），義大利博洛尼亞畫派油畫家、版畫家，新古典主義的先驅。

法國出生人數表

	總計	男嬰	女嬰
1926……	767500	392100	375400
1927	……743800	379700	364100
1928	……749300	383600	365700
1929	……730100	373000	357100

衛』，說要把它拍下來。畫中是個胖胖的男孩，饒舌而又愚蠢，寬寬的臉頰，眼睛漂亮但沒有絲毫的狡黠，頭戴一頂稀奇古怪的羽毛帽，身上緊巴巴地裹著一張獸皮，這樣的形象怎能贏得艾帝安的心呢？艾帝安向我做了解釋，透過那有些模糊不清的解釋，我似乎明白了在艾帝安的眼裡，這個大衛是一個從來就無所畏懼、富有懾服力的種類的化身。艾帝安竟然有這樣的發現！有的生命是有限的，雖然有著驚人之美，但卻沒有延續性，直率地說吧！若不是他們向我們展示出對存在無可挑剔的適應力，無論對他們的願望，對周圍可及的事物，對自己的話語，以及對人們向他們提出的種種問題，還是對他們自身的能力和他們所從事的職業都表現出神奇的一致性，那我們完全有資格對他們嗤之以鼻。他們降生於世，活著，然後死去，彷彿世界是爲他們創造的。他們也是爲世界來到人間，別的人——諸如懷疑者、動盪者、憤世者、好奇者，艾帝安及我之類——看著他們一個個逝去，爲他們的自然而驚歎不已。

近段時日的一些憂慮就這樣差不多忘卻了，可梵蒂岡博物館一尊雕像的模塑品又猛然把我拉回到憂慮之中。雕像底座的標牌上的字已引起我的驚恐：Héraklès Pédèphore（赫拉克勒斯）。果然，雕像表現的赫丘利[29]用他的左臂舉著坐在上面的小兒子忒勒福。所謂 Pedephore，就是法語中所說的『負載孩子』的意思。因此，全名就爲：負載孩子者，赫拉克勒斯。

艾帝安打量著我，實在不明白我爲何如此大驚小怪。這時，我笑著蹲到他的身旁，把我的左臂伸到他的雙膝後。他馬上加入遊戲，坐到了我渾圓的胳膊上，我模仿赫丘利，故意用右手撐著一根大木棒，站立起來。走出不多遠，我們本來還可以再模仿一番，學一學赫耳墨斯的模樣，這是普拉克西特㉚雕刻的作品，赫耳墨斯的那只左臂也同樣舉著一個孩子：巴克科斯㉛。可是，我們更被另兩件模塑品所吸引，這兩件作品的原件都在那不勒斯國家博物館。其中一件表現的是一個在敲鈸的森林之神，腦袋半扭向坐在他頸背上的孩子狄俄尼索斯。孩子用左手牢牢地抓住林神的頭髮，右手遞給林神一串葡萄。很幸運，展覽廳裡就艾帝安和我兩個人，我這位偶然相遇的伴侶高高地坐在我的雙肩上，我轉著圓圈，和著想像中如霹靂般大作的鐃鈸聲的節奏，模仿著跳起林神的舞蹈，肩上的狄俄尼索斯用那兩條髒兮兮的光裸大腿緊緊地貼著我的臉頰。不過，使我們得以一展雄風的是那不勒斯的另一尊雕像：赫克托耳背著他受傷的小弟弟特洛伊羅斯。可這是怎樣的背法！赫克托耳把孩子往肩上一丟，用手抓著孩子的右腿肚，就像抓著一只往下墜的袋子，小特洛伊羅斯腦袋懸半空，左腳在空中掙扎。我看了看艾帝安，露出一副想邀他一試的徵詢神態，他二話沒說，把他的左腿遞給了我。我抓住他的腳踝，一下子把他拋向空中，用力相當猛，以免他的腦袋碰到地上。緊接著，我裝出一副無所顧忌的樣子（可我那溫柔而非凡的承載使命在暗中予以克制），把他甩到我的背後，笑得幾乎出不了聲來。多愜意啊！在我心間緩緩流淌的是一條多麼美妙的甜蜜之河！

艾帝安和我在門口分了手，恐怕我再也見不到他了。想到這一點，我喉間不禁發出一小陣無聲

譯註㉙：赫丘利爲羅馬神話中的英雄，即希臘神話中的赫拉克勒斯。

譯註㉚：Praxitèle，普拉克西特利斯（活動時期爲公元前三七〇～前三三〇），公元前四世紀雅典雕刻家，希臘最有創造性的藝術家之一。

譯註㉛：Bacchus，巴克科斯，爲羅馬神話中的酒神，即希臘神話中的狄俄尼索斯。

的嗚咽，可我從可靠的渠道、從正確無誤、絕對必須聽其勸告的渠道得知，對我來說，與這位或那位孩子建立個人的關係是不妥當的。說到底，這該是怎樣的關係呢？我想這種關係勢必要順著早已劃定的道路輕易發展，那就是父子的關係，或者性的關係。我的使命要更崇高、更普遍。若只擁有一位，那就等於一無所有。若失去了一位，那便無異於失去一切。

一九三八年十一月十日。整個夜裡，天使之症憋得我透不過氣來，噩夢纏繞著我，我被淹沒在泥沙和淤泥之中……我起床時，胸口還像被碾碎了一般，可總算結束了那給予本來已經相當苦澀的現實又擴展了地盤的一個個幻覺，心裡還是高興的。咖啡苦得不能喝。我發出一陣大聲嚎叫。接著又兩陣嚎叫。沒有任何輕鬆的感覺。早上唯一的安慰是在糞便之中。我在無意中出色地拉出了一根美不可言的長屎，這屎長得兩頭搭在一起，恰好在馬桶裡繞了一圈。我滿懷著溫情望著我剛剛生出的這個漂亮的活泥胖娃娃，重又對生活有了興趣。

便秘是造成心情抑鬱的主要原因。我多麼理解這個偉大的世紀，理解它爲何如此嗜好灌腸劑和瀉藥！人類最難以容忍的，是當一只帶有兩條腿的糞袋。只有排泄正常、豐富而且愜意，才可能醫治這一命運，然而，我們是多麼難得擁有這一恩賜啊！

一九三八年十一月十二日。蕾雀兒與純潔的行爲（功能＝0）。尚諾與欣快感。《聖經》中關於古亞當的教誨。這些因素在我腦中排列組合，構成了一個有機的整體，我看到一個名字的六個字母從中隱隱約約地顯現出來：Nestor（納斯托爾）。

對統治的渴求。沒有什麼比這幾個字更能勾勒出納斯托爾的個性了。爲了達到自己的目的，保證自己能控制他人，在我今天看來，他似乎具有兩條途徑。一條是與聖克里斯多夫中學這個禁閉的天地緊緊結合在一起的，他像一隻蜘蛛，蜷縮在這所網一樣的中學中心，學校裡的每一座建築，他都掌握著鑰匙，裡面的孩子全都盲目地崇拜他，而大人們在他面前也是渾身發抖。對這個禁閉的天地，他警覺而又細心地測量著一個個不同地方的大氣密度變化情況，比如，課間活動的院子裡，密度要比小教堂裡小；可在飯堂裡，空氣甚至要比玻璃水族缸裡更沉悶；而三更半夜的宿舍裡，則可獲得大氣最豐富的配方。

另一條途徑，他無疑早已預見到，而且也是有點兒主動踏入這條道路的，不過時間較晚，未能深入其間。我想說的是那條承載之路。克里斯多夫和阿爾布克爾克，騎士之戰以及他那輛神奇的自行車——是小學生最佳的承載工具——這一切無不表明他並非不知道這條途徑。就此，我想提出一個假設，雖然不怎麼經得起推敲，但還是留待將來去證實吧！我在納悶，這兩條途徑是否相互排斥，就像兩條不能同時行走的道路，雖然抵達的終點是一致的。學校的禁閉性——『寄宿』學校，說得多麼貼切——使承載之術無用武之地，除非做爲一項有益的活動，以備將來有一天到自由的空間之用。承載之術是與開放的空間、密度很少的空間相適應的，就此而言，就像飛行員的氧氣罩，他們總是戴著它在高空飛翔。

當然，這一切純粹是推想，但畢竟是我的大腦做出的一份努力，以理解不由分說呈現在我面前的原始材料。

就這樣，自從離開寄宿學校後早已忘卻的『大氣密度』，在短短的幾天裡又兩度回到我的腦中，第一次在羅浮宮，僅是暗示性的，再一次就是今天上午，但來得是何等地猛烈！

事情發生在里沃利街，恰好是一一九號。它是在一個路口，那小路通往查理曼街，離一所同名的中學不遠。由於我有事要去塞萊斯坦河邊的供貨商家，於是走進了這條昏暗而狹窄的小巷，巷子連續穿過了兩家小院子。學校肯定是剛剛開了門。迎面突然湧來一群孩子，又喊又叫地在狹窄的巷子裡拚命擠，最後擠進了稍稍寬闊一些的小院子，緊接著又你擠我撞地向里沃利街湧去。面對這群孩子，我就像是一條在山間湍流中搏擊的鮭魚，雖然經受著擊打與擠撞，但心間卻有著妙不可言的幸福感，宛如一朵玲瓏的小花，展開所有的雄蕊，經受著夾裹著花粉的狂風的猛烈吹打。這陣幸福感彷彿長了翅膀，就像我抱起被風扇葉擊傷腦部的尚諾的那一時刻，向我湧來。不過，這一次的歡樂感更豐富，更激蕩，只差完整這一最後的印章，就可超越『負載的迷醉之感』。

如今，我終於明白了笛卡兒那短短的幾行字為何會在陰沉的哲學課中突然在我眼前冒出熊熊火焰。我隱隱約約感覺到，《方法論》中闡述的下面這條規律與納斯托爾的主要憂慮是有一定聯繫的：『到處進行極為完整的清點和全面的核查，從而保證沒有任何疏漏。』自我封閉、不向外界開放的世界只遵循自行規定的內部規律，它的最大功績就在於滿足了上述這一基本的定律。

可是我呢，我生活在開放的天地裡，遠離納斯托爾的城堡和他清點在冊的子民。我在摸索著，唯一給我安慰的就是心中懷有的信念，我堅信一條無形的細線在指揮著我的雙腳神祕地向前邁進。『看著克里斯多夫，步子要走穩。』

回到車庫後，我想查清目前法國到底有多少兒童。我以十二歲為限，這是兒童的最佳年齡，從某種意義上說，它達到了兒童的最成熟期和美妙的成長階段，同時也令人遺憾，因為這個年齡期面臨著青春期的災難。上面就是一位專門研究人口問題的記者朋友給我提供的有關數字。

今年是一九三八年，是個特別不祥的年份。外部的空氣處於稀薄的極限狀態，眼前的密度用不了多長時間就將不復存在，學校裡年齡為十二歲的班級人數在一九三九年突然下降，一九四〇年有所回升，可一九四一年又急劇下降。

一九三八年十一月十五日。昨天晚上，埃爾維夫婦終於戰勝了我的牴觸情緒，拖著我去了巴黎歌劇院，那裡正上演莫札特的《唐璜》。

我一直知道自己討厭歌劇，可現在我明白了產生討厭情緒的原因。這是因爲在他們表演的這個天地中，人物的性特徵被誇大到了滑稽的地步。男人充滿雄風，與獸性不相上下，女人則表現出無以復加的女性特徵，歇斯底里彷彿就是她們平常的氣氛。我自己也說不太清楚，反正在我看來，清純具有重要的價值——與它相比，其他各種不過是空頭支票和僞幣而已——而歌劇是最沒有資格讚頌這一價值的。勇敢、崇高、莊嚴、某種美的形式——高雅的、高傲的或激蕩的——以及深沉、殘酷、愛情等等，都可以。唯獨清純不行。無論是音樂、佈景，還是情節，或者人物，都不能給它留下任何位置。實際上，歌劇院——無論是指整個劇院還是僅指演出的台子——對我來說是個令人窒息的場所之一，顯而易見，孩子們是不能入內的。呸！

至於昨晚的演出，我不得不承認它像一根刺，已經扎進了我的心臟，原因十分簡單：唐璜就是我。噢！當然，這是個經過喬裝打扮、戴上假面具、穿上化裝服的人物，如果人們要把我推進一個清純性被完全排斥在外的天地裡，讓所有人都上當受騙，使人們無法識別出那個人物就是我，那必然要進行變裝。勒波雷洛炫耀他主人征服了多少多少女性，宣佈在德國有一百四十位、義大利兩百三十位、法國四百五十位、西班牙一千零三位，這場戲所表達的正是我再了解不過的窮極意志。任何一個蕾雀兒，也都會對唐璜說：『你呀，不是個情人，是個吃人魔鬼！』既然我的眼睛看得清，我的耳朵也聽得見，我自然明白了那一可怖的結尾，它所表現的不過是我自己的死，當然與情節安排的前提是相適應的。我毫不懷疑，總有一天深夜，在墓石中雕刻出來的一位來訪者會用他的石拳來敲擊我的房門，握住我伸給他的手，把我領到有去無回的黑暗世界。但是，他長得不會是一個遭受嘲諷和殺害的老人形象。他的面孔一定是我自己的面孔。

如今，我已經知道了我的結局：它將是我心中的石人對我身上剩下的血與肉的最終勝利。當我的命運徹底掌握了我，當我的最後一聲呼喊、最後一聲嘆息終於在石唇上消失時，那麼這天夜裡，整個殘局就完成了。

一九三八年十二月二日。剛才我目睹了拉索塞伊大街上市鎮小學學生放學離校的景象，我彷彿看到了一隻巨大的海斗，一下子把所有的學生全都舀了進去。它不僅沿著門牆逮住了大隊人馬，而且還橫掃人行道，連最先出了校門的幾個學生也不放過。就這樣，我眼前猛然出現了一片黑罩衫，上面沾滿了紅點，到處是一條條裸露的小腿和一張張笑臉，像螞蟻般在鑽動不息。

一九三八年十二月九日。各家報紙都刊載了維德曼在拉塞爾聖克魯的『拉伍爾齊』別墅被逮捕的消息。這是個德國人，被懷疑殺害了七條人命。

一九三八年十二月十二日。今天早晨，城市覆蓋了薄薄的一層白雪。這可是出門漫遊一番，拍幾張照片的難得機會。我胸前掛著『祿來』照相機，沿著魯爾大街來到聖克洛瓦中學課間活動的院子前，我停下腳步，細細地觀看了一陣，孩子們正在做四組舞遊戲，男女舞伴不斷前後交叉移動位置。毫無疑問，這一新奇的舞蹈，這些不斷重新組合、忽而消失忽而重現的臉蛋兒必定具有某種意義。可有什麼意義呢？分組、排列、組合、集中、分散，這兒的一切和在別處一樣均是符號，甚至比別處更爲突出。可到底是什麼符號呢？在這個充滿著難解的符號的世界中，我永遠在探索這個問題，可我一直沒有得到打開它的鑰匙。

我走到將聖克洛瓦中學的院子與人行道隔開的柵欄旁，透過鐵柵欄，像機槍連射似的，劈哩啪啦拍下一張張照片，如同對著動物園鐵籠子裡的動物開槍射擊的獵手一樣，心中蕩漾著強烈但負罪的歡樂感。這一個個影像，我將從容地加以研究。對這個有時放任自流、但時刻有人控制的小社會的不同發展狀況進行比較。要是我不能從中發現一點什麼，那才見鬼呢！把孩子們裝進籠子……我這吃人魔鬼的靈魂也許可以從中獲利。但是，還存在著比普通的文字遊戲更爲深遠的東西。任何格子都是破譯密碼的格子，關鍵是要善於運用。

一九三八年亞十二月十五日。午休。尙諾坐在我的對面，左手插進栗色的頭髮裡，正在讀書。有時一時中斷，他就用手指著正在念的那行字；如果必須停止閱讀，他就從口袋裡掏出一根鉛筆頭，在以後接著往下讀的地方畫上一個十字。

他剛才讀的，是義大利人柯洛第㉜的《木偶奇遇記》。我隨手翻了翻這本被丟在一邊的書，一開始心裡就緊張，料定準是少不了殘酷的描寫，因爲童話往往充塞著這些玩意兒。彷彿孩子們是些又呆又笨的木頭人，最不聰明，也最不敏感，唯有糟糕透頂的故事——名副其實的文學劣酒——才可能把他們打動！貝洛、卡洛爾、佈施㉝等，都是些虐待狂，連神授的侯爵也沒有任何東西可以傳授給他們。

開頭時《木偶奇遇記》讓我放下了心。它講述的是一個突然擁有了生命的木偶的故事，與古老而溫柔的仙魔傳統是一脈相承的。可是，由於匹諾曹和他的朋友洛米尼翁在學校學習很不用功，兩人變成了驢子，當我讀到這段可怖的描寫時，心裡很不好受。他們倆嚇壞了，馬上跪到地上，合十

譯註㉜：Collodi，柯洛第（一八二六～一八九〇），義大利著名作家、童話家。《木偶奇遇記》是其代表作之一。

譯註㉝：裴洛，Charles Perrault，一六二八－一七〇三，法國著名的童話作家，《小紅帽》爲其代表作之一。卡洛爾，Lewis Carroll，一八三二－一八九八，英國作家，《愛麗絲夢遊仙境》作者。布施，Wilhelm Busch，一八三二－一九〇八，德國畫家、詩人，繪過一系列連環畫，在歐洲很有影響。

雙手，乞求饒恕。可是，只聽得他們的祈求聲漸漸地變成了稀奇古怪的驢叫聲，合十的雙手變成了蹄子，嘴巴變成了驢嘴，褲子的後襠鼓了起來，隨著一聲不堪入耳的撕裂聲，鑽出一條毛茸茸的黑尾巴。眞的，我不知道竟然會有如此可怖的場面。即使《驢皮記》中的讓那個亂倫的父親放棄糾纏而出現的那張越來越醜的驢皮，也不像這兩個孩子的苦苦掙扎一樣，令我產生如此強烈的憎惡感。

但是，我想到了匹諾曹和洛米尼翁的悲慘經歷對我來說並不新鮮。魔杖一揮，將馬車變成南瓜、把小男孩變成驢子的妖魔，我每天都能遇到，這就是『發育妖魔』。十二歲的兒童達到了平衡與發育的不可超越的極限，使兒童得以成爲創造的傑作。這個年齡的兒童幸福、自信，對周圍的世界充滿信心，在他看來世界是那麼整齊有序，可謂完美無瑕。就其自身而言，無論是面容還是軀體，都是那麼美麗，以致人類的任何美貌都不過是這個年歲的或近或遠的反射而已。過了十二歲，便是災難。雄性的一切醜惡——那毛茸茸的污垢、死屍般的成人膚色、粗糙不平的臉頰，還有那個像驢鞭似的、大得畸形、臭氣熏天的生殖器——全都湧向從寶座上拖下地來的小王子。轉眼間，他變成了瘦骨嶙峋的狗，弓著腰，滿臉皰疹，目光不可捉摸，貪婪地泡在像垃圾般污穢不堪的電影院、音樂廳裡，總而言之，成了一個少年。

變化的方向是明確的。開花的季節已經消逝。必須結果，必須變成種子。婚姻陷阱遂向鉗子般在稚童頭上合攏。就這樣，他跟別人一起被傳宗接代的沉重大車套住了，被迫爲人口數遽降做出自己的一份貢獻，如今，人類正因此疾而慢慢死去。悲傷啊！憤慨啊！可這又有何用？難道不正是在這堆糞土上不久又要盛開別的花朵嗎？

一九三八年十二月十八日。殺害了七條人命的維德曼一案正在預審。此人身高一米九一，體重一百一十公斤。這正好是我的人體測量值。

一九三八年十二月二十一日。今晨，在魯爾大街。我正要走過聖克洛瓦中學院子的底端，順著一個緊挨一個的工廠和泵站，往我的汽車廠走去，可突然響起一聲長長的喊叫，淹沒了學生課間遊戲的喧鬧聲，我立即像釘子般被釘在了原地。這是一個拖得長長的喉音，純潔無比，彷彿是發自內心最深處的呼喚，最後變成了一連串歡快動人的變調，漸漸消失了。精確、飽滿、平衡、洋溢，多麼令人驚詫的深刻印象！

我立即調轉步子往回走，心想我一定會在院子裡發現非凡、輝煌的東西或非凡、輝煌的人。但是沒有，什麼也沒有發現。我耳中迴盪著這聲清純而又蘊涵著人體一切和聲的呼喚，可孩子們依然來來回回，彷彿從未發生過這一聲響的奇蹟。這群孩子中間到底是哪一位在內心深處發出了如此幸福而清純的呼喚？在我看來，他們一個個難分你我，也就是說，他們全都是同一的本質。

我佇立良久，沉浸在這聲『呼喚』之回音的搖蕩中，回音越來越遙遠，可呼喚聲已經在我心中激起了對聖克里斯多夫中學的回憶，孩子們的打鬧嬉戲聲如嚮亮的多重奏，淹沒、抹去了這聲呼喚。接著，鈴聲響起，教室的門口立即出現了長隊。最後，我也離開了變得空盪盪的院子。

回到汽車廠前，我記下了這聲『呼喚』的日期和時間，顯而易見，這呼喚聲就像經常會有奇蹟顯現的想法一樣荒唐。

一九三八年十二月二十三日。在拉索塞伊大街，一幢毫無裝飾的大樓房裡設有幼稚園、男生小學和女生小學。如今，我養成了習慣，常在晚上六時去看孩子們離校的情景。有一天，我在小學生課間休息的時候經過學校的高牆，忽然高牆後傳出一串歡樂的聲音，我立即被吸引住了。我停下腳步，被這巨大的合唱聲夾裹而去，飄飄欲仙，這合唱聲顯得一致而又豐富，不時地出現毫無規則的停頓和感歎，還有延長號和小聲演唱的反覆記號。我始終在等待著『呼喚』，前天在聖克洛瓦中學的柵欄前，那聲呼喚觸動了我的心，而且是那麼熱烈，我堅信那絕不是一種個人的發聲天賦的表現，而是兒童的本質以聲響形式的顯露。

今天上午，我沒有聽到『呼喚』，可繼合唱隊那個強烈、激蕩的聲部之後，突然出現了一個細膩的顫音，一個尖細的撥奏，細得就像一條小花邊，既充滿嘲諷意味，又給人一種撫摸的愉悅，刺激著我的眼睛，竟然使眼中溢出了淚水。我打定了主意，要讓卡爾·F把他的錄音機借給我，把這些聲音全部錄下來。我一定每天都要到這兒來，把每一次課間活動都固定在磁帶上。然後再回到家裡安安靜靜地聽，一遍一遍地聽，直至獲得交響樂的序曲。誰知道呢？也許我可以跟著一起歌唱，也許我可以把一切記在心裡，或許還可以在我記憶的深潭裡重現十一月二十五日五時或十二月二十日十時的課間活動的情景，就如我可以在自己的想像中奏起貝多芬的四重奏或蕭邦的練習曲。

我等待著，以獲得這一新型的音樂文化。在這等待的時刻，我觀察著關閉了多時的孩子們湧向校門外，突然被甩到街上時的情景，我總是帶著一種驚奇的心情，而且這份驚奇中有著永不消失的新鮮感。我發現最先跑出校門的和最後從學校裡出來的總是那麼幾位。慢慢地，我認識了他們，與在瓶口似的大門中嚎叫著往外擁擠的大隊人馬相比，我對他們更熟悉。

另一扇大門裡汩汩地流淌出一群小女孩，我興奮而好奇地盯著她們看。把男孩和女孩分隔開來，誰也無法說清這在我們的兒童時代到底產生了多大害處！男人和女人是那麼地格格不入，難以在共同生活中結合起來，可是，當孩子們達到分享一切的年齡時卻又不讓他們相互適應，眞是愚蠢，眞是罪過。誰都知道，只要狗和貓用同一個奶瓶餵養，牠們就可以共處！

一九三八年十二月二十八日。因聖誕節放假而變得空無一人的學校和操場籠罩著深不可測的悲傷氣氛。一旦失去了這些令人振奮、空氣新鮮的小島嶼和這些令人一時忘卻了成人世界惡臭的氣氛球，該怎樣生活呢？我頓時領悟到世上再也沒有比孩子們的自由更有害了。他們隨風飄散在各地，只給稀薄得幾乎難以呼吸的大氣留下位置。

正是懷著這種憂傷的心情，我在今天上午參加了獻給聖嬰的彌撒，這些聖嬰是在希律一世大帝㉞的命令下被殺害的。我怎麼就沒有把這一恐怖的大屠殺與我每日領略的兒童喊叫交響曲聯繫在一起呢？耳邊響起了《聖經・馬太福音》中有關這一罪惡的記載的吟誦聲，我躲到了一根柱子後，滿懷柔情和憐憫，不禁哭泣起來。

一九三八年十二月三十一日。再過片刻，一九三九年就要開始了。男人和女人們都戴著小丑帽，朝對方的臉上拋彩紙屑。由於失眠，這床榻變得乾燥乏味，絕對冷淡。我離開床鋪，像個夢遊者似地在一條檐槽邊遊蕩。沒有天火和硫磺雨，這一年就永遠結束不了，這一死寂的念頭使我恐怖而悲傷，以致渾身麻木。我打開了《聖經》，可這部由與我同類的夜出動物撰寫的書只能給我帶來自己哀嘆的回聲。這回聲被擴大到令人害怕的地步。

我雙眼被悲傷蝕損，
四肢宛若黑影。
我等待的所在，是死者的去處，
我要在地獄中搭起安身的床鋪。

譯註㉞：希律一世大帝（公元前七七～前四年），羅馬統治時期的猶太國王，希律王朝的創建人。

我朝墳墓呼喊：你是我的生父！
朝蠕蟲呼喚：你們是我的弟兄！
死者的黑影在水下晃動，
死者的處所赤裸裸地面對上帝，
深淵無遮無掩。
它在空虛之上鋪展北方，
在虛無之上懸掛地球。
它把水注入雲團，
烏雲絕不會在水的重壓下碎裂。
它遮蔽了寶座的視野，
籠罩上片片烏雲，
在水裡劃上一個圓圈，
構成了光明與黑暗的臨界。
上帝在我的小道上鋪撒黑暗，
奪走了我紫紅色的長袍，
摘取了我頭頂的王冠，砸碎在崖石上。
它粉碎了我的一切，
如拔樹，連根拔走了我的希望。
上帝製造了創傷，繼而又把傷口紮上，

它傷害了眾人，又用雙手醫治創傷。
我知道，終有一天它會把微笑還給我的雙唇，
使我的嘴裡充滿歡快的歌聲。
那時，大地會因歡樂而顫抖，
笑聲將在大海上迴盪，
愛意中必將是原野的震顫，
森林中，萬木的枝葉定將在嘶鳴中晃動，
如同鬣馬抖動著長鬃。

一九三九年三月二日。年初以來，我什麼也沒有寫。說實在的，我是勉強活了過來！對一個被投入了黑暗之中的孩子來說，嚴冬的潮濕與寒冷總是與存在的痛苦連在一起的。我經歷了多少個歲月之後，終於明白了這不過是一個季節，一個惡劣的季節而已。隨著我一年年衰老，時光對我來說消逝得越來越快了，因此，我慢慢地可以測量並駕馭越來越長的時間。但是，寒冬還沒有被縮短到足夠的程度，我沒有能力大膽地跨越它，在另一個深淵的邊緣站穩腳跟。也許總會有這麼一天。眼下，我又一次失足了，陷入了一、二月份的深潭之中，感到永遠也難以從中擺脫出來。

確實，我痛恨冬天，因爲冬天憎惡肉體。無論在何處，只要發現裸露的地方，它就像個嚴厲的清教派予以懲罰、進行鞭笞。寒冷是堂道德課，這是最可惡的冉森教派的發明。從邏輯上講，由於徵兆需要肉體才能表現，冬季便迫使各種聲音保持沉默，同時熄滅了平素構成了我人生旅途標記的火光。這樣一來，我便遇到了障礙。我腦袋靠著牆，雙拳頂著耳朵，在冬眠……

但是今天早晨，陣陣暖風掮去了整夜擊打著汽車廠玻璃天棚的雨點。海洋的一陣怒吼，感動了

蒼天。一走出家門，我便突然被一群寄宿學校的小姑娘包圍了，她們全都露出冬天捂得白皙皙的小腿。馬貝爾，我們不久就又要看到短袖襯衫、白色短襪，還有短裙和短褲了！你可以準備好錄音機和照相機，去偷錄喊叫聲和各種聲響，去搶拍一個個形象。

但你也要小心謹愼，因爲各種預兆將迫不及待地顯現在你的臉上！

一九三九年三月四日。六十二位樞機主教各攜一名隨員和一名顯貴於前日上午關進了梵蒂岡那個專門用作教皇選舉會場的地方，他們歌唱著《造物主降臨頌》，可蒼天大怒，發起狂風暴雨，淹沒了他們的歌聲。就這樣，在選舉教皇會議總管齊吉君主的關照下，世界教會渣滓中的精華分子被禁閉在一個與世隔絕的地方，各個出口由教皇部隊和天主教最高法院的助理辦案人員嚴加監視。

只要盡力想像一下由這一百八十六位老翁主持的巫魔夜會，想想裡面的空氣已經密集到迄今聞所未聞的地步，那準會不寒而慄！只有從西克斯圖斯小教堂煙囪冒出的繚繞的黑煙，表明了這群不受任何制裁而昏了頭腦的人所施行的種種魔法。

十七點三十分，如亞西．多米尼奧尼樞機主教登上了司儀們打開的聖皮耶爾中心陽台，陽台下方，展開了一幅巨大的掛毯，上面織有庇護九世的徽章。

『我向諸位宣佈一個十分令人欣喜的消息，』他宣告道，『我們的教皇爲十分受敬重的猶金．帕塞尼主教。』

全體人員立即唱起了《感恩頌》。

我不知道帕塞尼爲何許人。他的名字叫猶金，跟案子正在預審中的維德曼同名。此外，我在報紙上見到他的照片：簡直就是拉美西斯二世木乃伊，只是更乾、更沒有人味罷了。活脫脫一個反牧師的形象，被臨近的世界末日召來的『純潔』魔鬼們毀了面容。

一九三九年三月十五日。我注意到了一位小姑娘，跟她一起從拉索塞伊大街市立小學出來的有一大群同學，她有著驚人的美貌，在我看來，儘管她上身還是扁扁的，雙膝還被擦傷了，可已經有著十分明顯的女性特徵。我注意到了她，可說得更確切些，是她注意到了我。這是必然的。這幾個星期以來，我常來這兒，帶著『祿來』照相機，或者卡爾．F的錄音機，我把錄音機藏在我的舊奧茲基斯車裡，把一根類似天線的杆子垂直固定在兩個車門中間，天線上端安了一只麥克風，露在車外；有時，我乾脆把照相機和錄音機全帶上，供不同時刻使用：學生課間休息時間用錄音機錄音，學生放學時用照相機拍照。

我知道她名叫瑪爾蒂娜，因爲我聽到同學們這樣呼喊她。我給自己提出了這樣一個問題：背小女孩該是什麼滋味？我在聖克里斯多夫中學接受的純粹是男孩子們的教育，因此對我來說，女童是一塊陌生的土地，我迫不及待想進行探索。

一九三九年三月二十一日。在我看來，這春季的第一天標上了一塊黑石和一塊白石，彷彿從今天開始，我人生道路上吉祥與不吉祥的成分將不斷取得相互的平衡。

所謂黑石，是因爲我透過新聞獲悉我每天都在關注其預審案進展情況的維德曼，於一九〇八年二月五日生於法蘭克福，是個獨子。我也是獨子。我於一九〇八年二月五日生於古爾奈。因此，這位殺害了七條人命的兇手不但體重和身高與我的完全一致，連出生也非要跟我同一個日子。這種種巧合傷害了我，其傷害遠遠超過了我所能表述的程度。

所謂白石，是因爲昨日四點半的反應被錄了下來，可以成爲這類作品的偉大經典之作。我平生第一次聽到了純粹的樂器演奏的交響曲，漸漸地向戲劇性表演情節——即向清唱劇發展。內容被一圈圈錄製在磁帶上。我恐怕已經反覆聽了二十遍，我不覺得會有聽得厭煩的時候。

如同序曲般，最先出現的是一連串雄壯歡快的樂聲，在周圍造成了一片寂靜，吸淨了所有其他的動靜。接著，這個聽似和諧一致的聲部漸漸地分散成千百個細微的聲音，它因此而呈現出多樣性，但同時也受到了削弱。突然一個延長號，是那麼響亮，令人窒息，使你的心臟不禁停止搏動。然後又是另一串聲音，可這一次千百種聲音變成了話語，變成了數不勝數的低語聲，其中壓倒一切的是一種憂慮，根據不同的稜面，千萬次地反覆出現、回應。總之，在這顫抖的背景上，剛剛書寫了兩個鮮紅的大寫：混帳！啊，這聲經過長時間醞釀和多種色彩烘托的咒罵，我每次都是渾身顫抖地等待著它，因此，當它爆發時，我已經提前數秒鐘蜷縮在扶手椅裡，以預防打擊。隨之而來的，是聲部不可避免地化爲碎片，往四處輻射——描繪性音樂的愛好者們很容易就可從中分辨出足球賽、兩個孩子的瘋狂爭鬥、搶四角遊戲或兒歌合唱的情景——但是，對這種文學性的解釋必須嗤之以鼻，相反，在這四處分散的聲響中，應該看到全體同學爲追求別具一格的表現所做的努力，甚至有可能對學校造成最大的危險，因爲這也是爲造就特殊人物所做出的努力。但是，一切又重新化爲一個巨大的宣判聲，充斥著哄笑或呻吟，閃爍著銀白色的水珠，顫動著一個個滿含微笑或悲愴動人的臉蛋兒。這聲音一直延續著，直到急驟的鐘聲重又擊打著洪亮的圓頂，從四處出擊，漸漸縮小包圍，最終將它消滅，只聽得木底鞋踏在堅實的地面上發出的嗒嗒聲。

當我的磁帶第二十次圍著轉盤旋轉時，我發現在錄製時竟然沒有注意到這十五分鐘的內容具有如此明確又顯而易見的細節——當時，我只聽出了動人但雜亂的喧鬧聲——只有一遍遍細聽之後，它才漸漸表現出來，我爲此而深感震驚。

要穿透近視或耳聾這一堵牆，必須讓各種徵兆加倍地撞擊我們。要明白世間的一切都是象徵與喻意，我們只需擁有無限的專注力。

一九三九年四月六日。阿爾貝．勒布倫重新當選爲共和國總統，集中在凡爾賽議會宮的九百一十位參議員與眾議員中，有五百零六位投了贊成票。他們在自己的選擇中表現出了考究的分辨能力。唯有勒布倫成功地實現了這一壯舉：讓卑微與下流結成了同盟。

一九三九年四月十四日。今天晚上，瑪爾蒂娜在頭上圍著一塊黑絲巾，相當緊地裹著她那三角型的臉蛋兒。一旦擺脫了金黃色環形鬈髮滔滔不絕的輕佻炫耀，集中到主要的線條上，這張臉龐便擁有了聖母一般的純潔性，儘管神情嚴肅，但仍然充滿稚氣，把純潔的面容襯托得愈加鮮明。她是多麼美麗啊！她緊緊地盯著我看，可她沒有對我微笑。

一九三九年五月一日。每當我開著我那輛破舊的奧茲基斯車在街上遊蕩時，交叉懸掛在我脖子上的『祿來』照相機非得緊緊地夾在我的大腿間，我才會眞正地擁有完美的歡樂感。就這樣，我樂滋滋地裝備著一個巨大的生殖器，外面套著皮套，只要我對它一聲令下：『看！』它那獨眼巨人似的眼睛就會像閃電般睜開，並毫不容情地捕捉住所看到的目標。神奇的器官，喜歡熱鬧，具有存儲功能，猶如一隻勤快的獵隼，猛地撲向獵物，搶奪走獵物身上最深刻和最淺表——獵物的外表——的一切，然後呈現給主人！就這樣，這件美麗的東西隨時都可使用，令人飄飄欲仙，它是實在的，同時也是奇妙而虛空的，在皮帶頂端晃蕩，宛若一只香爐，讚美著世間一切美的事物！在暗中展開的膠卷是一張巨大的視網膜，看一次就會失明——受到了炫目的刺激——但絕不會喪失記憶。

我向來喜愛拍照、沖洗、放大，自我在巴隆車廠安家之後，我把一個小房間改成了暗室，房間很容易擋上光，而且有自來水。如今，我明白了這一愛好是多麼湊巧，爲我目前的憂慮起了多大的解脫作用。殊不知攝影是一種施展魔法的實踐，目的在於擁有被攝入鏡頭的生命。任何害怕被『抓入』鏡子的人都表現出最爲基本的良知。這是一種在沒有更令人滿意的方式的情況下人們普遍使用的消費方式，顯然，如果美麗的風光可以吃的話，那人們就會減少拍攝的次數。

這裡，有必要與在光天化日下工作的畫家做一比較，畫家以其耐心而又看得見的筆觸，把自己的感情與個性一筆筆繪畫在畫布上。與此相反，攝影的動作是瞬間完成的，而且也看不見，就此而言，與魔杖頗爲相似，神仙的魔杖一揮，南瓜變成了馬車，醒著的少女變成了沉睡的少女。畫家愛坦露自己的感情，是慷慨的、離心的。攝影家卻吝嗇、貪婪、貪食，是向心的。這樣說來，我是一個天生的攝影家。我不具備獨裁的權力，無法保證我擁有我下決心佔取的兒童，所以，我便使用了攝影這一詭計——我得馬上做一說明，這絕對不是權宜之計。無論將來會給我留下什麼，我將永遠保持著對這些形象的愛，這是些光輝的形象，但又像湖泊一樣深不見底；有的夜晚，我孤寂一人，往往瘋狂地一次次跳入這些湖泊。生命就在這裡，含著微笑、有血有肉、奉獻在你面前，然而它被魔紙囚禁著，成了那失去的天堂中最後的倖存者。至今，我還爲失去這奴役的天堂而不停哭泣。施魔術及其應用早已利用了攝影者對被攝影者的那種半是傷害半是愛戀的佔有手段。在我看來，攝影技術的發展，若不放棄施魔術的法力，就會達到更高更遠的目標。其目的在於使實在的事物上升一步，擁有新的力量，即想像的力量。攝下的形象，無疑出自於眞實的事物，但同時與我的幻覺又是不可分離的，與我想像的世界處於同一位置。攝影術把眞實推向幻想的層次，把實在的事物變成自身的神話。鏡頭是一扇狹窄的門，被召喚去充當受人支配的神祇和英雄的候選人通過這扇門，神祕地進入我心間的萬賢祠。

顯而易見，我沒有必要攝下法國和全世界的所有兒童，以滿足一直折磨著我的對窮盡一切的渴求。原因很簡單，因爲每一張照片都把上面的人推向了抽象的高度，同時賦予它某種普遍性，因此，一個被拍照的兒童，便是X個——千個、萬個——被擁有的兒童……

五一這一天，是個陽光明媚的美好日子，我在飯桌的一角，愉快地用完了早餐之後，便滿懷深情把『祿來』照相機放在傳種接代的位置上，出發去獵捕形象。我的雙跟早已變成了瞄準器，捕捉住樹枝間、人行道上甚至擦身而過的汽車裡的一切可以捕捉的形象。五一的行人，五一的狗，無不在以天主般的步履行走在因勞動節放假而變得寧靜的街道上。世界在我車子的擋風玻璃後飛逝而去。世界本身就是一個大玻璃櫥窗，由一個稱作『五一』的櫥窗佈置專家做了奇妙的安排。在五一這個假日裡以指揮交通爲樂的警察們揮動著白色指揮棒，頻頻向我做出友好的表示。

我把破舊的奧茲基斯車丟在香榭麗舍橋邊的陡坡上。只見灰色的海鷗、文風不動的垂釣者、棄而不用的游艇和幾位正在河邊洗車的小職員，這或許是他們一週裡最美好的時光。有個船員猛地發動起一條駁船的水泵，隨著馬達每次轉動，便有一股灰黃色的東西貼著吃水線噴射出來。我溜進了一條小船，冒著被掀入水中的危險，把噴射而出的灰黃色水柱和船體懸崖峭壁般的黑影全都捕捉進鏡頭。鏡頭的上方，在藍天的一角，小人兒正躍身撲去，以自己的整個軀體緊緊地壓住水泵的操縱杆。在碼頭上，一個頑童正在鬧著用鏡子的反光刺行人的眼睛。我讓他把反光射進我照相機的鏡頭裡，預先想像著在偶然的機遇中拍出的照片：一片白色的閃光，頂端是一只頭髮蓬亂的腦袋，快活的神態，嘴巴正咧著大笑。

在東京宮廣場上，一些小男孩腳穿帶輪子的溜冰鞋在旋轉，另一些在玩球。溜旱冰的雙腳一刻不離溜冰鞋。玩球的卻從來不溜冰。兩夥人從不相互混合，彷彿被一種生物上的差異所隔離。由此而想到了螞蟻；有的長著翅膀，有的卻沒有。

我注意到了兩個溜旱冰的，是兩個小男孩，深棕色的頭髮，十之八九是兄弟，穿著相似的服裝，臉蛋兒和身軀也差不多，唯一不同的是年齡和個頭，有著農牧神和小農牧神的區別。他們擺出一個個快速的迎風展翅的姿勢，有時一個起跳，可以躍上好幾級台階。我請他們倆手拉手，在巨大的高浮雕下方旋轉，浮雕上表現的是忒耳西科爾[35]和一位在綠廊的背景中翩翩起舞的仙女。於是我攝下了兩對——一對小肉體、一對大雕石——他們互不知曉，然而卻如此協調的畫面。接著，我告訴孩子們忒耳西科爾是誰：是希臘的一位文藝女神，主管溜冰。片刻後，大家的注意力被一位騎自行車的小伙子吸引住了，他把一隻帶輪子的溜冰鞋固定在自行車的前輪上向前行駛。令人驚奇的發明，他竟將兩個基本屬性相同卻不能並存的東西組合在一起。被固定住的自行車前輪在石板地上滑動，發出巨大的金屬聲。

一時中斷的遊戲重又開始了。追逐、打圈、起跳、跳法蘭多拉舞，他們在雷鳴般的金屬聲響中，旋轉起伏。法蘭多拉舞隊突然分散，起身一跳，躍上了幾級台階。其中一個孩子絆了一下。由於衝力過猛，他在台階上彈跳了幾下，最後摔倒在台階下，看上去像一小堆可憐巴巴的衣服，一動不動。我認出了他，就是兩兄弟中的那位弟弟，小農牧神。他慢慢地轉過身，坐了起來，然後頂著右膝側傾著身子。他沒有哭，可疼得已經變了臉色。我蹲到他的身旁，把手伸到他的膝蓋下，伸到那柔軟、顫抖、汗涔涔的凹陷部位——恰好在膝彎部位——心底不禁湧起一股神奇的暖流。他無疑是被大理石台階上的尖脊碰傷了，傷口十分醒目，令人讚歎不已：一條鮮紅的口子構成了一個完美無瑕的橢圓形，宛如獨眼巨人的那只眼睛，像描了邊似的眼瞼，中間只有一條細縫，眼珠自然是爆裂了，從中透出一束死死的目光，但微微地淌著血，像是玻璃液體，滲出一線細細的淋巴液，在腿肚和護腿上漸漸地積了一攤含有蛋白質的液體。兩個孩子忙著幫受傷的兒童解溜冰鞋，我乘機調整照相機取景器與鏡頭的兩個反光鏡。現在，得讓受傷的孩子站起來，至少要站立幾秒鐘才行。我扶他站穩，可他搖搖晃晃的，臉色如青木瓜一樣。『他要摔倒了！』其中一個孩子喊叫道。摔倒可不行，我使勁地拍了一下受傷兒童的臉。然後，我扶他背靠牆壁。我拍了第一張照片，可在這種直接光線下拍出的照片肯定毫無特色。我需要一種斜斜掠過的光線以展現如眼眶般的鮮紅的傷口深度。於是，我讓孩子的身子側轉四分之一圈。我的『祿來』照相機把它那機器人的晶體眼睛對準了獨眼巨人那只開裂的眼睛，這是與陷入了被動狀態的受傷肉體的本質對峙，這是痛苦而公開的對峙，只能用我這把武器的目光去觀察，也只有這樣才能觀察到；因爲這種目光是純潔的，決定性的，並具有支配力。我蹲在這尊小小的痛苦的塑像前，在一種我難以駕馭的幸福的迷醉狀態中完成了攝影。接著，我興高采烈地等待著的時刻終於來臨了。我讓照相機懸空吊著，把右臂伸到受傷孩子的雙膝下，又把左臂伸進孩子的腋下，抱著這一柔弱的軀體，站了起來。

我站了起來，雙肩觸到了天空，腦袋四周簇擁著音樂大天使，在歌唱我的光輝。神奇的玫瑰花爲我散發出最爲清涼的芬芳。短短幾個月中，這是我第二次懷抱一個受傷的孩子，『負載』的迷醉感籠罩著我的心頭。這足以證明我已經進入了一個新的紀元。

光線斜照在我的臉上，周圍的孩子們覺得莫名其妙。噢！必須重新返回原來的時光中，重新抓住日常事件的發展線索，僞裝成人類大家族中的普通一員……

我朝自己的車子走去，把小農牧神放在農牧神的身旁，讓他照看著。最後，我把他們倆丟在了阿爾瑪廣場的一家藥店，一邊唱著歌，撫摸著腿間的照相機，離去了，相機裡充滿了新的珍寶，我事先就知道，它們的美必定超過我的期望。

一九三九年五月四日。今天上午，我在涼拱下溜達，一線陽光透過納伊聖皮耶爾教堂的彩繪大玻璃，照在涼拱上。一個嬰兒的哇哇啼哭聲把我引到了小祭台，那兒高高地放著洗禮盆。一群親戚

譯註㉟：希臘神話中九位文藝女神之一，主管抒情故事和詩歌。

朋友圍著一個長著深棕色頭髮的高個子男子，他正神情嚴肅地用雙臂托著一個嬰兒，嬰兒的身上裹著的好像是新娘子的頭紗。教父在洗禮盆的上方抱著教女。我第一次抓住了洗禮儀式的迪弗熱式含意：這是大人與小孩之間的一次小小的負載聯姻儀式。

誠然，這不過是對一種禮儀的派生解釋，該禮儀的重要性當然不在這裡——不管怎麼說，有一點是很明顯的，那就是我從來沒有被人認作教父。但是，我很高興地看到，這種事情與我的生命是可以適應的。我從中看到了徵兆——要不就是證據——只要事情發生變化，變化自然有些突然，但並非是毀滅性的，也許就足以促使它們改觀，而且是朝著我的方向，因爲在事物的表面，已經在凹陷處留下了我的印記，由此而展示了我與眞正的生命有著親緣關係。

一九三九年五月七日。沖洗膠卷與觀察底片往往帶著誘惑與遺憾。這些透明的底片有著無可比擬的魅力，可見，旨在恢復正面圖像的曬印過程在一定意義上是一個破壞的過程。無論是色彩差別與細節的豐富性、色調的深度，還是暗室中照射底片的光度，一旦失去了從價值顛倒中產生的奇異性，便變得微不足道。看底片中的整個臉，頭髮是白色的，牙齒是黑色的，還有黑的額頭，白的眉毛，眼白變成了黑色，眼珠成了一個淡色的小窟窿；看底片中的風景，只見樹木清晰地呈現在墨色的空中，猶如天鵝的羽毛；在那赤裸裸的軀體中，本來最柔和、乳白色最明顯的部位在這兒變得顏色最暗、最灰，對我們視覺習慣的這種毫無例外的否定，彷彿把人們引進了一個顚倒的世界，不過這是一個形象世界，所以沒有任何眞正的害處，任何時候都可以根據人的意願進行復原，這也就是說，是一個可以準確還原的世界。

正是在暗室的紅色黑暗中，底片確立了至高無上的地位。昨天晚上七時許，我把自己關進了小房間裡。一進去，我便像往常一樣，馬上失去了時間概念。出來時，已經到了半夜時分，我累得渾身顫抖，神氣恐慌不安。隨意處置他人極具個性的展露，亦即隨意處置他人的形象，而不受任何制裁，這總歸有著黑彌撒的成分，就如在放大器裡有著聖體櫃的影子，人們置身其間的血紅的光線中有著地獄的模樣，至於按先後次序把感光的硬片往裡面扔的顯影、停影和定影液中，則有著煉金術的因素。且不談亞硫酸氫鹽、對苯二酚、醋酸和硫代硫酸鹽的氣味，使已經十分渾濁的空氣充滿了不祥的氣氛。

但是，攝影家最爲罕見的能力還是源自於相片的放大器以及它所提供的各種顛倒的可能性。因爲不僅僅只是把黑變成白，或相反，把白變成黑。在底片夾上翻轉底片時，還有可能左右倒錯。因此，沖洗之後，就有了兩次倒錯，在這兩次之前，還有著幼稚的序曲，尤其是那些老式的照相機，在取景時，人就已經倒位了——頭朝下。攝影中最爲神奇的東西——既是有益的，也是不祥的——就這樣由這些細小但特有的現象做了極爲充分的說明。

我有滿滿一小盒底片，是我在四處闖蕩時一張張搜集起來的。這些像照片一樣乖的孩子也就完全可以召之即來了。我任何時候都可以把其中的一位塞進我的放大器的底片夾裡，剎那間，他便可佔據了整個房間，貼在牆上、桌上，甚至我的身上。我也可以用極大的比例，隨意複製他身上或臉上的任何一個部位，而且願意複製多少就複製多少。如果說廣闊的世界是個永遠取之不盡的狩獵場的話，我的形象池則是完全有極限的（不管有多豐富），我的這群充滿稚氣的牲畜也是有數的，經過一一清點，對其來源，我也一清二楚，這自然是應該掌握的。總之，我擁有的底片數目有限，可我從每一張底片中，則有可能印出數量無限的照片來，這兩者恰好就得到了平衡。經驗的無限開始時表現爲我收藏品的有限，繼又變成了可能的無限，但是這一次，只有通過我，它才有可能表現出來。通過攝影術，野蠻的無限變成了馴服的無限。

一九三九年五月十四日。昂布洛瓦茲一家人。我把汽車廠主樓底層的三個房間租給了他們。昂布洛瓦茲做門房的差事，汽車廠關門時，他就當看護人。歐也妮太太什麼也不做，她這一輩子很可能從來都是無所事事。

昂布洛瓦茲給我講述了他的身世。四十年前，他跟歐也妮在北火車站相遇。開始，他幹的是木匠的工作。當時她還是個年輕的姑娘，身上戴著孝，從布拉邦特省來到巴黎。她應該說是個美人兒，一頭金髮，性情溫柔，但也怠惰，總是唉聲嘆氣的，唯一的武器就是那種不可摧毀的惰性力量。她拋棄了一切，她父親是在巴黎過世的，死在他兒子——一個牧師——的懷中。老人有一筆財產，做哥哥的與小妹公平合理地各擁有了一份。至少在車站的人行道上，歐也妮對年輕的昂布洛瓦茲是這麼解釋的，那時，他身穿一套黑色亮面的西裝，雖然乾癟、枯瘦，但生性好激動，而且敢作敢為，嗅到了這一雙重意義上的好運氣。於是，他提起了年輕姑娘的兩只行李箱，由於她不知該去何處，他乾脆主動提出把她安頓在自己的家裡，他還向她保證，絕對不懷任何邪念。『這兩只行李箱，』有一天，他在萬般無奈的憤怒中衝動地對我說：『我已經提了四十年了！』

安頓下來之後，歐也妮輕易地失了身，於是便堅定不移地賴在昂布洛瓦茲的小屋子裡不走了，對他的生活來說，這實在是一個沉重的負擔，更何況繼承遺產的希望很快化為了泡影，反正不是牧師為人不道德——歐也妮就說他不道德——就是她父親死時連一個子兒也沒有。我心想，四十年來，昂布洛瓦茲和歐也妮一直扮演著雙人劇，如今又在我的屋簷下繼續演下去。他這人性情冷酷，脾氣也很古怪，動不動就翹起八字鬍，對自己的愚蠢和老婆（實際上，他們根本沒有結婚）天生的懶惰大發雷霆。她整天癱在一張椅子裡，胖乎乎的一堆，白白的皮膚像海綿似的，灰色的頭髮如西班牙種獵犬的長耳朵，垂掛在她那痛苦不堪的胖臉上。她總是不斷地為這位善良的昂布洛瓦茲祝福，這可眞是個天堂的聖人。除了在工廠當差之外，他還要忙家務、買東西，連做飯洗碗也全包了。當然還有繁重的房事，假若果眞有的話！

歐也妮話很多，那聲音陰沉陰沉的，總是千篇一律的哀嘆，猶如一首單調的哀歌，在沒完沒了地反覆數落世道、世事與世人的卑鄙齷齪。每次我有事到昂布洛瓦茲家，總聽到這汩汩不斷的苦澀而又溫和的流水聲，在很長一段時間內，我一直沒有把它往心裡去。直到有一天，我注意到在一段唱聲的結尾時，她的嗓音往往要提高一個八度，伴隨著清亮的和聲、春天的啁啾聲和鄉村的鈴鐺聲。此後，我便興意盎然地等待著這一突然的變調，等待著這段我在私下裡彌作『鈴鐺組曲』的演奏，我勢必會覺察到這鈴鐺聲和啁啾聲不可避免地擁有的意義。開始，往往是半死不活、沒完沒了的一陣囉嗦，隨之而來的便是卑鄙的誣蔑、惡毒的指責和傷人的含沙射影。我因此而獲知，尙諾常偷一家商店貨架上的東西，本·阿哈默德『供養』著居民區一位柏柏爾族的妓女，我在忙不過來的日子雇用的那個義大利加油工總是貪心不足，拿了工錢和小費還不滿足；我還特別了解到，我四處拍照的行動沒有逃脫她這個警覺而又惡毒的證人的眼睛。

有一天，我出獵歸來，收穫格外豐富，『祿來』照相機吊在掛帶上晃蕩著。彷彿任憑一條剛剛立下了奇功的獵犬在面前奔跑、蹦跳，我陶醉在深情和歡樂之中，從昂布洛瓦茲家經過時，恰巧聽到了這麼幾句話：『瞧！迪弗熱先生買了新鮮的人肉從市場上回來了。他現在準要把自己關進黑漆漆的地方去吃那些玩意兒。有些事在光天化日之下是不能幹的，難道不是嗎？』

這是歐也妮說的，她的話聲中像是有一支鐘鈴樂隊。

一九三九年五月十八日。很長一段時間裡，我都是偷拍照片，也就是說是在被拍照者不知道的情況下拍的。這種方法實用且富有成效。再說對我每次強行拍照時多多少少折磨著我的怯懦心理，這也是種安撫。但是說到底，這是權宜之計，今天我也承認，與被照者對陣，不管有多可怕，自然是更可取的做法。道理很簡單，最好還是應該讓被拍照者對拍照作出反應，表現在他的臉上和姿態中，無論是驚詫、憤怒、恐懼，還是相反，表現出高興、虛榮心的滿足，甚或庸俗、誨淫或挑逗的舉動。一百年前，當麻醉術進入手術室時，有的外科大夫大爲不滿。『外科學消亡了，』其中一位驚呼道，『外科學是建立在病人的痛苦與大夫的結合基礎之上的。用了麻醉術，外科學便被糟蹋到屍體解剖的水平。』對攝影術，也有著同樣的道理。有了遠距照相鏡頭，可以在遠處拍照，與被拍者沒有任何接觸，但這樣一來，便扼殺了拍照中最爲動人的東西，那就是被拍照者與拍照者所共有的輕微的痛苦感覺，不過，這種痛苦感是截然不同的，前者知道自己被拍了照，後者則知道對方心裡很清楚，這採取的是一種掠奪性行爲，是一種搶劫形象的行動。

一九三九年五月二十日。在黑與白的相互變化中，灰色也經歷著一種轉換，不過幅度比較小，而且與調和的灰色越接近，變化幅度就越小，因爲調和的灰色中，白色和黑色的因素是完全平衡的。這種調和的灰色，是色彩變換的旋轉軸，而軸本身是不變的，絕對的。是否有人試圖肯定並調出這種不起任何變化的絕對灰色？我反正從來沒有聽說過。

一九三九年五月二十五日。孩子們全都四散回家了，我失望地等待著，始終沒有見到瑪爾蒂娜。終於，她出來了，就她單獨一人，而且是最後一個。我走到她的身邊，強裝出一副笑臉，以掩蓋我內心經受著嚴峻考驗的怯懦。我問了她一聲好，彷彿我們早就已經認識似的，接著，我壯了壯膽子，提出用我的舊奧茲基斯車送她回家的主意。她一句話也沒說，可她跟著我，坐進了我爲她開著門的車子，並把短裙往腿上拉了拉。這動作很有女人味，美極了。

我喉嚨像卡住了似的，整個路途中沒有跟她說過三句話。她不願意我把她送到她家門口才下車——我是多麼喜歡在我們之間建立的這份略含犯罪感的默契啊！——請我在嘉特島勒瓦洛瓦大街的一座剛完成主體工程的大樓前停了車。她一晃眼就跑開了，宛若愛爾菲㊱一般輕盈，最後，她鑽進了空無一人的工地，消失在大樓地下室的樓梯中，這情景令我甚感驚詫。

一九三九年五月二十八日。瑪爾蒂娜父親是個鐵路工人。當她告訴我她有三個姐妹時，我好奇得渾身顫抖起來。我多麼希望能看到瑪爾蒂娜的另幾個翻版啊——分別爲四歲、九歲和十六歲——恰似同一個音樂主題，由不同的樂器，按照不同的音階進行了演奏！由此，我再次發現了自己的怪癖，很難專注於某個人，往往無法控制自己，總是試圖從一個獨特的配方中尋找出不同的配製方法，雖有反覆而又不千篇一律。

她總是讓我把她丟在正施工的大樓前。她對我解釋說，通過地下室，她可以抄近路回到家去，她家就在大樓另一側的維塔爾布奧大街。

一九三九年五月三十日。眞怪，自從我把心思猛地用到孩子們身上之後，我的胃口好像不如從前了。我意識到乳品店的櫥窗和肉店的掛鉤已經不再像以前那樣刺激我的食慾了。我甚至放棄了生肉和生奶，採取了比較普通的飲食方法。可是，我人卻沒有瘦！彷彿與孩子們的接觸以較爲微妙的方式——似乎是精神的——平息了我的飢餓感，同時，這種飢餓感也向更爲文雅的形態方向發展，與心越來越接近，相比之下，離胃反而遠了……

譯註㊱：Terpsychore，北歐神話中象徵空氣、火、土等的精靈。

一九三九年六月三日。我每天都要看尤金·維德曼一案的審理通報。這不僅僅是因爲整個社會集團非要這個罪惡累累的孤家寡人完蛋不可的場面，激起了我心中對這位被指控者的同情和衝動，而是因爲命運之神似乎越來越起勁地把他往我這邊推。我因此在今天早上得知他也習慣用左手，所有兇殺案都是用左手犯下的；那麼便是左手犯下的罪惡，如果眞有什麼罪惡的話！就像我那些用左手寫下的文字。

萬幸的是，只要我一想到瑪爾蒂娜，就足以驅散縈繞在我腦際的各種念頭。

一九三九年六月六日。人的皮膚、皮膚組織，其方形或菱形網、皮層的不同厚度、毛孔的緊密或鬆散、寒毛的柔軟或硬直，總之，皮膚的柵狀組織，是攝影藝術的用武之地，而與繪畫則是格格不入的。

一九三九年六月十日。有一幅照片，我回憶起來總是帶著最溫馨的感覺，這就是瑪爾蒂娜一家的照片：她的三個姐妹和她父母，在夜晚合家團聚在燈下。我從來就沒有過家，多麼想要在他們中間坐一坐，把自己關閉進這一與世隔絕的天地裡，裡面的空氣恐怕有著獨特的質量和令人讚歎的密度！我的獵捕活動的目標——無論是拍照還是其他活動——自然是特殊的個體，但令人奇怪的是，對我來說，這些活動的目標最終總是指向一個封閉的群體。我想到了一個比喻，受啓發於吃人魔鬼的形象，雖然是再也明顯不過的，但是，對我的情況來說，仍有著啓迪的作用。經歷過多少個世紀的原始的食物採摘活動之後，人類發明了農業。同樣，人類經歷了多少個世紀的狩獵活動之後才發現了畜牧業。在冰封的草原上奔波，我感到疲憊，我夢想封閉的果園，那兒，最美的果實主動送到我的手上；我也夢想無邊的畜群，它們馴服而任人隨意支配，關在暖烘烘的欄圈裡，瀰漫著糞便的氣味，在冬日，若與它們睡在一起，該有多美……

一九九三年六月十六日。卑鄙的勒布倫剛剛拒絕了維德曼的特赦請求。維德曼到底犯下多少樁兇殺案，誰也不知道，甚至連他自己恐怕也說不準。但是，不管怎麼說，那個經過精心的打扮、坐在巨大的辦公桌後的人，雖然沒有任何壓力，卻拒絕去完成那一舉手之勞——阻止合法兇殺案的發生，難道還有比這更爲可鄙的罪惡嗎？

一九三九年六月十七日。我一直與一種隱密的力量抗爭，但白費氣力，它最終迫使我對歐也妮太太的要求做出了讓步。昨天晚上，她非要我帶她跟幾個女鄰居去凡爾賽，因爲維德曼就要在那兒被處決。即使鬼使神差，我產生去的念頭，但是這些女人對殺人的場面竟然表現出無恥的興奮，憑這一點，就足以使我放棄自己的念頭，但是，一股不可抗拒的力量卻迫使我去與那位殺了七條人命的巨人約會，而約會的時間正是他死的時刻，在這之前，每天都有報刊的文章出現在我的跟前，不斷報導此案的預審及審理的過程。

我們都知道處決的時間爲次日清晨，可歐也妮太太和她那幾位女友非要晚上九點鐘就出發，以保證佔取最好的位置。昂布洛瓦茲一口拒絕參加這次不光彩的行動，他私下裡對我說，妻子不在家，自己獨自度過一個夜晚，那才幸福呢！剛一出門，我便被擠在車上的那四個饒舌女人惹是生非、中傷他人的惡言惡語激怒了。我有規律地等待著奏響歐也妮太太的鈴鐺組曲，每一次，我都可以分辨出她話中帶有的毒箭。

一到市郊，便可感覺到發生了什麼事。除了節日的夜晚擁擠在街上、人行道上那種熱鬧的人群之外，彷彿在空氣中還飄忽著某種無恥的勾當所特有的氣氛。這些男人、女人，甚至兒童，都是爲了同一個目標而來的，他們自己心裡全都清楚。我也是其中一個，所以沒有什麼可多說的……

我好不容易才把車子停靠在霞飛㊲街，然後，我們步行前往。人越來越擠，街道的交通全都被車輛堵塞了。城堡對面的檢閱場和警察局廣場被圍成了停車場。隨著一列列地鐵的到站，附近兩個地鐵站便湧出潮水般的旅客。但絕大部分還是騎自行車的人，其中有很大一部分是雙座自行車，夫婦倆一前一後，穿著高爾夫球褲和卷領羊毛套衫。

夜半時分，煤氣燈熄滅了，遂響起經久不息的歡呼聲。黑暗中只有星星點點的車燈、手電筒和乙炔燈籠的光亮，充斥著浪笑聲、咒罵聲和母雞下蛋似的咯咯聲，不時被巴黎頑童下流玩笑聲或齊奏般的喇叭聲所淹沒。我嘟嘟嚷嚷直發牢騷，任憑自己被四個饒舌婆拖著往前走，她們像被繩子捆在了一起，由瘋狂的歐也妮太太在前面開路。就帶著這種滑稽可笑的架式，我們慢慢向聖路易廣場推進，只見那兒的三家小酒店打開了所有的燈光，輝煌一片。全仗著歐也妮太太的靈活與賣力，我們在擠滿了所有人行道的眾多露天咖啡座中贏得了一席之地，佔了一張獨腳小圓桌和五把椅子。可這還不夠。我們的這位領頭人硬把椅子放到了小圓桌上，讓我們費了九牛二虎之力，把她送到搖搖晃晃的高台上之後，她才罷休。這一來，她高高地坐在嘈雜的人群之上，猶如主持即將完成的『偉大事業』的女神。這可把她的三位女伴和我折騰壞了。人群每次湧動，都有把小圓桌掀翻的危險，我們得緊緊護著桌子，而我們真正能看得見的，只是歐也妮太太如象腿似的腳脖子和夏朗德地區產的帶釦的毛氈鞋。周圍，如同一大片野餐地。人們紛紛打開了食物，開始野餐，一個個三明治和一瓶瓶檸檬汽水在人們腦袋上方傳遞著，到處瀰漫著那些生來就畏寒的人呼出的油膩膩的氣味。清晨一點左右，三家小酒店裡幾乎同時缺貨，再沒有啤酒供應。於是人群中出現了一陣不快的衝動，人們紛紛湧向一輛酒罐車，車子正在用裝瓶機迅速出售一瓶瓶普通的紅葡萄酒，車後，是帶著盛酒的器皿在排隊的人群。歐也妮太太從她那只家庭主婦用的草提包裡拿出了兩只熱水瓶，一副看戲用的望遠鏡和一條寬寬的披巾。她把披巾披好，然後給我們分發熱咖啡。

兩點鐘時，一群憲兵竭盡全力，想驅散人群，騰出聖皮耶爾監獄前的小廣場，在那兒架起刑具。人群中一時發生了猛烈的擠撞；一位婦女被人們踩到了腳下。憲兵們放棄了陣地，可一些機動警察再次採取行動，部隊最終佔領了那個神聖的四方形的地盤。警察部隊的行動造成了激烈的騷亂，一直波及我們所在的露天咖啡座。一把把椅子被撞得翻了跟頭，兩個漢子喝了酒，等得實在不耐煩，一氣之下扭打在一起，在桌子中間翻滾。我們不得不多次用身體組成人牆，才使歐也妮太太的觀察台免遭惡果。不過，歡快的情緒已經化爲烏有。憤怒的人們實在不明白爲何讓他們一等再等。花多少力氣就得有多少報償。突然，零零星星地響起了兩個節奏分明的字眼，緊接著千萬只嘴巴節奏一致地同聲呼喊：『開始！開始！開始！』難道感到被這人群的詛咒聲所壓垮的，眞的就我一個人？那些把守著即刻就要釀成罪惡的場所的軍人爲何不向人群開槍，或者乾脆用噴火器把這些化膿的人渣消滅乾淨？最後，有節奏的高喊聲停止了，響起了『啊』的一聲驚呼，巨大的聲音持續了很久。歐也妮太太居高臨下，在她的觀察台上向我們解釋說，一輛黑色的馬車由一匹瘦馬拉著，在用石塊鋪砌的路面上顚簸著慢慢靠近。掛在一根杆子上的乙炔燈籠在風中晃蕩，映照出兩個男子的身影，他們正忙著從車子裡搬出木架，開始裝配斷頭台的各個部件。出現了可怖的死寂，偶爾響起木槌的擊打聲和銷栓的嘎吱聲。我額頭頂在仿大理石的圓桌上，陷入了垂死掙扎的階段。可是，我還得聽著歐也妮太太的話聲，她不時擲下重如石塊的字眼，諸如：『擺杆、木屑箱、承頸圓孔、鍘刀』等等，接著，她又宣佈一束光線正在監獄樓群的黑影中顫動，放聲呼喊，要那個被圍困的孤

譯註㊲：Maréchal-Joffre，霞飛（一八五二～一九三一），法國元帥。

家寡人死路一條的時刻終於就要到了。不！還得再等待，人群重又開始怒吼，膨脹，收縮，存在著衝擊一切的危險。

東方已經開始泛白，這時，監獄的大門突然亮起了燈光。一夥黑黑的矮個子男人從監獄中走了出來，推著前面的一個巨人，巨人的白襯衫在昏暗中形成了一個閃光的白點。維德曼雙臂反綁在背後，雙腿拴著絆索，只能小步往前移動。人群中掀起一股滿足的歎氣聲。那夥黑黑的矮個子已經到了斷頭台下。維德曼被四個助手舉到了斬首台上，就像中世紀的一尊巨大的死者臥像。等到他恢復站立姿勢後，燈光便如鞭子般刷地抽打著他那蒼白的面孔。這時，在一片寂靜中，響起了歐也妮太太銀鈴般的聲音，彷彿舉揚聖體儀式中侍童晃動的鈴鐺在作響：

『啊，迪弗熱先生，他多麼像您啊！真的，就像您的兄弟！就是您，迪弗熱先生，完全就是您！』

亨利·戴斯福爾諾一揮手，四個副手立即掀倒了那尊蒼白的雕像，腦袋朝鐵勁圈飛速落去。可發生了什麼事？處決的整個程序似乎出現了混亂。人們在被處死刑者的身旁忙碌著。原來擺杆沒有調整好。巨大的身軀沒有落準位置，脖頸錯過了本該卡榫『承頸圓孔』，弄得整個身子半蜷縮著橫在擺杆上。他被緊緊地抓著，有的扯著他的耳朵，有的拉著他的頭髮。這場面太怪誕了，簡直不能容忍。上行音階中，斷斷續續地響起鍘刀的吱吱聲。緊接著嘶的一聲。血如泉湧。時間爲四點三十二分。

我蹲在歐也妮太太的寶座下，連膽汁也吐出來了。

一九三九年六月二十日。整整一夜，噩夢、幻覺和毀滅性的清醒臨界狀態糾纏在一起，不時凸現出拉斯普廷那張巨大的、神采煥發的臉。在我看來，他始終是一個致力於宣揚性清白的人，雖然招致了種種非議，但以自己的全部力量——他的力量在宮廷中是巨大的——抵擋著沙皇四周的好戰之流。人們一般認爲一九一四年六月二十八日是第一次世界大戰爆發的日子，因爲在這一天，弗蘭頓·弗迪南大公在薩拉耶佛被殺害。但是，誰還記得也是在這一九一四年的六月二十八日——或許在同一時刻——拉斯普廷在西伯利亞的一個城鎮裡暗遭一個俄羅斯民族主義分子雇用的妓女的刺殺？拉斯普廷長老臥床不起數個星期，因而未能阻止尼克拉二世——儘管長老在醫院的病床上給他寄去多封諫諍信——下令普遍動員，引起衝突。

在今夜充滿嗚咽的黑暗世界中，拉斯普廷出現在我的眼前，他不再是一個預言家和良性錯位的受害者，而是擁有了其第三級的、亦即最高級地位的一切特徵：我們時代的偉大的『承載英雄』。因爲他的神奇之手可以解除一個孩子的病體中的疾病，確保他走向生命和光明。今天夜裡，我的種種憂慮在他那嚴肅而神采奕奕的身影下獲得了避難所，他的身影宛如一個黑色的枝形大燭台，高舉著那束因痛苦而彎曲的金黃色火花：沉睡中的皇太子阿列克謝。

一九三九年六月二十三日。從此戒煙節酒，孩子們都不抽煙，也不喝酒。倘若你只能通過捕食途徑才可獲得基本的氣色，那你至少得除掉那些污染了成年人的不良嗜好。

一九三九年六月二十五日。四天來，總是便秘不見好。除了出現便秘後必然伴隨的某種肛門瘙癢刺激著我之外，我的整個下腹部鼓鼓的，沉沉的，弄得我就像一尊置放在糞便底座上的人體半身像。

一九三九年六月二十七日。維德曼被殺，使我失去了平衡，難以恢復。天使之疾宛若鉛塊重壓在我的胸口。我無時不在打呵欠，想給肺部注入一點新鮮空氣，但是縱然我想方設法，想打開求生的反射的機制，都純屬枉然，淚水如溪水般在我眼鏡片後流淌。

我緊緊地抓住敞開的窗戶的框沿，悶得就像扔在乾燥的沙灘上的魚。我在絕望之中考慮去找醫生看看，儘管執行這個可怖的行業的人總是令我厭惡：幹這一行，從來都是不帶任何愛心地去暴露並觸摸恰正最需要愛心的人的軀體。且不說靈魂！那一個個瘋人院中，關著魔鬼纏身的人們，然而羅馬培養出來的大批假牧師卻不願也不能爲他們驅邪，而是稱他們爲『精神病人』，以便把他們推給醫生，關進夾有軟層的高牆，一想到那高牆後的瘋人院，怎麼能不感到恐怖呢？

若我去看醫生，得是最卑微、最貧寒、最沒有『學究氣』的一位才行。我到時坐進他的候診室，周圍淨是流浪漢和妓女，在他的目光裡，我可以首先找到我的創傷的薄弱之處。

但是，我還有一個比較好的主意。既然獸醫可以醫治好蜂鳥和大象，爲何就不能給人看病？我這就到最近的獸醫家去候診，坐在一隻不育的母貓和一隻淨是眼屎的鸚鵡中間，等輪到我，我就央求他，如果有必要就下跪，求他千萬別拒絕給我看病，對我的那些次等的兄弟，他總是給以精心的治療。反正，我將不惜一切代價，讓他像醫治印度豬或波美拉尼亞狐犬一樣爲我治療。雖然得不到人間的溫情，我至少可在他這兒獲得動物的溫暖，他也至少不會想法子讓我開口說話。

一九三九年七月三日。我怎麼會這麼瘋，竟然以爲這個可惡的社會會讓一個躲藏在大眾之中的無辜之人安安靜靜地生活，安安靜靜地愛？前天，那些社會渣滓竭力玷污我，使我陷入了絕望的境地，惡毒與愚蠢的巨大呼喊聲敲響了正義與愛心的喪鐘。但是，永福已經顯現，對他們是一種威脅，而對我卻是一份溫情。

要冷靜，馬貝爾，別憤怒，別詛咒。你現在已經清楚地知道巨大的磨難正在醞釀，你卑微的命運已經由偉大的命運所擔當！

我像往常那樣，到學校門口去找瑪爾蒂娜，然後把她丟在喜特島勒瓦洛瓦大街那幢正在施工的大樓前。她步履輕盈，歡快活潑地走了，在往地下室前，用手給我打了個挖苦人的手勢。我雙肘支在舊奧茲基斯車的方向盤上，在等待著，一邊觀察著街道盡頭那淡紫色的夜空，心裡升騰起一股情意綿綿、溫馨萬分的暖流，彷彿面對著瑪爾蒂娜。

我不知道就這樣過了多長時間，突然大樓傳來一聲撕心裂肺的呼喊，令我渾身冰冷。啊，這不是聖克洛瓦中學的院子那充滿和聲的抑揚的呼喚！這是一頭受傷的野獸發出的嚎叫，彷彿撕裂了空氣，我整個兒被驚呆了，片刻後才衝出汽車，穿過工地的瓦礫，奔進地下室的樓梯。裡面一片昏暗，淹沒了我周圍的一切，可地下室深處升起不斷的、刺耳的哭泣聲，我循聲而去，看見了一個發亮的長方形，原來是地下室的另一個出口。我的雙眼很快適應了黑暗，終於辨清了瑪爾蒂娜。她仰躺在地上，裙子掀著，露出瘦瘦的大腿，地面上淨是灰泥，佈滿水窪。我跟她說話，可她彷彿耳朵聾了似的，雙臂交叉在臉上，好不容易透過氣來，發出孩子的哼哼叫聲。我不由分說地握住她的手腕，帶著我可能擁有的全部溫柔，逼著她坐了起來。這時，她突然發現自己的臉上血淋淋的，便用手指著大門方向，喊叫起來：『救命啊！鬆開我！他害了我，害了我，害了我！』我一看，發現門口晃動著一個男人的身影。

隨之響起了陣陣呼叫聲、奔跑聲，突然，一束電光刺花了我的眼睛。一個聲音在問瑪爾蒂娜：『誰害了妳？』她用手指著我，喊叫著：『他！他！就是他！』我一聽，彷彿整個天空塌在了我的頭上。這時，我昏了頭，撒腿朝另一個出口逃去，可有人一絆腿，啪地一聲，把我掀翻在結實的泥地上。等我從地上爬起來，四周已經圍了一圈男人，咄咄逼人，另外有兩位婦女照料著瑪爾蒂娜。幾隻大手緊緊地抓住我的胳膊，一張張黑乎乎的面孔俯在我的頭上，發出下流的咒罵聲。接著，他們把我的一只胳膊扭到背後，推著我往前走，迎戰整條大街，只聽得街上響著嗚嗚的警車鳴笛聲。

有人猛地一推，把我推進了囚車，我頓時感到一陣輕鬆。這樣，我至少擺脫了人群，他們剛才已經圍聚在我的周圍，發出仇恨的喊叫。我原想，等把我押到納伊警察局後，一切都會弄明白的。但是，第一場審問之後，我便驚恐地發現，面對確鑿的罪行景狀，尤其是面對瑪爾蒂娜的明確指控，我的否認是多麼滑稽可笑。這個女孩子難道瘋了嗎？要不她眞的以爲是我在昏暗的地下室裡襲擊了她？抑或她覺得一旦認定我就是襲擊她的罪犯，就可以更快地擺脫我？我經常發現，孩子們撒謊，不過是想把事情簡單化，讓大人們面臨一種他們根本意料不到的棘手境地。說到底，我不過是因爲冒險抄近路，吃點苦頭而已。

我在納伊警察局過了一夜，第二天清晨，一輛囚車把我押到了奧費弗爾碼頭的風化警察總部，這兒主管的是妨害風化案件。當天下午，一個警察分局局長審問了我，或者更確切地說——因爲有必要提出兩者的細微差別——他把我的聲明全都記錄在案。

經歷過昨日的場面，跟那些皮條客和醉鬼熬過了地獄般的黑夜之後，分局長不失禮貌的接待總算給了我一點安慰，儘管他的態度是冷淡的，但這是有生以來，人們第一次人道地對待我，我是說待我有禮貌的意思。然而，他接下來對我冷冷的打擊更傷人。他使我認識到，當天早上搜集的證言無不證明我常常在拉索塞伊大街一些學校附近出現，這是無法辯解的。對汽車廠進行搜查之後，他們沒收了我的所有照片與錄音資料。只要我稍微設想一下歐也妮太太的證言，我便不寒而慄，擔心最可怕的事情臨頭。接著，分局長沒有做出任何過度性的解釋，向我出示了醫學鑒定的結論，對強姦的事實沒有任何疑點。最後他依據這些材料，短短數言，便勾勒出了我的形象：一個危險的怪人。門突然開了，瑪爾蒂娜走了進來。啊，全都是精心策畫好的，目的是要毀了我！這個女魔竟然瘋狂地對我進行了不厭其煩的指控，還編造了猥褻的細節，與此相比，我至今遭受的一切都微不足道。我的筆拒絕在紙上寫下她為了毀了我而編造——夾雜著一些細小的眞實情節——的種種謊言，哪怕是其中的百分之一。最後，分局長提醒我注意，依據刑法典第三百三十二條，強姦不滿十五歲的少女，應判處二十年的苦役。

『我想，您的律師會建議您以精神錯亂為由進行辯護的，』他站起身來，對我說道，『但這意味著您在我管轄的部門裡已經毫不遲疑地全部招認了。我們這就把您送到監察員那兒去，由他複核您的陳述。只要預審法官沒有對您提出指控，您在這個案件中就不過是個……就算是個特殊的證人吧！』

他對自己的措詞很是得意，說罷把我交給了一個警察，由他領著我爬了三層樓，到了最高的頂屋。在那兒，他們讓我十個指頭沾了墨水，然後往一份證件上按；接著，他們又拍了我的正面照和側面照，我可是一個偷拍照片的竊賊，眞是可笑的惡性倒錯症！這時，才開始了正經八百的事情。

房間裡，他們總共有三個人。房間狹小，悶熱，就像地獄一樣不堪入目，但毫無特色。他們中一個是矮個子，一個胖子，還有一個中等個兒。中等個兒操作著一架老掉牙的打字機，衝鋒槍似的啪啪作響，胖子裝出憨厚的模樣。矮個子則露出滿臉仇恨。一開始，胖子對我說這不過是普通的手續而已。既然有現行犯罪事實，而且所有證言全都一致，那我只得在我們馬上就要一起撰寫的陳述上乖乖簽字。我立即反駁他說，對其中關鍵的一點，特殊證人阿貝爾．迪弗熱是不同意的，因為他否認自己是強姦犯。胖子往扶手椅上一躺，臉上浮現出一絲美滋滋的、下流的笑容。

『我給您講一個故事，』他開始說道：『從前有一個汽車老闆，單身一人住在戴爾納門廣場……』

就這樣，他帶著一副油滑的神態，繪聲繪色地唸完了我的所有材料，其中涵括了一些連我自己都不了解的細節情況，包括根據照片而復現的東京宮的場景、歐也妮太太講述的尙諾事件以及那一錯綜複雜的情節——有關的任何證據都是無可辯解的——這一來，強姦瑪爾蒂娜的罪行也就確鑿無疑了。我斷然否認這一切，認爲這自然是無理取鬧，若我這樣出庭，只能讓陪審團成員惱火。

一連六個小時，我都斷然否認，飽嘗了辱罵與毒打，渾身大汗淋漓，累得連站也站不穩。最後，矮個子把我拖到掛在一個盥洗盆上方的鏡子前。『瞧瞧，』他衝我說道：『瞧瞧你到時給陪審員看的是什麼嘴臉！眞的是一副殺人犯的嘴臉！』我不由自主地看了一眼。這是他說的第一句實話。接著，他又補充說，他有一個跟瑪爾蒂娜一樣年輕的女兒，像我這種垃圾，他恨不得親自把我往尖刑樁上推。由於我高他一個頭，他都不及我肩膀，所以他又讓我坐了下來。我以爲他要動手搧我耳光，馬上伸手摘下了眼鏡，擔心他把我眼鏡給砸了，弄得我什麼也看不見。但他沒有打我耳光，而是朝我臉上吐了一口唾沫。當我明白了剛剛發生的事情，我感覺到在我臉頰上流淌的唾沫的刺激時，我站了起來。他們幾個人往後退去，無疑害怕某種暴力行動。於是他們又錯了一次！我心中剛才湧起一股巨大的冷靜感，幾乎帶著幸福。因爲我摘下了眼鏡，周圍出現了一片模糊的色彩，溫柔而淡雅。我感到腳下彷彿出現了地震般的顫動，向旅客們預示底艙裡的機器終於啓動，輪船就要起錨，並且剛剛達成了長久、深刻、且多方面的默契，推動輪船啓航。偉大的命運已經在前進，承擔了我渺小可憐的個人命運。一個遙遠的形象浮現在我的腦際：納斯托爾的絕對玩具——陀螺儀，它以細小的震動給納斯托爾提供了地球運動直接而可感覺的證據。在我身上的每塊骨頭之中，我都感受到了世界的心臟那沉悶的搏動。

我笑了。我說在我看來，審問已經結束了。胖子表現出了在任何其他場合都會令人感到震驚的順從勁兒，叫來了一個警察，把我押回到了囚室。這天夜裡，我樂得無法入睡。我再也沒有絲毫的憂慮。歷史的大鍋已經開始煎熬，任何東西都無法阻止它，任何人也不知道從此將出現什麼，誰將被扔進鍋中。學校就要燒起來了，就像二十年前在博維所發生的一樣。但是這一次，火災的規模與巨人迪弗熱以及籠罩著他的可怖的危險將是相適應的。

一九三九年七月十二日。按規定指定爲我辯護的勒費弗爾先生來看我。他提醒我切勿樂觀，覺得這樣樂觀是反常的現象。我的案子很糟糕，他認爲還是以精神不正常爲理由進行辯護爲好。我對他說，就不要跟我浪費時間了，因爲絕對不可能會有訴訟與辯護。歷史在前進。杰里科㊳的號角不久就要掀翻我監獄的四壁。我邊說邊感覺到他以精神病爲理由進行辯護的決心越來越堅定。他問我，除了入獄第二天就交給我的紙張和鉛筆之外，我是否需要一些閱讀品，以度過一切都將進入沉睡狀態的幾個星期的假期。我準備向他要一部《聖經》；可我馬上就改變了主意。我需要的是部《刑法典》，而不需要其他任何東西。

一九三九年七月十六日。我不應該隱瞞自己，所有這些因誤會而憎恨我的人，若他們了解我，知道我的底細，他們對我的仇恨將增加千倍，那才叫恰如其分呢！但是，還必須補充一句，倘若他們完全了解我，那他們就會無限地熱愛我。就像上帝那樣愛我，上帝可是完全了解我的。

一九三九年七月三十日。《刑法典》。什麼讀物！脫光了褲子的社會暴露了自己最爲可恥的部位和最不可明言的煩惱。首要的憂慮：保護所有權。沒有比侵犯所有權罪受到更爲野蠻懲罰的罪行了。蓄意傷害或攻擊罪只處以極輕微的監禁。但是，若罪犯攜帶任何武器犯下偷竊罪，就會判處死刑，哪怕武器是放在去行竊地點所乘坐的車上。不過，這些法律條文大都殘忍而愚蠢，致使它們絕

譯註㊳：杰里科爲約旦一城鎮名。據《聖經》，此鎮是約書亞率領猶太人渡過約旦河後攻打的第一座城鎮。

對無法付諸實施。人們也許會認爲，在清靜的辦公室裡憑想像行事的立法者會盡量通過其制定的法律條文來緩和法官和陪審員的報復衝動，面對犯罪，他們往往被迫做出白熱化的決斷。可出現的是相反的情況。這些法律條文顯然是由一個殘忍的瘋子制定出來的，得依靠法官和陪審員的理智，才能減輕其愚蠢的嚴重後果。

在法律的眼裡，有些人天生就是有罪的，哪怕他們什麼也沒做過。如第二百七十七條：『凡攜帶武器，即使未加使用或藉以威脅，或身帶銼刀、鐵鉤或其他工具等等的乞丐或流浪漢，處以兩年至五年監禁。』凡被證實犯有通姦罪的婦女可判處兩年監禁，唯其丈夫可以免除其刑罰，若同意將罪犯接回其家中（見第三百三十七條）。若在家中當場抓獲妻子與他人通姦，丈夫有權處死其妻子及同謀。顯然，在類似的情況下，妻子絕無同樣的權利（見第三百二十四條）。關於亂倫罪隻字未提。因此，一個男人可以公然與母親或女兒，與祖母或孫女姘居，擁有一個成員眾多的美滿家庭，而不受到司法機關追究。

就此不再寫什麼了。這一夾雜著愚蠢、仇恨和無恥的怯懦的大雜燴令人不堪重負，欲憤慨而不能。

一九三九年八月三日。我的鐵窗之夜不可抗拒地把我引向了在聖克里斯多夫中學不眠的漫長時光。納斯托爾不在身邊，但面對強大的回憶力量，這甚至構不成什麼障礙，因爲他以某種方式重新活躍在我的心中。我就是納斯托爾。就這樣，我過去的整個生活全景展現在我緊閉的雙眼前，彷彿我就要死去。

……

我試圖從因與瑪爾蒂娜在一起而帶來的噩運中汲取人生哲學。我始終熱愛孩子，但從今以後，小女孩將排斥在外。首先，到底什麼是小女孩？有時如人們所說，是『假』小子，但更多情況下，有小女人的意思；純粹意義上的小女孩任何地方都不存在。正是這一點賦予小學的女生以一種極爲可愛滑稽的神態：她們都是些女矮人。她們邁著兩條短腿碎步疾行，短裙上的花冠裝飾直晃，與成年女子的服飾毫無差別，除了身段之外。她們的行爲舉止也是如此。我經常發現一些年紀很小的女孩子——三、四歲——對男人有一種極爲典型而滑稽的女性姿態，而在小男孩對女人的行爲中是絕無相似之處的。既然不存在什麼小女孩，爲何要說小女孩呢？

我認爲小女孩眞的不存在，這不過是一種對稱的幻影。實際上，大自然不善於抵擋對稱的要求。既然成人爲男人或女人，那麼它便認爲有必要讓小孩也分成小男孩和小女孩。但是，小女孩不過是一扇虛假的窗戶，跟男人的乳房或某些大郵輪的裝飾性壁爐一樣虛假。我是一種幻影的受害者。我身陷囹圄，對此沒有別的解釋。

一九三九年九月三日。我在自己家，在巴隆汽車廠我的辦公室裡寫下這幾行字，車庫關了已經兩個月了，它還要關很長時間。我是在上午快結束時被釋放的。九時許，我見了預審法官。他差不多跟我說了這樣一番話：

『迪弗熱，您的情況很嚴重，十分嚴重。若在一般的年代，我有義務對您提出指控，送您上法庭。但法國在動員，戰爭就要爆發。從您的資料中我看到您將首批應征入伍。說到底，您什麼也沒有承認，那個小瑪爾蒂娜也許患有謊話癖，像她那個年輕的小女孩往往都有這個毛病。因此，我做出了不予起訴的決定。但是，請您不要忘記，只是因爲戰爭才使您免除了刑事審判，要永遠記住以自己在沙場上的實際行動去贖罪。』

實際上，這是勸我去送命，不可能有比這番話更合適的勸告了！但這沒有什麼！學校又一次著火了。整個法蘭西像蟻穴般躁動不安，準備著開戰。噢，只是沒有一九一四年的那股激情！貝璣與巴萊斯之流這一次沒有以他們的講話與文字在年輕一代中傳播愛國的梅毒。被動員入伍的人們似乎都不清楚他們為何要去打仗。他們怎麼能弄明白呢？只有我，阿貝爾．迪弗熱，又稱『負載兒童者』、『生殖器萎縮症患者』、『承載巨人族的最後一個子孫』才知道，原因自不必說……

警察們把這兒翻得亂七八糟，這樣倒好。他們拿走了所有照片和所有錄音帶，可我把亂丟在地板上的『用左手寫下的文字』又收到了一起。那些文盲恐怕很討厭這些寫得密密麻麻的紙頭，由於字體『笨拙』，那上面的字實在難以辨認，然而，他們本來可以在這裡面獲得一切內情……

一九三九年九月四日。陽光燦爛時，我完全可以擺出一副嘲弄者的模樣。可在黑夜之中，巨大的災難正在醞釀，我時刻等待著它的降臨，因而心中充滿恐懼。當睡意襲擊了我眾弟兄的時刻，我那繃得緊緊的面孔卻在恐怖地探測著黑暗的世界……

一句話悄悄地傳到了我這兒，我的耳朵捕捉住了它那低微的聲響。我嚇得毛骨悚然，渾身顫抖。一個黑影晃到了我的身邊，我睜大雙眼，辨清了它的輪廓，隨著它那巨大的腳步每一次落下，大地便發出一陣震顫。

上帝為我作證，我從來沒有祈求過世界末日降臨！我是一個溫和的巨人，沒有危害，渴求溫情，伸出合在一起的巨手，宛若搖籃。再說，你對我的了解勝於我對自己的了解。不等我的話到舌尖上，你就已經全知道了。那麼，這充滿仇恨、佈滿閃電的天空，這大地散發出的血腥的水氣，還有這些黑煙遮住了星星的焚屍堆，到底是為了什麼？我只要求往溫暖、黑暗的大寢室傾下我伐木工人般的雙肩，扛起滿臉歡笑的、專橫的小騎士們。但是，你的號角打破了黑夜溫柔的寂靜，你的幻影令我恐懼，你就像一大群輕盈的蝴蝶搖晃著我的夢幻。你抓住我的雙腳，扯著我的頭髮，把我拖進了你光明的階梯之中！

……

今天上午在納伊至聖皮耶爾教堂的小祭台與神祕的感情有了交流。透過那塊乾巴巴如透明薄紗般的小聖體，感受到了兒童耶穌抽動的肉體令人精神振奮的清新氣息。但是，羅馬的教士們卻拒絕讓信徒們領受這兩種聖體，而獨自享用這澆上了自身熱血的肉體必定擁有的美味，對他們的這種無恥行徑，該如何形容呢？

2. 萊茵河的鴿子

在愛麗舍宮，共和國總統朝元帥所代表的最高軍事權威轉過身子。

『元帥先生，對這次史無前例的潰退您到底作何解釋？』

阿爾貝．勒布倫先生剛剛這樣提出了關鍵問題。我們越來越專心。通過這個提問，便提出了戰爭的整個戰略問題。我耳中傳進了元帥的回答。

『也許過分發展了電訊，它們被掐斷了，也許我們過早拋棄了餵養信鴿者和信鴿，也許在後方應該有個總司令部可與其保持正常聯絡的鴿棚。』

我們面面相覷，驚得說不出話來。

——洛朗－埃納克❶

九月六日，阿貝爾．迪弗熱被召到納伊動員中心，由於他的身高體重與常人不一樣，所以不費工夫便解決了從頭到腳的著裝問題。原因是中號的軍裝已被先來的人一搶而空，但還剩下足夠的服裝，可裝備地球上所有的侏儒和巨人。三天後，他被編入電報工兵第十八團的工兵見習軍官培訓隊，被派往南錫。

與摩斯電碼一接觸，多少年以來，他便第一次又清晰地感覺到了內心的障礙，這一障礙曾毒害了他的整個童年和少年，表明他的智力與記憶已對新的物質關閉。指揮培訓隊的軍官畢業於綜合工科學校，爲了刺激手下人員的熱情，他作出決定，誰若想請假進城，必須證明自己已經完全熟悉電碼。迪弗熱輕鬆地拿定了主意，在軍營裡閉門不出。對他來說，使他得以出獄的動員不過是另一種形式的囚禁生活的繼續。實際上，這是一個等待的時期，單調的節奏不可避免地會被一些值得紀念的動盪事件所打破，但是，這種單調生活必將變得更爲漫長、枯燥，因爲它在醞釀著再次出現，而且這一次將愈加輝煌。

通訊訓練很快把所有學員的水平降低到了迪弗熱的層次。教官們始終不忘每夜回家時必須提交一份儘可能充分、完美的器材使用的書面報告，所以寧願自己把著發報台。至於那些負責收報的准尉，他們在大部分時間裡都難以對付像雪崩般朝他們傾砸的信號，除非藉助求救信號『RPTML』：請重複，發得再慢些。因此，迪弗熱只滿足於轉動發電機的搖柄，工作卑微而單調，但他較爲知足，何況每天他都可以看到步兵兄弟的好戲，他們不是在爛泥裡滾爬，就是沒完沒了地跑步，累得喘不過氣來。一九四○年一月，由於他無法駕馭抽象、瑣碎、沒有必然命運的約定信號，下士考試沒有通過，於是做爲二等兵被派遣到史特拉斯堡城南二十公里處的埃爾斯坦。此地的一側是八十三號國道，另一側是萊茵河岸。

他所在的連隊有二十名電話兵和二十名無線電報務員，負責將這座重鎮——六千名居民大都已經疏散——建成全師的中樞，保證設在鎮政府大樓的指揮部與駐守在萊茵河一線防禦工事裡的三個步兵團、一個由北非騎兵組成的偵察分隊、以及野戰炮隊、重炮隊、工兵隊和後勤部門之間的聯絡暢通。

譯註❶：引自《貝當與戴高樂》，普隆出版社，J—R．圖爾諾著。

一連幾個星期，迪弗熱推著野戰放線車或胸掛快速放線盤，在該地區的大路和小路上奔波，另兩位戰友帶著梯子或長叉，在牆上、樹上或電線杆上一路佈線。迪弗熱把自己比作一隻大蜘蛛，沒完沒了地在自己身後放出長線。他很喜歡在冬眠的鄉野裡長時間地行走，這使他精神抖擻，同時也使他思路大開。再說，沒過多久，埃爾斯坦電話站成了一個名副其實的蜘蛛網中心，空中架著四十條線，朝四面八方伸去，因對有線電兵出言不遜而出了名的貝爾托德少尉指出，這可是個偵察機極易發現的目標。

原來在有線電兵和無線電兵之間存在著暗中的爭鬥，後者認爲自己屬於比較現代的技術部門，採用的器材也不是那麼粗糙，根本用不著吃那麼多苦去架設和監護線網。聖誕節前不久，事局的發展似乎證明了他們言之有理。奧滕海姆的德軍大喇叭在萊茵河混濁的河水上方給防禦工事裡的法軍不斷播放消息與口號，直呼部隊的番號和軍官的名字，一一問候，並含譏帶諷地請他向剛剛完成埃爾斯坦線網架設任務的架線兵表示祝賀。緊接著，便是對技術裝備與通訊能力的詳細描繪。事情本來可以就此罷休，可一個法國觀察哨兵發現了河右岸裝在一輛軍用卡車上花冠似的高音喇叭，覺得還不如乾脆用帶瞄準鏡的勒貝爾式步槍一槍把它打個粉碎了事。這可是直接破壞了雙方默認遵守的安寧的睦鄰關係，最終招致了一次報復行動。

報復行動發生在次日拂曉時分，一架斯圖卡轟炸機對埃爾斯坦電話站進行了俯衝射擊。屋頂的瓦片上剛劈哩啪啦地響起機槍射擊聲，迪弗熱和另六位值班人員便連滾帶爬地躲進了由幾根木樁支撐著的地下掩體裡。飛機在空中翻了幾個筋斗，投下了念珠似的一串小炸彈，炸彈全都落到了鎮上的花園裡。損失本來不大，沒想到屋裡的爐子煤裝得太多，防空時又沒有人看管，引起了火災，把最近處的電話交換機燒焦了一大塊，幸好火災發生不久便被撲滅了。

在防區單調的生活中，這次事件佔有了重大的位置。首先是就斯圖卡轟炸機發起俯衝攻擊時發出的刺耳的轟鳴聲展開了激烈的爭論。一派認爲飛機上裝有汽笛，是爲了造成心理效果，另一派則覺得這聲音是飛機俯衝時以避免與地面相撞而發出的警報聲。雙方觀點針鋒相對。飛機靠近時，這聲音又尖又細，飛機飛遠時反倒越來越沉悶，這哪有什麼汽笛的效果。爭議時，迪弗熱都在場，但沒有加入，他因此而漸漸地形成了一個固定的觀念，認爲戰爭不過是數字及信號的對抗，純屬視聽性的混戰，除了造成模糊難解或解釋錯誤之外，沒有其他的危害。顯然，對這些信號接收、破譯、發送方面的問題，誰也不比他更有心理準備。但是，這些問題始終與他格格不入，由於缺乏血液循環般熱烈奔放的活的因素，缺乏對他來說猶如生命之標誌的因素，它們總是在一個抽象、靜觀與非理性的空間飄忽不定。他信心十足地耐心等待著徵兆與肉體的結合，在他看來，這是世間萬物的最終結果，尤其是這場戰爭的最後結局。再過幾個星期，這一結合的圖景將呈現在他的眼前，雖然表現形式微不足道，但是對將來的結局卻有著啓示的作用。

指揮部卻對其通訊部門如此薄弱易擊甚爲驚慌，這對迪弗熱來說確實有著意料不到的後果。首先，是無線電兵的暫時的勝利。但是，整個防區過大，加之人員器材缺乏，設置的收發報站之間距離過遠，相互之間無法接應。此外，敵方情報能力很強——奧滕海姆的大喇叭每天都在做出說明——不得不採用新的電碼，減低了通訊速度，同時人員缺乏的問題愈加突出。這時，熱中於信鴿的貝爾托德少尉提出在參謀部附近建一個往返信鴿棚。指揮官格拉耐是參加過凡爾登之戰的老戰士；在沃堡英勇保衛戰中，他就在雷納爾司令的左右。當時，沃堡就是通過信鴿與貝當將軍保持聯絡的。因此，對貝爾托德的建議，他熱烈贊成。可是，得找一個打雜的給少尉當助手。最後把迪弗熱派給了他，迪弗熱也確實抽得出來，因爲誰也不願意留他。

整個一月份都用於鴿棚的建築與佈置。棚子就搭在鎮政府大樓旁邊的一個塔樓頂上，這座塔樓佔的位置眞有點兒怪，底層用作市鎭養路工的工具庫。裡面有一座又陡又窄的樓梯，可從塔樓裡登上一間圓形的屋子。屋子到處開著狹小的窗洞，過去也許是專用的槍眼。這些窗洞每一個都配有窗板，根據不同的位置分爲四個檔：關、出、進、開。不過，房子一分爲二，中間有一道隔牆，貝爾托德解釋說，有必要把兩類鴿子隔開，一類叫『對鴿』，由於習慣因素以及雄雌相吸的原因，一定會飛回這個鴿棚來；另一類是屬於別的棚子的鴿子；不管鴿棚是遠還是近，只要對方一放，這些鴿子都會帶著信飛回去。這後一類信鴿關留的時間不能久，而且要雌雄分開，不然，牠們就會留在目前停留的棚舍裡，變爲前一類。在一個木匠的幫助下，他們建成了一個完整的鴿棚，總共有七十格，每個格子可以接受單鴿，或一雌一雄，這樣整個棚舍最多可容約一百四十隻。『這是個小小的開端。』貝爾托德經常這樣說道，他夢想的顯然是一場以巨群信鴿對位飛翔爲主的戰爭。在塔樓底層的一角，存放著十三隻小木箱，軍鴿規定食用的飼料一應俱全：大麥、燕麥、小米、亞麻子、油菜子、玉米、小麥、小扁豆、野豌豆、大麻子、小蠶豆、大米和豌豆。另外，盛土箱也沒有疏忽，箱子由磚塊、石灰和牡蠣殼並配加燹石和黏土砌成，所有材料都浸泡過鹹水。

元月二十日，萬事俱備，準備迎接『帶翼的小戰士』，貝爾托德每次衝動，便這樣充滿柔情地稱呼信鴿。指揮官比伊雅隆簽署了一份征用命令，按照此命令，該防線區域內凡擁有信鴿者務必來信說明自己身分，並出讓信鴿兵在各地征用時看準的信鴿，出讓者可領取一定數量的出讓費。就這樣，迪弗熱在月底開著一輛裝有特用柳條筐——步兵No 1——的軍用小卡車，奔波在阿爾薩斯的公路上，車上的柳條筐每一個可裝六隻鴿子，鴿子全用細繩拴在緊身背心裡。

貝爾托德親自給迪弗熱上了課，主要內容都取自卡斯塔涅上尉編的《信鴿兵專業合格檢測手冊》。迪弗熱因此而了解到，一隻良種軍鴿，一個白晝能飛行七百至九百公里，並可將心理和生理方面的優良品種遺傳給後代，這樣的鴿子腦袋一般都呈凸狀，嘴巴硬實，眼睛轉動快捷，睫肌靈活，反應敏捷；雄鴿的目光冷峻而率直，母鴿的則較爲溫柔，脖頸的羽毛都特別光滑，但雄鴿的頸子堅硬有力，而母鴿比較柔軟彎曲。另外，鴿胸寬大，前部隆起，雙肩健壯，腰部強健，羽毛十分光滑，胸骨則結實，前部呈弓形，後部逐漸傾斜，與腰部合爲一體；腹部儘可能小，雙翼與肩部有力地連接起來，展開時略呈內曲形狀，翅毛如同屋頂上的石板瓦，重疊有致，背部寬闊、結實，尾部羽毛豐滿且細軟，十二根尾羽較短，不是很長，底部長著無數的小羽毛，形或了一個靈活、柔軟但健壯的飛舵；雙腿多筋，爪子瘦削，指甲銳利，深深陷入鴿趾。迪弗熱還知道，一個信鴿兵需要具備溫柔、有耐心等個性，凡事須謹愼、勤思考，並要善於觀察，且有堅定的性格和紀律觀念。貝爾托德讓他要牢牢記住法國各軍鴿棚都非常了解的幾行字：『對信鴿狂熱的愛是一件法寶，當信鴿兵進入鴿棚，它可賦予他上述的大部分品質。脾氣最暴躁、易怒的人，一旦面對自己的鴿子便會變得溫柔而富有耐心，最粗心大意的也會精心照顧自己的鴿子，保持清潔衛生，而對自身卻常常忽略。』

從那時起，常可看見迪弗熱穿過鄉村的一片片田野樹林，進入農家的一個個院子，迎戰自由不羈的公牛和高大的牧羊犬，喚醒死氣沉沉的村寨，敲擊茅屋的小門，拉響農場主屋的柵欄的門鈴，手裡總是拿著一封信，要求看一看、摸一摸他們所說的鴿子。他已經習慣了抓拿、輕觸鴿子，是那麼輕而易舉，不過，他自己並不爲此感到大驚小怪。他輕輕地在鴿子上方舉起雙手，然後慢慢朝鴿子落下，左手抓住鴿子的後部，中指和食指夾著尾部下方兩條細長的腿，大拇指向食指彎曲，捏住交叉在尾部上部的雙翼，右手同時放到鴿子的胸部，托住它的前身，讓鴿子的腦袋往右傾。當迪弗熱想要用自己的右手時，他便用自己的胸部頂著鴿子的前身，以免鴿子失去平衡，從他左手上滑落下來。鴿子各種顏色的技術稱謂，他背得滾瓜爛熟，諸如翅膀上的黑橫道『旺多姆藍』、鉛藍、磚紅、紅鱗、面灰、銀白及鑲嵌色等等；他知道在鴿子品質不相上下的情況下，應該挑選羽毛最暗的，因爲這種鴿子不太容易受影響，一般來說也最有抵抗力。他還善於區別各種類型的鴿子，如『寬骨鴿』，其骨盆的兩塊骨頭相距至少一公分；『黏骨鴿』，這種鴿子的骨頭兩塊連在一起；還有『近骨鴿』，它們的兩塊骨頭差不多碰在一起。他閉著眼睛一摸，就可辨別出鴿子的年齡與性別，知道鴿子剛剛換毛不久或者鴿子馬上就要換毛。

夜晚，迪弗熱帶著鴿籠回到埃爾斯坦後，貝爾托德便細細地評價他所征用的一隻隻鴿子的品質，在每隻鴿子的左腿上套一只金屬圈，圈上標有編號，出生年份（取年份的後兩位數）及『A．F』（法國軍隊）這兩個並列的起首字母。新的鴿子一到，便分別關進各自的籠子裡，裡面，美味可口的混合飼料等待著牠們。

迪弗熱的個子和體力都與眾不同，因此，對戰友們沉默寡言、不常接觸，而且對他們的日常憂慮無動於衷，也就算不了什麼了。換任何一個人，大家都會給他一個傲慢的罪名。可對他，大家只是認爲這是個愚蠢的傢伙，或者給予最懷善意的評價：一隻沒有壞心眼的大熊。他對這一些毫不介意，在心裡測量著由於自己的特殊使命而在戰友和他之間造成的不可逾越的距離。這場戰爭，或如人們在當時所說的，這場『怪誕的戰爭』，正是他的事，他個人的事，儘管這場戰爭使他感到恐懼，而且遠遠地超越了他的範圍。他和戰友們全都腦袋朝下被投入到這場戰爭之中，相互對視著，根據不同的境況，發出愕然的歡叫聲或抱怨聲。他知道災難才剛剛開始降臨，還會發生別的災禍和歷史大動亂，而他的命運正在孕育著這一切。在他看來，就連他被派遣到團裡的信鴿排來，也是與他有關的整個計畫的一部分，隱含著一個更高使命的端倪。

原來，迪弗熱很快愛上了貝爾托德少尉的這一癖好，從此之後，信鴿構成了他生命中的一個溫暖、多情的部分。開始時，他在阿爾薩斯鄉村四處奔波不過是擺脫排裡那種單調而狹窄的生活的幸福的消遣，可後來很快變成了狂熱的追捕。鴿子不再是他外出散心的適時藉口，而成爲令人覬覦的可愛的小生命，每一個都有著不可替代的個性。每天上午，他總是激動得渾身顫抖，迫不及待地拆閱鴿子主人們的一封封來信，他們獲悉徵用令後，紛紛向軍事當局申報自己的鴿棚。每次長途跋涉之後，當他來到一家偏僻的農莊或一座古牆高聳的大宅，用他的巨手握住那微微顫動的小軀體時，往往激動不已，喉嚨像打了結一般。他知道，這些惹他喜愛的小生命，他可以帶走。不過，他可以肯定，許多擁有鴿子的人沒有履行他們的愛國義務，對徵用令置若罔聞；未給埃爾斯坦指揮部寫信，並非出於疏忽，而是因爲捨不得自己的鴿子，唯恐失去牠們。他迫不及待想看一看、摸一摸的，正是這些鴿子，他也渴望得到牠們，因爲這些鴿子最受主人鍾愛，所以也該是最令人渴求的。

對主動向他提供鴿子的，他越來越不放在心上，不久後，他竟然開始了不懈的調查，詢問商人和憲兵，以發現地下鴿棚。這種棚舍往往養著眾多令人讚歎的鴿子，但嚴密提防著他的貪慾。他還養成了時刻觀察天空的習慣，用目光捕抓從空中飛過的孤鴿，想方設法跟蹤追擊，登上某個祕密的鴿子餵養點。

就這樣，在四月的一個早晨——確切的日期是十九號，這一日子已經印在他的記憶裡——當他沿著伊爾河走出本費爾德鎮時，他隱隱約約地感覺到頭頂上方的空中剛剛飛過了一隻銀白色的鴿子，正朝一條稀疏的松林帶方向飛去。他來到林帶旁，用從不離身的望遠鏡細細搜索每一棵松樹。他沒有費很長時間去尋找，因爲灰色的松枝上，赫然襯托出鴿子那一身銀白色的羽毛。這隻鴿子令人讚歎不已，只見翅膀寬大無比，一隻小小的腦袋神氣活現地吊立在高高隆起的雪白色的嗉囊上，宛如一艘輪船的船首。它正在漫不經心地叼啄去年留下的松子，一點也不認眞，彷彿在消磨這短暫的休息時間。不一會兒，牠又振翅飛翔，越過了一片房舍的屋頂。『若牠是在遷徙，』迪弗熱心裡一揪，想道：『我就再也見不到牠了。』

他很快踅回到本費爾德，向一位在門牌上標明了身分的獸醫打聽消息。不，附近沒有值得這般稱讚的鴿棚。不過，有一位叫昂儒赫太太的寡婦倒用一隻再也普通不過的大鳥籠養著幾隻相當古怪的鳥兒。獸醫把寡婦住的房子的位置告訴了迪弗熱。

昂儒赫太太——她沒有理睬征用令——接待了迪弗熱，但帶著鄙視和懷疑。不錯，她是有幾隻鴿子，不過都是些稀有的純種鴿的標本，是她丈夫精心挑選出來的。昂儒赫教授是位遺傳學學者，開始時試驗性地養了幾隻鴿子，只是想觀察一下某些遺傳特徵在一代代鴿子身上繼承或失傳的情況。後來，他入了迷，到處搜集那些長得美、純甚或怪的非同一般的鴿子，在他死後——他不久才過世——留下的鴿棚裡，已經很難分辨出科學和癖好這兩者的區分了。他的遺孀對這兩者都不感興趣，但還在繼續精心餵著最後的這幾隻鴿子，當作丈夫留下的一份活的遺產。

她沒完沒了地說個不停，但口氣冷冰冰的，絲毫沒有表現出請迪弗熱進屋，帶他去鴿棚看看的意思。迪弗熱不得不硬著頭皮往前闖，她這才勉強地在他前面引路。

這是一處豪華的住宅，不過，要是四壁上沒有那些大小不一、顏色各異的純種鴿標本，整座房子絕無什麼特色。這裡，有灰黑的野鴿、金褐色的鳩鴿、朗德紅羽鴿、雀褐色野鴿、膽小的孔雀鴿、爪子粗大的燕鴿，甚至還有一隻中國的條羽鴿和一隻鼓鴿。每隻鴿子都凝固在標本剝製師憑想像賦予的姿態中，而且站立的棲木下還掛著一張長卡片，上面標著系譜與遺傳情況。就這樣，他們倆穿過了兩間寬敞的屋子，一間四壁上布滿了大張的翅膀和標槍似的鴿嘴；而另一間，則完全是資產家的風範，按規定一絲不苟地擺放著家具，佈置著掛飾與吊簾，兩者形成了鮮明的對照——這顯然是兩個天地，一個是教授的天地，另一個是夫人的天地，在夫婦的生活中，這兩個天地相伴而不混淆，猶如同一個桶中的水與油融合在一起。最後，他們來到了一個像是陽台間的地方。這陽台朝著一個小小的園子，園子小極了，罩著一個用鐵絲做的錐形網，竟然就這麼整個被改建成一個大鳥籠。裡面，有一叢乾枯的小灌木、幾根竹竿，還有一排鴿舍，無論是灌木上、竹竿上，還是鴿舍的出入踏板上，都有鴿子在嬉戲，一隻隻活蹦亂跳，模樣奇特，仔細一看，有一隻翻頭鴿、一隻搖尾鴿、一隻黑鴿、一隻信鴿、一隻文鴿，還有兩隻球形鴿的標本，爪子大得畸形，腦袋整個縮進鼓得出奇的嗉囊裡。

迪弗熱不太自在地觀察著這群鴿子，牠們隱隱約約地有著某種異國的風采，又好似有些畸形，最後，他發現鴿棚的一個格子裡，有一團紅棕色的羽毛緊倚著格架，呈橢圓形，像是一個碩大的雞蛋，表面看去，不見爪子，也不見腦袋。他好奇地走到格子旁，伸出手去。雞蛋立即一分爲二，出現了兩隻美麗的鴿子，那顏色像是枯草，長得一模一樣。牠們只要縮進爪子和腦袋，緊緊地挨在一起，便可組成一個毛茸茸的橢圓體——剛才正是它吸引了迪弗熱的注意力。迪弗熱一手抓起兩個鴿子，以行家的目光細細地察看，試圖尋找牠們倆身上某個不同的細小部位，可白費力氣。等他抬起雙眼，不禁感到詫異，只見昂儒赫太太嚴肅的臉上閃現出一個十分溫柔的笑容。

『先生，從您觸摸這些鴿子的方式，』她對迪弗熱說：『我看出您是一個眞正侍弄鴿子的人。得跟牠們親密相處許多年之後，才可能達到的。再說，還得有眞正的天賦。我丈夫也不比您強。至於我，我雖然儘可能輔助我丈夫做試驗，可要我學會這門令人愉快而又具有奧祕的藝術可難了，我丈夫簡直都絕望了……』

迪弗熱一手撫著一隻鴿子，把牠們合在一起，然後又分開，就像是同一件普通而又和諧天成的物品，由於一次偶然的震撞，破成了兩半。凡是這種孿生紅羽鴿，只要碰到一起，便會自動地組合成蛋形，身上的各個部位都處於騎疊狀態。彷彿有一種磁力把牠們吸引到一起，彼此黏合爲一體。

『這些鴿子看去再也普通不過，』昂儒赫太太解釋道：『實際上是教授搜集的鴿子中最爲奇特的。這是人工培育的孿生鴿。我丈夫好奇心十足地採取了日本大師木裡塔的試驗方法。他使用胎盤接觸法，把青蛙或老鼠的細小組織植入鴿蛋裡，致使細胞受到刺激，一顆鴿蛋有時會育出兩隻或三隻獨立的鴿子，可有時也會育出連體的畸形鴿。比如，我們就育出過雙頭連體鴿。不過，牠們沒有活下來。』

在帶著這對孿生鴿子離去之前，迪弗熱又向昂儒赫太太打聽他正在搜尋的那隻銀白色鴿子的情況。昂儒赫太太一聽，馬上警覺起來，說些模稜兩可的話，避而不談那隻稀有的鴿子，但也不完全否認牠的存在。當時，迪弗熱已走到門口，正要告辭，可耳邊忽然響起翅膀撲動的聲音，聲音很大，遂把他的注意力引向了一棵細弱的榅桲樹。只見榅桲樹半死不活地緊倚著房牆。正是那隻銀白色的鴿子，牠剛剛飛落到樹上，正趾高氣昂地在柔聲鳴叫，一邊擺出神氣活現的姿態。看牠的模樣，彷彿牠完全清楚自己的輝煌價值：細長的腦袋，紫色的大眼，銀白色的羽毛——拿養鴿的行話說，是只『勇鴿』——機身式的軀體和隆起的翅膀，一看就知道其肌肉的力量，尤其是那一身如同鍍了白金似的晶亮的羽毛，像是屬於礦物界，而不像是動物界的成員。

迪弗熱朝鴿子伸出手去——他這隻手從不會驚嚇鴿子，打一開始，他就發現了這一點，而且對此並不感到奇怪——他抓住了牠，鴿子很快將尾部的十二根舵羽像扇子般展開在他的手腕上，這是歸順的表示，也是鴿子對擄鴿者表達的敬意。這時，他發現昂儒赫太太面色如土，雙唇顫抖。

『先生，』她終於費力地開口說道：『我無法阻止您帶走這隻鴿子。但是應該讓您知道，您這樣做只是給你們的軍鴿棚增添了一員，可卻奪走了自教授過世後我在世上最珍愛的東西。這隻鴿子，我丈夫有意要把牠培養成我們之間的愛情與結合的象徵。牠遠遠超過一隻普通的飛鳥，而是……』

她的話戛然而止，不再言語，看著迪弗熱毫不動情地解開了斜背在身上的可攜式籠蓋上的皮帶。他把銀鴿放進籠裡，目光直勾勾地看著她的臉。她馬上明白了，如果說這隻如同鍍了白金似的鴿子對她來說是個象徵的話，那麼對迪弗熱，就遠遠不只是個象徵了。碰到這樣一個最無人情味、絕對不可改變的蠻橫的掠奪者，縱然她千求百乞，也是毫無用處。

隨著鴿子侵入了迪弗熱的生活，他漸漸地陷入到一種越來越不合群的孤獨狀態。他向來不愛說話，如今更變得緘默不語。他從不參與戰友們的閒談和玩樂，常常幾天不見他的影子，但誰也不會爲他擔憂。可是，較之其他的崗位，征召與照料鴿子的活兒完全可以給他提供更多的閒暇，倘若他想乘機享樂的話。然而，他所有的自由時間，全都用到了路上，內心被一種歡欣的貪慾所驅使，渴求得到大喜過望的獵物，或者一個人待在鴿棚裡，這是更爲幸福的事。他沉浸在寧靜之中，眼前有絨絨的羽毛，耳邊有咕咕的叫聲，他整個兒忘卻了外部世界。每當他從這兒走出去時，身上總是沾滿鴿糞和羽毛，臉上洋溢著幸福的神情。他給予鴿子無微不至的關懷，並且發現了一種尤爲珍貴的飼料。事情發生在四月底，他在泥濘的小路中撿到了一隻因飢餓和寒冷已經處於半死狀態的雛鴿，這是一個提早出世的小鴿子，十之八九是從鴿窩裡掉落下來的。他把沾滿濕泥巴的鴿子放到了襯衣下，緊貼在懷裡，以不懈的努力，盡心盡力，設法把牠救活。

他在一個單獨隔開的格子裡爲小鴿子做了一個窩，格子關閉著，他想方設法餵牠進食，每天都要好幾次。這可不是一件小事情，因爲小鴿子總是張著大得出奇的嘴巴，不管什麼東西，只要往裡面送，牠都貪婪地一古腦兒全部吞下。可這不分好壞全部吞下肚去的東西，還得消化才行呀。開始一段時間，迪弗熱有幾次不得不用硫酸鈉爲牠治便秘，可緊接著小鴿子又拉稀，他只得專給牠米吃。後來，在某種隱隱約約但卻相當可靠的本能力量的提醒下，他最終醒悟了。凡是沒經過他細細咀嚼並用舌頭黏濕、慢慢研磨過的食料，絕不能餵給他的小寵兒吃，除非經過這道口腔預先消化的工序。這樣，他不分白天黑夜，以令人驚歎的耐心，把一缽缽小蠶豆和野豌豆——後來還有碎肉團

——研成絕對均勻的糊糊，帶著他的體溫，從他自己的嘴裡一點點吐到小鴿子那張朝他大張著的嘴中。

小鴿子長大了，終於到鴿棚裡佔了一席之地。可是，牠總是那麼孱弱，那身黑色的羽毛也從不如同伴們都有的光澤。然而，迪弗熱還是特別地喜愛牠，自以爲在牠的雙眼中看到了因過早飽嘗了孤獨與不幸而不再抱有幻想的智慧的閃光。

指揮官格拉納的主要煩惱之一，就是比伊雅隆上校脾氣暴躁，他怎麼都無法制服。原來，格拉納在生活中有個祕密，到了最後才被揭穿，而且也只有那些最細心觀察的人才有數。他放著舒適與豪華的房子不住，卻願意住在鎮門口一座簡陋的磚房裡；開始時，大家對此大惑不解。後來，這個一直找不到答案的謎也就慢慢被人忘卻了。但是，這個答案就在房子的後面，原來房後有一塊長方形的土地，約有一千平方米，指揮官親手耐心地開墾了這塊土地，然後播種。格拉納十分喜愛園藝，尤其喜愛蔬菜植物，他生活中最幸福的時刻，都是他手執鏟子或草鋤在黃昏時分度過的。

可是，脾氣暴躁的比伊雅隆上校只渴望大部隊的大規模調動。他開口總離不開什麼『調遣部隊』，見到誰都要慷慨一番，說他就討厭『穩而不動的局面』。有一次，他派遣一位上尉去史特拉斯堡執行任務，行前對他說道：『我要求我的指揮部的坐標永遠擁有不同的參數。』這句名言在防區的各飯堂裡廣爲傳誦，深得眾人讚歎。但是，比伊雅隆公開提出的各種計畫和想法，格拉納都想方設法一一扼殺，因爲他最害怕的，莫過於在收穫新產的胡蘿蔔和青豌豆之前調防。

從五月十日開始，局勢發展迅猛，激化了他倆之間的這種對立情緒。比伊雅隆胸有成竹，認爲徒然集結在馬其諾防線後的東部軍團，不久就要奉命去增援在北部受到衝擊的喬治將軍，所以讓手下的部隊處於時刻出發的狀態。格拉納卻唱反調，放話說他有種種理由認爲馮·利布有著突破萊茵河的企圖，河對岸駐扎的就是馮．利布的部隊。五月二十八日，比利時軍隊投降，緊接著法方又連連潰敗，致使德軍侵入巴黎，形成了起自南部的夾攻之勢，上校深感不安，擔心越來越吝於發出指令的南錫總指揮會撤離防區，而不通知埃爾斯坦的駐軍。他決心把情況摸個清楚，裝備了一輛前軸驅動汽車，進行一次短促的偵察行動。他帶上了貼身司機厄納斯特和參謀部的兩名軍官。在臨行動前，他害怕與埃爾斯坦中斷聯繫，於是決定建立救急的信鴿聯絡通訊。就這樣，在六月十七日清晨，迪弗熱背著鴿籠——籠裡裝著四隻鴿子——坐到了汽車的後排座位上。他預感到這一走將再也見不到埃爾斯坦的鴿棚了，所以按照自己的心願，挑選了那隻小黑鴿、大銀鴿和另兩隻枯葉色孿生鴿。

天空沒有一絲雲彩，陽光燦爛，草地上鮮花朵朵、色彩繽紛，一片片朱紅色的樹林，樹葉在喃喃細語，這一切彷彿都想給淪陷的法蘭西裝點上輝煌和溫柔的景色。迪弗熱把鴿籠放在膝頭，蜷縮著身子靠在車座上，把左手伸進鴿籠的門，一邊撫摸著鴿子的肚子——他不用看便可辨別出是哪一隻——一邊在暗中思忖，維德曼在凡爾賽被殺害已經整整一年了，軟弱而又殘忍的賤民們罪有應得逃脫不了懲罰，可他將以何種面目出現呢？這個答案，他在埃皮納勒城得到了，由於直通南錫的公路被禁止通行，他們不得不走埃皮納勒這條線。禁止通行的原因實在無法理解，可執行禁令的是憲兵，上校的軍銜也無法讓他們讓步。這座孚日山地區的小城，淹沒在人潮之中，不斷湧出亂烘烘的行人、馬車、自行車和汽車，彷彿在經受著世界末日的噩夢的折磨。汽油泵站已經枯竭，食品商店空空如也，所有商人都拿定主意，關閉了店門，絕對不可能再想買到什麼東西。所有這些疲憊不堪、一觸即怒的人群全都是從南錫城湧出來的，在前一天，南錫城裡宣布了德軍馬上就要進城的消息，於是，人們喪失了理智，在逃生的心理驅動下，紛紛逃往普隆比耶爾方向。一輛設有長凳的載人馬車停在一家小酒店門前，小酒店關著門，好幾位男子敲著鐵窗，喊著要點水喝，最後不耐煩起來，動手舉起獨腳小圓桌當作大頭棒或羊頭撞錘，拚命破門。比伊雅隆佯裝要干涉，可馬上遭到了人群的猛烈攻擊，他急忙撤退，吩咐司機驅車沿著摩澤爾河，朝北部行駛。迪弗熱心中交織著恐懼與狂喜，尤其他耳邊響起了一個流氓的戲謔聲，只見那傢伙蓬頭垢面，嘻皮笑臉地把腦袋探進車窗，一見鴿子籠，便大聲譏笑：『是你的信鴿嗎？牠們會捎信嗎？』

汽車迎著擁擠而又紛亂的逃難者濁流，整整兩個小時只走了九公里。到了唐鎮，就徹底無法動彈了。一個女人嚎叫著躺在地上跟一個無形的敵手在搏鬥，四周淨是圍觀的人群，堵死了通道。有的人在傳說她喝了第五縱隊投了毒的摩澤爾河的河水，還有的人說她是在犯癲癇病，可一個留著高盧式長髮的農夫說得很乾脆，她明明是在裝瘋，得教訓她一頓才是。最後，婦人在掙扎中掀起了裙子，張開的雙腿中間露出一個死嬰的腦袋。

上校一氣之下，下令往右行駛，越過摩澤爾河，以擺脫這些想甩也甩不掉的人群。河橋完好無損，他說，這清楚地證明了德國人離此地還遠。掙脫了五十七號國道那可怕嘈雜的人群後，車子進入了在田野裡蜿蜒的省級小公路，四周一片麥苗，有小麥和大麥，旅人們轉眼間沉沒在一片寧靜和田園般幸福的氣氛中。我們飛速穿過了在正午的悶熱中昏昏欲睡的吉爾蒙村，然後又駛過了一片片清涼的樹林，林間響徹著鳥兒的歌唱。最後，車子開上了一條舒緩的坡道，坡道上有幾座房子，正中是一家大旅店，招牌上寫著『眞誠之泉』幾個大字。果然，在一扇可通行馬車的寬敞的大門旁邊，有一個心形的花崗岩水池，裡面一隻銅製水龍頭正在歡快地噴著水。上校下令停車，果斷地鑽進了旅店。不一會兒，上校從店裡走了出來，身邊跟著一個臉色蒼白的胖男人。那人恐怕就是旅店的老闆，他正在打著手勢，裝出一副無能爲力、一無所有的模樣。

『旅店已經關閉了，』上校對手下的人解釋說：『還有點喝的，可吃的一點也沒有了。我建議迪弗熱和厄納斯特到居民家裡去買點什麼吃的，我在這兒設法用電話跟埃爾斯姆聯繫上。』

這個村子叫贊古爾，迪弗熱敲遍了村莊每一家住戶的門，四、五分鐘後回到了旅店，帶回了一盒青豌豆、一公斤麵包和四分之一塊奶油，花費了足足三倍於這些東西所值的價錢。上校已跟手下的軍官在大廳的桌子旁坐定，面前擺著幾瓶阿爾薩斯產的白葡萄酒，心情異常愉快。

『青豌豆！』他馬上驚叫起來，『迪弗熱，您來得最巧不過了。配上鴿肉，就美極了！』

一開始，迪弗熱沒有反應過來，可當他往廚房走時，心裡陡然產生了一絲陰暗的預感。鴿籠就放在桌子上。裡面還剩下一隻鴿子。鋪著方磚的地面上，扔著紅色和銀白色的羽毛；壁爐裡，燒著熊熊的柴火，三個光溜溜的小軀體用鐵扦子穿在一起，淌著油，正在火上翻動著，淒慘極了。

『是上校下的命令，』厄納斯特解釋道：『可他要我們留下一隻，以防萬一。他說誰也說不準會有什麼事。我選擇了那隻黑鴿，牠是四隻中最瘦的。』迪弗熱驚得說不出一句話來，厄納斯特最後說道：『沒什麼，不過五個人吃三隻鴿子，確實不算豐盛！』

迪弗熱默默地放下食物，朝鴿籠看了最後一眼，只見那隻黑鴿嚇得蜷縮成一團，接著，他回到大廳，坐了下來，離那幾位軍官遠遠的，他們正在喝著酒，一邊在大聲說話。『五個人吃三隻鴿子？絕對不行！』他怒氣沖沖地想。至少有一個人是不會碰鴿子一下的，那就是他，迪弗熱，他曾帶著愛心親手餵養過這些鴿子，一心要把牠們訓練成忠心耿耿的信使，培養成活蹦亂跳的傳送信息的使者。接著，他腦子裡又冒出了另一個想法：難道不是只有他才有權吃這些被殺害的小生命的遺體嗎？首先，他餓得要死，而且在這種刺人的感覺中領悟到了某種勸告，幾乎像是一道命令，催促他獨享這席豐盛異常的酒筵。可恥的，是要和這幫嗜酒如命而粗野的軍人同席。但是，若帶著虔誠的心理，默默地吃下這三隻慘遭屠殺的小戰士的遺體，也許含有幾近宗教的性質，不管怎麼說，這恐怕是有可能向牠們表達的最好的悼念。迪弗熱感到心中充滿了對比伊雅隆的強烈仇恨。他正在高聲嚷叫，身邊的兩位參謀部的軍官洗耳恭聽，一副奴才相。至於厄納斯特，準是他不想去村子裡尋找食物，給上校出了鬼點子，把鴿子宰了吃。迪弗熱再一次孤獨一人，面對著這些粗野的傢伙，他們全都鄙視他，因爲他笨拙，而且沉默寡言；可實際上，他是最優秀的，是強大的，是唯一清白無辜的選民，只要藉助命運的力量，他一定能戰勝這群狂飲暴食的敗類。

他正在這樣悶悶不樂反覆思慮著，突然，旅店的門悄然無聲地打開了，射進了爆炸似的陽光。旅店老闆朝上校的桌子衝來。

『危險！德國人！』他壓著嗓子說道，可話聲是那麼強烈，彷彿是竭盡全力呼喊出來的。

他們三個人馬上跳了起來，扣上了腰帶。厄納斯特從廚房的門縫中探出腦袋，滿臉驚恐的神色。

『他們是從阿迪涅方向來的，騎著摩托車，你們趕快跑！但不要坐車了，』旅店老闆明確地說，『要是發現你們，他們肯定會用機槍掃射。從莊稼地裡跑走吧，想辦法溜進費埃弗樹林。我這就給你們指路。』

說罷，他又走進了午後的大太陽下，身後跟著比伊雅隆、厄納斯特和兩位軍官。

迪弗熱孤零零一人，慢悠悠地站了起來。他微微一笑，深深地呼吸了一口空氣。自他在奧費弗爾碼頭遭受侮辱以來，地球一直沒有停止顫抖，這一次，它又要猛烈震動了。他想起了比伊雅隆的那句名言：『我就討厭穩而不動的局面！』上校得到報應了！迪弗熱穿過悄無聲息的昏暗的大廳，往廚房走去。籠子裡，閃動著剩下的最後一隻鴿子狂躁不安的黑色身影。迪弗熱把鴿籠夾在胳膊下。他正要往外走，可突然改變了主意，又把籠子放到了桌子上。三隻烤得金光閃亮的鴿子還乖乖地排列在鐵扦上。他在壁爐上攤了一張買肉用的紙，把烤熟的三隻鴿子輕輕地包在紙裡，然後全部裝進背包裡。這時，他才又用胳膊夾著鴿籠，邁出門去，可不料撞上了旅店老闆。

『您還在這兒！』那傢伙驚叫道：『德國人已經進村了！我不願意他們在我家找到法國士兵。

您快趕上您的戰友，我馬上帶您去。』

迪弗熱態度漠然地跟著他。他們穿過了空盪盪的公路。太陽彷彿把整個村莊變成了一個虛無的空間。唯獨『眞誠之泉』還在永不枯竭地噴射著。他倆溜進了由一條礫石小道分開的村舍中間，進入了一個菜園子。迪弗熱馬上想到了格拉納。至少對這個人來說，戰爭還有著某種具體而無可爭議的意義，可慘敗將使他落到與眾人同樣的命運。然而他，迪弗熱……

他們來到了一條羊腸小道的路口，小路伸進了一片矮林之中。旅店老闆示意迪弗熱趕快鑽進去，接著又監視著他往裡鑽，過了一會兒才轉過身去。『他馬上要打開酒窖歡迎德國人去了，』迪弗熱心裡想，『對這個傢伙來說，有意義的是潰敗。』

他好像朝南邊的方向走了兩、三公里，穿過了一條柏油公路，越過了一條小河，不久便看到了一片樹木，那恐怕就是費埃弗樹林了。剛到了林子，他發現厄納斯特突然從一條壕溝裡竄了出來，那傢伙剛才準是在壕溝裡觀察動靜。上校和兩位軍官就躲在附近的一間燒炭工的小屋裡，正等著消息呢！厄納斯特和迪弗熱來到了他們身邊。一見迪弗熱還沒有扔掉那個還關著最後一隻鴿子的籠子，比伊雅隆顯得很滿意。

『很好，我的小伙子，』他對迪弗熱說道：『即使在最爲嚴重的情況下，你都沒有扔掉武器，儘管這武器是那麼微不足道。我一定設法給你嘉獎。噢，既然我們還有可能與埃爾斯坦聯繫，你馬上照我口授寫下一封信，一旦我們被俘，馬上給他們發出去。』

迪弗熱馴服地從籠子裡拿出鋼筆和那本信鴿通訊專用的薄型紙。上校在茅屋裡踱著大步，用手杖不停地擊打著綁腿皮鞋，一邊給迪弗熱口授慷慨激昂的致詞，致給他所轄防區的所有部下（『我的孩子們，你們的上校經過浴血奮戰，不幸落入敵手。想當初你們在我麾下，充分地向我證明了你們有著高尚的情操，在祖國遭受危難之時，我完全可以信賴你們……』），可迪弗熱寫下的完全是另一封信，信是給貝爾托德少尉的：『我敬愛的少尉：我們被俘了。白鴿和兩隻紅棕鴿被上校殺害了，黑鴿在悶熱中經受了長時間的顛簸。牠得喝點水，可只能餵牠溫水，牠身體有點虛弱，請每日給牠兩顆魚肝油。大灰母鴿生的蛋又白費了，因爲牠只願跟母鴿在一起嬉戲。六隻「旺多姆藍鴿」應該清一清腸子。請讓牠們空腹各吃兩顆蓖麻油丸。我想那隻「明鱗鴿」的左翅膀不久就會長出繭。我在牠的肢體連接部發現了一個黃灰色的腫塊。請試著給牠抹點碘酒……』就這樣密密麻麻寫了兩張紙，文字中自由地流淌著迪弗熱對他那些傳遞信息的使者的溫情與關心。上校早就結束了口授，可迪弗熱還在瘋狂地寫著。最後，他簽了字，不等上校請他複讀，便匆匆忙忙把信疊了三摺，捲成細條，放進捎信管裡。黑鴿一感覺到掛在左爪上的沉甸甸信管，遂擺脫了昏昏沉沉的狀態，迫不及待地想起飛。可迪弗熱又把黑鴿放進了籠子裡。

在吉爾蒙村口費埃弗樹林的一塊林間空地裡，他們五人當了俘虜，當時，太陽已經開始下山。一支由德軍某部副官率領的巡邏隊把他們團團圍住。『放下武器！』三把手槍應聲落在軟綿綿的青苔上。迪弗熱打開鴿籠的門，小心地抓出黑鴿，然後輕輕地把牠往手槍那邊扔去。鴿子翅膀一振，飛到地上。圓滾滾的小眼睛睨視著一枝槍的槍托，兩隻瘦削的爪子落到了青銅色的槍管上。接著，牠往下一蹲，展開翅膀，大聲鳴叫著從德國人的頭頂飛過。

迪弗熱彎下腰，把空籠子放在腳旁。然而就在他正要挺身起來時，腦後勺猛地被靴子踢了一下。疼痛立即在他脊柱裡輻射開來。他嘴巴一咧，用雙手支撐著腰部，上校見狀，連忙幫他恢復了平衡。

『好，我的小伙子，』他對迪弗熱說，『你耍了他們！我的信最遲明天就能送到埃爾斯坦的小伙子們手中。你傷著了嗎？我一定推荐你得戰爭傷殘人獎章。』

翌日，迪弗熱便與三位軍官分開，被送到了史特拉斯堡的一家工廠的院子裡，裡面有數百名被囚禁的戰友。他至少還有個熟人，那就是司機厄納斯特，可他很不情願跟誰有什麼往來，尤其是不願跟厄納斯特這個屠殺鴿子的劊子手發生瓜葛。第一天夜裡，他獨自吃掉了三隻烤鴿中的一隻。他堅信是那隻銀鴿。無疑是由於分量的緣故，可也因爲牠有某種味道，與鴿子生前通常散發的那股氣味多少有些關係。後來他又吃了另兩隻烤鴿，他不僅因此解除了正折磨著戰友們的飢餓感，還暗暗地讓自己的靈魂與他六個月來唯一愛過的生命融爲了一體，從而使自己的靈魂得到了精神食糧。

幾乎徹底斷絕了消息的俘虜們一聽到什麼傳聞，便信以爲眞，哪怕是最不可靠的謠傳。既然法國和德國之間已經簽署了停戰協定，他們肯定自己不久就要被釋放。不過還要等待，等交通工具安排妥當，還要等難民回到自己的故鄉。迪弗熱並不跟大家一樣相信這些幻想，這並非因爲他比別人頭腦更清醒，而是因爲他深知自己尋找的眞理是在東方，若他又回到巴黎的巴隆汽車廠，那簡直是不可思議的嘲諷。他個人的命運早就有著牢靠的安排，因此，他絕不可能考慮如此的迷惑誤途行爲。六月二十四日，他們六十人一組，被押出了大院，往萊茵河原凱爾橋位置上架設的浮橋方向走去，迪弗熱心中馬上洋溢著歡快的情緒，但它同時也是深沉的、隱密的，與他正在履行的重要行爲和諧一致。難友中間，有的看清了不久就要被釋放的美夢終於破滅，遂陷入絕望之中，默默無言；可有的還繼續抱有幻想，各種無稽之談如僞幣一樣在他們中間傳遞：這是派他們去德國幫助收割莊稼，夏收後很快就會被送回故鄉；或是送他們去一個臨時的河港，好從水路把他們遣返回國。

出了斯特拉斯城堡，太陽高掛，他們感到口渴難當。一些年輕的姑娘紛紛從河岸邊的房子裡出來，給俘虜們送水喝，負責看管他們的德國兵也都自願閉眼不管。可是，迪弗熱那一組卻因爲一位阿爾薩斯老人與一個德國軍官發生了口角耽擱了，老人在人行道上放了一個水桶，還有不少茶杯，可德國軍官硬說這樣關心是不妥當的。趁著這場口角引起的混亂機會，一個婦人從自己家中跑了出來，一把抓住迪弗熱的胳膊，把他拉進屋裡。由於著急，這位婦女話聲斷斷續續地主動提出要把他藏起來，並給他提供便衣。他們出發時，本來就沒有點名，這六十個人中少了一個自然很難發現。看來，這次逃跑行動完全有可能大告成功。可是，迪弗熱很嚴厲，認爲命運偏偏選擇了他，給他提供了這一獨一無二的逃跑機會，是對他的嘲弄。他接受了一杯牛奶，以並非虛假的激動心情表達了謝意，又回到了隊伍中。不一會兒，臨時搭建的浮橋的木板上便響起了他們那疲憊不堪的腳步聲，透過木板縫，只見萊茵河水後浪推前浪，滾滾流去。

『我們進德國了。』迪弗熱對身邊一個長著濃眉棕髮的矮個子說道。

儘管他抱定主意不說一句話，可他還是沒有憋住這六個字，因爲這場合在他看來是多麼莊嚴。

『要是肯定在聖誕節之前回不去，還不如投河淹死算了！』滿頭棕髮的矮個子下巴一陣抽搐，回答他說。

迪弗熱歡快不已，心潮更是激蕩，因爲他堅信自已將再也不會回到法國去。

3. 向極北奔去

凡傳遞的都可榮稱爲表達，凡被傳遞的均可榮稱爲意義，一切都是象徵或寓言。

——保爾・克洛岱爾

迪弗熱沒有絲毫牴觸情緒，任憑自己投入戰俘生活，就像一位有著樂觀信念的遊人，胸有成竹，在各站停留時放鬆地休息，知道自己幾個小時後一定會醒來。與此同時，太陽也消除了前夕的疲憊，煥然一新，時刻準備再次升起。他像扔掉髒衣服、破褲子、剝去身上破裂的皮膚一樣把巴黎和法國甩在自己的身後，首當其衝的是拉謝爾、巴隆車廠和昂布洛瓦茲一家，處在這背景深處的是古爾奈、博韋和聖克里斯多夫中學。誰也沒有他那樣清醒地意識到自己的命運，這是永往直前的不屈命運，不受任何干擾，連世界上最爲重大的事件也要聽它的召喚、服從它的意圖。但是，這種意識同時也要求對偶然的、細枝末節性的和形形色色的不足掛齒的一切有著毫不寬容的清醒認識，對這些東西，凡夫俗子們總是割捨不下，不得不啓程離去時，扔掉一點東西就像一片片撕下自己的心。他有過備受凌辱的童年，反叛的少年和火熱的青年——長時間裡一直掩蓋在最爲卑賤的面目之下，但是後來被群氓所揭穿，遭受了嘲弄——如今，從過去之中迸發出一聲吶喊，這是對不公與罪惡的秩序的譴責。上天回答了這聲吶喊。迪弗熱曾受盡苦難的社會被摧毀了，連同它那些法官、將軍和主教，以及法典、法令和政令，也被一掃而光。

現在，他在向東方奔去。他們六十個人一組，擠在一個車廂裡，火車像患了哮喘，走走停停，停停走走。有幾個執迷不悟之徒，還緊緊抓住自己的幻想不放，圍著一個擁有指南針的工兵中士，只要發現鐵道稍稍地回轉甚或火車在某個車站倒車，就振振有詞地說他們不是被送往東北方向，而說不定是往南、往西，誰知道呢……迪弗熱就知道得一清二楚，他根本用不著指南針，就知道他們是駛往光明。光明的東方。是怎樣的光明？他說不清楚，可他就會知道的，通過不懈的努力，隨著一天天過去，經過一個個寒冬般黑暗而又孕育著希望的漫長歲月，透過那一次次令人眼花繚亂的突然昭示，他會了解清楚的。

他們在一座名叫施韋福特的工業小城下了車。一開始，所有人被關押在一些相互隔開的木板房裡，可第二天便被強迫將全身清洗消毒，清除身上的虱子。就這樣，他們被剝光了衣服，一絲不掛地在院子和木板屋之間走動，一個個全都剃成了光頭，全身擦滿了黑肥皂，經過一番沖洗，然後被趕到一塊四周佈滿著鐵絲網的草地中間，光著可憐的身子，一待就是幾個小時，有的人不堪重辱，淚水直流。迪弗熱對這種做法卻毫無指責，在他看來，這恰恰具有滌罪儀式的價值。他甚至爲裸體狀態賦予他一種出乎意料的優越感而高興，他們全都裸露著生殖器和滿身的汗毛，可迪弗熱那肌肉發達的高大軀體完全壓倒了難友們那孱弱而又有缺陷的身體。他唯一企求的是，可以很快把別人遞給他的這身制服扔到蒸煮蕁麻的鐵鍋裡去，拿出來時冒著蒸氣，縮小到再也穿不進去。等到哪天他換上另一種服裝，穿上與他眞正的地位匹配的服裝時，他就可以知道——眾人也將和他一起醒悟——黑暗的年代終於結束了。

第三天，火車繼續行駛，還是往東北方向開去。他們穿過了圖林根、薩克森和勃蘭登堡。愛森納赫的瓦爾特堡、哥塔城堡的高塔、艾佛特地區鮮花盛開的田野、威瑪豪宅以及耶拿的蔡司❶集團的一座座工廠在他們狹小的車窗前飛掠而過。到了萊比錫，他們才終於下車，來到月台上，分散在因他們而被封鎖的車站的一角，活動一下身子。這次，火車要停好幾個小時。在三等車的候車室裡，他們拿到了吃的，於是，他們三五成群，按編組、省分或乾脆根據個人的好惡，相互聚在一起。迪弗熱本來一個人呆著，可司機厄納斯特卻死皮賴臉地待在他的身邊。這份忠誠並不使迪弗熱感到厭煩，倒很令他詫異，何況他從厄納斯特的身上好像看到了某種含有恭敬成分的態度，而他們的軍銜誰也不比誰高，這般恭敬是完全沒有理由的。迪弗熱設法讓他開口說話。厄納斯特入伍前幹的是侍者的差事，這種職業如今越來越少見了，在迪弗熱的眼裡倒有幾分淡淡的誘惑力，因為他猜想幹這一行需要冷酷而偽善，既要工於心計，又要會阿諛奉承，因而掩蓋了需要這一行的富有階層與操這一行的出身卑賤的下人之間那種格格不入的非協調性。說到底，迪弗熱饒恕了厄納斯特在屠殺鴿子中不可推卸的責任，他認為鴿子和他一生所遇到的、幾乎所有的重大事件一樣，都有著某種命中注定的性質，含有無辜與可理解的成分。他最終接受了這個似乎選擇他做為主子的人。

火車在深夜又上路了，看守的人關上了車門和車窗。車子又開始走走停停，沒有入睡的人們由此而明白了他們正在穿越柏林。接著，車速恢復了正常，均勻的節奏搖晃著一個個擁擠在一起的軀體。列車恐怕正行駛在一片遼闊的平原上，多虧這茫茫黑夜，才使這永無盡頭的平原顯得不那麼令人暈眩可怖。

天比往常亮得早，也更陰冷。隨著陣陣沉悶的聲響，一道道滑門打開了，耳邊傳來口令聲、點名聲。人們神情愕然，紛紛跳下車廂，一陣並不強勁但卻刺骨的寒風撲面而來。只見一座相當大的

譯註❶：Zeiss，蔡司（一八一六～一八八八），德國著名企業家。

木屋聳立在眼前，木板上全刷著漆黑的柏油，那黑巍巍的輪廓幾乎顯得雄偉壯觀，因爲周圍是那麼平坦。陣風吹打晃動著架在兩根柱子上的一塊長方形木牌，木牌漆成白色，用哥德體寫著幾個黑色的大字：穆爾霍。放眼遠望，周圍是一個連著一個的水灘，間或有幾片草地，不難想像，一到秋天，便將變成一片沼澤。遠處，偶爾顯出一小片松樹，彷彿構成了某個刻度，令人倍感天涯的無邊無際，天邊的一切都淹沒在煙霧之中，團團的煙霧貼著燈心草和高高的野草往前飛速滾動。出了巴黎，迪弗熱只見過丘陵或林木蓊鬱的鄉野，此刻，他被這廣袤的土地深深地吸引住了。他的目光無窮地伸向四面八方，在霧中馳騁，在歐石南和如鏡的水面上方遨遊。心底騰起了一種從未體會過的自由感。可是，他們疲憊不堪，正排著長隊，在一位副官的叱責聲中被迫往北部走去。他跟著大家往前走，而對這矛盾的處境，他不禁笑了。

突然，他們發現了離公路數百米處的集中營，可穆爾霍村卻懶得露面，一直不見影子。他們慢慢地會有所體會的：在這個像手一樣平坦的地方，表面看去是那麼坦露，毫無祕密，可是，只要你稍稍地離開一段距離，那地面上的房屋、穀倉、甚或集中營的瞭望台便會變得無影無蹤，彷彿被厚實的土地和植被吸了進去。這個集中營規模並不大，總共只有四處雙排的木棚，棚子全都架在低矮的木柱上，棚頂蓋著瀝青，每一處可容納兩百人。沒過幾個星期，根據要完成的不同工程，又來了幾批俘虜，這總共可容納八百人的地方很快就滿了，可對囚禁在這兒的俘虜來說，這個數字實在不利，因爲人數少，無法組織需要眾多人力的複雜行動；而對性格孤僻的人來說，又很難在這擁擠的犯人中得到躲避的機會。這四處雙排的木棚張著雙層的鐵絲網，兩層鐵絲網之間的空地上又佈上了死纏在一起的鐵蒺藜。整個空間十分有限，只佔了半公頃的地盤。四個角聳立著四個瞭望台。

一進這新的棲身之地，他們便發現房子簡陋，條件極差。周圍的鐵絲網充滿敵意，四角的瞭望台有如兇神惡煞，戒備森嚴。可是迪弗熱在下車時產生的自由感和無拘無束的感覺反倒越來越強烈了。彷彿這裡的一切全都是專門安排的，廣袤的平原隨時都可出現在居住在這集中營裡的人們的眼際。他回想起庇卡底地區的幾家大農場，那裡的房子的門全都朝院子裡開著，因此呈現在人們眼前的只是一堵堵高牆，絕對看不到外部世界。可這裡，完全相反。由鐵絲網組成的柵欄是空心透朗的牆。瞭望台又似乎在邀請人們搜尋觀察天際。在指定他居住的木棚裡，迪弗熱挑選了一個上舖，離大爐遠遠的，可在床舖上，只要扭轉一下腦袋，便可透過天窗看到平原的整個東部。經過幾天幾夜毫無規律的勞頓與顛簸，他已經精疲力竭，馬上一頭栽到了床上。打從在納伊被捕之後，他始終像是失去了根，無依無傍。可現在，他第一天感到來到了某個落腳地，由此而賦予了他某種安全。歐洲已經遠遠地拋在了他的身後落日的方向，正經受著罪有應得的懲罰。但是，這裡卻有著原始的空間發出的洪亮而溫柔的呼喚，這塊銀灰色的土地，淡淡地妝點著宛若捲邊的柔紫色的歐石南，唯見一棵樺樹的孱弱的身影，這漫天的沙土，這層層的泥炭，匆匆地往東方逃遁，也許會一直奔向西伯利亞，猶如一個蒼白的光渦吸引著他。不管怎麼說，通過在他之前到達集中營的人，他弄清了穆爾霍村在東普魯士版圖上的確切位置。這個村子總共有四百個居民，西邊是因斯特堡，東邊是貢賓嫩，都離村子十餘公里；臨村有一條河流，名叫安格拉普，流至因斯特堡與因斯特河交匯，合二為一，形成了普雷吉爾河。

按規定，進行了二十四個小時的休整，新來的囚犯很快便明白了等待他們的是什麼樣的活計；他們馬上就要與這透濕的黑土地天天打交道。這是一項巨大的工程，給安格拉普河邊一大片地挖溝排水。工程的物質條件十分缺乏，可有這眾多的廉價勞動力，自然彌補了不足。每天晚上，一到七點鐘，便收起囚犯們的褲子和鞋子——更確切地說，是統一發給他們木底鞋——把他們關進木棚。於是每個人便開始了在黑夜中的茫茫神遊，唯有那五盞防風油燈給這黑夜一點生氣。他們實在是太累了，根本想不到還有什麼厭倦。清晨六時，他們便被趕出門外，每人分得四分之一升藥茶：這是一種用樹木煎成的藥茶，配方神祕，裡面有松木、樺木、榿木、還有桑葉；另外，還獲配給一份白天吃的東西：這只有一片麵包和一把水煮馬鈴薯，當然都是涼冰冰的。晚上，迎接他們的是稀得照得見人的湯，不過這湯倒是熱騰騰的。

他們十個人一組，由一個德國兵看著，走向指定由他們開溝排水的那片土地。他們先平整土地。這塊土地約有五百公頃，大都屬於距離穆爾霍一段路程的一家大農莊。整個排水工程計畫開挖一個渠道網，渠道深二米五十、渠底修成街溝的式樣，由三塊石板修成，一側一塊豎的石板，上面再橫著鋪一塊，然後再鋪上碎石，最後再塡上疏鬆的泥土。如此修成的排水溝以明顯的傾斜度流向一條匯水渠，最後全都排進安格拉普河。絕大部分囚犯都用鐵鍬挖溝。等溝挖好後，溝底便放一架大泥耙，由兩個分別站在溝兩旁的囚犯往前拉，把溝耙平。排水溝底由德國工人修砌，他們還負責未來水渠的水位測量及走向規畫等。

大家擠在木棚裡，不得不相互處在一起，最終使這些不可調和的人們融合成了一體，彷彿構成了一個團結、平衡的小共同體。在這裡，每個人都有自己的位置。對許多人來說，不得不與社會出身迥然而異，出生的地點或職業都不相同的難友分享一切，這確實令人不知所措。雖然也帶來某些令人充實的東西，但往往使人感到痛苦。一旦失去了平常的生活環境，失卻了家庭或家鄉的環境，有的人便整個陷入了迷惘的遲鈍狀態，而在精神與智慧上表現出了可怕的退化。可對另一些人來說，卻恰恰相反，這是一種解放，使他們最爲迫切的願望得到了全面的表達。還有的整日悶聲不響，在默默地考慮著什麼，即使這往往不過是動物性的沉默，但它也很可能充滿著叛意與盤算。而有的人就與這些人相反，總是不停地發表宏論，讓難友們一一傾聽他們心中渴望實現的計畫與事業。他們中就有這麼一個小商人，原是做服飾用品生意的，名叫米米爾，家住莫伯日，他結婚很早，娶了個乖順過分的妻子，在這裡，他總是沒完沒了地嘮叨他那兩件心病：女人和金錢。他毫不懷疑這兩者是連在一起的，他經常琢磨著生意場上的一些訣竅，雖然開始只限於集中營的範圍之內，可很快就會打起整個地區的主意來，盤算著找一個德國情婦，把她用作自己的保護人，替他出面，通過她買些產品，置一座房子，也許還可以置點地產。

『這個地方的男人全都被動員入伍了，』他不厭其煩地推斷道：『這兒只有女人和財產。只有女人、財產，還有我們！一定要從這強加給我們的形勢中得出實際的結論來。』

木棚裡最年輕的一位，是龐坦人，名叫費飛，他整天朝你扮鬼臉，做文字遊戲，把大家都煩透了。他一聽，馬上反駁說，只有法國女人，只有巴黎女郎才值得想念。自他們進入德國以來，瞥見的女人都是那麼笨重，拖著辮子，穿著毛襪，俗不可耐，怎麼能被她們誘惑上呢？

米米爾一聳肩膀，讓希臘語教師蘇格拉底出來證實。此人總是透過他的眼鏡來觀察這個與世隔絕、互不調和的社會，不動聲色一個勁兒地抽他的煙斗。每當他改變自己的保留態度，發表的言論百分之百都是權威性的決斷，可開始時往往說一些人云亦云的常理，繼而話鋒一轉——誰也不明白是怎麼轉的——遂變成令人左右爲難的悖論。

『一切都取決於戰爭持續的時間與結局，』他有一天說道：『若我們在聖誕節之前被釋放，那費飛說的自然有理。我們要忠於自己的家鄉。但是，更有可能的是，勝利的德國一定會用數代年輕人的屍體來加固他們征服的天地，倘若這樣，那只有以安逸的慘敗帶來的好處去抗衡殺人的勝利所贏得的榮譽吧！當殘存的那些四肢健全的德國人守衛著千年大帝國的國境時，我們將用我們的汗水來肥沃他們的土地，用我們的精液來爲他們傳宗接代。』

類似的悖論只能在貝爾熱隆——貝里的一位佃農，留著下垂的鬍子——那鄉氣十足的小眼睛裡激起一束懷疑與斥責的閃光，可維克多聽了卻會發出馬嘶般的縱聲朗笑。大家都管他叫瘋子，在

『荒誕的戰爭』期間，尤其在法國潰敗之時，他可是個了不起的人物。他患有性格障礙症，與社會格格不入，還有狂躁與憂鬱交替發作的循環精神病，法蘭西島地區的所有精神病院，他都待過，有時也放出來幾天，可總是又做出一些荒唐出格的事情來，只得再送進精神病院裡去。戰爭爆發時，他碰巧在外面，很快自願報名參軍，進入步兵部隊。到了部隊，老毛病又犯了，可卻表現不同：在敵方的陣地裡，他勇敢拚殺，當他所在的團隊災難臨頭，連連敗退時，他又有過多次英勇壯舉，因此一再受獎，屢次建功。對他的這種特殊症狀，蘇格拉底自有評說，做出了如下的解釋：此人與秩序安寧的世界極不適應，可對戰亂，尤其是對潰敗卻應付自如。

厄納斯特對誰都很殷勤，儘管他到處撮合，可迪弗熱還是離住在同一木棚裡的那一小夥人遠遠的。但是，他與他的難友們並非絕對格格不入，相反，他往往在這些或那些人的身上發現某些與他相似的東西。他在每個人的身上都看到了解決戰俘生活這一問題的方法，而且或多或少都與他的解決方法相像。對自己的出路，他還不能下個明確的定義，但他已經清醒地認識到這是一種絕對的存在，而且已經啓動。比如，米米爾渴望擁有物質、佔有肉體的夢想在他身上有著某種回響，尤其是維克多的瘋狂幻想，更是如此。維克多受到了社會等級的壓迫，但在戰爭的漩渦之中，卻能像一條魚在混水中暢游。

但是，大家對迪弗熱如此賣力地幹活甚爲不滿。他使勁地開溝挖土，一直到見到水爲止，這樣的熱情，單憑他的體力是無法做出解釋的。他這樣做是因爲他指望從這個國度得到某種東西——一種徵兆，一種預兆，他也不清楚——這樣挖土掘地，對他來說，似乎是在加速解脫一項只屬於他個人的使命，這一切，他怎能讓難友們明白呢？

再說，他也很樂意這樣全力地投入到這片肥沃土地的內心深處去，他已經開始愛上了這個地方。就此而言，他已經得到了某種表示。有一天，一位執勤的哨兵對他很通融，他終於如願以償，登上了集中營的一個瞭望台。他剛到這個地方時，便馬上產生了這個願望。瞭望台是用圓木建成的塔樓，高六米，塔頂有一平台，可登梯上去。迪弗熱只朝集中營瞥了瞬息即逝的一眼，只見集中營結構嚴密，新建的房屋呈幾何圖形，與在挖溝的囚犯那衣衫襤褸、人情味十足的身影造成對照。他朝平原轉過身去，把目光投向東北的方向，這似乎是他近一年前開始的漫長跋涉的終點。這地方坦蕩無垠，他的目光可以無限地射向遠方，儘管他所在的這個瞭望台高度平平。眼前是一片片黑麥田，麥子已經成熟，幾乎呈現出白色。遠處，麥田中斷，淡灰色的一線松林和水灘，那水灘粼粼閃光，宛如銅鏡，周圍是明晃晃的沙灘，還有一片泥炭沼，佈滿了銀白色的樺樹樹幹，再就是成片的沼澤地，映照出乳白色的雲彩，四周點綴著深暗色的茂密的榿木，以及與白亞麻地相間的黑麥田。『這是個黑與白的世界，』迪弗熱心裡想：『沒有什麼灰色，也沒有別的色彩，只是一張雪白的紙，上面寫滿了黑色的符號。』

突然，太陽推開了阻塞著天空的雲層，映紅了從沼澤地上升騰而起的霧氣和穆爾霍村冒出的炊煙。只見一座房屋的一扇玻璃窗不停地放射出束束光芒，好似無線電信標在發摩斯電碼。迪弗熱終於發現了這個村莊，一座座低矮的房子，房頂鋪著蓋板。房子中間，是一座矮矮的大教堂，牆上刷著白色的石灰漿，笨重簡陋的鐘樓的平頂下，好像有一條巡查道。村莊後，可隱隱約約地看到一片窪地，高高的野草叢間，閃爍著水光；更遠處，是一條冰磧斜坡，斜坡上高聳著一架荷蘭風車，清晰地顯現出它那破損不堪、但卻瘋狂轉動的側影。一群水鷺慢悠悠地搧動著翅膀，從空中飛過，一座銅鐘在風中播灑著它那破碎而悲哀的樂聲。迪弗熱十分強烈地感受到一種歸屬的關係把他緊緊地與這塊土地連結在一起。他做爲這塊土地的囚犯的日子既已開啓——也許要經歷很長時間——他就應該以全身心爲這塊土地效力。但是，這不過是一個試修式的階段。總之，像是訂婚期，以後，通過伴隨著他一生的某一次徹底的轉折，他也許可以成爲這片土地的主人。

他日復一日、不斷地翻動的這片肥沃的黑土地也許起著某種作用：自他到集中營後，儘管吃的東西很少，而且質量差，可他大便通暢，他始終生活在偉大的至福之中。每天夜晚，在第二次熄燈號響之前——這一次是最後的熄燈號——他總是要到茅坑去，在裡面儘可能多待一會兒。對他來說，這恐怕是一天中最美好的時光，往往有力地把他拉回到在博韋度過的歲月中去。排便之際，是他清靜、安寧、靜心沉思的時光。他慷慨排泄，不用費多少力氣，糞便十分正常地排出，外面裹著一層潤滑的黏膜。

但是，排泄的場所卻很不適應沉思儀式。這是一個簡陋的茅坑。坑沿上橫放著一塊狹窄的木板，每隔兩米由一截圓木支撐著，以保證給每位來客有個坐的位置，儘管很不舒服。迪弗熱想起了納斯托爾在無底坑拉大便所發表的那番議論。這裡，差不多每十天掏一次糞坑，起著出乎意料的矯正的作用，對這個很不適宜的地方並非沒有一點意義。裝糞用的是小礦車，掏糞的人把一只木桶固定在一根長杆上，把糞掏進車裡。那木桶看去就像是一只長柄的大水勺，與在集中營的伙房裡使用的一模一樣，因而惹出了一個個百開不厭的笑話。掏出來的成車的糞便最後倒進一條水溝裡，潛移默化地肥沃著整個平原。對此，迪弗熱一直很敏感。他不知何故，很想自告奮勇，去幹掏糞的苦差事，但是，自尊使他控制住了自己，後來，看管茅坑事件使他對茅坑厭惡透了。原來，大家很快發現囚犯們往往很隨便，由於偷懶或大便很急的緣故，常常不到茅坑就在路上拉起來，弄得路兩旁像是佈滿了暗中給人指路的哨兵。爲此，德國人建立了看管系統，專門由一個法國人負責看管，每四個小時換一次崗。負責看管的人胸前懸掛著一塊鐵皮牌子，上面寫著加辱於人的幾個字：看管茅坑。這一來，對完成人的基本行爲不可缺少的清靜與沉思便談不上了，迪弗熱很快便只使用在幹活的地方隨時搭建的個人活動茅坑。

他幹活賣力的名聲使他免受了嚴密的監視，他經常自個兒待在正在開挖的水溝的一頭，有時一連幾個小時無人過問。每到這種時候，他總可以從容不迫地選擇一個有利的地形，用鍬挖幾下，擺上兩塊隨身攜帶的木板，搭起一個『祭台』，然後坐在上面，與普魯士的土地進行富有成效的親密結合。

但是，後來一次驚人的發現又爲他的自由時間賦予新的意義。一天，他參加水溝的走向定位工作，一不小心，差點跌進了一條被齊腰高的野草完全遮住了的排水溝，水溝裡是乾的。這條地下街巷的起點距他幹活的地方只有百來米遠。第二天，他便溜進了這條排水溝，逕自往前走去，以發現新的東西。溝裡的土很結實，也很平整。頭頂上方的花草搭在一起，宛如輕便的活動頂篷，射進如箭的陽光。他把一隻野雞從窩裡趕了出來，野雞順著狹窄而彎曲的水溝在他前面沒命地飛跑。不一會兒，迪弗熱感到水溝呈坡道往上升，恐怕是伸向那一小片松樹林，那裡是穆爾霍村可耕地的交界處。他走了很久，面前一直跑著那隻野雞，後來又有兩隻山鶉和一隻紅棕色的大野兔加入了這個行列。接著，花草越來越稀少了，有時，一連幾米都不見任何植物，被溝沿框住的藍天像條藍色的帶子，沒有任何破損，最後，出現了呈網狀分布的樹莓與山楂樹，說明地勢有了變化。突然，野雞啪啦啦飛了起來。幾米開外，一面生土牆標誌著水溝已經到了盡頭。

迪弗熱爬到了地面。身後，是那片小松林，它不過是一條相當細薄的林帶而已。此時，他恰正站在一片樺樹林的邊緣，樹林微微起伏，林中間有低矮的瀉鼠李樹。他彷彿被帶到了另一個國度，來到了另一片土地，這無疑是因爲他擺脫了集中營的氣氛，但把他一直引到這兒的那條奇特的半地下通道也起了作用。他順著一條在遍地叢生的歐石南中蜿蜒伸展的沙礫小道往前走去，爬下一個背斜谷，然後登上一條斜坡，發現了他一直在尋找的天地：幾朵早早盛開的秋水仙給一片樹林抹上了淡紫的色彩，林邊，一座用圓木搭在石基上的小屋門窗緊閉，彷彿自創世以來，就一直等待著他的光臨。

他在林邊停下了腳步，心情激動，讚歎不已，張口驚歎道：加拿大！這三個字把人們拉到遙遠的歷史中去，同時又蘊涵著未來幸福的希望。對，他是置身在加拿大，不錯，這片樺樹林，這塊林間空地，還有這間小木屋，確實在東普魯士的土地上再現了加拿大。他重又聽到了納斯托爾低沉的聲音，腦袋埋在傑克．倫敦或柯伍德的小說中，在自修室悶熱的臭氣中展現出哈得孫灣、格蘭德湖、卡裡布、大奴湖和大熊湖周圍那白雪皚皚的純淨的林海。

這一天，迪弗熱只是圍著他的這座房子轉了一圈。他發現屋門被一把黃銅鎖的鎖舌扣住了，但輕而易舉就可把鎖撬開。接著，他踏上了歸程，走進了那條被野草遮住的地下通道。他前後差不多失蹤了三個小時，可誰也沒有覺察到。

秋初，下起了幾場大雨，負責管理集中營的特施馬歇中尉忽然想到迪弗熱過去是個汽車修理庫的老闆，於是把他升爲司機，讓他開集中營的那輛馬其魯斯五噸載重卡車。這一來，他便駕著車在整個地區跑，開始時身邊還有個人看著他，可慢慢地經常任他單獨出車，或讓厄納斯特陪著他，兩人輪換開車。一般情況下，他們出車是拉集中營的給養，也就是說到一座座農莊的院子裡去裝成袋成袋的馬鈴薯，偶爾也有幾大片肥肉或一籮籮像木柴似捆紮好的細長的乾紅腸。大雨下得公路坑坑窪窪，有時車輪陷得那麼深，眞擔心車身碰到了車轍下凸出的碎石層。從十月末開始，公路便反覆地用釘齒耙一遍遍地耙平，法國人見了好不奇怪，原來這是爲早臨的結冰期做準備，以便到時可用滑橇。有時，大雨滂沱，下個不停，挖排水溝的工程不得不經常中斷。囚犯們關在有一個部分還淹在水中的集中營裡，一種令人壓抑的憂鬱感籠罩著他們。可是，迪弗熱還開著馬其魯斯卡車在跑，雨刷不斷地刮著擋風玻璃，但純屬枉然，他整張臉往那裡貼去，載重卡車悠悠晃動著他的身子，將他淹沒在飛濺的泥水和水氣之中，他經常感到自己在駕駛著一艘輪船，在波浪滔天的大海中顛簸。

他慢慢熟悉了附近的一個個村寨，這些村莊的名字無不散發著荒原、樹林或沼澤的氣息，諸如幸吉穆爾、弗洛霍夫、普魯森瓦爾德、哈森洛德、維埃霍芬、格魯恩黑德等，不久便在他的心中響起了歡快的副歌，那是由村莊小客棧的一個個招牌組成的，金色的豪華招牌如齊放的鮮花，上面佈滿了環形飾和阿拉伯風格的裝飾圖案，每一塊招牌都讚頌著一個動物圖騰，如金羔羊、鱒魚、金牛或蛙魚等。迪弗熱常常待在煙霧繚繞的店裡，每當某個顧客認出他是一個法國俘虜，態度魯莽地糾纏著他，他總是不解地搖著頭。慢慢地，他開始喜歡上了別人遞給他抽的嗆人的麥管嘴小雪茄。他還有機會一直往東部去，到了重鎮貢賓嫩，這是個還帶著鄉土氣息的鎮子，一條河流從鎮中穿流而過；他還去過拉皮薩，這個地名成了他們開玩笑的一個主題，永遠都有開不完的玩笑。在拉皮薩市政廳的旁邊，有一排人字牆，像是一條寬闊無邊的台階，在這兒，每個星期三都有一個馬市，這兒賣的馬名聞遐邇，均由離此地十五公里的特拉克赫南皇家種馬場提供。再往南去，不遠處便是羅明騰森林，那是一個廣闊的自然保護區，有喬林，有湖泊，有數不勝數的地面獵物與野禽，是歐洲最美麗的鹿之天堂。隨著時間推移，迪弗熱常和老百姓混在一起，慢慢地發現了德國，試著講德語，漸漸地陷入了一個嶄新的世界，他隱隱約約地感覺到這是一個豐富的世界，但還沒有掌握開啓這個世界的鑰匙。

在這個惡劣的季節裡，集中營裡的人數明顯減少了，勞力調配辦公室經常單個或以小組爲單位派遣囚徒去遠處執行任務，與集中營領導部門只保持行政管理上的聯繫。他們大都被分散派往周圍的山區去伐木，但根據各人不同的愛好或職業技能，也有不少人被分到了手工廠、採石場、鋸木場或畜牧場幹活。

一有機會，迪弗熱便去『加拿大』。他心中有數，知道看林的全都被總動員奪走了性命，因此到那間木屋裡去不會有多少危險，惹什麼麻煩。他砸開了木屋的門，盡自己的最大能力把這個屋子拾掇了一番。他常常在壁爐裡生起火，把火燒得旺旺的，還在屋後的遮雨篷下搭了個排便的『祭台』，經常高高地坐在上面進行『祭獻儀式』，度過漫長的如夢如幻的沉思時光，沉浸在奇特、奢侈的幸福之中：那就是清靜。他唯一要做的事情，就是撿些柴火，堆放在屋簷下，以備冬天取火用。爲了使獵人生活的形象臻於完美，他還在附近一個野蕨叢生、常有野免出沒的地方安放了幾個捕免套。開始時他覺得肯定是毫無收穫，可後來，看到那一個個血跡，他才明白早有狐狸或野貓搶在他的前面，把東西給抄走了。

一天，突然下起大雨，迪弗熱乾脆不再顧忌什麼，在木屋裡待著，爐火的劈啪聲和屋頂木板上嘩嘩的雨聲宛如一首搖籃曲，催他入眠。他睡著了。待他一覺醒來，夜幕已經降臨，可大雨還在嘩嘩地下個不停。毫無疑問，集中營裡已經點過名，熄燈號也肯定已經吹過了。也許別人以爲他逃跑了？他決定聽天由命，就在自己的這座房子裡過夜。等第二天大清早再回集中營去。他往壁爐裡一個勁地放柴火，一直碰到了爐壁；然後，他又就地取材，給自己搭了一個床鋪，心裡高興極了，就像一個逃學的小學生。因爲太興奮，他久久不能入睡，臉朝著燒得通紅的爐膛，觀看著這個熾熱的小舞台，上面正演著一齣無樂歌劇；高潮迭起，充滿暗中策畫的陰謀，然後又在火光衝天的動亂中暴露於天下。第二天清晨回到集中營，他發現根本就沒有人注意到他夜裡不在，因爲外出的人員出出進進，誰也察覺不到什麼，對此，他並沒有感到特別吃驚。於是，在他的戰俘囚禁生涯中，一種奇特的解放傾向在發展著，並進入了一個新的階段。

然而，他的難友們卻與他不同，這惡劣的天氣，最終使他們一個個全都變得精神低落。一群群候鳥飛過淡藍色的天空，發出如泣如訴的叫聲，凜冽的北風吹打著木棚，嗚嗚聲響個不停，大地籠罩著陰鬱的氣氛，一切都對他們充滿敵意，尤其是這降臨在他們頭上的嚴冬，吞沒了他們獲釋的希望，彷彿世間的一切全都在串通一氣，要把這一些被一場不可思議的風暴剝奪了幸福的正常生活的弱者逼到絕望的境地。只有蘇格拉底和米米爾還給木棚帶來一點生活的回聲。蘇格拉底組織了一系列的文學史講座。至於米米爾，他每天都在一個細木工匠家幹活。每當別人開玩笑，說他跟木匠妻子有什麼關係時，他總是做出種種神祕莫測的表情。一天夜晚，費飛表現異常放縱，難友們纏著他不放，認定他弄到了酒喝，非要他承認不可。他就是不承認，放點不置可否的煙幕彈，夾雜著一個個名字，比如街名啦，子虛烏有的小酒店的名字啦，還混雜著一些古德語的詞——全都法語化了，怪極了——這都是他當了戰俘，被囚禁以後學來的。

『至少對你來說，普魯士的寒冬是起到了作用的，』米米爾衝著他說：『瞧有多美啊！』

可第二天，大家發現他用腰帶在鐵絲網的木樁上吊死了。這一自殺事件在集中營造成了恐慌。突然間，大家彷彿全都明白了，誰也不可能活著或精神健全地從這兒出去，病魔、絕望症或精神病將在未來的幾個月中選擇各自的受害者。再說，這些木棚——顯而易見！——原來就只準備用一年的時間，肯定就會騰空的，可絕不會是因爲要把他們全部釋放了的緣故！

他們在策畫一個個逃跑的計畫。維克多每天都有新的主意，準備偷偷地從集中營逃走，可逢人就講自己的想法，包括哨兵。有的人在暗中準備吃的東西，還想方設法搞點馬克，用香皀或灰紙包裝的香煙跟看守或偶爾遇到的老百姓交換東西。一張張路線圖相繼畫成。有一天，厄納斯特對迪弗熱公開了他跟另一個俘虜出的主意，想用馬其魯斯卡車和手頭的證件逃跑。只要稍微有點兒運氣，就可逃到波蘭，那兒看管得肯定更鬆，居民們按道理也會隨時準備幫他們的忙。可是，迪弗熱只是聳了聳肩。後來，他又不得不對付米米爾，這傢伙發現大卡車到處跑，可是一個求之不得的好機會，可望在集中營外面建立一個買賣網。於是一個勁地跟迪弗熱套交情。他還向迪弗熱提出分成，雖然極爲誘人，但迪弗熱還是沒有動心，仍舊一副漠然的神情，不過，見同胞們與他之間的鴻溝越來越深，他不免感到揪心的痛苦。

一天清晨，發現馬其魯斯卡車不見了，厄納斯特和住在隔壁棚子裡的貝爾代也無影無蹤。貝爾代是格勒諾布爾人，原來是個會計師。第三天，在南部一百五十公里處，卡車又被找到了，車子是因爲用完了汽油拋錨，扔在那兒的。這一來，集中營裡的人全都受到了懲罰。前幾個星期，跟『蒙圖瓦爾握手言和』❷事件不謀而合，戰俘們的生活剛剛有了些改善，這下又徹底泡湯了。大家紛紛打賭，猜測那兩個逃跑的難友到底有幾分成功的可能。這第一次逃跑事件有著典範性的價值。倘若成功，也許會給那些從來沒有膽量效法的人們增添希望。

可四天後，厄納斯特被抓了回來。只見他渾身是泥，衣服破破爛爛，被打得不成人樣。與他一起，還有一付帆布擔架，上面放著貝爾代的屍首。他們倆逃跑之後不久，便扔掉了汽車，不得不離開了經常有憲兵隊巡邏的公路，鑽進了荒原。後來，他們誤入了一片沼澤地，貝爾代活活淹死了。厄納斯特本人最後到了一個鎮上，向指揮部投降。他被投進了黑牢——以儆效尤——在裡邊待了一個星期，然後又被送進了格勞登茲的軍隊監獄。

秋季的大雨與風暴暫時停止了，迪弗熱終於又可以踏進那條野草遮掩的地下通道了，下雨時，那裡面簡直寸步難行。此後，他還經常到『加拿大』過上一夜，享受一番，每一次都像是個充滿夢幻的清靜的節日。周圍不時響起森林中各種各樣的神祕的聲音，如在打獵的某位白衣女子模仿鳥叫的誘鳥笛聲、在交配的雌野兔發顫的呻吟聲、驚動了狐狸的山兔沙沙的擊爪聲，有時還有群鹿遙遠而淒慘的嚎叫聲。迪弗熱終於設圈套逮住了一些小野兔，他剝掉了兔皮，然後架在爐火上慢慢烤，而他那股孩子似的高興勁兒，彷彿在過著名副其實的北極獵人的生活。兔皮掛在小木棒上，放在爐壁旁烤，散發出一股舊毛皮和野獸味。

一天夜裡，他突然被房牆邊的沙沙聲驚醒了。好像有人在扶著木板牆走路，似乎還在摸門。他雖然有些恐慌，但實在不願承認，乾脆背朝隔牆，又一覺睡了過去。後來幾天，他一直琢磨著有誰會在夜間來訪。他在『加拿大』的事情或遲或早，勢必會被發現。從小木屋的煙囪裡冒出的黑煙無不在向周圍的人們通報他的存在。但是，怎能放棄生火呢？他責備自己膽子太小了。若真的還有人來訪，最好還是去對付他，設法跟不速之客談一談，何必冒著被人告發的危險呢？

又好幾個星期過去了，一直平安無事。秋天在延續，時光彷彿遲疑不決，遲遲不願進入嚴冬。一天夜裡，在『加拿大』木屋周圍走動的沉重的腳步聲和摸牆聲重又驚醒了迪弗熱。他嗖地一聲爬了起來，跑到門後站好。外面，重又一片死寂。突然，傳來一種嘶啞的喘息聲，他頓時慌了手腳，渾身冰涼。接著，又響起了刮門的聲音。迪弗熱猛地把門打開，只見門口站著一隻怪獸，像馬似牛，也好像是鹿，三者兼而有之。牠往前走了一步，可很快被頭上的巨角擋住了，鋸齒狀的角尖撞上了門框。牠抬起頭，朝迪弗熱伸出圓滾滾的大鼻子，鼻下方呈三角形的上嘴唇敏感地抖動著，活像是一隻大象的長鼻尖。迪弗熱曾有過耳聞，聽說還常有成群結夥的駝鹿在東普魯士的北部出沒，可面前這龐然大物，渾身是毛，肌肉發達，張著巨角，時刻有闖進小木屋的危險，不禁使他感到驚愕。朝他伸來的嘴唇彷彿發出表現力無比強烈的懇求，迪弗熱馬上到桌上拿了一大塊麵包，送給駝鹿。巨獸呼啦一聲，用鼻子吸進嘴裡，吞了進去。接著，下巴頦彷彿脫了位，往邊上一耷拉，隨之開始慢悠悠地認真咀嚼起來。駝鹿恐怕很知足，送給牠這點吃的之後，很快往後退去，笨拙而沉重的身影遂消失在夜色之中，那副孤零零的失寵樣子令人心痛。

就這樣，東普魯士的動物界剛剛給迪弗熱派來了第一位代表，這是一隻具有半傳奇色彩的野獸，彷彿是從史前的海西森林深處走出來的。一直到天濛濛亮，迪弗熱都沒有睡著，他被這次來訪

譯註❷：此指貝當與希特勒於一九四〇年十月二十四日在蒙圖瓦爾和談之事。

再一次引回到自己那奇特的信念之中，他向來認為自己有著遠古的起源，有著某種意義上的根，一直可以追溯到時間的黑夜最深處。

從此之後，每當他順著野草遮掩的地下通道到『加拿大』來時，他都帶上幾片蕪菁甘藍，準備給駝鹿吃。一天，駝鹿來木屋的時間比較晚，迪弗熱終於可以藉著晨曦，細細地端詳著牠。牠龐大而又可憐，高達兩米的鬐甲坑坑窪窪，支配著短短的脖頸，巨大的腦袋上，掛著兩隻驢耳，支著兩根粗大而沉重的犄角，瘦骨嶙峋的臀部由四條瘦長而有缺陷的腿支撐著。牠在慢慢地吃著歐洲越橘樹枝，由於脖頸太短，爲了能吃到地上的樹枝，不得不叉開兩條前腿，模樣滑稽可笑。接著，牠嘴巴一扭一歪，開始咀嚼起來，同時抬起了腦袋。這時，迪弗熱發現牠的眼睛上蒙著兩塊白膜，加拿大的駝鹿是看不見東西的。迪弗熱這才明白，怪不得牠的一舉一動都像在乞討，步子笨拙，行動緩慢，如同一位夢遊者。由於自己眼睛也近視得厲害，迪弗熱感到自己與這個永遠處在黑暗之中的龐然大物很親近。

一天清晨，他突然感到異常的寒冷。透過白花花的窗戶，一束奇特而強烈的光線射進了木屋。屋門壓著鬆動的障礙物，好不容易才被他打開。他頓時眼睛昏花，向後退去。前夕潮濕而黑暗的世界變成了冰雪的天地，在陽光下閃爍，周圍一片寂靜，彷彿裹上了棉絮似的。他心中洋溢著歡樂，雖然這白雪皚皚的仙境總是在他幼稚的心中激起無盡的驚歎，但它不足以解釋這份歡樂。他堅信，普魯士的土地發生了如此閃光的變化，勢必是向他預示一個新的階段的到來，預兆著意料不到的關鍵事件的發生。他雙腳深深地陷入雪中，剛走了幾步，便獲得了證實——雖然是微不足道的，但富於象徵意義——只見在他腳下展開的巨幅白紙上，鳥兒、嚙齒動物和食肉動物留下了縱橫交錯的痕跡，形成了一個個精緻的速寫符號。

他重又駕著馬其魯斯卡車，車子的輪胎安上了防滑鏈，在一個隨著冬天的降臨、將充分顯示出其個性的天地裡如滑雪般往前行駛，發出哐噹哐噹的鐵鏈聲。周圍的風光簡練得到了極致，彷彿用中國的水墨在潔白無瑕的廣闊平原上潑灑上片片黑色，一座座房屋消融在棉絮般的整體之中，微微隆起，頭戴風帽、腳穿長靴的人們全都一個模樣，彼此難以辨別。

一天，迪弗熱碰到一個在公路旁的深雪中艱難行走的農夫，讓他上了車，把他載回家中。農夫請他到農莊喝一杯。這是他生來第一次踏進一個德國人的家門，他感到很不自在——一種窒息的感覺，同時又有一種闖入私宅的犯罪感——這使他深切地體會到由於戰爭、戰俘生活，特別是他天性的自然蛻變，他已到了何等的野蠻程度。倘若一隻狼、一頭熊誤入一間臥室，恐怕也會產生這種恐慌不定的感覺。

主人請他坐在壁爐旁，巨大的通風罩飾著雅致的玫瑰色紙花邊，上面散亂地放著一些紀念物品，有結婚照、石榴紅絨座鐵十字架，還有一束已經乾枯的薰衣草、幾盒繫著飾帶的八字形鬆餅以及一頂將臨期❸時戴的松枝冠，上面插著四支蠟燭。迪弗熱有幸品嚐到了散發著陳舊炭味的薰肥肉、薰鰻、茴芹燉奶酪和黑麥餅——純粹用黑麥粉做的，又黑又硬，就像一塊瀝青似的——還喝了一杯皮爾卡勒酒，這是用糧食釀製的燒酒，就像肥肉汁那樣難以入口。好心的主人自以為可以討得客人的歡心，回憶起了一九一四年間佔領杜埃時的往事，最後詛咒了戰爭造成的不幸。在一只玻璃櫥的架子上，放著幾支槍，這又給主人提供了機會，激動地講起輝煌的狩獵史，在約翰尼斯堡和羅明騰森林裡，有龐大無比的十角獸；在埃爾茲瓦爾德的北部，一群群駝鹿慢吞吞地走著，動作笨拙而呆板；在水灘邊，飛來一群群黑天鵝。

烈酒加深了迪弗熱腦中那種始終保持著一定距離的看法，這是一種純思辨性的超脫的看法，他

譯註❸：即聖誕節前的四星期。

稱之為『預言之眼』，最適應於探索命運線。他坐在一扇雙層的小玻璃窗旁，窗框的兩邊，爬著一些毫無生機的細莖。

透過一塊小玻璃，恰可看到維爾德霍斯特村的低窪處！只見一座座房屋全都用石灰水漿從底部一直刷到二層樓的窗戶處，從窗戶到屋頂，都裝有護板。還可看到一座小巧玲瓏的教堂，鐘樓是木結構的；一條環形的小路上，一位年邁的婦人拉著小雪橇，雪橇裡放著一個嬰兒，還有一位小女孩在用棍子追趕著一群憤怒的鵝，兩匹馬在拖著一雪橇的杉木。這一切，全都框在一塊邊長為三十公分的四方形窗玻璃裡，那麼清晰，那般突出，位置不偏不倚，他彷彿以前就已經見過，只是過去模糊不清難以界定，而今焦距對得比較精確，第一次校正那模糊的鏡頭。

自他跨越了萊茵河以後，他一直在給自己提出疑問，現在就這樣獲得了答案。他終於明白了自己千里迢迢來東北方尋覓的到底是什麼東西：在極北這冷冽而又刺骨的光線下，一切徵兆都閃爍著無與倫比的光芒。法國瀕臨大西洋，淹沒在濃霧裡，線條漸弱，消失在無限遠的背景之中，德國大陸與法國截然不同，畫面線條更生硬、粗略，但濃重、簡練，富於單線條勾勒而呈現的裝飾風格，容易看懂，也易於留下印象。在法國，一切都消失在感覺、模糊的動作、尚未完善的整體、霧濛濛的天空和無限的溫情之中。

法國人厭惡職權、制服和狹窄地限定在某個組織或等級制度中的位置。就說法國郵差吧！他總是忘不了以放肆的語言提醒別人注意他也是個一家之主、有選舉權的公民，同時也是個玩滾球戲的老手。德國郵差則不同，穿著漂亮的制服，從來都與他扮演的角色相一致，無可指責。同樣，德國的家庭婦女、德國的小學生、德國的掃煙囪工人比法國的要更像家庭婦女、小學生或掃煙囪工人。德國的商人也要比法國的更像商人。法國人那卑劣的天性不可避免地引向容光的消褪與灰暗，導致無脊椎的軀體和令人生疑的懈怠——引向混雜、骯髒和怯懦——而德國則始終存在著威脅，有可能變成一個充滿怪相和漫畫人物的舞台，如她的軍隊就是一個證明，好一個屠宰遊戲集團的樣品，從長著牛前額的副官到戴著單片眼鏡、穿著緊身背心的軍官，可謂樣品齊全。但是，對迪弗熱來說，天空充滿了寓意，佈滿了象形文字，不斷地響起模糊難辨的聲音和謎一般的吶喊，德國在漸漸地展現，宛若一個希望之鄉，一個純質的國度。通過農夫的介紹，透過窗戶上的小玻璃，他看到了德國，一個個村莊彷彿塗上了彩釉，看似玩具一般，到處掛著畫著圖騰的招牌，突現在黑白分明的風光之中；一座座森林排列有致，如同管風琴的管子般整齊有序；男男女女無不在不懈地完善各自的身分所擁有的品質；尤其是這富有象徵意義的動物——特拉克赫南的馬、羅明騰的鹿、埃爾茲瓦德的駝鹿，還有啼聲四起、飛翼遮蔽了平原的群群候鳥——這都是在文章中常見的動物，在普魯士所有容克❹的衣櫥上都刻有牠們的形象。

這一切都是命運賦予他的，就像命運曾經賦予他聖克里斯多夫中學的火災、怪誕的戰爭和潰敗。但是，自他越過萊茵河之後，命運的祭獻品不再表現爲對詛咒的秩序的關鍵產物的猛烈打擊，而轉變爲完滿和積極的奉獻。阿爾薩斯的信鴿已經給了某種預感——多麼微弱，幾乎不値一提，但在他心中始終留有溫暖的記憶——使他預感到了他未來的命運。『加拿大』更是一個證明，即將奉獻給他的土地，儘管是塊嶄新的處女地，但與他隱藏在心靈深處的童年的記憶仍有著聯繫。如今，他得到了昭示，整個東普魯士是一個充滿寓意的星座，要由他深入到每一個寓言中去，不僅像用鑰匙開鎖，更像在燈籠中點燃一束火光。因爲，他不僅具有辨別本質的天賦，也有著激發本質的使命，要把一切德行都推向熾熱的高度。他要讓這片土地得到迪弗熱式的闡釋，同時，也要使它得到昇華，擁有從未有過的崇高力量。

譯註❹：即普魯士的貴族地主。

白晝開始越來越長了，但寒冷也在加劇。除非不斷地添柴，讓壁爐裡的火燒得旺旺的，不然，在林中木屋消受『加拿大』之夜，可是個相當嚴峻的考驗。迪弗熱減少了在這兒過夜的次數，但與木棚裡的混雜和潮濕相比，他更欣賞『加拿大』之夜的清純與振奮。一天清晨，極度的冰凍彷彿使星星佈滿了絨毛，還在黑壓壓的空中一眨一眨地閃爍著，迪弗熱突然被一記敲門聲驚醒。他睡眼惺忪，低聲抱怨地從床上爬了起來，拿了幾塊放在壁爐上的蕪菁甘藍。他知道，只要駝鹿感覺到屋子裡有人，那就會沒完沒了地催人開門，即使你裝著沒聽見，也是白搭。門被凍住了，他忙了好一陣子，最後門突然鬆開，打了開來，只見門外一個高大的身影：一個身穿制服，腳蹬皮靴的男子。一時間，兩人都驚呆了，接著，陌生人擅自走進屋裡，砰地一聲關上了身後的門，果斷地朝壁爐走去。他從柴堆上拿起一塊乾柴，扔進爐膛，然後朝迪弗熱轉過身子。

『您在這兒幹什麼？』他問迪弗熱道。

迪弗熱一眼就看出了這人不是德軍的軍官。首先是他的年齡——差不多快六十歲了——再就是那身翻領上飾著鹿角圖案徽章的灰綠色制服和那支三管獵槍，一切都表明他很可能是河泊森林管理處的一位職員——守林員、縣森林管理員、護林官或省森林總管——由於被動員入伍的緣故，河泊森林管理處的人員大大減少，剩下的人儘可能地保護與維持這個備受戰爭與偷獵者蹂躪的毛皮動物的天堂。

他脫下了帶護耳的滑雪帽，見迪弗熱遲遲沒有答話，遂又問道：

『是逃跑的戰俘？』

法國人這時朝他伸出張開的雙手，讓對方看手中的蕪菁甘藍片。

『我在餵看不見任何東西的駝鹿！』迪弗熱回答道。

對這聲辯白，陌生人並沒有表現出特別的驚詫神色，迪弗熱繼續說道：

『我是穆爾霍戰俘營的。我馬上就回去。本人名叫阿貝爾·迪弗熱，原爲南錫第十八工兵團的信鴿兵，於六月十七日在贊古爾森林被俘。』

『信鴿兵？』身著綠制服的男子帶著一點感興趣的意思問道：『那可是最著名的兵種，當然在騎兵之後。可憐的鴿子！』

他說罷坐到爐火旁，壁爐裡的柴火呼地一聲燒得通紅，有可能要落到爐膛外面來，他撿起一根火柴，把柴火往裡捅了捅。迪弗熱要聽懂德語還很吃力，實在不明白對信鴿兵的這番充滿懷舊之情的頌揚到底是否夾雜著諷刺的意味。他決定把這看作與陌生人的一種友好聯繫。

『據您所說，好像您熟悉昂霍爾德嘍？』見迪弗熱一副莫名其妙的神態，護林官員向他解釋道：『這是一隻眼睛瞎了的駝鹿的名字，牠恐怕害怕跟同類待在一起，別的雄駝鹿都愛欺負牠。牠就在這一帶的森林裡過冬，大家都跟牠很熟悉，因爲牠常向過路人討吃的。不幸的是，一開春，牠就要往南遷徙幾公裡，到一個誰也不熟悉牠的地區，牠就有可能遇到各種危險了。總有一天會有人打死牠的，』他神情憂鬱地說道：『何況牠也不隨和，您也許已經注意到了。昂霍爾德。您明白吧？我是說牠很笨拙，樣子又不好看，像個妖怪似的，面目醜陋。尤其是那兩隻白花花的眼睛和緊逼著人家的蠢模樣，眞讓人害怕！』

『牠來了。』迪弗熱說。

果然，那種特有的搔牆聲響起，緊接著傳來刮門聲，與劈啪作響的柴火聲交織在一起。迪弗熱打開門，渾身黑毛的龐然大物遂堵到門口，雖然護林官員與昂霍爾德數次相逢，但此時見狀也不禁愕然。迪弗熱微張開手，呈水果簍狀，朝顫抖的大嘴遞去幾片蕪菁甘藍。駝鹿張開牠那兩片鉗子似的小嘴唇，小心翼翼，像用拇指和食指把東西準確無誤地夾進嘴裡。然後，他倆交談起來。迪弗熱把指甲掐進牠那兩隻富有異常的生氣與表現力的長耳朵，對昂霍爾德細加解釋，說牠漂亮、溫柔、強壯，一點沒有壞心眼，可世界卻邪惡、背信棄義。昂霍爾德報之以一聲抑揚的嚎叫，是那般深邃，彷彿是一個擅長腹語的巨人發出的笑聲，兩隻耳朵不停地顫動，擊打著空氣，分明表現出歡樂和信賴。接著，駝鹿往後退去，迪弗熱跟隨著牠，彷彿在護送牠，一直把牠送到府宅的門口，不一會兒，隨著牠遠去，極北巨獸走動時特有的喀嚓喀嚓聲也漸漸消失了。迪弗熱回到木屋，護林官員背朝著爐火，一時默默地打量著他。

『您是個法國戰俘，也許不是逃出來的，但您至少離開了戰俘營，』他終於開口對迪弗熱說：『您撬鎖闖入了一座由我負責看管的林間小屋。從晾曬在我頭頂的這些毛皮看，您違禁偷獵。憑這些，就足以把您送進格勞登茲集中營。但是，我覺得您很善於跟極難相處的昂霍爾德打交道，贏得了牠的友情。再說，能把一個信鴿兵打入充當監獄的地堡嗎？不，眞的……（他站了起來）。回穆爾霍集中營去吧！我們也許還會再見面，我是羅明特保護區的森林總管。』

他戴上了滑雪帽，放下護耳，扣上制服的鈕釦，走出門外。離去前，他再次止住腳步，朝迪弗熱轉過身子。

『天這麼冷，不要濫用蕪菁甘藍！我馬上讓人往木屋的草房送幾捆乾草和一袋燕麥來。這也許可以留住昂霍爾德，免得牠再往南去。』

對迪弗熱來說，春天到來的標誌是他遇到的一次小事故，雖然不到二十四個小時集中營裡的人就把事情忘了，但它卻改變了迪弗熱對自身和對自己在東普魯士的命運所持的看法。

蕃紅花已開始從殘雪的硬殼中探出身子，每天夜裡，都可聽到野雁的歡叫，牠們集結在庫爾蘭的哈夫地區的潟湖上，等待著春天的氣息把牠們推向更北的地方。幾個星期前，迪弗熱不得不交出他的忠實的馬其魯斯卡車，換來一輛破舊的歐寶，這車用的是煤氣啓動，凡裝有汽油發動機的汽車從此全都交給戰鬥部隊使用。這一措施說明希特勒不久就要發起新的軍事行動，眼下也有這方面的消息在流傳，可迪弗熱對此無動於衷，覺得換了汽車，倒又有了一根連結他與普魯士森林的紐帶，如今，森林中的木材給他提供了出遊的動因。他在這項無疑是限制性的倒退措施中預感到德國已經朝毀滅與倒退邁出了第一步，必將使這個不可一世的戰勝國落到他的水平、他的掌握，甚或——誰知道呢？也許會有那麼一天——在他的任意支配之下。

寒冬過後，木棚需要翻修，迪弗熱便被派往較遠的北部地區的埃爾茲瓦爾德大鋸木場去裝運木板。他沒費什麼氣力，便在那兒發現了特有的風光與氛圍，昂霍爾德簡直就是這種風光與氛圍的最純粹的化身：這兒的土壤比他來東普魯士以來所看到的所有土地都含有更多的沙質，也更易流失，泥土四處飛揚，有的落到水中，有的飛往天上，天邊永遠是淡藍色一片；地面也是那麼不結實，不得不給馬匹安上寬底板的木蹄，給馬車配上傳送帶似的寬木輪。爲了對付春、秋兩季的洪水，每個農莊都備有平底小船和平底駁船。

更遠處，是一線沙丘，被狂風不倦地塑捏著，人們想方設法鎖住沙丘，在上面播種固沙草；沙丘頂上，有時可以看到一群駝鹿晃動著牠們那龐大而古老的身影。再過去，就是庫爾蘭的哈夫，那是個不深的潟湖，面積有一千六百餘平方公里，幾千年來，被梅梅爾河、代姆河、魯斯河和吉爾吉河的衝積層慢慢地積淀而成。這個巨大的死水鹹水湖與波羅的海只隔著尼赫倫地區，這是一條狹長的舌形沙土帶，長九十八公里，寬五百米至四公里不等。迪弗熱絕不可能深入極北土地的這些邊界線。但是，他卻始終不斷地夢想著這些地區，尤其是位於尼赫倫中心地帶的一個村莊，這個村莊有一個如帶翅膀的輕快名字，叫做羅西滕。那兒居住的都是鳥類學家，他們一生中從事的是觀察與保護候鳥的事業，無數的候鳥成群結隊，每年兩次從他們頭上飛過，落下紛紛的羽毛，彷彿佈上巨大的活動羽網。

迪弗熱如今重又闖入了他的王國的北部邊境地區，一路上事故不斷。車上堆著小山似的木板，幾乎遮住了駕駛室，煤氣發動機時刻有熄火的危險。但是，不管氣喘吁吁的迪弗熱有多固執，路面行駛的艱難還是最終征服了他。剛駛出一片小森林，公路便被積水所淹沒，彷彿映著一面明鏡，迪弗熱快活地驅車前進，車兩旁濺起了污水，彷彿長出兩片巨翼，浸濕了在寒冬中變得黝黑的荊棘叢。但是，他突然感到方向不對，恐懼的心理一時起了作用，他來了個急煞車。卡車滑出了二十來米，最後橫停在路當中。迪弗熱想再啓動汽車，可車輪在污泥中直打轉，隨著馬力的加大，車輪越陷越深。他只得步行來到附近的格羅斯卡吉倫村，出示了他的任務書，請村政府幫忙。當他帶著一位農工，牽著兩匹馬回到汽車旁時，夜幕已經降臨。但是，兩匹馬在泥漿中打滑，其中一匹膝蓋一彎，摔跪在泥潭中，膝關節險些受傷。除非有結實的地面，這兩匹馬才可能套上繩子把陷在爛泥中的車子拉起來。迪弗熱無奈找了警察隊，任他們安排，在一間很不舒服的破舊小屋過了一夜。第二天清晨，卡車終於被拉出了死路，可發動機就是不願啓動。他又不得不在警察隊的小屋裡過了一夜，第三天才啓程回穆爾霍，整整遲到了四十八個小時。

特施馬歇中尉接待了他，終於鬆了口氣。

『昨天在瓦爾克諾的泥炭沼澤地裡拉出了一具屍首，』中尉對他說道：『我眞擔心是你，更何況他們在電話中向我報告的情況與你長得模樣相當像。眞怪，無論在營地裡，還是在附近的村莊裡，誰也沒有報告過有人失蹤。』

迪弗熱特別注意徵兆與機緣，不可能就讓這次事故這樣過去了。有人告訴他那具屍體就放在瓦爾克諾村的小學裡，因爲復活節放假，學校裡空無一人。學校離集中營有兩公里路程。迪弗熱抓了個機會，就往那兒去了。

『請諸位注意此人手腳的纖細、臉龐的清秀，儘管額頭很寬，仍有著猛禽似的輪廓，尤其是死者的貴族氣派，與他的這件彷彿用金線織成的短披風的華麗是很協調的，與他身邊的這些物品也是相一致的，這些東西，恐怕他是想帶到彼世去使用。』

迪弗熱的到來打斷了凱爾教授的介紹，凱爾教授來自柯尼希山人類學考古學研究所，正在教室裡做報告，面前只有五、六個聽眾，其中有瓦爾克諾村的村長，一個戴著眼鏡的矮個子男人，恐怕是位小學教師——就是他驚動了柯尼希山研究所——還有牧師和幾位地方顯貴。在他們面前的一張桌子上，躺著一具半裸的屍體，顏色發灰，皮膚皺巴巴的，就像是一個皮質的人體模型，看這架式，彷彿正在上一堂人體解剖課。死者那超凡脫俗的清秀面孔上繫著一塊細薄的布，遮住了他的眼睛，布帶繫得那麼緊，彷彿嵌入了鼻根和脖頸裡。一個金色的金屬質六角星固定在蒙眼帶上，正好處在兩隻眼睛的中央。

從教授的介紹中，迪弗熱只抓住了一點，那就是死者屬於那種泥炭沼人。在丹麥和德國的北部，常常會挖掘出這類屍首，由於周圍環境酸性高，屍體保存完好，令人驚奇，村民們往往以爲是最近淹死或被人害死的。然而，這都是些古日耳曼人，他們把死者沉入泥炭沼底層的習俗可追溯到公元一世紀，甚或可追溯到公元前的年代。不幸的是，人們對這些部落了解甚微，爲澄清有關問題，不得不參考塔西佗的《日耳曼人習俗》，可凱爾教授強調指出，這部著作用的是二手資料，很不可靠。接著，凱爾請大家注意，儘管已經歷時兩千年，屍體的膚質還很好，怪不得鄉鎮的警察還取下死者的指紋，試圖鑑別死者的身分。更值得一提的是，凱爾教授親自進行屍體解剖。他通過檢查死者的肺部，足以證明此人是淹死的——再說，死者身上沒發現任何傷痕，也沒有遭受任何外力的痕跡。至於什麼原因，教授微笑著，揚揚得意裝出神祕的樣子，望著公元前的這位死者，顯示出同謀犯的神態，彷彿在與死者共享無比有味而又無法識破的祕密。接著，他盤算著沉默了片刻，然後以莊嚴的口吻斟詞酌句地又開始說道：

『女士們、先生們（並沒有女士在場），我親自檢查了我們這位偉大的祖先的胃、小腸和大腸。儘管腸胃已經壓扁，但完好無損，裡面還保留著進入的食物。因此，我得以科學地——他把重聲有力地落在這幾個字上——重新構成了瓦爾克諾人吃的最後一餐飯，那是在他死前——我可以加以證實——十二至二十四個小時內吃的。這餐飯的內容是濃湯，主要成分是一些蓼屬植物，俗稱水胡椒，還混有不同比例的傘形科植物、巴天酸模、旋花屬植物和雛菊類菊科植物。我並不眞的認爲善於漁獵的古日耳曼人平時吃的就是這種植物濃湯。更確切地說，我想這恐怕是一種舉行儀式時吃的食物，是在舉行聖祭前與教徒們共享的一種集體聖餐。

『至於死者的年代，顯然不可能確定得十分精確。但是，從屍體旁發現的金幣可以推定爲公元一世紀，因爲金幣上有提比略❺的頭像。這是我們的發現中最爲動人的一個方面。我們可以不受限制地加以猜測，此人無疑是個重要人物，很可能是位君主，他在遭受可怕但卻自願選擇的死亡之前吃的最後晚餐與耶穌的最後晚餐時間相同——說不定同一年，誰知道呢？也共在同一天，同一個時刻！——就是受難的耶穌與他的弟子相聚的最後一個晚餐。因此，在猶太與地中海地區的宗教在近東盛傳之時，類似的儀式也許正在這兒建立起了一種相似的宗教，但它純粹是北歐的，甚至純粹是日耳曼的宗教。』

他停頓片刻，彷彿被自己的話語所蘊涵的激情與重要性壓垮了。接著，他繼續往下說，但口氣不那麼莊嚴了：

『請允許我再補充說明，我們的這位祖先是在離此地很近的一片小榿木林中挖掘出來的，這種黑色的榿木，在沼澤地裡到處可見。說到這裡，我不禁想到了最偉大的德語詩人歌德，想到了他那篇最著名、也最神祕的作品，那篇題為〈檀木王〉的敘事詩。它為我們德國人的耳朵而歌唱，安撫著我們德國人的心，實際上，它是德國靈魂的精華所在。因此，我向你們建議——我一定也向柏林科學院提出建議——這個人應該以「檀木王」的名字載入考古研究的年鑑。』

接著，他吟誦道：

誰在風夜中遲遲騎行？
是父親與他的孩子……

這時，他的話被打斷了，一個農工像陣風似地衝了進來，逕自朝他奔去，低聲地對他說了幾句。

『先生們，』凱爾說道：『來人告訴我在同一個泥炭沼又發現了一具屍體。我建議諸位立即去那兒，迎接從時間的黑夜中派來的新使者。』

人們小心翼翼地刮去屍體——無疑是蜷縮著的——身上裹著的泥炭。慢慢露出了腦袋——或更確切地說，露出了右側面——彷佛嵌在泥團中，比紀念章的頭像厚不了多少。腦袋的顏色與泥炭的色彩難以分辨，好像就是直接雕塑在泥炭團上的淺浮雕。這是一張瘦小的臉，充滿稚氣與悲傷，頭上戴著一頂帽子，帽子是用三塊布粗粗地縫製而成的，給了他一種囚犯、甚或苦役犯的神態。泥炭礦工們等著教授來了以後才開始用鏝刀來對付那一大團泥炭。他們首先刮出了整個腦袋，然後是雙肩，肩上好像披著一種羊皮披風。整件衣服很快露了出來，可彷佛空空盪盪的。人們把『時間之

譯註❺：Tibere，提比略（公元前四十二年～公元三十七年），古代羅馬第二代皇帝。

黑夜的新使者』的遺體放到草地上，終於攤開了他的牧羊人披風後，果然發現整個軀體都被消解了：唯有腦袋神祕地穿越了數千年歷程。

『這樣！』凱爾下結論道：『我們永遠無法弄清這到底是個男人、女人或孩子。根據類似的挖掘結果，我傾向於假設這是位婦女。一個重要的人物往往要由自己的夫人伴隨著一起進入幽靈王國，如你們所知，古日耳曼人嚴格實行一夫一妻制。這將又是一個圍繞著「楦木王」的謎。就像他眼睛上蒙著的那塊飾著金星的布條：就我們目前所了解的情況看，無法解釋其意義。但是，我們越在時間的長河中向前進，過去將離我們越近。奇怪的是，與一百年前相比，我們今天對古代了解的情況要多得多。也許在不久的將來，我們就會得到有關古日耳曼人習俗禮儀的新的認識。不過，在楦木王那裹著泥炭的永恆之中，深藏著最爲神聖的東西，而這將永遠蒙著這個謎的揭不開的一部分。』

動身回穆爾霍之前，迪弗熱長時間地打量著那張孱弱而陰鬱的苦役犯似的小臉，在泥炭中經歷了多少個世紀的黑暗之後，太陽第一次撫摸著他。看他的樣子，彷彿他想竭力把此人的五官印入自己的記憶中，以便有機會再次相逢時，可以認出他來。

從一九四〇年秋季開始，小城拉斯登堡的居民們便被禁止進入格爾利茨森林，他們甚感奇怪，那可是個舉辦民間舞會、射擊比賽和集市的傳統場所，而且也是星期六下午舉家出遊的去處。人們平常相聚在一起、細細品嚐著點心的卡爾索夫咖啡店也被徵用了，店裡的招待人員被趕走了，住進了黨衛隊的一個排。後來，又湧來了托德特❻組織的築路隊以及一些建築公司，如『維氏與弗雷塔格公司』和『迪克霍夫與維德曼公司』等，甚至還開來了斯圖加特的『塞滕斯皮納園林設計與苗術培植公司』的大卡車。公路被拓寬了，在附近修了一個飛機場，拉斯登堡至昂厄貝格的鐵路線停止了民運。報紙上公開解釋說，在格爾利茨森林的原址上預備建一個阿斯卡尼亞化學公司的規模龐大的子公司，但是，這一解釋與工程建設的奢侈與規模不相符合。儘管人們所稱的這座『新城』始終蒙著神祕的色彩，但傳說周圍建起了一道寬三米、高一米五的鐵絲網，緊靠鐵絲網的五十米內，佈滿了地雷，巡邏隊沿著布雷區日夜巡邏。高射炮和機關炮佈滿了另兩個防區的進口，來訪人員需經過一系列檢查方可入內。除了十幾座單獨的別墅之外，『城』內擁有一個極端現代的通訊中心、一座停車場、一個蒸氣浴室、一座鍋爐房、一座電影院、幾間會議室和報告廳，還有一個軍官『娛樂場』，尤其在北側，還築有一個豪華的地堡，澆有八米厚的水泥，一道階梯通入堡內。

一九四一年六月二十二日，就在蘇聯境內瘋狂地發起『紅鬍鬚戰役』的同一天，希特勒與參謀長博爾曼及主要幕僚住進了他的新『狼穴』。德國政府的大頭目們很快在周圍的貼近處安頓下來：希姆萊佔據了格魯斯加滕的海格瓦爾德；里賓特洛甫住在施泰諾爾；司法部長拉姆斯在羅森加騰，格林爲這個求之不得的機會欣喜不已，住進了羅明騰的『獵宮』。

這一天，德軍兩百二十個師在三千兩百架飛機和一萬輛坦克的支持下，撲向蘇聯邊境，北部有芬蘭軍隊，南部有匈牙利和羅馬尼亞軍隊支援。從這一天起，東普魯士的土地在裝甲車的履帶下不斷顫抖，它的天空在轟炸機群的飛行中不斷震盪。彷彿在遙遠的東部有一種向心力量，把人、武器、馬匹和車輛組成的一個巨大漩渦有力地吸引了過去。希望的顫抖喚醒了戰俘營。這是一種徵兆，說明事局發生了變化，也許他們的命運也會改變。然而對迪弗熱來說，恰恰相反，繼冬季和春季中引人注目的發現與啓迪之後，外部世界的突變陷入了等待與成熟的階段。他駕著裝有煤氣發動器的歐寶四處奔波，隨著時間一天天逝去，他漸漸發現了德國和德國人——並學習德語——有時，

譯註❻：Todt，弗里茨·托德特（一八九一～一九四二），曾任希特勒手下的軍需部長與帝國公路總督察。

他也在集中營待著，唯一的消遣就是去『加拿大』訪問。

春風剛剛開始吹動，昂霍爾德便消失不見了，牠恐怕在繼續往羅明騰的森林總管所說的南方神祕地遷徙，彷彿牠應該在『加拿大』度過的時光已經過去，在迪弗熱身邊的使命也已經完成。說到底，昂霍爾德從遠古帶來的消息不過是醞釀了倍感動人的消息，那就是榿木王和被迪弗熱稱爲小苦役犯所捎來的消息。

十月三日，希特勒在柏林體育館發表演說，向世界宣布發起旨在佔領莫斯科、徹底消滅紅軍的『颱風』行動。整個國家再一次出現了來往不斷的人潮和車流，人越來越年輕，裝備越來越先進，亂七八糟地全都被投入巨大的戰爭火爐裡。就這樣，當首批候鳥開始在高空貼著黑雲呻吟著飛過時，迪弗熱喉嚨像卡住一般，想到了被斷送了美好年華的青年一代，彷彿在空中逃竄的是受害者孤獨的靈魂，他們爲彼世的深不可測而恐懼，爲這塊熟悉的母土而哭泣；那些青年熱愛這塊土地，但是愛的時間是多麼短促啊。

初凍使沼澤地披上了白衣，迪弗熱被召到了戰俘營的勞力調配辦公室。一個身材魁梧的男子在等著他，只見那人滿頭白髮，身著灰綠色制服，飾著鹿角徽章。迪弗熱馬上認出了他，原來就是六個月前在『加拿大』突然出現在他面前的那位森林總管。

『我需要一位會維修汽車、並協助我處理在羅明騰的一切事務的助手，』那人對迪弗熱說道：『我想到了您，您所在的戰俘營管理機關已經準備好了您的調動證。不過，我要的可不是一個奴隸。得經您同意，我才會領您走。』

一個小時後，迪弗熱與難友及特施馬歇中尉匆匆告別，上了一輛使用汽油的『賓士』重型卡車，坐在森林總管的身旁。

他們朝東南方向行駛了五十來公里，穿過了因戰爭和早臨的寒冬而僵死的鄉野。當他們抵達羅明騰自然保護區入口處的柵欄前時，天還沒有黑，只見木柵欄中間有一扇圓木搭成的大門，門楣上用哥德體刻著幾個大字：羅明騰自然保護區。

4. 羅明騰的吃人魔鬼

他左嗅右聞，說聞到了鮮肉味。

——夏爾・貝洛

他們把官方的賓士車扔在了一座守林員的屋子裡，坐上一輛狩獵用的馬車繼續趕路。馬車由一匹栗色的特拉克赫南馬拉著，這樣，可以盡量避免把機動車輛開進羅明騰保護區內，破壞自然的純潔。夜幕漸漸降臨了，他們在森林總管的房子前停了車，這是一座帶走廊的別墅，屋頂蓋著舊石板瓦，人字牆頭上裝飾著鹿角。

迪弗熱得替馬卸套，把牠牽到馬廄去，這是項新的任務，他在一位老僕人挑剔的目光下，盡最大努力完成了這項任務。老僕人是聽到車輪在院子石塊鋪成的地面上滾動的聲音，匆匆跑過來的。接著，他們給迪弗熱指了一間頂樓的小屋。然後，迪弗熱到廚房與僕人及僕人的妻子一起吃飯，有湯、肥肉、紅葉捲心菜和黑麵包等。

隨後的幾個星期裡，迪弗熱乘坐馬車或走路，陪著森林總管在保護區內的各個地方進行巡視。這個司機、馬車伕加打雜的差事，以前是僕人的兒子幹的，由於最近年輕人收到了赴蘇聯前線的動員令，才使迪弗熱有了生命的轉機。開始時，年輕人的父母對迪弗熱十分冷淡，但他們的敵意很快就耗盡了。迪弗熱感到漸漸地扮演起養子的角色，他們對他越來越親，因為他們對另一位的生命也越來越擔心。

當大門在他身後關上，第一次鑽進羅明騰那枝葉錦簇的淺黃褐色天蓋之下時，迪弗熱頓時覺得自己在一位巫師的引導下，進入了一個仙境的深處，雖然這是一位次等的巫師，但卻得到林中精靈的承認。首先接待他的，是一隻巨大的金色天鼠，牠坐在一個樹根上，翹著兩撇亞洲王子似的小鬍子，搖晃著耳朵上兩個淺色的毛刷子，笑咪咪地望著他從面前走過。接著，一對河狸、一隻白色的獵隼和一隻護送著牠的大灰狗，只見大灰狗長著兩隻帶有蒙古褶的眼睛，脊柱向後傾斜，他一看便知道這是隻西伯利亞狼，牠們往往成群結夥穿過波蘭平原，遷徙到這一帶來。但是，與仙境的精靈關係最爲明顯的，還是時而邪惡、時而吉祥的花神。森林總管指點著他注意觀察那一個個頂著白色碎花紅帽的大蘑菇，紅帽下，愛爾菲和特洛爾❶在沉睡；而嚏根草令人爲之瘋狂，每到十二月二十四日便會布滿粉紅色的花朵；還有俗稱『死人號』、張著號角的喇叭菌，雖然可以食用，但卻散發著腐臭，說明附近準有腐屍；顛茄往往能讓人脫水，瞳孔放大；牛肝菌的根部鼓鼓的，顏色深紅；特別要注意的，是斜坡上那一個個小洞穴，洞口盤根錯節，那是地下精靈的宮殿入口。看上去，這些地下精靈已經衰弱無比，滿頭白髮，但聲音卻如同雷鳴，遇到馬兒經過，便會把牠攔住，向牠大獻殷勤。

迪弗熱指望森林總管領他進入神奇的天地。也許帶領他下到崖洞中，遇到幾個從崖壁上摘下鑽石的小矮人；或領他進入荊棘和虎耳草遮蔽下的城堡裡，遇到睡在一口水晶石棺裡的美麗裸女；抑或教他把幾種植物放在一起碾碎，提煉出一種春藥或媚藥。而主宰著這片森林與這些動物的老爺給了他意想不到的發現，他那天眞而幼稚的腦袋確實感到驚訝——但並沒有失望：雖然他既沒有遇到

譯註❶：斯堪的納維亞民間傳說中的妖精。

地下精靈、沉睡的公主，也沒有見到以橡樹的空心樹幹為御座的千歲君主，但他不久被帶到了羅明騰的吃人魔鬼的面前。

羅明騰保護區總面積為兩萬五千公頃，有好幾位管理人員，他們的別墅掩映在分別由他們看護的保護區段的林下灌木叢中。但最為非凡的建築是威廉二世的『狩獵行宮』和赫爾曼．格林的『獵宮』，這兩個建築建在保護區的中心地帶，相隔兩公里。

帝王狩獵行宮是一八九一年由一位挪威建築師運來組裝而成的，實為一座令人驚奇的木結構小城堡，頂上小尖塔林立，下方迴廊曲折，統一粉刷成深紅色，既像中國的寶塔，又似瑞士的山區木屋。最為怪誕的是，建築師意欲突出其北歐風格，加長了屋脊，邊上飾以刻成龍頭的船艏像。一座聖雨貝爾小教堂、一尊與原物同樣大小的銅雕鹿像——出自凱澤的畫家、動物雕塑家理查．弗里斯之手——以及同一風格的附屬建築組成了完整的帝王行宮。

一九三六年，陸軍元帥赫爾曼．格林以普魯士政府首腦與帝國犬獵隊隊長的雙重身分控制了羅明騰，他在附近修建了自己的『獵宮』，小屋外表絕對土氣，但內部裝飾的考究是帝王的狩獵行宮幼稚的排場所遠遠不及的。這是一個四合院，四面的房子矮矮的，蓋著燈心草，中間有個院子，一半像內院，一半像迴廊。人字牆上標有古老的瑪祖卡幸運符，長有十叉的鹿角赫然入目。屋裡，一座巨大的冰磧石壁爐成了整個空間的焦點；這是一間像教堂大殿一般寬敞的起居室，明亮的大窗戶，嵌著鉛封的彩色小四方玻璃，冠形的燈燭，一根裸露的大樑如同一艘大船翻轉的船身。圍著這間起居室，是一個個房間，全都飾有護壁，但木料不同，可分別稱之為樺木室、榆木室、橡木室、落葉松室等等。在這個森林的天地裡，帝國的犬獵隊隊長大講排場，若不講排場，那就不是他了；無論他在柏林的官邸，在肖夫山的卡琳宮，還是在貝斯特斯加登的山間木屋，無不奢華至極，甚至連他專用的『亞洲號』裝甲列車也是如此，簡直就是一座鐵軌上的活動宮殿。裡面有堆積如山、豪華無比的掛氈、地毯、名畫、裘皮、小擺設、餐具、銀器、珠寶等，儼然一個大盜的老巢，什麼古玩舊貨都有，正是戰爭給這個大盜打開了顯貴的府邸與歐洲博物館的大門。希特勒與他的參謀部就住在離這兒不到九十公里的拉斯登堡的『狼穴』，這對格林來說是個求之不得的良機，可以兩者兼得，既可履行對第三帝國之王的義務，也可享受獵鹿與大吃野味的樂趣。他在羅明騰慷慨地招待四方來客，向政府的顯貴人物和盟國的國務人員大擺闊氣，往往給他們以殊榮，讓他們親自射鹿。不過，這鹿是他跟森林總管根據來賓的地位預先選定的，與他專留給自己的龐大漂亮的獵物相比，顯然要低一個檔次。

緊挨羅明騰西部的林邊，有一片土地，農民們叫苦不迭，抱怨經常有野豬從保護區裡跑出來，在莊稼地裡亂跑，糟蹋得顆粒無收。落到迪弗熱肩上的主要任務之一，就是針對農民的抱怨採取一項措施。倘若一隻雄性的老野豬死心塌地，要爲母豬打開通道，那任何圍牆——除非石牆——都是抵擋不住的，因此，當人們認眞地修補柵欄和圍籬中撞開的缺口時，心裡並不存任何指望。守林員們也爲自己的苗圃和撒播的莊稼擔驚受怕，所以主張採取徹底的措施，那就是把保護區的野豬殺盡滅絕。可是，帝國的犬獵隊隊長卻做出了迥然相異的決定。他太喜歡這胖乎乎的野獸了，這傢伙膽子大、愛熱鬧、又貪饞，什麼穀物啦、昆蟲啦或者腐屍啦，從不挑三揀四，見到就吃，他尤其歡喜牠那反覆無常的放浪習性，不像鹿和羊之類，那麼小心謹愼，凡事都講究個方法，無論出外覓食行走的小徑、經常捕食的區域，還是白天棲身的地方，全都依依不捨。帝國犬獵隊隊長命令採取截然相反的措施，那就是讓羅明騰東部森林深處變成一個愜意的所在，能夠吸引野豬在那兒呆著不走。爲此，他們設想宰馬餵野豬，馬宰了以後，當場肢解，讓野豬自己來吃。

迪弗熱覺得屠宰的差使——讓他扮演屠夫的角色——實在是一種殘酷的考驗，但恐怕也富有意義。他得去附近的村莊或種馬場——特拉克赫南就在北邊的十餘公里處——去拉被判了死刑的馬匹，與馬匹的主人坐著馬車一起去牲祭的地方。可憐的馬兒瘦骨嶙峋，往往都是精疲力竭——一旦被判了死刑，就很少餵食了——他們只能慢吞吞地往前趕。有關人員甚至把針和刺激劑交給迪弗熱，萬一牲畜昏厥，可以暫時救急。

他殺馬用的是槍，裝上七號子彈，在距離馬的耳朵五十公分的地方，從後面對準就是一槍。馬當即死亡，癱倒在地。主人遂剝下馬蹄鐵，如果馬皮還值得一剝的話，就動手剝下馬皮。迪弗熱厭惡得幾乎昏厥過去，覺得這些野蠻的行爲給人們以大屠殺的印象，在森林的一角不斷地重演，更何況他還發現自己和馬之間有著深刻的聯繫，因爲馬就是典型的承載性動物，因此，他認爲這屠殺行爲也有著自殺的特徵。一天，他回到犯罪的地點，意外地發現一群豬正在野蠻而瘋狂地糟蹋一匹屍體已經腐爛的死母馬，把牠撕開，在林間空地裡扔得到處都是。但這還算不了什麼。他還親眼目睹過一隻離群的老野豬向一匹剛剛被殺死的馬發起進攻的情景。野豬用嘴和獠牙對準馬的肛門不停地亂擊，直到整個肛門被糟蹋得像野豬頭那麼大才罷休。那匹死馬被捅得渾身是窟窿，彷彿仍顫抖著，四隻蹄子在空中掙扎。迪弗熱受到了傷害，覺得這種離奇的凌辱行爲中有著針對他的成分。

食物源源不斷地運到『獵宮』，一群僕人忙亂不堪，說明那位身爲帝國犬獵隊隊長、元帥和空軍司令的人物就要到來。當『亞洲號』裝甲列車一停在托爾明克赫南站，插著小旗的賓士車馬上迎上前去，像陣風似地把這位大人物送往仙境般的山間木屋。木屋那巨大的壁爐裡，燃著地獄般的熊熊大火。幾位膳食總管戴著白手套，把插著蠟燭的枝形燭台放在修道院裡使用的那種長條桌上，桌上鋪著精緻的白桌布，由金銀匠製作的餐具在桌上熠熠閃光；僕從們在用長柄爐暖著主人那張整個兒鋪蓋著綢緞和裘皮的大床；廚房裡，木炭正烘烤著傳統菜餚——塞肉小野豬在滴油盤裡滴著油。

森林總管是帝國犬獵隊隊長最先召來的一批人中的一位——『獵宮』裡，響徹了他那帶著巴伐利亞口音的粗喉嚨發出的發號施令聲。老人穿著他那身最好的制服，衣服緊裹著腰身，每次接見之後，他離開時總是頭昏腦脹，神色迷茫，然後把滿腹煩惱灑到與駕車的栗色馬一起在馬廄裡等著他的迪弗熱頭上。

迪弗熱第一次有幸見到帝國元帥是在寒冬季節，這次機會竟是一次事故給予的，羅明騰的主人聽得樂極了。

那次，迪弗熱趕著馬車從戈達普回來，車子由兩匹高大的耕馬拉著，車上裝著餵鹿的甜菜和玉米。馬兒吃力地拉著，防滑的蹄鐵在冰涼的路面上嗒嗒作響。迪弗熱裹著羊皮襖，只見光禿禿的樹枝連成一片，蓋著霜花，在自己頭頂上方慢慢移動。他暗暗在想，馬丁事件使自己陷入了往東方的漫漫遷徙之中，後來又導致了戰爭，隨之而至的是對過去時光的朝聖，一路上留下了令人深思的標記，如果昂霍爾德和『泥炭沼人』的出現，以及更爲具體的標記，如把使用汽油的汽車換成裝有煤氣發動器的卡車，繼又換了馬車。他帶著某種夾雜著快感的不安心情，猜度自己的人生歷程將把他引向更遙遠、更深奧的所在，引到更易受到攻擊的黑暗世界，也許最終將走入榿木王那遙遠得令人無法追憶的黑夜之中。

正在這時，他產生了幻覺，堅信自己的思想有著可怖的力量，只要想到什麼形象，就會眞有同樣的生靈出現。右邊，是高大的松樹，光禿禿的樹幹之間，飛奔著一群黑色巨獸，毛茸茸的，如同黑熊，但又駝著背，酷似野牛。迪弗熱認出這原來是一群公牛，當然是史前的那種，就如新石器時代岩洞中的壁畫所表現的，總之是些原牛，長著形如匕首的短角，濃鬃凸鼓的鬐甲。不幸的是，見到牠們出現的，不僅僅只有他自己。馬兒猛地擺脫了麻木不仁的腳步，奔跑起來，遂又瘋狂地向前衝去，身後的馬車在路上猛顚，不時斜滑。迪弗熱猶豫不決，沒有立即勒住韁繩，他和受驚的馬兒一樣，感到害怕，何況又有一群原牛出現，有切斷他們退路的危險。他數了數，第一群有十二頭，第二群有十來頭，總共約有二十二頭，但離得比較遠、跑得比較慢的那一群顯然大都是母的和小的。他們僥倖躲過了後面趕來的那群原牛，牠們很快與第一群合爲一體，黑鴉鴉的一片，實爲壯觀，如同洶湧的波濤，摧枯拉朽，把路上的一切全都毀盡滅絕。前面出現了彎道口，脫韁的馬兒無法避免倒楣的命運。失去平衡的馬車拖著一側的兩只輪子滑動了幾尺，緊接著翻倒在彎道外，但馬兒還是拖著往前飛奔，迪弗熱像球似地在雪中滾動。其中一匹馬掙脫了馬套，拖著碎裂的馬具，逃走了；另一匹還套在車子上，拚命掙扎，往車身直踢。迪弗熱急忙把馬拉開，爬到馬的前背上，以免牠也掙脫了馬套。當他扭過頭去，突然發現那群原牛老老實實地圍著翻倒在地的馬車，正在大吃甜菜和玉米。

發生車禍的那天，羅明騰的原牛之父恰好也在『獵官』——他是一位常客。這就是柏林動物園主任，路茨．海格博士、教授。正是他設想通過西班牙卡馬格島和科西嘉島的種公牛的科學交配，經過幾代的淘汰選擇，重新培育出在中世紀絕跡的原牛。他覺得自己差不多已經大功告成，徵得帝國犬獵隊隊長的准許，把這批原牛——他欣喜而學究氣十足地稱之爲『Bos Primigenius Redivivus』❷——放到了羅明騰保護區。

後來，這一大群黑原牛使保護區籠罩著恐怖的氣氛。傳說有一支自行車巡邏隊跟一頭原牛遭遇上了。當時，這頭原牛恐怕是想在附近的樹叢枝椏中找個安寧之處。牠最後把氣發在亂扔在路中的自行車身上，把車子踩了個稀爛，不管是鋼管還是車胎，亂七八糟全往角上套，然後頭頂著這些戰利品，得意忘形地離去。

當格林聽到了迪弗熱的遭遇，樂得無法形容，非要召見他，聽他親口講一講自己的故事。於是在第二天晚上，迪弗熱來到了『獵宮』，只見他把鬍子刮得乾乾淨淨，身著綠色制服，腳蹬黑色皮靴——這全都是一位個子與他差不多的守林員死後留下的。既然帝國犬獵隊隊長都瞧得起他，同行人員對他自然都很敬畏，他跟他們一起在廚房裡細細品味，用了一頓豐盛的晚餐。主子們圍著巨大的壁爐，抽著雪茄，喝著美酒，正在編造離奇的故事，等到他們興致上來，迪弗熱被叫了進去。

儘管大家都身著制服，但是帝國犬獵隊隊長的穿著與眾不同，加上他身材魁梧，顯得神采煥發，相比之下，圍在他身邊的賓客全都黯然失色。雖然椅子十分寬敞，但他那重達一百二十七公斤的軀體還是沒有全擠進去。這是一張古老的太師椅，鏤刻的靠背在他的頭頂和雙肩處形成了一個呈孔雀尾狀的光暈。他穿著一件白襯衫，襯衫飾著花邊，袖口擺動著，上面蓋著一件淡紫色的麂皮服，像是祭披似的，露出一條沉甸甸的金鏈，金鏈的末端晃動著一顆鴿子蛋大小的綠寶石。

在迪弗熱這個法國人眼裡，這種炫耀本來是無法容忍的，但是，德國語言在這些人物和他之間豎起了一道難以穿透、模糊不清的屏障，淡化了他們的粗俗，同時也使他得以用對一個德國人來說無法容忍的詞語和聲調與帝國的第二號人物說話。

迪弗熱不得不準確地敘述遭遇的時間與地點、原牛的數目、出現的方向、馬的反應以及他本人的態度等等——每聽到一個新的細節，帝國犬獵隊隊長都笑得直拍大腿。接著，他們拿迪弗熱的眼鏡開玩笑，說他透過那付『放大鏡』，也許把野兔錯看作巨大的原牛了。迪弗熱第一次發現了第三帝國的老爺們的好惡之一，發現了他們對眼鏡的憎恨；在他們看來，眼鏡象徵著智慧、知識與思辨，簡言之，是猶太人的具體體現。然後，『原牛』之父路茨·海格博士、教授做了解釋，說事情實在矛盾，只要這些原牛身上還留有馴化的痕跡，就存在著危險。因爲牠們出生時是圈養的，所以這麼多年來，牠們都害怕人，見到人就逃得遠遠的，逃到人們發現不了牠們的地方。直到今天——

譯註❷：拉丁語，意思爲『重新培育的原牛』。

不過也只是牠們新的野蠻生活的開始——牠們還不明白為何突然把牠們拋棄在冰封的森林裡，幾乎都找不到吃的，可這個地區明明有不少豐富的牧場和富庶的農莊。牠們曾不只一次衝出藩籬，闖進馬廄和乾草房，大吃乾草，路上要是撞到稚嫩的小牛犢，也從不放過交配的機會。海格教授最後做出結論道，在原牛對人們的侵犯行爲之中，滿含著棄兒的怨恨和辛酸，法國人的遭遇就是個最好的證明。

但是，羅明騰的獸王是鹿，得採取驅趕與潛伏並舉的方式才能獵獲——只有在茂密的森林中，才能採取這種方式——在帝國犬獵隊隊長的眼裡，鹿是他崇拜的對象，而這份崇拜之中，夾雜著愛、祭與食的成分。這種崇拜有著它的一套神學理論，對圈外人來說是玄奧難解的，其要素就是對脫角的確認與解釋，尤其是對獵獲之鹿的鹿角所得『分數』的評估，但至少要等鹿死後八天才進行評估；這段時間裡，鹿角晾在一間燒火加溫的屋子裡，而所謂的評估委員會全由官方的犬獵隊員組成。

冬季就要過去，迪弗熱的主要任務是在喬林和矮林中撿鹿換下的脫角，在這個季節尋找脫角是很關鍵的，因爲最老的鹿正是在二、三月間換角，而最幼的有時則要等到入夏時分才脫角。這項任務也相當艱鉅，因一頭鹿的兩隻角的脫落時間一般要相差兩、三天，因此，一旦發現了一隻鹿角，就非得經過細細尋找，才能找到另一隻，不然，一隻角就一錢不值。雖然迪弗熱做得很認真，而且對尋找鹿角也越來越有興致，但要是沒有那兩隻經過特別訓練的獵狗的幫助，那他也絕不可能出色地完成這項任務。那是兩隻粗毛短絨的長頭獵狗，是趁格林不在保護區的機會從鄰縣運來的——格林的怪癖之一，就是恨狗，不能容忍牠們的出現——牠們可謂立下了奇功。更令人吃驚的是，森林總管的鑑別才能，只要把鹿角送到他面前，他可以毫不猶豫地辨認出這隻是忒奧多的四年角，那隻是塞爾讓的七年角，或是老波塞東的十年角。每頭鹿都有一塊掛脫角的牌子，脫角按年份置放，從下往上有秩序地各佔其位，掛放的形狀就像金字塔，塔尖上有的存放著十一年角或十二年角，直到老鹿被殺，砍下鹿頭餵獵犬爲止。

根據通知，帝國元帥將於這天上午的結束時分到來，一支獵號隊集合在『獵宮』前，準備在元帥下車時吹號迎接。迪弗熱和森林總管把自帝國犬獵隊隊長上次逗留之後撿到的鹿角全都擺放在一張桌子上。這一隻隻鹿角構成了羅明騰最準確、最深刻的生活日曆，這些鹿角的辨別往往是守林員們與帝國犬獵隊隊長進行熱烈爭論的焦點。更重要的是，通過這些鹿角，可以了解到這隻或那隻鹿的不同生長時期與鼎盛期，從而準確地確定殺鹿的季節，因爲鹿一旦到了生長的頂峰，第二年就勢必要開始『走下坡路』。

插著小旗的賓士車駛進了通往『獵宮』的大道，始終保持立正姿勢的獵號手們正準備奏樂，可突然發現汽車前面有一位副官朝獵號隊奔來，一邊喊叫著：

『別吹獵號！獅子討厭！』

眾人愕然，他們一時納悶，這『獅子』是否『鐵人』自封的又一個綽號，本來這是他最喜歡的音樂，可突然間又這麼討厭，該做何解釋呢？

龐大的轎車緩緩地停了下來，四扇車門同時打開，只見從一扇後車門裡滑出一個淺黃褐色的、長長的軀體，一隻獅子，是隻眞正的獅子，繫著一根皮繩，帝國元帥拉著繩端，他顯得快活而又笨拙，身上裹著雪白的軍服，圓滾滾的，簡直就像個圓球。

『巴比，巴比，巴比，』他穿過院子，一路吆喝著，被那隻因受到驚嚇、眼睛只盯著地面的巨獸拉著往前走去。末了，下人們一陣慌亂之後，他倆消失在房子裡。

下人們急得團團轉，到處尋找屋子，以便讓獅子有個暫時安身的地方，最後把格林專用的浴室改成了獸欄，按照所有貓科動物的習性，運來了一獨輪車的沙，撒在淋浴池裡，使獅子有塊鬆軟的地方拉屎撒尿。不一會兒，帝國元帥從屋裡走了出來，面對號手，以立正姿勢聽著號手們幾個星期以來專門爲他排練的歡迎曲。接著，他一抬鍍金的藍杖，表示謝意，遂鑽進自己的房間更換衣裝。一個小時後，他跟森林總管慢慢地商議，一邊擺弄著鹿角，根據這些鹿角，來決定夏季和冬季的狩獵計畫。

晚上，迪弗熱有幸目睹了一幕，像一幅色彩簡練而又刺眼的埃皮納勒畫深深地刻在了他的腦中：格林身著一件雅致的淺藍色和服坐在餐桌前，面前擺著半頭野豬，手中正高舉著一隻野豬腿，彷彿舉著赫拉克勒斯的大頭棒。獅子就坐在他的身旁，猛烈地盯著那塊在牠頭上方移動的獵品，可當獵品朝牠的方向靠近時，牠卻拿不定主意，慢慢地把嘴往前湊幾下。最後，帝國犬獵隊隊長大口地啃咬起來，一時間，他的整個面孔消失在巨大的野豬腿後面。接著，他滿嘴塞得鼓鼓的，把野豬腿遞給了獅子，獅子跟著張牙猛咬。就這樣，那塊獵品在兩個魔鬼之間正常地來回移動，只見兩個魔鬼滿含深情地相互凝望著，一邊大口大口地咀嚼著散發著麝香味的黑色野豬肉。

根據來賓的地位分配獵殺的鹿，這對森林總管來說，是最殘酷的考驗，常常引起激烈的紛爭，而他只能忍受著。陸軍元帥馮．布勞希奇就造成了一場類似的悲劇，主要原因是帝國犬獵隊隊長對保護區內的鹿極爲珍惜。德軍的最高首領是深夜出發的，由鄰縣的一位守林員陪著，此人發現了一隻鹿的蹤跡，從鹿蹄看，這隻鹿長有十隻叉角，很可能是那頭『好鬥鹿』。帝國犬獵隊隊長出門的時間稍晚了一些，他跟森林總管一起出發，看準了兩隻『美角鹿』，朝牠們的躲藏處方向趕去，根據牠們的脫角，這兩隻鹿已經被他們指定爲獵殺的目標。等帝國犬獵隊隊長回到『獵宮』時，夜幕已經降臨，只見他的後車廂裡裝著一隻長有十隻叉角的老鹿和一隻剛長滿十個叉的六歲雄鹿，鹿角呈掌形，漂亮極了，老鹿的叉角狀若燭台，另一隻的則有點兒凹形，宛如一隻手，長著三根手指。帝國犬獵隊隊長神采煥發，走進房間，準備換裝用晚餐。一個小時後，又傳來了布勞希奇狩獵歸來的馬車聲。

按照慣例，每遇到這種場合，都要於子夜時分在『獵宮』的內院裡架起火盆，用多樹脂的木柴把火燃得旺旺的，舉行『冷餐』慶祝儀式。痛痛快快地大吃一頓之後，獵手們來到了三隻鹿的面前，按照規定，這三隻鹿按大小次序排列。帝國犬獵隊隊長朝鹿瞥了一眼，馬上朝最大的那隻『好鬥鹿』俯下身子，只見鹿的頭上長著二十二個叉角，至少有九公斤重。他用手撫摸著佈滿鹿角的小珠、根部的硬瘤和叉角上明顯的細紋。他還用指間觸摸著鹿角側枝和枝角鋒利的尖頭，那宛如象牙的潔白色澤與鹿角主幹的棕褐色適成對照。當他站起來時，愉悅的神色在他那張娃娃臉上消失了，只見他抑鬱地噘著嘴，下嘴唇鼓凸著。

『這正是我愛獵殺的一種鹿。』他大聲說道。

十二位獵號手已經排成了弓形，在森林總管的指揮下，奏起了表示獵物已被獵犬圍住的號角聲。森林總管光著腦袋，莊嚴地宣讀獵手與獻祭之鹿的名字，最後說了幾句表示謝忱與再見之類的話，做爲結束語。號角重又奏起了那嘶啞而又模糊不清的樂聲，以慶祝這天的結束；迪弗熱藏在木迴廊的黑影中，在腦海中搜尋著被這一野蠻而又如泣如訴的樂聲喚起的往事。他彷彿重又置身在聖克里斯多夫的天棚裡，諦聽著那遙遠但卻絕望的死神的呼喚聲；繼而又回到納伊，回到那輛破舊的奧茲基斯車中，竭力捕捉他偶然耳聞到的某個聲音，但它卻像長槍一樣，猛地刺破了他的心。在今晚的號角聲中，有著某些和音，和那個聲音存在著不可置疑的親緣關係，但這是一種間接、旁屬的親緣關係，彷彿是人爲的。然而在這天夜裡，他隱約感覺到以後一定會聽到那純粹狀態的哀樂聲，而那將從古老的普魯士大地發出的哀樂聲恐怕不會是爲鹿而奏響。

『這正是我愛獵殺的一種鹿！』格林咄咄逼人地又重複了一句，語氣也更加重了。

森林總管恰好站在他的正對面，格林一把抓住他的上衣翻領，給了他一個耳光：

『你讓客人獵殺最漂亮的動物，可我卻只能滿足於次等的野獸！』

『可是，帝國犬獵隊隊長先生，』森林總管聲音失真地囁嚅道：『陸軍元帥馮‧布勞希奇是軍隊的最高首領！』

『蠢蛋！』格林鬆開手，轉身離去之前，衝著森林總管罵道，『我跟你說的是鹿！要知道，鹿分兩種：一種是我帝國犬獵隊隊長的！其餘才是別人的！好好學著，別把牠們混淆了！』

帝國犬獵隊隊長最珍貴的鹿之一無疑是岡代拉布爾，森林總管幾乎逐月記錄下牠的情況，它很有希望成爲羅明騰的鹿王。一天晚上，格林裹著厚厚的衣服，像隻能似的，邁著沉重的步子，在軟軟的雪地裡一步步走著，四處搜索有人向他報告的幾隻狼的蹤跡，突然，岡代拉布爾像幽靈般出現在覆蓋著冰霜的枝葉叢中。只見牠酷似一尊深暗的烏木雕像，在牠那肌肉發達的脖頸上方，高聳著一叢側枝，總共有二十四支，如同水晶玻璃的線條，分布極爲均勻。牠高大而挺拔，猶如一棵大樹，一棵有著生命氣息的活的大樹，長著箭頭似的耳朵，明鏡般的眼睛，正視著對面的三個人。帝國犬獵隊隊長那下垂的臉頰開始抖動了起來。

『這是我這一輩子最漂亮的捕殺目標，我還從來沒有見到過這麼漂亮的鹿角！』

他合上了槍栓，顫抖的前臂托著槍，然後慢慢地往肩膀部位移去。就在這時，森林總管不由分說地出面阻擋格林這一瘋狂的慾望，令迪弗熱大爲吃驚。

『帝國犬獵隊隊長先生，』森林總管對他說道，聲音相當響亮，以便讓鹿趕快逃走，『岡代拉布爾是羅明騰最漂亮的種鹿，再讓牠活一個季節吧！牠是我們保護區的未來！』

『可您知道我可能會有多大的損失嗎？』格林大發雷霆，『牠至少有四百磅，頭上的角差不多有二十磅！要是遇上一隻跑得比較快、比較好鬥的小鹿，牠說不定就會被捅破肚子。您知道牠換角以後會怎樣嗎？』

『牠的角會更漂亮，元帥先生，更珍貴，我三十年的森林管理生涯告訴了我這一點。至於牠的生命，我以自己的生命擔保，牠絕不會遇到不測！』

『讓我打！』格林一把把他推開，毫不退讓地說道。

可是，待他舉槍瞄準時，岡代拉布爾已經無影無蹤。樹枝沒有發出任何聲音與動靜，牠就這樣不留痕跡地逃走了，彷彿高大的喬樹把牠吸走了，就如一個活的幽靈。帝國犬獵隊隊長怒氣沖沖，不知道他會怎麼發作，幸虧森林總管有先見之明，了解他的火氣，知道怎麼對付，趕在夜幕降臨之前，匆匆把他領到數公里外的一個背斜谷，那裡，高高的歐石南遍地叢生，還有茂密的小榛樹，幾乎難以穿越。眼前出現了一條斜坡，通往下方一個類似馬戲場的谷底，為了穿過這片黑刺荊棘叢，帝國犬獵隊隊長不得不匍匐爬行，悶不住又大罵了幾句。他上氣不接下氣，終於爬到了荊棘叢中的一塊鍋形空地，得以跪起身子，用望遠鏡觀察谷底的情況。猛然發現足足有三十來隻鹿，擁擠在一起，躲藏在陡峭的斜坡上，那喘出的氣息如同細霧，裊裊地升向冰冷的天空。不等第一聲槍響，一隻看去像是領頭的不育的老母鹿便已發出了警報。他們三人處在順風方向，方才響起的也許只是某個聲音在山坡上的回響，可是上當的母鹿逕自朝他們衝了過來。第一顆子彈阻擋住了一隻兩歲的幼鹿，但瘋狂奔跑的鹿群並沒有放慢速度，只見牠們從幼鹿身上飛躍而過。帝國犬獵隊隊長瞄準就是一槍，彈殼往外一跳，旋轉著落在腳下。他繼續細看著，不斷瞄準、射擊，發出歡快的格格笑聲。時刻跟隨母鹿的那隻十叉角鹿被射中了正前胸，一時直立起身子，接著向前一蹦，最後癱倒在群鹿前。這時，群鹿彷彿才明白退路已被切斷。牠們終於停了下來，抬起頭，張開耳朵，不料又是一聲槍響，一隻笨拙而又暴烈的小鹿應聲倒下，牠們馬上朝馬戲場似的谷底湧去。槍聲繼續在響，在狂亂的嗒嗒蹄聲中，群鹿往陡峭、冰凍的斜坡發起了衝鋒。一隻頭上長著沉重的巨角的大鹿試圖越過陡坡，但身子往後一晃，摔倒在一隻母鹿身上，撞斷了牠的脖頸。三隻小公鹿受不了這般驚嚇，氣得瘋狂地搏鬥起來，忽而直立起身子，在原地打轉，忽而在猛推之下，往後退卻，那陣陣嚎叫聲在數公里之外也可聽到。最後，牠們的角死死地糾纏在一起，再也無法分開，只得這樣絞著，活活地死去。

等大屠殺停止時，總共有十一隻公鹿和四隻不生育的母鹿躺在血泊中，冒著騰騰熱氣。母鹿一旦不能再生育，確實有必要把牠們打死，因爲牠們的發情期往往來得最早，會毫無意義地把雄鹿折磨得精疲力竭。但是，帝國犬獵隊隊長只對雄鹿感興趣，只見他高舉著闊刃矛，跑到一隻隻雄鹿面前，那笨重的模樣，實在好看。他拉開那還顫抖著的龐大軀體的兩條大腿，把兩隻手一起伸進去。右手有力地拉鋸，左手摸索著被鋸開的陰囊，取出像鮮肉丸的睪丸，白裡透紅。雄鹿被殺死之後，必須立即閹割，時間不能耽擱，不然鹿肉就會熏上麝香昧，不能食用，反正人們通常都是這麼認爲的。

這種解釋顯然荒誕不經，尤其在這個一切都是符號與古代的禮儀的犬獵領域更是如此，但迪弗熱卻接受了這種說法，事實上也値得他接受。他再次思忖，在這個東普魯士的獸國中，雄鹿佔有明顯畸形的地位，其關鍵與奧祕何在呢？他打量著格林朝天空翹起的碩大的白色臀部，只見他朝尊貴的動物俯下身子，下手玷辱。迪弗熱正準備對這個無聲的提問立即做出回答，可元帥站了起來，向他們打了個手勢，讓他們到身邊去。在他的腳下是隻『怪頭鹿』，鹿角長得極不規整，醜不忍睹，右角長著新十叉。那分叉彷彿是一氣呵成的，形狀很美；可是左角卻萎縮了，細細的，質地易碎，就像一隻兩歲幼鹿的角，直直的一根，頂部稍微開了個叉。格林已經蹲到黃褐色的巨大軀體旁，讓他的一位賓客注意觀察：畸形的鹿角往往是與畸形的睪丸相對應的；這隻鹿的睪丸果然有一個是正常的，可另一個已經萎縮。但是，萎縮的是右側的那個，在他的指間滑動，在陰囊皮下只是鼓出一點點，幾乎看不見。森林總管跟迪弗熱站在一旁，向他解釋說，鹿只要受了傷——中了鉛彈、鐵鉤或匕首——或者睪丸發育畸形，必然造成相反方向的那隻角的萎縮或畸形。因此，雄鹿的角不僅是睪丸自由、勝利的旺盛表現，而且還服從著錯位的規律；一般來說，都伴隨著充滿意義的徵兆，而這些徵兆所給予的狂熱形象是反向的，就像是鏡中的映像。

鹿角具有純粹的男根崇拜的性質，所以賦予了狩獵與犬獵藝術一種深刻得令人不安的意義。追趕雄鹿、把牠打死、取出牠的睪丸、吃牠的肉、竊牠的角、以此做爲戰利品而洋洋得意，這就是羅明騰吃人魔鬼，男根神的官方祭司的五幕劇。還有第六幕，其意義更爲重大，迪弗熱在幾個月後發現了這第六幕。

有一次，森林總管氣得失了言，迪弗熱領會了他說話的意思：格林並不是一個十分在行的獵物行家。在德國，隨便就可找到成百個獵手或守林員，他們的狩獵天賦與藝術無疑要更勝一籌。不過，他很公道，不得不做出重大的讓步，承認在一個不可忽視的領域裡，帝國元帥往往表現出無與倫比的才能與天賦，那就是在識別獵物的糞便方面。帝國犬獵隊隊長善於識別印在野獸排泄物中的所有符號，顯示出罕見的穿透力與經驗，人們完全有理由就此發問，他到底在何時何處獲得了這一切，是否純粹來自他那魔鬼天性的深處。

迪弗熱有幸看到了羅明騰主人如何發揮這一糞便學的才能，曾有過一次特別的機會，那是在春季的一個早晨，確實不見任何可以獵殺的對象，除非粗野地違反狩獵的道德，不過，地面的情況卻提供了方便，可以異常清晰地辨別出獸類的糞便。格林巴不得有炫耀自己學識的機會，遂專心致志地尋找野獸在樹根旁、矮林中以及在經常來往的小路上留下的標誌。

他賣弄地說，雄鹿的糞便只是單根的，沉甸甸的，隔一段路拉一段；可母鹿的糞便為雙根，黏乎乎的，很黑，粗細也不均勻。鹿糞在寒冬裡凍得又乾又硬，可等到春天，剛剛長出地面的野草和幼小的樹苗把它們揉得軟軟的，就像鬆軟的牛糞，扁扁的一攤。接著，夏天又增強了它們的密度，變成了金色的圓柱，一端凹，一端凸。到了九月，圓柱又像念珠般串成了一串。剛生過小鹿不久的母鹿拉的糞便往往都沾著血。最後，還得知道一點，那就是夜晚的糞便比清晨拉的要硬一些，乾燥一些，這是因為白天裡經過長時間反芻的緣故。帝國元帥毫不在乎地用拇指和食指捏著他發現的糞便，感覺其硬度，甚至把糞便湊到鼻下，以嗅出其時間的長短，因為時間越長，其氣味就越酸。

但是，鹿糞在冬天裡凍成細細的一根，可到夏天又變成一串串，像是羊糞；野豬糞在冬日形如九柱戲用的小木柱，夏天裡卻又稀糊糊的一攤；野兔屎則發乾，尖尖的，雄野兔拉的比較鬆散，顏色發黑，母野兔拉的則像個大大的圓球，油光閃亮；山鷸糞像鏡子般圓圓的，白如象牙，中間有個橄欖綠點；野雞糞一般都成團地落在牠們棲息的樹下，可大松雞的卻堆在松樹根上，還有很不起眼的兔糞，在他眼裡也同樣饒有趣味，值得評論一番。

眼前，那位胖乎乎的人物身上掛著叮噹作響的勳章，從一棵樹跑到另一棵，從一叢灌木又奔往另一叢灌木，不時發出快樂的叫喊聲，活像一個在復活節的清晨在自家園子搜尋巧克力蛋的孩童。看著他，迪弗熱不禁想起了納斯托爾，想起了那夜間充滿評論的糞便課。儘管他早已習慣了命運統一安排的一切，但是，戰爭和戰俘生活給予了偶然機遇，他得以成為男根崇拜學和糞便學專家，帝國的第二號人物的僕人和祕密的學生，對此，他還是感到驚訝。

夏天迎來了一個不尋常的賓客，此人不是軍人，個子矮小，好激動，有口才，一隻大鼻子，架著一付鏡片厚厚的眼鏡。這就是奧托．埃西格教授，他最近在格丁根大學通過了博士論文答辯，題目爲《古日耳曼與新日耳曼史中的象徵機制》，受到了阿爾弗烈德・羅森貝格的注意。這位政府的官方哲學家爲他的寵兒爭取到了這次受邀請的機會，格林本來最討厭知識分子，但還是勉強地同意了。奧托・埃西格教授在羅明騰逗留的時間很短，迪弗熱只有幸見過他一面——而且對他說的話有一半聽不懂，因爲他說得快，並且深奧——爲此，迪弗熱甚感遺憾，原因是此人詼諧幽默，動作笨拙，總是忙個不停，凡他涉及的話題彷彿都是掛在心上的。

就這樣，有一個晚上，迪弗熱聽見他在討論鹿角的不同測定標準——納德勒標準、布拉格標準、德國標準、馬德里標準等——他往往使用這些標準來測定別人送給他鑑定的鹿角，以令人吃驚的敏捷思維來比較鹿角的各種價值。迪弗熱做了紀錄，納德勒標準是最簡單，也是最經典的標準，共有以下十四個得分項：

——鹿角兩個主幹的平均長度（係數：0.5）；
——鹿角兩個側枝的平均長度（係數：0.25）；
——鹿角兩個根部的平均周長（係數：1）；
——右主幹根部的周長（係數：1）；
——右主幹頂部的周長（係數：1）；
——左主幹根部的周長（係數：1）；
——左主幹頂部的周長（係數：1）；
——側枝數（係數：1）；
——鹿角重量（係數：2）；
——鹿角長度（係數：0～3分）；
——鹿角色澤（係數：0～2分）；

——角珠的美觀程度（係數：0～2分）；
——角叉的美觀程度（係數：～10分）；
——角尖質量（係數：0～2分）。
布拉格標準還另有兩個得分項，一是鹿角第三對側枝的平均長度，二是最大枝角的美觀程度（0～2分）。至於德國標準，不計最後這一得分項，但有一個整體得分項目，係數爲0～3分。
迪弗熱已深諳鹿角的男根崇拜意義，在一個如此神祕的領域，竟有著如此準確與細膩的計算方法，他驚歎不已。獵手們往往從口袋裡掏出似乎永不離身的皮尺，滿腦子數目字，交換著脫角與鹿頭，談起這隻或那隻鹿如何有名，鹿角又如何神奇，如何在每年於布達佩斯舉辦的國際展覽會引起轟動，比如那隻叫做『火炬』的鹿，按照納德勒標準測定，竟獲得二一〇分，或者『奧西利斯』，得了二四三分的高分，只有在斯洛文尼亞打殺的一隻鹿超過牠幾分——而且其得分項是有爭議的——任何一個犬獵手都從來沒有見過如此壯觀的鹿角，其總分爲二四八點五五分。
埃西格教授趁在座的各位喘息、沉默的機會，試圖概要地介紹一下鹿角之哲學。他首先指出，在目前使用的三種測定標準中，有著純粹品質性的評價因素，尤其是對角珠或頂部分叉的色澤和美觀程度的評價，以及在布拉格測定標準中的最大枝角的美觀程度（而不是其長度）等。他認爲，這是無法用數字表示的本質部分，是任何測定標準都不可能捕捉到的具體存在因素。若從動物本身的角度進行考察，便可發現鹿角的意義已經超過了將其做爲格鬥武器的實用意義。事實也是如此，若從純粹實用性的觀點看，一隻『美角鹿』的鹿角只能得到譴責，因爲它很礙事，不方便。可是，如果說由於這種鹿角的體積與重量的緣故，在實際使用中，不可能是一種有效的武器，但事實上，一隻長有十個叉角的老鹿被一隻剛冒出鹿角的幼鹿擊死的事也並非少見。應該說，危險主要來自鹿，因爲一隻血氣方剛的雄鹿，即使面對一隻體積巨大的雄鹿，也絕不會退縮，牠的細角可以把雄鹿刺得遍體鱗傷，無可救藥。可幼鹿的情況是截然不同，這裡，便涉及到最爲珍貴的鹿角的基本功能問題：可以說，牠們往往會給幼鹿造成某種敬畏感。因此，長有最爲珍貴的鹿角的老鹿雖然因此而喪失了部分進攻能力，但卻贏得了百倍的精神威望。說到這裡，埃西格教授朝格林的方向彎了彎腰，對鹿角與元帥的權杖進行平行比較，元帥的權杖可以說是一種十分無效的戰鬥武器，但是，它賦予元帥以威望，使之在肉體上不可侵犯。因此，他下結論道，羞辱地龜縮在身體最底部、最偏僻的角落的生殖器總是把鹿往塵世拉，但是鹿角，這一純化的體現，卻高高地指向天空，使鹿渾身閃爍著威望的光芒，連盲目衝動的幼鹿也不得不歎服。

矮小的教授在其簡速中傾注了許多熱情，但卻沒有注意到迎接他的那份冷漠。他還有所不知，在他們這個社會裡，任何偏離塵世的想法與說法都會激起仇恨。他們談論起野獸的重量，特別討論了活獸的毛重與淨重，或宰殺後的重量，也就是說放到肉舖桌上去賣的淨肉重量之間存在著何種關係。埃西格對此有著自己的見解，他迫不及待地介紹了他發明的一個計算公式。他解釋說，要以活重爲基礎，求出其淨重，只需以活重的七分之四加上活重的一半，再除以二，得出的就是淨重。格林讓他再把公式重複了一遍，然後掏出一支金質活動鉛筆，在一只香煙盒上飛快地計算了一番。『那麼，教授先生，』他最後說道：『我活重一百二十七公斤，那麼放到肉舖桌上去的淨重也只有六十八公斤多一點兒。我不知道我該把這看作恥辱還是安慰！』

說罷，他拍著大腿，哈哈大笑起來，笑得像個孩子。來賓們也跟著大笑，可在他們的笑聲中，隱含著對矮個子教授的幾分憤慨與譴責。教授意識到了這一點，他試圖極力抵抗。當大家談到『駝鹿』時，他覺得有必要說一段軼聞。故事發生在瑞典，儘管國王古斯塔夫五世已有八十二歲的高齡，但每年仍然主持盛大的獵殺駝鹿活動。下面的人在私下告誡來賓，國王陛下視力差，若在獵殺時正好處在陛下的不遠處，還是謹慎爲妙，不管有多遠，只要一見到國王，就得高喊：『我不是駝鹿！』一次獵殺活動快結束時，有位尊敬的來賓就這樣喊了一聲，可喊聲剛落，他便恐懼不已，因爲他發現年邁的君主立即舉槍瞄準，朝他的方向砰地就是一槍。此人受了輕傷，用擔架抬著，表示圍獵結束的號角吹過之後，他有機會跟國王交換意見。國王深表歉意。『可是，陛下，』受傷的客人驚詫莫名地說道：『我一見到陛下，就喊了呀，我高喊著「我不是駝鹿！」但是，我好像覺得陛下聽到我喊叫時才朝我的方向開槍的！』國王思慮片刻，接著對他解釋說：『瞧您，我的朋友，我得道歉，我耳朵已經很不方便了。不錯，我是聽見您喊了，可我聽成了「我是駝鹿」。當然，我就開槍了！』

這個愚蠢的故事惹了大禍。格林對他的第一位妻子一直保存著崇敬的情感，那位名叫卡琳的瑞典女人死於一九三一年，埋葬在那座實爲陵墓的豪華的卡琳宮的地底。自她過世後，凡有關瑞典的一切，都是神聖的，矮個子教授取笑古斯塔夫五世的這段軼聞引起了令人驚愕的沉默。帝國犬獵隊隊長站了起來，一句話也沒有對埃西格說，便回到了自己的房間。埃西格恐怕不可能再見到他了，因爲第二天他要到拉斯登堡參加會議。等他第二天上路時，教授已經在保護區東端的埃爾貝斯哈根矮林中忙了足足兩個小時。陪著教授的是位森林管理員，遵照格林的吩咐，他要讓教授獵殺一隻整個羅明騰保護區最衰老、病最重、角也最醜的鹿。

不料，這天上午發生了一樁事故，在森林保護區這個小範圍內引起了地震般的效果，至於事故發生的具體情況，誰也不可能說清。在前一天，森林管理員就已探明了準備讓教授獵殺的那隻『怪角鹿』的行蹤，當他們倆乘坐獵車到達那兒時，那隻鹿像約定似的，恰好也在，當時天才剛剛亮，在松樹梢投下玫瑰色的光彩。鹿還眞的富有令人感動的誠意，出現在一小片林間空地邊，正好處在兩位獵手的瞄準線內，他們倆距鹿只有三十來米，而且居高臨下，潛伏在林邊的一座瞭望台上。森林管理員頗爲自豪，看到自己的任務將如此神速地圓滿結束，鬆了一口氣，遂向他的『顧客』示意可以射擊了。教授舉槍瞄準，可瞄了半天就是不開槍，急煞了森林管理員，擔心那隻鹿跑進萌芽林不見蹤影。槍終於響了。鹿猛地倒在地上，彷彿往地面擲去一般，可很快又有力地站立起來，排斥了被擊中要害部位的可能性。果然，他們兩人發現大粒霰彈只不過把那隻鹿的獨角——還是畸形的，細極了——打飛了。鹿一旦失去了角，便毫無尊嚴可言，形同於一隻瘦驢，加上受到槍擊的震動，驚魂未定，一時驚愕地待在原地，腦袋朝著瞭望台的方向。

『教授先生，快打，別等牠跑了！』森林管理員為他的『顧客』感到恥辱，央求道。

於是槍殺開始了，持續不停，擾得整個縣區不得安寧。一塊塊腐殖土沾著枯葉向四處飛濺，擊中的樹葉紛紛落地，樹幹上突然間裸露出累累傷痕，淨是窟窿眼。唯獨那隻驢鹿彷彿逃脫了槍殺。牠小步跑進入了林邊的灌木叢中，消失不見了，可瘋狂的槍殺還在繼續，數秒鐘後才停了下來。森林管理員爬起來，晃動著身子取暖。

『這震天的槍聲響了半天，』他悶悶不樂地說：『今天上午算是完蛋了，只有空手而歸。今天晚上，我們得喝胡椒燒酒了。』他又盡量扮出笑臉添了一句，以設法掩飾他的不快。

這是對獵手的一種懲罰，在東普魯士十分盛行，具體做法是在槍門處用漏斗往槍管裡——不得擦洗——灌有一種摻有白胡椒的燒酒，受懲罰者必須對著槍口喝這種酒。

森林管理員不耐煩地在潮濕的草叢中踱步，等著教授，不知什麼原因，教授還在瞭望台上磨蹭。突然，教授喊叫起來：『我又看到那隻鹿了！就在那邊山毛櫸林中的一塊空地裡！至少有五百米！我用子彈來打！』森林管理員沒有多加理睬，只是聳了聳肩。

最後一槍響過之後，出現了一片死寂，接著又響起教授的聲音，只見他已放下槍，換了一副望遠鏡。

『來看，森林管理員，我想肯定打中了。』

這實在離奇，可森林管理員嘆了口氣，還是不失禮貌地爬上瞭望台，來到客人的身邊。果然，透過望遠鏡，只見一片山毛櫸，一直延伸到天邊，在林間走廊般的一塊空地上，躺著一隻動物的屍體。相隔如此遙遠，即使最優秀的獵手，也可能難以射中。可是，剛才教授朝其猛擊，傾盡彈丸的黃褐色鹿體上，確實有一個顏色較深的痕跡。

他們走進了山毛櫸林。鹿彷彿在酣睡，腦袋乖乖地搭在兩隻前腿上，鹿角聳立著，如同一叢美麗無比的灌木，淡淡的色澤，宛若象牙一般，蜷縮著的軀體渾然有力，似乎是用烏木雕刻而成。鹿的身子還溫乎乎的，子彈從鹿的前身穿過。

森林管理員感到就要支撐不住身子。他一眼就認出了岡代拉布爾，這就是羅明騰的一號鹿，所有守林員都負有不可抗拒的使命，必須照顧並保護好牠。然而，埃西格這個蠢蛋卻把任何尊嚴都拋到了腦後，正圍著令人崇敬的遺體跳起了一段斯凱爾普舞❸，一邊發出貓頭鷹似的尖叫聲！可是，這方面有著明確的命令：對保護區的所有服務人員來說，帝國犬獵隊隊長的賓客是神聖的。不管犯下的過失有多大，都不該讓埃西格覺察到他屬下的大禍。因此，當他得意洋洋地回到獵宮時，還是對他熱情招待，可那一個個笑臉都抽搐著，『Weidmannsheil』❹的喝采聲彷彿是從喉嚨眼裡擠出來的，那緊縮的喉嚨連流水般的香檳酒也難以打開。

『您瞧，』他逢人就吹，『大粒霰彈不是我用的玩意兒。我是個用眞正的子彈的獵手！』

他深感遺憾，帝國犬獵隊隊長正好不在，無法與他共享快樂。本來，格林第二天夜裡就要回來，回來時十有八九是深夜，可大家都對矮個子教授發誓，這一個星期，絕對不可能再見到格林的面。整整一夜，所有人都忙著爲他準備戰利品，第二天一早就把他打發走了。不管怎麼說，讓他如此匆匆離去，他感到有點兒詫異，可他還是喜氣洋洋，愛心十足地小心護著羅明騰歷史上這隻分量最重、長得最爲勻稱的鹿角——按納德勒標準，共得二百四十分。

格林半夜才到。第二天上午十點，他上桌用早餐，有砂鍋野兔肉、燜野鵝肉凍、醋漬小野豬肉、脆皮羊肉餡餅，還有味道十分相配的燻鮭魚、波羅的海的鯡魚和凍汁鱒魚，正吃著的時候，保護區森林總管身著制服出現在他的面前，凝固的臉上顯示出男子漢竭力克制的極度悲傷。森林總管見眼前的這位胖乎乎的人物裹著一件錦緞睡袍，兩隻小腳弓在水獺皮拖鞋裡，像皇上似地端坐在那亂七八糟的菜餚面前，一時慌了神。

『今天早上，我聽到了一個好消息，』格林遂衝他說道：『矮個子教授昨天走了。您把他打發走的，幹得眞漂亮。他打了一隻鹿？』

『對，帝國犬獵隊隊長先生。』

『按我的命令，讓他打了一隻怪角鹿，患蹄皮炎的騾鹿，還是一隻生了病的老母鹿？』

『不！帝國犬獵隊隊長先生。格丁根大學的奧托・埃西格教授打死了岡代拉布爾。』

桌布、托盤、碟子和刀叉全都一掃而光，叮叮噹噹地摔落在石板地面上，發出一片碎裂聲。膳食總管聞聲趕來，只見格林緊閉著雙眼，像個瞎子似的朝前伸著兩隻戴著手鐲和戒指的胖手。

『約阿希姆，』他聲音失眞地囁嚅道：『快點，去拿雙耳爵！』

膳食總管匆忙離去，端來了一隻大瑪瑙杯，放在元帥面前。雙耳爵裡放滿了各種珍貴的寶石，格林貪婪地把雙手伸進巨爵。接著，他仍然闔著眼睛，慢慢地揉摸著那五顏六色的寶石，有石榴石、乳白石、海藍寶石、碧玉、玉石和琥珀，不得不承認，通過釋放儲存在身上的電能，這些寶石有著鎮定他的神經，使其恢復理智的功效。他一直受到吸嗎啡者特有的強烈慾念的折磨，喜歡用這付奇藥來醫治他的恐慌症，此藥有著無副作用的好處，而且與他對奢華的酷愛相一致。

譯註❸：從前北美印第安人從戰敗的敵手的腦袋上割取帶髮的頭皮（以作戰利品）時跳的一種舞。

譯註❹：德語，意思爲『祝賀您打到好獵物』。

『把鹿角給我拿來，』他命令道。

『昨天教授帶走了，他捨不得留下。』森林總管結結巴巴地說。

格林睜開雙眼，打量著他，目光中閃爍著狡黠的光芒。

『你幹的好事！你們這些人，全都巴不得我見不到岡代拉布爾！羅明騰的鹿王！那個人類渣滓，他到底是怎麼搞的！』他破口大罵道。

森林總管不得不一一細述埃西格教授那令人難以置信的獵殺經過：教授如何朝羞辱地失去了獨角的老鹿一陣猛射，森林管理員如何失望，最後一顆子彈又如何在極遠的地方射中了那隻判斷失誤的鹿，岡代拉布爾竟然會出現在保護區的東部，這確實難以解釋。這一個個天方夜譚似的情況全都湊在一起，像是下達了一道命運之令，格林緘默不語，內心痛苦而又不安，彷彿突然面臨著事物之奧祕的挑戰。

從一九四二年夏末開始，由於東普魯士區區長埃利克·科赫準備在帝國犬獵隊隊長特許給他的私人狩獵場——馬祖里湖附近的三個區域——組織大型狩獵活動，羅明騰的人便爲此而開始忙碌。這是一次規模極大的獵兔活動，預計有三千人參加，其中有五百人騎馬。拉斯登堡的全體幕僚和地方上有頭有臉的人物都將參加盛會，整個盛會以加冕獵王活動結束。

一天晚上，森林總管從特拉克赫南回來，他的英國馬車屁股後還拉著一匹巨大的黑色閹馬，肌肉突出，馬鬃濃密，肥大的臀部，活像女人的屁股。

『是給您的，』他對迪弗熱解釋道：『我早就想讓您騎馬了。區長的大型獵兔活動是個極好的機會，可我費了很大的勁兒才找到了一匹能夠承受得住您這身分量的馬！這是一匹四歲的半純種馬，有阿登馬的血統，可牠這張鉤形的面額，這身有著波紋閃光的烏黑毛皮，讓人想到野蠻的血統，儘管牠很高大。牠差不多有一千兩百磅重，包括鬐甲，至少有一米八十公分高。實際上，這是在偉大的時代期間專門駕華麗馬車的那種馬，沒有逃走的危險。但像您這樣的漢子，可以坐三個。我試過了。牠碰到障礙毫不躲避，不怕河流也不怕荊棘，嘴巴是有點刁，可要是跑起來，可不亞於一輛衝鋒的坦克。』

迪弗熱接走他的馬，心情激動不已，孤寂的內心中，感情的衝動交織著某種預感，他預感到隨著這陣陣衝動，將完成一樁樁偉大的事業。每天上午，他都按時到一公里外的老佩萊斯瑪家中去。此人原是皇家的馴馬師，他家的產業包括一個相當大的馬廄、一個馬蹄鐵舖和一個蓋有頂棚的馴馬場。迪弗熱的那匹大馬就安頓在這兒。佩萊斯瑪很高興履行自己那種馴馬之人特有的教育使命，在他的指導下，迪弗熱學習如何照料自己的馬，並學習如何騎馬。每當他站到這匹純稚的大馬身旁，撫摸著牠暖烘烘的身子，用鐵齒刷爲牠梳毛，用毛刷爲牠刷身的時候，他總感到滿心歡悅；剛開始一陣子，往往令他回想起萊茵河的鴿子和在鴿棚度過的溫暖的幸福時光。可他很快意識到這只是一種淺層的模糊的回憶，是建立在一種誤會基礎之上的。實際上，當他爲自己的坐騎擦身、梳刷時，他感受到的只是擦皮鞋、刷皮靴的那種普通的滿足感，但這種滿足感卻得到昇華，擁有了無可比擬的巨大力量。如果說萊茵河的鴿子是他的征服之物，繼而成爲他心愛的孩子的話，那麼當他對自己的坐騎傾盡關懷時，他所安撫的恰正是自身。對他來說，這是一個意想不到的發現，通過特拉克赫南的這匹巨馬，他感受到了與自身的和解，激發起對自己的軀體的興趣，並對一個名叫阿貝爾·迪弗熱的男人產生了還有些模糊不清的愛意。一天上午，太陽將一束逆光投在了馬的身上，迪弗熱發現黑如煤玉的馬毛呈現出一個個藍色波紋光圈，宛如一個個同心的光暈。這匹柏爾柏馬因此也是一匹『藍柏爾柏馬』，本該給牠起個合適的名字，現在自然就有了。

佩萊斯瑪的騎術課開始時很簡單，但也令人恐懼。馬上了鞍，但沒有馬蹬。迪弗熱必須躍身上馬，然後在馴馬場開始進行碎步小跑騎坐練習，馴馬師說，只有這種練習才能保證新騎士獲得正確的坐姿，但要經過相當長時間的訓練才行，迪弗熱累得腰痠背痛，渾身散架，會陰部火辣辣地痛。

開始時，佩萊斯瑪目不轉睛地觀察著他的學生，一副責備的神態，偶爾開口指導幾句，也毫不客氣。迪弗熱緊張得身子往前直傾，雙腳在後。眼看著就要摔下來，這活該！本來就不該這樣騎，相反，身子應該往後坐，收緊臀部，雙腳在前，後背和雙肩往前弓，以修正坐姿、保持平衡。面對這種嚴厲的教法，迪弗熱並沒有感到氣餒，但他心裡還是把佩萊斯瑪比作一個可怕的甲殼動物，永遠封閉在一個死氣沉沉的狹窄天地裡，即使裡面有什麼財富，也沒有能力去開採。可是有一天，迪弗熱改變了這種看法。那天，他跟佩萊斯瑪待在鞍具房裡，聽他談起了馬『經』，發現這位另一個時代的倖存者頃刻間變得聰明起來，富有活力，表達得恰到好處，而且繪聲繪色。威廉二世的馴馬師坐在一張高高的圓凳上，交叉著兩條瘦骨嶙峋的大腿，腳上的皮靴在空中晃蕩，眼睛戴著單片眼鏡，開始談起了騎馬的關鍵原則。馬和騎士都是活生生的創造物，因此，任何邏輯、任何方法都無法取代應該把他們連結起來的那種神祕的感應力，他要求騎士具備這一關鍵的品質，那就是對馬要有感覺。

說到這裡，他停頓片刻，以賦予這幾個字應有的價值。接著，他又談起了對馴馬的看法，迪弗熱聽得入迷，因爲他所談的，主要是圍繞著騎士的體重以及對馬之平衡的影響問題，這顯然有著承載術的意義。

『馴馬，』佩萊斯瑪開始說道：『是一項無與倫比的活動，比人們普遍認爲的要崇高得多，也微妙得多。馴馬的關鍵在於要使馬重新恢復因騎士的體重而受到影響的自然速度和平衡力。

『請比較一下馬與鹿的力量，您可以發現鹿的全部力量都集中在牠的肩膀和頸脖處。與之恰恰相反，馬的全部力量集中在牠的臀部。馬的肩部又細又瘦，而且往裡縮，而鹿的臀部也是瘦瘦的，往後塌。此外，馬的進攻武器實爲腳的踼動，力量恰好來自臀部；而鹿則是用側枝頂，力量來自脖頸的部位。跑動時，鹿的身子往前傾。這是一種前拉力。可馬相反，是用臀部的力量，從後面把自身往前推。實際上，馬的關鍵部位是臀，前面的一些器官都是臀部的補充。

『然而，當一位騎士騎上坐騎時，會發生怎樣的情況呢？請好好觀察騎士的位置：一般坐得離馬肩比較近，而離馬臀比較遠。實際上，騎士的體重有三分之二落到了馬的肩部，而我剛才已經說過，那正是馬的薄弱部位。馬的肩膀如果承受了過分的重，便會彎縮，整個脖頸、腦袋，甚至嘴巴都會因此而變得僵硬，然而，馬嘴的柔軟、靈活與敏感是一匹坐騎的價値之所在。騎士手中的馬一旦失去了平衡，出現了攣縮，便只會勉強地服從騎士的指揮。

『這時便需要馴馬。主要的做法就是循序漸進，訓練馬把騎士的身體重量儘可能往臀部移，以減輕肩部的負擔。爲此，要求騎士盡量坐在馬的後腿部位置，使牠的兩條後腿盡量往前躍，總而言之，打個比方吧！但不要濫用這個比方，要像袋鼠那樣，把全身的重量移到後面兩條腿上，讓前面的兩條腿騰空。通過各種不同的訓練，設法讓馬忘記在牠身上的騎士身體的分量，將訓練的技巧推向完美的境地，使馬恢復自然。這樣，通過建立一種恰到好處的新機制，使不正常的東西變得正常。

『因此，馬術是一種支配馬的肌肉力量的藝術，主要任務在於保證控制肌肉力量集中的臀部。只要騎士的腳後跟微微一壓，馬的髖部就必須做出偏離的反應，臀部也必須具有柔和的韌性，以賦予臀部帶動全身各個部位的力量。』

說著，大馴馬師直立著，挺起胸，強烈的目光斜射向他自己的臀部——多麼瘦、多麼扁啊！——彎成弓形的雙腿夾著想像中的一匹馬的兩側，在屋子裡不斷地急回轉，一邊用馬鞭在空中抽打著。

儘管說得抽象而又微妙，但佩萊斯瑪拿鹿和馬進行了比較而提出的看法，在迪弗熱與藍柏爾柏馬共同執行的尋找與追趕獵物的行動中得到了印證。由於沒有任何狗——一直被格林禁用——彷彿馬漸漸地領悟到了人們對牠的期待，經常表現出獵犬般的熱情，用鼻子嗅鹿的行蹤，尋找牠們在灌木叢中的足跡，似乎這兩個本來敵對的種類命中注定要進行一番較量。

一天晚上，迪弗熱在馬廄裡流連忘返，金色的影子中，飄忽著甜滋滋的馬糞味，他看著一個個分欄中波動起伏閃閃發亮的馬屁股，突然發現藍柏爾柏馬的尾巴斜斜地從根部翹了起來，裸露出整個肛門，肛門不大，捲捲的，往外鼓凸，但整個兒密不透風，往中心皺縮，宛若一只縮邊扣環錢包。剎那間，錢包張開，像照相機低速攝下的玫瑰花蕾慢慢開放，如同手套一般翻開，往外展現出一只濕潤的、玫瑰色的花冠。花冠中心，如開放的花蕾，拉出一個個新鮮的糞蛋，形狀優美，色澤光亮，一個接著一個落在墊草上，一點也沒有摔碎。排泄動作竟達到了如此完美的境界，在迪弗熱看來，這是佩萊斯瑪提出的理論的最高證明。任何馬的價值都表現在牠的臀部，這誠然有理，但正是這個臀部使藍柏爾柏馬成了排糞神、肛門神，成為了終極之神，而這正是牠的本質所在。

他漸漸全都明白了，馬之所以對人具有祖傳的誘惑力，騎士與坐騎之所以具有合二為一的完整傾向，原因就在這裡。騎士總是堅持不懈，固執地要把自己那癟小無力的屁股與寬厚巨大的馬臀合在一起。他隱隱約約地希望通過某種接觸，肛門神四射的光芒中會有某種東西給自己的排泄物帶來福氣。但是，他的希望破滅了；排泄物總是不規則，反覆無常，忽而發乾、忽而失禁，稀糊糊的，但總是臭氣熏天。唯有馬的後軀與人的下半身徹底合二為一，才可以使騎士擁有保證像馬一樣排泄通暢的同一器官。這就是半人馬的意義所在，它向我們展示了一個其肉體與肛門神合二為一的人，騎士的屁股與馬的臀部融為一體，在歡樂中鑄造出一個個芳香四溢的金蘋果。

至於馬在獵鹿中所起的極其重要的作用，其意義是顯而易見的。這是肛門神對男根神的追逼，是終對始的追捕與處決。迪弗熱驚歎不已，他再一次從中發現了令人詫異的錯位現象，在這場你死我活的遊戲中，臀部肥大、怯陣逃跑的動物變成了咄咄逼人、置敵於死地的力量，而本來富於雄性力量、擁有金字塔形生命角的森林之王，卻成了疲憊至極的獵物，枉然地苦苦求饒。

九月份，可望困住並攻克史達林格勒的大規模進攻，迫使埃利克．科赫推遲了狩獵活動。接著，嚴寒早臨，過分溫暖的秋季飛逝而去，幾場初雪一下，大家都覺得生命很快將再一次陷入冬日的死寂之中。就在這時，狩獵活動最後確定於十二月初進行，人們遂又開始了有關準備活動。可後來又不得不暫時中斷，因爲盛會的主賓格林恰好在這個日子被派往義大利，設法使搖搖欲墜的同盟國重新燃起激情。最後，埃利克．科赫區長的大型獵野兔活動終於元月三十日開始了。

元月二十五日，迪弗熱就與五百名獵兔騎士的首批人馬上了路，集中的地點爲南部的一百公里處的阿雷西城。這是一座小城，坐落在馬祖里湖區的中心。三天後，他們抵達目的地，並按行前發的借宿證，分別住進擁有馬廄的居民家中。迪弗熱穿著嶄新的服裝和皮鞋，品嘗著面臨這種景況的滋味，這竟然就像置身在被征服的國土上，征用老百姓的房間一樣。而向來，不都是德國人一直扮演征服者的角色，法國人則是戰俘嗎？當他穿著皮靴，嗒嗒嗒地行走在人行道上，看見裏著破衣爛裳的家庭主婦們在櫥窗空空的商店門前排著長隊時，他心中產生了疑問。而後，人們必恭必敬地侍候他用餐，他高談闊論，由於他帶著外國人的口音，加上他與『鐵人』有著無可爭議的關係，致使他本來就神祕的底細顯得愈加不可捉摸。

但是，在他心中沸騰的這股新的力量和這股征服的激情的眞正源泉，是藍柏爾柏馬，是他感覺到在他雙腿間生存並使他凌駕於地球與世人之上的這位巨人兄弟。在到馬祖里的長途跋涉期間，爲了讓自己的腰放鬆一下，他經常往馬的臀部躺去，仰望著純淨的淡色蒼穹在他眼上方晃動，肩胛下感覺到了正在運動的馬臀那起伏波動的肌肉。或者，他往前傾去身子，用雙手擁抱著藍柏爾柏馬的脖頸，臉頰緊貼著牠那閃爍著波紋閃光的長鬃。一次，他從一個村鎮廣場經過，廣場上有個市場，擁擠不堪，走到最稠密的人群處時，馬突然停下腳步。迪弗熱感到脊柱像齒輪絞剎一樣弓了起來，整個身子往上一抬，只聽得碎石路面上響起一陣瀑布般的聲音。馬糞濺到人群身上，人們立即閃開，有的哈哈大笑，有的高聲抱怨，可法國人迪弗熱被在他下方升騰而起的甜滋滋的熱氣所籠罩，鎮靜自若，心頭卻湧出迷醉般的感覺，彷彿是他自己——而不是別人——當著他王國的子民的面，妙不可言地減輕了負擔。

在狩獵期間，他所被指派擔當的角色並不那麼輝煌。那些徒步驅趕野兔的人，負責的是仔細搜索林木灌木叢和高低起伏的地帶；而那些騎馬驅趕野兔的人的任務，自然是搜索平原與休閒田。他們以此方法掃蕩的地區約達四百公頃（其中包括幾個湖區），所採取的不是封閉性的大圍獵方式——沒有用標牌、信號旗和獵網——而是採取『夾攻式』：驅趕野兔的人和獵人兩人一組，一人在左、一人在右，每三分鐘一組，走不同的路線，最終在同一目標匯合。就這樣，他們形成了一個巨大的半圓，兩端漸漸合在一起，由此而組成了一個個越縮越小的環形。一聽到規定的信號，獵人們便停止往圈內射擊——因爲雙方相距太近——而向圈外開槍。

在迪弗熱參與的所有大屠殺中，這次是最殘忍、最單調的。被逐出巢穴的野兔若飛箭般逃竄，但往往被反向逃命的野兔撞得無所適從。惶惑間，牠們四處逃竄，忽而突然轉向、折回原地，忽而飛身向前，把追趕者遠遠地拋在身後；忽而金蟬脫殼，忽而又雙道曲行，但這美麗的自然軌跡很快就亂成一團，隨著陣陣槍聲，變得愈加潰亂不堪。迪弗熱從這一天中掠取的最後一個鏡頭，是一塊巨大無比的白褐色的皮毛地毯，這是由一千兩百隻野兔按類排列而成的一幅獵物圖。格林獨自站在這一溫暖的墓地中間——記在他名下的有兩百隻野兔，因此而被冠以『獵王』——在他的官方攝影師面前擺弄姿勢、挺著便便大腹，右手舉著元帥杖。

第二天早上，德國所有報刊都用標以黑框的文字，宣布了馮．保盧斯元帥及其第六軍的二十四名將軍和一萬名殘兵在史達林格勒投降的消息。

憑著手中的通行證，迪弗熱在選擇回羅明騰的路線方面還有一定的自由度，他沒有走經呂克與特魯堡返回的那條直線，而是取了北道，穿越馬祖里湖區，這是整個東普魯士最嚴峻、歷史負荷最沉重的地區。這是一片荒涼的原野，佈滿低窪的沼澤地，稀稀拉拉地長著幾叢瘦瘦的楷木，此處與彼處，不時可見到由石礫堆起的隆凸，那是蘇達維人——抗擊德國侵入的最後一批斯拉夫人——埋葬死難者的地方，整個荒野彷彿在繼續權衡著鬥爭的不幸，一千年來，一次次的戰鬥使這片荒野飽含著鮮血。從老斯塔多抵抗條頓騎兵的最後戰鬥，到興登堡大敗連涅康福的兵馬，再到亞格隆打垮『白衣軍』與『佩劍團』的坦嫩貝格❺戰役，在這片廣闊的土地上，屍橫遍野，處處是淪爲廢墟的堡壘和被彈丸擊成碎片的戰旗。

穿過斯皮登湖與迪科洛湖之間那個狹長的舌狀地帶，迪弗熱一直來到了德洛斯瓦爾德村。他被一種歡悅而嚴肅的預感不斷地推向前方，這種預感賦予了他自信，他堅信一個尚不知曉、但對他來說卻又舉足輕重的目標就在他行走之路的盡端。創造歷史的龐大機器發出沉悶的喘動聲，從史達林格勒傳來，重又震撼著大地的深處。迪弗熱彷彿感到被人左右，被人指點方向、發布指令，他懷著淡淡的幸福之情，乖乖地服從。他穿過了一個村莊，村名奇妙至極——Schlangenfliess(施朗根弗里埃斯)，意思是『蛇毛皮』——他心中爲之一震。

譯註❺：即波蘭的斯滕巴爾克。

眼前是一個冰磧石崗，在這個平坦的地區中間，顯得無比雄偉。石崗上，聳立著卡爾騰堡那呈平頂形的龐大輪廓。迪弗熱是從施朗根弗里埃斯村方向來的，他看到的只是城堡的南側，就是絕壁岬角上高聳起的那一側。圍牆沿著高崗的自然曲線修建，最後落在一個巨大的高塔上，如同船艄一般；說是高塔，實爲一個高高的石建築，石塊鏽跡斑斑，塔頂上建有突堞，以突角支撐著懸空的部分。每隔一段距離，有一個加固圍牆的扶垛和凸塔。圍牆後面，可見林立的尖塔、瞭望塔、煙囪、人字牆的裝飾塔，還可見平台、風標和屋脊，無數的軍旗和焰狀裝飾旗給它平添了富有生機的輝煌外表。迪弗熱苦澀而又激動地想著，那高塔之後，肯定隱藏著一種組織嚴密的生活，由於與世隔絕而顯得緊張無比。

他策馬踏上小道，小道彎彎曲曲，伸向城堡。城堡的北側似乎處於最高峰，前面有一個廣闊的廣場，構成了城堡的前沿地帶，一位頭戴大蓋帽的老人正在掃雪。儘管圍牆上均勻地布有一個個狹小的射擊孔，入口處還有兩座尖頂圓鈍形塔，但布局仍然顯得單調而討厭，毫無生氣，只是讓那本來就狹窄的入口顯得更小了。入口由大槌護著。這是一座森嚴的城堡，沒有絲毫的美觀可言，紅黑的色彩，總之，是戰爭的武器，設計並建造它的人們並不考慮其美觀與活潑。但是，城堡的內部與其粗陋而淒慘的外表形成了鮮明的對照，證實了迪弗熱的感覺——果然，在這古老的高牆後，顫動著青春的輕捷活力。五顏六色的彩釉瓦屋頂朝一個個平台傾斜，平台上，現代的武器閃閃發光；一簇帶有卍字符號的紅旗在北風中獵獵飄揚，耳邊不時響起號角聲或歌唱的回聲。

迪弗熱與掃雪人交談了幾句，請他幫助照看一下繫在一棵樹上的藍柏爾柏馬。由於無法進入城堡，他只得沿著牆根走，準備一直走到他在山下看到的那座最大的圓塔突角形防禦工事的前面。這可不是個輕鬆的漫步場所，狹窄的小道沿著圍牆蜿蜒，常常被突出的崖石或砌體切斷，得往山腰下走，等繞過障礙再往上爬。他說不清自己到底想要幹什麼，莫非在等待著某種承認、某種證實、某種懲罰，總之，在等待著某種酷似命運的簽證的東西，猶如一個鋼印，認證迪弗熱在卡爾騰堡的使命。他在巨塔台階下終於發現了他所尋覓的東西，但是，要想得到它，必須鑽進荊棘、接骨木、鐵線藤和虎耳草叢中，石壁上垂掛下一根根常春藤，更增加了穿過這片矮樹林的難度。可這還算不了什麼。到了陡峭的突角形防禦工事前，他不得不用手一把把挖走工事前柔軟的積雪。但是，漸漸地，卡爾騰堡給予的答案顯現在他的眼前：在這個部位，工事彷彿是在一個壁龕裡挖成的，突出的砌體支撐在一尊銅質的阿特拉斯雕像的雙肩上。這位黑色的巨人在重負的壓迫下弓著腰、齜牙咧嘴，整個身子呈現蹲的姿勢，雙膝抵著了鬍髭，脖頸彎成了直角，雙臂往上伸展，固定在石塊之中。雕像的表現技法平平，散發著德國末代雕刻家凱澤那種浮華的學院派氣息。毫無疑問，這尊雕像是不久前才添加到巨塔之下的，彷彿在承載著整座巨塔和整座城堡。但是，它卻被掩埋在草木和積雪之下，在迪弗熱的挖掘下才重見了天日，在這位法國人看來，這足以證明這位提坦巨人是專門爲了他才被嵌進卡爾騰堡山腰的。

迪弗熱又下山回到施朗根弗里埃斯村，在村莊的『三劍』客棧裡坐下，面前擺著一壺啤酒，他向客棧老闆打聽城堡及其主人的情況，凡是想了解的，全都摸了個一清二楚。

東普魯士的名門望族引以爲豪的，是他們都找到了源自於條頓騎士家族的證據，正是這些條頓騎士從腓特烈二世大帝和格列高利九世教皇手中接受了這個遙遠的異教省分，使這塊土地皈依正宗。每個容克家庭都在虔誠地接續家譜，但遇到了一個棘手的問題，因爲條頓騎士都是僧侶，因此都是忠於自己的貞潔之願的，從邏輯上講，不可能會有後代。但是，卡爾騰堡伯爵的雄心更爲遠大，因爲他們聲稱自己的族源可以追溯到佩劍騎士年代，與條頓騎士相比，征服者佩劍騎士的歷史還要古老，也更勇敢。佩劍騎士團原是個宗教修會，於一一九七年由不來梅教界成員阿伯特・達卜爾多姆成立，後遵從里加主教阿伯特・德・布克斯奧威登的旨意，成爲了一個軍事團體，阿伯特．德．布克斯奧威登還給這個團體的成員規定了徽章：在白色制服的左側繡著紅呢雙劍徽章。立窩尼亞雙劍基督騎士們——這是他們的全稱——在條頓騎士進入普魯士之前三十年便征服了立窩尼亞、庫爾蘭和愛沙尼亞。由於跟俄羅斯和立陶宛人戰事不斷，他們的力量受到了削弱，於是派代表跟條頓騎士商談聯合之事。此事於一二三六年受到了教皇的確認，並在條頓大主祭赫爾曼．德．薩爾查的主持下，在維泰博舉行了聯合儀式。儘管佩劍騎士團仍爲一個獨立的軍事團體，而且還保留了立窩尼亞的領主地位，但從此之後，他們的命運便與條頓騎士的命運結合在了一起，同時，在他們的心底始終保持著隱密但卻警覺的意識：自己的出身比條頓騎士要更尊貴、更光榮。卡爾騰堡的紋章雖然有著傳統紋章的質樸，但卻令人回憶起這兩個兄弟團體的歷史。馮．卡爾騰堡的歷代伯爵們佩戴的紋章是三把呈尖頭槭狀的唇形劍，上部呈黑色。而白底的三把紅劍令人想起條頓騎士後來加入的佩劍騎士團的『雙劍』。紋章上部的黑色斜條紋恰巧爲普魯士國旗的白色與紅色增加了第三種顏色。至於那三把劍——除了提供家族的徽章之外——客棧主人神態自負地指出，在城堡最大的平台欄杆上就可以看到，它們比眞實的劍還要大，固定在欄杆上，劍頭指向天空，那個平台就在阿特拉斯塔頂，正對著太陽升起的方向。

儘管伯爵們還堅持住在城堡裡，但這艘古船已經被時間消蝕得千瘡百孔，縱然他們想方設法，盡力塡補，早在世紀初，這座城堡——是整個東普魯士最值得自豪的一座——似乎就已擺脫不了被拆除的命運。但它得以倖存，因爲威廉二世很喜歡這個重要的獵區。凱澤曾於一九〇〇年命令修復塞萊斯塔附近的上柯尼希山城堡，做爲對世世代代的西方仇敵的一種挑戰，他認爲，還應該在帝國的東界修建另一座無愧於其統治時代的城堡，以抵禦斯拉夫侵略者。城堡的整個修復工程在一九一四年戰爭爆發前不久才結束，由一批極端的考古學家評論通過，負責修復工程的也同樣是一些極端分子，他們效法上柯尼希山城堡，把卡爾騰堡修成了一個嶄新、漂亮的巨堡，不過，條頓的建築還算沒有怎麼得到現代修復工程慣有的奇思怪想的坑害，因爲四處闖蕩的騎士們當初修建這座城堡時，在裡邊融進了自己的遊歷的往事和神祕的夢想，因此，在同一座建築裡，不難看到撒拉遜、威尼斯和德國的風格因素同時存在。

修繕一新的卡爾騰堡恐怕吸引了一位衝鋒隊首領的注意力，此人名叫約阿希姆·豪普特，從一九三三年開始，便致力於創建准軍事性學校，依據的是赫赫有名的普倫皇家陸軍子弟學校的模式，後來的第三帝國的精英人物就是從這所學校出來的。『納粹政訓學校』——Nationalpolitishe Erziehungsanstalten——一般都設在征用的城堡和修道院裡，儘管一九三四年六月三十日的『長刀之夜』導致了豪普特失寵，衝鋒隊也因此而進入了蟄伏狀態，但納粹政訓學校組織卻逐年增加。黨衛軍的高級領導人奧古斯特·海斯梅耶中將接過了豪普特的事業，並繼續了下去，他把希姆萊手下人馬的控制權交給了尚存的四十個納粹政訓學校。卡爾騰堡的納粹政訓學校在理論上置於馮·卡爾騰堡伯爵將軍的領導之下，此人是卡爾騰堡家族的最後一位代表，其住房佔了城堡的一個側翼。實際上，這已是位老人，依戀於普魯士的傳統，第三帝國建立的這一新團體對他並沒有多少誘惑力——他一直固執地存有疑慮，心想從巴伐利亞和奧地利來的東西，對普魯士會有什麼好處——而且他主要關心的是歷史研究和紋章學研究，自然也就分了心，不能履行學校的實際領導權。總之，如果說只是出於對將軍的敬重，才特許給了他一個『校長』的稱號，以便他在自己的城堡裡佔有一席之地的話，那麼，實際領導權則完全歸屬於黨衛軍少校斯特凡·拉費森，他以絕無差別的統一紀律，嚴厲地管制著三十位軍事教官、五十名士官和士兵，以及卡爾騰堡的四百名孩子。

回到羅明騰後，迪弗熱在森林總管面前偶然提起了給他留下如此深刻印象的卡爾騰堡。他因此而得知那位馮·卡爾騰堡伯爵將軍也參加了科赫區長組織的大規模獵兔活動，可縱然森林總管給他提供一個個準確的特徵，在他的記憶中，就是搜索不出將軍的影子。他彷彿闖了什麼禍似的，即使他認認眞眞地履行交給他的任務，可他的精神和心靈卻始終牽掛在別的地方，飛往馬祖里湖那一帶，圍著高牆遊蕩，在那高牆之中，囚犯般的生活卻充溢著生機，發出歡唱。

早臨的春天以其醉人的溫暖感動了世間萬物。四月，他去戈達普市政廳更換證件（每月去一次）。他感到舒暢而又柔弱，宛如佈滿雛菊的幼草，猶如和熹的微風，撫摸著樺樹和榛樹和柔荑花絮，從樅樹枝上吹下藏紅色的精粉。他看見一隻麻雀在大路的熱塵中拉屎，兩個小學生嬉笑著相互碰撞，背上的書包直蹦，看去就像蝸牛的硬殼似的，面對這情景，他怦然心動，險些落淚。空中充滿了啁啾聲，彷彿一直傳到了肅靜的市政府大樓；這個地方，這天上午也出乎尋常地熱鬧。一進市政廳，衣帽間的掛衣鉤格外顯眼，只見上面掛著遮陽闊邊女軟帽、女式短斗篷、頭巾和色彩鮮艷的連指手套，地上，亂七八糟地扔著木鞋、木底皮面套鞋和小得像是孩子穿的皮靴，彷彿東普魯士森林中所有陪伴少女出入社交場所的老媼全都披紅來到了市政廳聚會。迪弗熱踏上了通往婚禮廳的寬敞階梯，被一種春天特有的美妙清新的氣息往前引去，覺得那氣息中還夾雜著胡椒和精液的味道。他最後駐足停在了一扇豪華的橡木雕門前：就在這裡，耳邊一片嘰嘰喳喳聲，彷彿像個大鳥籠，輕盈的清香有力地裹夾著他。他按了一下沉甸甸的銅門把，走了進去。

一看之下，他頓時驚愕萬分，身子難以站穩，不得不用肩膀抵著門框：屋裡擠滿了全身一絲不掛的小女孩，給裝飾著大廳四壁的灰色橡木增添了歡快的色彩。有的瘦得就像被剝了皮的小貓，有的則胖乎乎的，粉紅色的皮膚，宛如乳豬；有的個子高高的，已經發育成熟；還有的矮胖矮胖的，圓得酷似布娃娃。一個個的頭髮或編成長辮，或紮成小辮，或把辮子盤繞在兩耳的邊上，或者乾脆自由披散，在脆弱的肩胛間飄蕩，成了這些弱小的軀體唯一的遮羞物，她們都尚未到青春期，光溜溜的身子，如同香皂一般光滑。他的突然出現並未被人察覺，他輕輕地在身後把門推上，以恢復廳內空氣的密度；只有密不透風，才可以保證其密度。他半閉起雙眼，肺葉貪婪地鼓起，呼吸著自清晨以來一直追尋的美妙芬芳，在這兒，他終於捕捉到了這新生的純潔氣息，不由自主地張開了雙手，往前伸去，彷彿要採摘，要採集這一朵朵溫柔、初放的花朵，接受東普魯士饋贈的最後一份禮物。

『這兒沒有您的事。馬上出去！』

一位五官端正的日耳曼女神身上裹著潔白的護士服，神色嚴厲地逼視著他。他往後退去，打開門，好不情願地做了個退出門去的動作。

『可誰讓您進來的？』

『是因為這氣味，』他結結巴巴地說：『我不知道小姑娘身上有鈴蘭花的香味……』

一位官員給他的證件蓋了戳，向他解釋了這一迷人的聚會的原因。原來，每年的四月十九日，所有滿十歲的孩子都要接受一次身體檢查，然後編入希特勒的青年團。

『小男孩們在廣場另一側的市劇院集中。』他又補充了一句。

『可為什麼要選在四月十九日？』迪弗熱追問道。

對方不信任地看了看他。

『你難道不知道二十日是我們元首的生日？每年，德國民族都要把一整代孩子做為生日禮物送給他！』他心情激動地最後說道，一邊用食指指了指他的腦袋上方正皺著眉頭的阿道夫・希特勒的巨幅彩色肖像。

當迪弗熱踏上回羅明騰的路時，在他的眼裡，帝國犬獵隊隊長已經下降到了民間那種虛構的小吃人魔鬼的位置，都進不了祖母講述的故事之中，包括他的狩獵活動、鹿頭、獵筵，以及他的糞便學、男根學，全都黯然失色。他已經被拉斯登堡的吃人魔鬼所壓倒，拉斯登堡的那位吃人魔鬼要求其子民在他每年慶祝生日之時，都要送給他一份完整的禮物，那就是五十萬名十歲的女孩和五十萬名十歲的男孩，全都以祭品的打扮，亦即全都一絲不掛，任他揉捏成裝填大炮的肉彈。

自史達林格勒一戰以及戈培爾在體育宮發表演說，號召全體民眾踴躍加入全面戰爭之後，羅明騰的氣氛變得沉重起來。不斷有人被征召入伍，造成了新的空缺。人們對狩獵與盛筵的樂趣想得越來越少，而越來越關心在東方的那場火光衝天的大混戰，誰也沒有把握可以處在旁觀的位置。空中的轟炸開始令人擔憂，裝甲列車自然比未設防空掩體的獵宮更安全，因此，格林來保護區的次數也越來越少了。

一天，林區總管告訴迪弗熱，保護區工作人員要縮減到最低限度，因此不得不送他回穆爾霍去，由勞力調配辦公室調配使用。不過，若他有什麼願望，由於他在帝國第二號頭目身邊做過事，恐怕有可能得到實現。於是，迪弗熱提起了馮·卡爾騰堡伯爵將軍應邀參加的元月狩獵活動以及他在歸途中曾順便參觀了一下城堡的事，提出是否可以派他去納粹政訓學校當個司機或馬伕。一聽手下這位打雜工的話，林區總管甚感詫異，他平時總是那麼沉默寡言，安分守己，竟然提出如此明確的要求。

『鑑於最近的徵兵情況，』林區總管對他說道：『我想要是納粹政訓學校的領導不抓住機會，撈一個帝國元帥推荐的勞工，那才怪呢！況且還是一個不能征召入伍的勞工！我去打電話，把這事辦了。』

十五天之後，迪弗熱獲得了調往卡爾騰堡的調動證，與同時被派遣到納粹政訓學校的藍柏爾柏馬也和他一起離開了羅明騰。

5. 卡爾騰堡的吃人魔鬼

機靈的少年，你是否願意與我同行？

——歌德

灰紅色的城堡遮住了天際，城堡周圍毫不規整地聳立著相當數量的房子，像是在圍牆內四公頃面積的天地裡建成了一座建築密集、與世隔絕的小城。大門兩側有兩座塔，一座用以存放工具，一座用作守門人和他妻子的住房。一條通往主院的道路兩旁，是亂七八糟的建築，有一個蓋有頂棚的馴馬場，幾個馬廄，兩個體操房，還有醫務室、車庫、停車場、船庫、員工小樓、四個網球場、兩幢帶有小花園的小別墅、一個足球場、一個籃球場、一個可以搭拳擊台的影劇廳和一個設有各種障礙物的方形訓練場。一直到城堡附近，才見一個獵犬籠，十一隻短毛獵犬以嗷嗷的齊嚎聲迎接著從籠子旁經過的一切，另有一個存放武器彈藥的碉堡、一個發電機組和一座牢房。所有的牆彷彿在聲嘶力竭，高喊著各種格言警句，插著獵獵歡唱的旗幟和焰狀裝飾小旗，彷彿思維的能力全都已經移交給它們。頌揚增強體質的一切訓練幾個字表明了一間體操房的存在，另一間似乎予以回擊，標上了尼采的名言：切勿驅走你心中的英雄。歌德和希特勒共同存在於禮堂大門的上方。歌德的格言：恥辱不在於摔倒在地，而在於倒在地上不起。希特勒的格言：權利不是乞求來的，要通過英勇的鬥爭去獲取。

迪弗熱被這不容置辯的題詞驚得雙眼發花，對納粹政訓學校給他的初次人際接觸幾乎沒有什麼感覺。他受到了一位少尉書記官的接待，少尉看了看他的軍籍證和調動證，讓他填寫了一份詳細的調查表，上面不僅涉及他自己的情況，同樣也涉及他父母和祖父母的情況。接著，少尉把他交到了一位下士長的手中，下士長領他去看了看藍柏爾柏馬的分欄和留給他住的小房間。去小房間的路上，他們經過了城堡的軍械庫，然後登上一級級越來越窄、越來越陡的台階，來到了一條走廊裡，一個個狹小的天窗朝走廊射進光亮，正朝著走廊的，是一排房門，房間很小，是專門給被派遣到納粹政訓學校執行任務的黨衛軍士官住的。

『由於您是帝國元帥推荐來的，校長已經事先得知您的到來。他會召見您的，除非他忘記，』他寬容地一笑，補充說道：『反正不管怎麼說，上司在等著您。』

所謂『上司』，就是斯特凡．拉費森少校。他長著橢圓形的腦袋，尖塌的下巴，兩隻德國弗里斯人特有的眼睛，靠得很近，令種族主義理論家們歎爲觀止。法國人迪弗熱被帶進他在城堡底層的校長室，過了很長時間，上司的雙眼還沒有離開正看得入神的卷宗，一直到翻完最後一頁，才俯允地朝迪弗熱抬起那顆金黃色獵兔狗似的腦袋。他神情狡黠，默默地盯著迪弗熱，然後張口甩了三句話：

『您由負責總務的約希姆少尉調配使用，凡見到黨衛軍上尉軍銜以上的軍官，您都要敬禮。您可以走了。』

連迪弗熱自己都感覺到奇怪，怎麼自己就沒有多少好奇心去發現孩子們，說到底，所有這些競相顯示，喋喋不休的機構和位在其中的這些言語不多的人們，都是爲這些孩子而設置安排的。無疑地，迪弗熱在城堡氣氛的質量中感覺到了孩子們的存在，空氣彷彿凝聚在此處與彼處，無論是放在椅子上的拳擊手套裡，掛在衣架的軍人便帽中，丟在排水溝裡的皮球內，還是在亂脫在綠茵茵的草坪上的紅色外套中，都凝聚著這種氣氛。他清醒地意識到，在孩子們和他中間橫著一根隔欄，需要長時間的等待，也許才能消除它。

這一隔欄首先由保證學校正常運轉、爲學生配備的黨衛軍人員所設置，剛來幾天，迪弗熱就相當痛苦地掂出了它的分量，默默地記住這支黑軍的軍銜和陰森森一式的軍服上那些供人識別軍銜高低的細小標誌。

他必須牢牢記住，黨衛軍普通士兵的領章上沒有任何飾物，但一等兵有一條槓，下士兩條槓，下士長一顆星，中士一槓一星，中士長兩星，軍士兩星一槓，少尉三星，中尉三星一槓，上尉三星兩槓，少校四星，中校四星一槓，上校一片櫟樹葉，將級軍官兩片櫟樹葉，准將兩片櫟樹葉加一顆星，少將三片櫟樹葉，中將三片櫟樹葉加一顆星。只有黨衛軍首領——亨利希·希姆萊——佩戴的肩章飾著四周綴有一圈櫟樹葉的櫟樹花冠。

肩章式樣較少，因此很遺憾地，常常令人混淆。一直到中尉軍銜，肩章上只飾一道由六段銀線組成的線條。從中尉到上校，銀線的支數增加兩倍，組成一根細鞭。從上校軍銜開始，飾有兩根細鞭。

負責總務處的約希姆少尉胖胖的身子，臉龐紅潤，掌管著一個商店，裡面擺滿了一袋袋乾蔬菜、一盒盒牛肉、火腿、荷蘭奶酪、一桶桶果醬，還有一疊疊毯子、一包包衣服，甚至還有一捲捲敷料，總之像個舊貨舖似的，東西挺豐富，散發著一股難以說清的雜味，在這個物質匱乏的時期，眞好似阿里巴巴的洞窟，應有盡有。僅有的兩輛可以行駛的汽車分別由校長和『上司』使用，迪弗熱做的是供應給養的苦差事，分到了一輛四輪馬車，由兩匹馬拉著，馬車可以裝上側欄，甚至可以配上一套托架，支起頂篷。

迪弗熱繼續幹起他在穆爾霍就已熟悉的行當，不過用的工具更加簡陋，但卻賦予它更爲深刻的意義。確實，他從未忘記自己是爲了孩子的需要而工作，因此，他覺得自己這個供給食物的角色——Pater nutritor——又是一次陰錯陽差，實爲自己擔負的吃人魔鬼之使命的極妙倒錯。每當他卸下車上的東西，送進充滿氣味的倉庫，透過總務處裝有鐵柵的狹小窗戶時，總會樂滋滋地想到他雙手抱著或肩上扛著的這一片片肥肉、一袋袋麵粉或一塊塊黃油不久就將通過點金術，變成孩子們的歌聲、活動、肉體或糞便。他的工作因此而具備了新型的承載意義；誠然，這是由此工作衍生而出、間接的承載之舉，但在等待更好的使命之時，這是絕對不能鄙視的。

學員——稱爲Jungmannen——的總數爲四百，分爲四個百人隊，每個百人隊由一位百人隊長（Hundertschaftuhrer）領導，同時配備一名成年的輔導員，一般由黨衛軍的軍官或士官擔任。一個百人隊又分成三個分隊（Züge），每個分隊三十餘名學員，分隊又劃分成小組（Gruppen），每個小組十來名學員。分隊由分隊長領導，小組則配備有組長。每個小組在飯堂有自己的一張餐桌，還有自己的宿舍。

『從今之後，』希特勒於一九三五年在帝國黨代會上的演講中說道：『年輕的德國人將從一座學校逐漸升往另一座學校。所有孩子都將嚴加管教，直到退休的年齡都不放鬆。任何人都將不可能抱怨在他一生的某個階段曾被人拋棄不管。』不過，暫時——由於缺乏合格的人員——不滿十歲的兒童還沒有被統一組織起來。一滿十歲，小女孩便進入女少年隊，小男孩加入男少年隊。滿十四歲分別加入德國女青年團和希特勒青年團，一直至十八歲，然後進入勞動服務隊，再加入國防軍。

納粹政訓學校的學員逐年晉級，因此管理更爲嚴厲。他們十二歲進校，十八歲畢業，在此期間，一方面要接受傳統的學校教育，另一方面又根據各人的選擇，接受陸、海、空軍或黨衛軍的緊張的軍事訓練，學員中有半數以上都喜歡選擇黨衛軍。學員的招收有兩條途徑，一是自願申請，二是到市鎮小學招收。由於納粹的政訓學校的總數不超過四十座，所以自願申請的人員已經足以使學校爆滿，可這樣一來，入校的兒童將大多是資產階級子弟——職業軍人或黨的幹部子弟——然而帝國的民眾主義哲學要求儘可能大範圍地朝社會最低層開放。因此，必須儘可能提供手工業者、工人與農民的子弟佔有適當比例的統計數字。爲達此目標，要求鄉村教師們向巡回招生委員會推荐在他們看來符合候選人資格標準的兒童。被推荐的兒童集中到招生中心，接受嚴格的種族審查與體格檢查——戴眼鏡者首先被淘汰——然後還要進行體力與智力測驗。招收學員的指令反覆強調的首要素質，就是『衝擊性』（Draufgangertum）：兒童首先必須是一個『衝擊者』，換言之，他必須表現出儘可能畸形的自衛本能。倘若不具備這一特質，在參加測驗的人選看來，他們所必須接受的某些項目的考測便純粹只有自我殘害的意義；比如從十米的高處往水裡跳——不管會不會游泳——跳越設有隱蔽的陷阱的障礙，如壕溝、鐵蒺藜、水坑等，從房子的三樓往大孩子們張著的毯子裡跳，或者在數秒鐘之內挖一個單人掩體蹲進去，以躲過並排壓來的坦克車。檢測挑選是相當嚴格的，以保證學員的智力都能遠遠超過中等水平，不過由於戰爭，納粹的政訓學校的非軍事科目完成得十分糟糕。學校的教官——開始時都爲黨衛軍軍官——不斷被征召入伍，教官隊伍經常出現空缺，迪弗熱來此不久，便親眼目睹了一次教師大換班，卡爾騰堡的科學與文學教育因此而完蛋，有關的軍事教官全被換成非軍人教師。爲彌補教官大批調走的空缺，一些退休的小學教師和教授被緊急征召而來，儘管他們有決心、有水平，但在這座到處是殺人武器和格言警句的城堡中，他們仍無法改變在學員眼中缺乏威望的狀況。這些教師都上了一定年紀，而且在戰爭的緊急狀態下，他們教授的某些科目——他們中間有一位希臘語教師和一位拉丁語教師——顯得滑稽可笑，加之他們穿的是老百姓服裝，樹立不起威信，本身也無法跟上納粹政訓軍校的緊張節奏，因此處處受到頂撞、起鬨，弄得很洩氣。他們一批批相繼離去，唯獨有個名叫施奈德蘭的柯尼斯堡新教神學院學生，是個見習牧師，對任何可怕的淩辱都無動於衷，通過努力抗爭，終於在這個兒童的野獸籠中贏得了受到普遍承認的一席之地。

學校的一天從六點四十五分開始，急驟的電鈴聲在窄小的宿舍過道裡瘋狂作響。剎那間，身穿紅色外套的學員奔下樓梯，跑向大院子，進行晨練。同時沐浴室裡蒸氣騰騰，彷彿女巫師們在作法一般，然後百人隊每五分鐘一批，來此沐浴。八點鐘，全校人員身著制服在城堡前的場地上集中，舉行升旗儀式。接著，隊伍解散，學員們衝向飯堂，等待著他們的是一杯咖啡代替品和兩片硬邦邦的麵包。然後，治校有方的管理機器給百人隊下達各種科目，或上課，或自修，去操場、體操房上課，到附近野地和湖區的各個訓練點，進行馬術、划船訓練、在射擊場練習武器使用，或到軍械修理場上有關科目。

迪弗熱觀察著這架沉重的機器的運轉。由於有著鐵一般的紀律，學員又是經過嚴格挑選的，所以機器運轉正常，從無不正常的情況出現，到處是號角聲、短笛聲、鼓點聲，尤其是嗒嗒的皮靴聲。但是，給迪弗熱印象最深的，是那高昂有力的歌聲，隨時都可從清亮而嚴肅的嗓門中迸發而出，在城堡和周圍此起彼落，彷彿在遙相呼應。他在琢磨著有朝一日自己能否在這架兒童風車中獲得一席之地；在這裡，爲了一個共同的事業，兒童們的精神和肉體全被這架風車所驅動。這部機器的各個零件都完美無缺，具有可怕的力量，始終把他排斥在外，但是他知道，任何組織都有沙粒的藏身之處，而且說到底，命運一直都在爲他效力。

儘管事物的發展不以他的意志爲轉移，他在很長時間內一直被排斥在納粹政訓學校嚴峻而緊張的生活之外，但他終於找到了『校母』埃米莉・納塔太太這個附著點。埃米莉・納塔太太住在城堡的一座小房子裡，掌管著學校的醫務室。一九四〇年，她丈夫在戰爭中身亡，她成了寡婦，三個孩子中有兩個在俄國戰場的前線打仗，小兒子就在這所納粹政訓學校上學。與其說是她擔負的工作的緣故，不如說是卡爾騰堡的傳統使然，反正不管是否得到允許或有否特殊理由，大家都願意到她身邊來，或者到醫務室，或者乾脆上她家。她始終爲大家服務，她家的大門也總是爲大家敞開。迪弗熱很快成了她家的常客，磚砌的小廚房間暖烘烘的，散發著臘味和紅葉捲心菜味。他經常來到廚房間，一動不動地坐在一角，默默地長時間待著，諦聽著時光隨著大座鐘的鐘擺節奏和爐灶上燉東西的大鍋噴氣的節奏而流逝。不時有孩子像陣風似地闖進來，急匆匆地訴說自己遇到的問題——諸如消化不良、衣服撕破、有急信要寫或受到了不公正的倒楣懲罰等——得到解答後馬上離去。納塔太太是城堡中唯一的女性，她擁有一定權力，遠不僅僅是對學校的學員有著影響。士官和軍官們都尊重她的決定，大家都堅信就連『上司』本人也絕不會當面頂撞她。只要法國人迪弗熱在她家待著，總務主任約希姆就絕不會想到要斥責他。

他自然而然地產生了疑問，自問在這個以戰爭爲中心的天地裡，一個女人——尤其是她這樣一個女人——該會有怎樣的位置，況且學校到處宣揚的精神本質就是要使人類的慈愛之乳汁發酸變臭。埃米莉·納塔跟她丈夫都是斯拉夫人。她個子矮小，深色的頭髮，平常總是紮著一條色彩鮮明奪目的頭巾，在一個種族主義的聖地裡，這頭髮本來足以給她惹來麻煩，可在這兒卻反而使她顯得與眾不同，成了她在卡爾騰堡佔有特殊地位的補充象徵。從她的講話，迪弗熱絕不可能弄清她到底是否同意納粹政訓學校的思想，但是，她的一舉一動無不證明她全身心地從屬於這一思想。不過，她對植物、動物、湖泊、森林似乎有著天賦的知識——在採摘漿果和蘑菇時，總是她帶隊，不可替代——在醫護工作中，她也表現出特別的護理與醫治的天性，因此又顯得深深地植根於生活最具體的土壤之中。迪弗熱一直等到後來的一天，才開始明白箇中的原因——那天，前線傳來了納塔的一個兒子在科涅夫將軍率部爭奪哈爾科夫的戰鬥中身亡的消息——而這個噩耗在她心裡存著不現實的希望，讓她懷著荒誕可笑的榮譽感。讀到訃告的那一天，迪弗熱正好在她身邊。她沒有任何激動的表示，只是動作緩慢了一些，目光也有點兒呆滯。當她發現迪弗熱一個勁地看著她時，她終於開口低聲地說話，聲音中不帶任何色彩，彷彿在吟誦心中熟記的禱言：

『生與死，是一回事。痛恨或害怕死的人，也同樣痛恨或害怕生。因爲死是生的永不枯竭的源泉，而大自然是一個巨大的墳場，一個扼殺分分秒秒的地方。弗朗齊現在恐怕也死了，要不他也會在某個俘虜營裡喪命。不該悲傷，生育孩子的母親本來也應該有爲孩子服喪的準備。』

突然闖進一群學員，打斷了她的講話，大家圍著她，一起嘰嘰喳喳說了開來，而她沒有顯示出絲毫的悲痛，照例不讓大家失望，做了該做的事，說了該說的話。

在城堡右翼的二樓，有三間屋子，構成了奧托．布拉特森少校的領地。此人是位『教授博士』，是遺傳研究會的特派員。他蓄著細細的黑山羊鬍，長著兩隻大媚眼，上面臥著兩道似用中國墨染得黑黑的眉毛，像蛇一般彎曲著；光禿禿的腦袋呈茶褐色，身上裹著一件白色工作服，活脫脫一個靡非斯特大惡魔❶，他以罕見的純潔程度，體現著黨衛軍中實驗人員之類的形象。此人在一年前突然發跡，史特拉斯堡學院的人體解剖學教授奧古斯特．希爾特交給了他一項在遺傳研究領域極爲棘手的任務。不久前，上層有些人形成了一種看法，既然猶太人和布爾什維克構成了現存的萬惡之源，那恐怕研究猶太和布爾什維克人種的共同起源，確定其尚待探索的特徵，是一種富有意義的工作。布拉特森就這樣被派遣到帝國的俄國俘虜營執行任務，搜集既是猶太族、又是人民代表的俘虜做爲研究對象，這項任務確實讓人爲難，因爲國防軍得到的指令很明確，只要抓到蘇聯的人民代表，便就地槍決。

在整個冬季，沒人聽到有人再談起奧托．布拉特森，可在復活節前夕，遺傳研究會的領導人驚喜萬分地收到了一百五十支短頸大口瓶，上面貼著猶太布爾什維克人種的標籤，標號爲一～一百五十。在每支大口瓶裡，裝著甲醛，上面漂著一顆保存完好的人腦袋。

這一成就給他贏得了——除少校軍銜之外——東部（包括東普魯士、波蘭和被佔領的蘇聯國土）領土著名研究專家的美稱！遺傳研究會派他常駐卡爾騰堡，主持——或他自以爲在主持——學員候選人的選拔工作。

迪弗熱很快發現布拉特森和『上司』之間存在著公開的對立情緒。拉費森認爲人種學家是個陰險的寄生蟲，布拉特森則把『上司』當作一個粗野的軍人加酒鬼，可由於他們倆在黨衛軍的等級中軍銜一樣高，所以也只得相互忍著。不過，『上司』佔有上風，因爲卡爾騰堡納粹政訓學校的所有工作人員都由他管，而布拉特森卻孤家寡人，總是待在他的那個領地裡，經常落到要乞求別人幫助的地步，而別人也只能在空閒之時，才樂意幫他一把。就這樣，布拉特森不久便發現他倒可以大大利用一下迪弗熱這位法國俘虜，只要總務處工作允許，他就儘可能把迪弗熱留在自己身邊。漸而漸之，迪弗熱慢慢地熟悉了三間屬於卡爾騰堡人種研究中心的屋子：一間爲布拉特森的臥室，房間很小；一間爲辦公室；還有一間是寬敞的實驗室，漆成白色，正朝著西塔樓的平台，平台上不知爲什麼還修了一個仿大理石的水池，教授充滿愛心地在裡邊餵養了百來條金魚。

『這是Carassius auratus❷，也叫Cyprinopsis auratus，』迪弗熱第一次到這兒來時，布拉特森豎著手指說道：『此乃中國創造性生物學的傑作。要知道，迪弗熱，在這兒養這些小生靈，目的是爲了使自己牢記，那些亞洲的蠻人通過選種與配種的途徑，成功地培育出了金魚，那創造統治世界的、無與倫比的人，即Homo Aureus❸的重任就落在了我們的肩頭。您將在這兒看到的我所從

譯註❶：歐洲中世紀關於浮士德的傳說中的惡魔。
譯註❷：拉丁語，意思爲『金魚』。
譯註❸：拉丁語，意思爲『金人』。

事的一切，其目的只有一個，那就是要在給我送來的兒童身上，找到證明優選與生殖行爲之合理的金牌。』

對布拉特森來說，偉大的時刻莫過於每屆新學員進入卡爾騰堡的時刻，他總是貪婪而又迫不及待地等待著新生的到來。新生註冊後不久，都得立即來他這裡塡寫人種卡片。這位博士教授加少校在迪弗熱的協助之下，攤開他那套品種齊全的工具，包括外卡鉗、肺活量計、音色檢測計、有色試劑、顯微鏡等，開始履行職責時，則用專門的量身高器具和測體重衡器對學員進行仔細的檢測，並標號存檔。除了R．馬丁的《人種學校教科書》上規定的一百二十個傳統項目之外，他少不了還會增添一點自己的創造個性；他這人相當自命不凡，總以爲自己富於創造才能。

迪弗熱因此而了解到，就頭髮這一角度而言，人類分爲直髮型、波浪髮型或鬈髮型；至於皮膚的紋路——或指紋——主要存在三種：一種爲漩渦形，一種爲曲端形，還有一種爲弓形；根據人腿長短與上身的比例大小，分爲長腿型與短腿型；根據腦袋的長短，分爲長頭型與短頭型；根據腦袋的寬窄，分爲寬頭型與窄頭型；根據鼻子的厚薄，分爲長鼻型與扁鼻型。但是，當布拉特森談起他激動而尊敬地稱之爲『血譜』的東西時，簡直激情蕩漾。蘭德施泰納❹所發現的四種血型：A、B、AB和O型，以及後來發現的兩種RH因子：陰性與陽性，給他打開了組合微妙、變化無窮的大門。所有這些數據、標準和平均値沒有陷入死氣沉沉、毫無個性的客觀性之中，而是被一種嚴格的善惡二元論注入了活力，成爲善與惡的各種不同表現。因此，在測量人頭的水平指數時，布拉特森絕不只限於區別圓頭型或短頭型和橢圓型或長頭型。他向迪弗熱解釋說，智慧、力量和靈感屬於長頭型的人，法蘭西的全部不幸在於一直被圓頭型的人所統治，如愛德華．埃里奧、阿爾貝．勒布倫或愛德華．達拉第等。不過，出於對眞理的考慮，也迫使布拉特森承認這一規律也有特殊的例外，如好的聖皮耶爾．賴伐爾——腦袋圓得不能再圓了——和壞的萊翁．勃魯姆，毋庸置疑，後者的腦袋是長型的。

布拉特森的人種特徵表上含有一定數量的可詛咒的特徵，這些特徵構成了同樣數量的具有危害性的缺陷，這自然不足為怪。比如『蒙古斑』❺，這一處在人體臀部或腰椎部的一種藍灰色的胎斑在孩子身上較為多見，而在成人身上就比較少。『蒙古斑』在黃色和黑色人種中間比較普遍，可在白人身上就很少見，在種族主義理論家的眼裡，它構成了一種侮辱的印記，如同魔爪留下的印跡。同樣，閃米特人的六字形鼻子、印第安人的有握抓能力的腳、第納爾和亞美尼亞族的短頭顛——他們的腦袋的後部與脖頸線呈垂直狀、弓形，這些均為俾格米人的特徵——以及血液中的B凝集原等等，在遊牧、茨岡或猶太民族中比較常見。

所有這些數字分明的數據，足以進入代數公式之中，但卻不妨礙布拉特森充分使用他的第一感覺和靈感，儘管無法驗證或證明，但幾乎從不出錯。他那黑黑的眼睛總是仔細地觀察著孩子們的一舉一動，觀察他們的臉部的表情、尋常的姿態，從中得出不容置疑的結論。但是，他的偉大之處在於他的人種嗅覺，因為他認為每個人種都有其特有的氣味，因此，他有百分之百的把握，閉著眼睛就能辨別出黑人、黃種人、閃米特人或斯堪的納維亞人，而這全憑著從他們的汗腺和皮脂腺中散發出的揮發性的鹹味和濃酸味做出判斷。

迪弗熱洗耳恭聽，一邊記下朝他飛來的一個個數字，他也細心地觀察著布拉特森，與他一起使用肌力計或白洛嘉❻發明的量規；他不停地記錄，不斷地思考。誠然，黨衛軍使他厭惡至極。但是納粹政訓學校——其紀律、制服和聲嘶力竭的歌唱與他無政府主義的愛好與信念是衝突的——迫使

譯註❹：Karl Landsteiner，蘭德斯泰納（一八六八～一九四三），美籍奧地利免疫學家，病理學家。
譯註❺：或稱『嬰兒斑』、『分娩斑』。
譯註❻：Blättchen，保爾·白洛嘉（一八二六～一八八〇），法國外科醫生、人類學家。

他做出種種讓步，它顯然就像一架機器，降服並刺激著一切無辜與純潔的肉體。布拉特森的這種降服力和刺激力被他的博學多才——總是處在暴虐與罪惡的邊緣——推向了極致。而它與帝國犬獵隊隊長的男根學或普萊斯瑪的馬術理論頗有相似性，這同樣也起了作用，迫使法國人迪弗熱保持忍耐與沉默。

他的命運發展有著一致性，尤其是從鹿與馬到孩子，這一命運的突飛猛進相當清楚地向他證明了他是在自己使命的道路上前進。問題是要戰勝周圍的環境，獲得佔有布拉特森所屬領地的手段，用自己的方式來改變它，就像他當初在羅明騰那樣，善於因勢利導，獲得意想不到的、純粹爲迪弗熱式的果實。他雖然暫時還在跟布拉特森一起工作，但他堅信這位黨衛軍的博士不過是個曇花一現式的人物，遲早要消失，把位子讓給他。

正是處在這種精神狀態之中，迪弗熱自戰爭爆發以來第一次享受到了幾分清閒和某種安逸，設法弄來了一本學生作業簿，又開始寫起他那《用左手寫下的文字》。

E.S.❼ 今晨去約翰尼斯堡運床墊。不知何因，在阿道夫・希特勒大街舉行了盛大的閱兵式。人山人海。有一半人身著制服——亦即統一服裝、統一本質、清一色的呢制服、皮帶和鋼槍，難分你我——齊步向前，換言之，純粹爲同一步伐，如同一條巨大的千足蟲，在馬路上擺動著土灰色的足爪。這群人具有高超的變形術，把數百萬德國人變成了一個不可抵擋的夢遊巨人——國防軍。被夾裹進這位巨人之中的人們——就像一群沙丁魚被吞入巨鯨的腹中——已經相互黏合，成爲膠狀，正向解體的方向發展。

在另一半人群中，這一現象還處於萌芽狀態，這些人爲老百姓，彷彿五顏六色的泡沫，毫無規則地聚集在人行道上和樹下，亂烘烘一片。但是，綠色巨蟒的消化液以強烈的氣味浸入暫時還算自由的弱小生靈的體內。這纏繞不絕的悲切樂聲，這在行進中的隊伍的沉悶腳步聲，這人潮不時掀起的排浪，還有在微風中輕柔地拂動的卍字軍旗，構成了魅惑人心的儀式，深深地作用於人們的神經系統，使他們的自由意志陷於癱瘓。一種致命的溫馨勾走了他們的魂，浸濕了他們的目光，以一種稱爲『愛國主義』的美妙而有毒的魔力，使他們一動不動地站立著。Ein Volk, ein Rein, ein Führer。❽

但是，帝國這塊磐石已經佈滿裂紋，在我返回的途中，一件令人驚詫的事情在等待著我，給我提供了一個幾近喜劇性的佐證。事情發生在西加滕，這是個極小的村莊，坐落在斯皮滕湖畔。我要到村裡一位農夫家取六袋馬鈴薯。可那傢伙偏偏製造麻煩，非要讓鎮政府驗證一下我的徵調證。行！鎮政府佔據著一幢嶄新的小樓房，爲今日的新古典建築風格。我把馬車繫好，沿著牆向石階走去。這時，我從大敞的門中聽到了一個我並不陌生的聲音，用令人可怖的德語大聲嚎叫著，具有不容置辯的權威性。我停下腳步聽著。

『不錯，火車勉強還在開，現在什麼地方都已經沒有汽油，煤氣車也行不通了，』那聲音在咆哮，『但是，這一切是不難預料的事！你們這些前線的士兵，總以爲我們在後方生活優越！可我們也一個樣，天天挨炸彈，沒人管，挨餓受凍！你現在要我給你超假出證明！換句話說，想要我承擔你遲二十四個小時歸隊的責任。這可不是在一個鎮長的權力範圍之內，我的小伙子！』

面對這陣連珠炮般的厲聲責問，對方怯弱地自我辯解，結結巴巴，半天才冒出一句，聽口音，像是個鄉裡的年輕人，這一來，惹得鎮長更是火冒三丈。

譯註❼：縮略詞，即『用左手寫下的文字』。
譯註❽：德語：一個民族，一個帝國，一個元首。

往台階上走時，我心中就有了數，知道要打交道的是個什麼樣的人，我品味著約翰尼斯堡閱兵式之後命運爲我準備的這場大鬧劇。

『迪弗熱！眞想不到！』

維克多，這個穆爾霍集中營的瘋子，激動地緊緊擁抱著我，接著，他一拍身著土灰色軍裝的年輕人的肩膀，讓這個休假的士兵走，小伙子趕緊出門離去。維克多拉著我進了一間辦公室，把我往一把扶手椅上推。他一個勁地直問，我一一作答，首先一五一十地講述起我在羅明騰的情況。不過，我很快三言兩語結束了介紹，因爲我發現儘管維克多擺出一副聚精會神的神情，兩隻眼睛像螺旋似的在轉，嘴角咧著，掛著凝固不變的微笑，但對我說的實際上毫不注意。就連格林的名字——一般都具有神奇的效果——也沒有震動這張聽而不聞、卻假裝在洗耳恭聽的面具。可這又有何妨？我感興趣的，是他的經歷。

維克多先後在阿爾特德森林中當過伐木工，在穆埃爾湖當過漁夫，在弗勞恩弗里埃斯種馬場侍候過種馬，最後到了西加滕當鋸木板工人。在這一帶，漁業與鋸木業是不分家的，因爲有一家相當規模的細木工廠就是專門用木材的邊角料製作魚箱的。每天從西加滕約要外運五百公斤的鰻魚、鱸魚、白斑魚，特別是半燻製的淡水鮭魚。維克多突然情不自禁，朝我撲來，揉捏著我的雙手：

『啊，木材，老兄，到處是木材，你到處只能見到木材！』

他告訴我工廠擁有兩台基爾希納排鋸，每把有十四根鋸條，五把圓鋸，一台平衡橫鋸床、一台鑲木地板條鋸和一個銼鋸工廠。接著，他又給我講起了傳奇般的捕魚故事，比如網魚，有時用兩條船、三條船、四條船、甚至用五條船，一天就捕回十三噸魚！至於他自己，維克多，他正是靠了木材和魚才當上了老爺，成了西加滕的眞正主人。

首先是多虧了木材：每天晚上，在工廠的大工棚裡，他不顧眾人的譏笑和諷刺，孜孜不倦地用心製作一部細木鑲嵌傑作：坦嫩貝格的興登堡❾墓的模型，模型製作得絕對忠實於原型。維克多是利用了一次偶然的機遇，還是有人給他通風報信？抑或他有著預感？興登堡元帥之子，隱居在柯尼斯堡的奧斯卡·馮·興登堡將軍一天路過西加滕，維克多獲准把模型獻給了將軍，就這一下，他身價倍增，變成了另一個人。

然後是得益於魚；去年冬天，他在結冰的湖上捕魚，由於天氣突然轉暖，冰面不那麼結實。可老闆的親女兒埃莉卡——十一歲——和她的幾位同學卻冒冒失失地來湖上滑冰，不料出了事，埃莉卡險些喪命，多虧了在場的唯一的一個大人：維克多。當時，冰在融化，吃不住埃莉卡的重量，碰巧維克多在場，手裡還有根捕魚繩，才把她從冰窟窿裡救了出來。

他因此而走運，老闆讓他當了自己的右臂，因爲他是西加滕的鎮長，維克多自然成了鎮政府的祕書。此後，按照傳統的發展途徑，隨著鎮裡的男人們一批批上前線，生活條件愈益惡化，他的獨立性和權力也不斷增強。如今，就是由他分發食品卡、負責孩子的出生登記，偶爾——我剛剛親眼所見——還訓斥逾期不歸隊的休假士兵。他一邊講述著這一件件奇聞，一邊像個瘋子似地哈哈直笑。

隨著他繼續往下說，我心間漸漸地充滿了一種雙重的不快感覺。他竟然取得了眾人矚目的成功，而這正是我到德國以來妄想得到的，他的情況使我充滿了苦澀的醋味。但是，我更不得不痛苦地發現，維克多的成功完全歸於他的瘋狂，我再一次想起了蘇格拉底對維克多下的論斷，這一論斷曾給我留下了無比深刻的印象；這是個精神失常的傢伙，由於戰爭與潰敗而變得動盪不安的世界才是最適合於他的用武之地。說到底，我難道不是另一個維克多嗎？我唯一的希望，不正是想藉助命

譯註❾：指 von Hindenburg，馮·興登堡（一八四七～一九三四），第一次世界大戰期間的德國元帥。

運，讓卡爾騰堡順應我的瘋狂本性，任我瘋狂支配嗎？

不知是爲了抗議他認爲很不嚴肅的黨衛軍軍服，還是對他在納粹政訓學校裡的傀儡角色不滿，反正，埃伯特·馮·卡爾騰堡將軍伯爵幾乎總是披著一件灰色的羅登厚呢披風，頭戴一頂蒂羅爾氈帽。確實，當他故意一身老百姓打扮時，他的軍人風姿才顯示出來。儘管他實際上還稱不上中等身材，可卻顯得很高大，四方臉上，留著弗朗索瓦-約瑟夫式的鬍子，給予人和藹可親、善解人意的印象，與他生活中恪守的狹隘、頑固的思想毫無聯繫。

迪弗熱第一次是在馬廄的牆邊見到他的，當時，迪弗熱正靠著牆給馬刷洗身子。伯爵用德語喊了他一聲，跟他交談了幾句，顯然爲有機會顯示他的法語水平感到高興。後來，看他的樣子，好像早已把迪弗熱忘了，直到九月份的一天，迪弗熱要趕大車去洛特森的一個屠夫家拉半頭小母牛肉。

到了洛特森，迪弗熱找到了肉店，可店門關著，上面貼了封條。據說，屠戶因爲做黑市買賣被抓起來了。迪弗熱有機會到處跑，所以每個星期都能親眼目睹到這一帶因災難性的戰爭的破壞而出現的敗落景象。在很長一段時間裡，只有西德遭受飛機轟炸，東普魯士因此而成爲了K.L.V組織（『護送兒童去鄉村組織』）的特別地區，將遭受轟炸的大城市的兒童一列車一列車地送到東普魯士。但是，開春以來，比轟炸機更爲可怕的威脅漸漸地在東部形成，東普魯士感到雖然緩慢但卻不可避免地成爲帝國的一塊被詛咒的土地。儘管東區區長頒布禁令，嚴禁往外撤退和進行任何逃離的準備，但是，一些最有錢和最神通廣大的人還是往西區湧去，由於走時不可能把什麼東西都帶走，因此在往壞處考慮的人們和繼續存有希望的人們之間開始做起規模很大的買賣來。根據別人的告發、謠傳或新聞界的胡言亂語，警察做出了盲目和混亂的反應，監獄漸漸地人滿爲患；隨著西邊的墨索里尼下台，義大利投降，國防軍又在東邊退到了烏克蘭，尤其是日報的軍人陣亡訃告欄上天天出現的黑方塊裡名單密密麻麻，致使潰亂的潮流越來越洶湧，雖然，N.S.D.A.P（納粹黨）的頭面人物們嚴厲指責，暴跳如雷，但這一潮流已經無法阻擋。

但是，在這正在逝去的夏末，馬祖里的鄉野卻格外生機盎然。迪弗熱看自己的任務已經完成，於是在返回卡爾騰堡的途中，沿著洛溫廷、沃伊諾沃和馬丁謝根湖畔，好好消閒了一番。湖水清澈見底，在空中飛翔的捕魚鳥和在黑色的湖底游動的銀色魚彷彿擁有同一個本源。停泊在浮碼頭的漁船宛如用繩索吊住的氣球，懸掛在空中。油菜田裡，是燦燦的黃花，蜜蜂忙著採花，發出巨大的嗡嗡聲；農場的院子裡，脫粒機在安然地隆隆作響；鐵匠鋪裡，叮噹聲不斷，還有一隻綠色的啄木鳥，正嗒嗒嗒地啄著一棵落葉松的樹幹，這一切彷彿組成了一支輕快而平靜的隊伍，在左右前後擁著他。這一輝煌的景觀與他在洛特森看到的敗落的氛圍並不矛盾。在他看來，隨著德國的毀滅漸趨明朗，大自然必定會給他準備勝利者的殊榮，這是合乎情理的。

正是在這種勝利的醞釀氛圍中，迪弗熱在離城堡的幾公里處發現了校長的那輛黑色舊轎車停在公路旁。轎車出了故障，司機加副官去求助了，老人正在路旁等待著，一動不動，簡直比樹根還更靜固。迪弗熱請他上車坐在車夫的位置上，把他送回城堡。短暫的歸途中，校長偶爾問了迪弗熱幾句，迪弗熱已經記不得自己到底回答了些什麼。可幾天之後，迪弗熱很驚詫地受到了這位將軍的召見，將軍把他召到辦公室，隨便談了一個微不足道的問題之後，鄭重地問他道：

『前幾天回城堡的路上，我問過您對普魯士有些什麼看法。您回答我說：「一個黑與白的國家」，這話是什麼意思？』

『因爲有樅樹、樺樹、泥沙、泥炭沼……』迪弗熱猶豫地列舉道。

將軍拉起他的胳膊，領他來到一堵掛滿武器和軍旗的牆前。

『普魯士的土地是黑色與白色的，看得很準，』將軍對他說道：『東普魯士的旗幟也是黑色與白色相間，這顯然是對條頓騎士和他們那黑白色盾形紋的披風的暗示。但千萬別忘記佩劍騎士團，倘若沒有他們，普魯士將永遠處於平庸無奇的狀態。』

『對，將軍，』迪弗熱贊同道：『他們像鹽分一樣刺激了這塊土地！』

說罷，他一口氣背誦了客棧老闆給他講過的那段故事：什麼阿伯特・達卜爾多姆、阿伯特・德・布克斯奧威登，世界之端的帝國將利沃尼亞、庫爾蘭和愛沙尼亞統一在它的紅色雙劍之下，後來的哥達爾・凱特勒，還有赫爾曼・德・薩爾查，促成了與條頓騎士的聯合，因此而鞏固了東普魯士的輝煌地位。

將軍驚喜不已。

『正因為如此，』他下結論道：『除了條頓騎士的黑與白，不能忘了添上佩劍騎士團的紅色。它是您剛才所說的泥沙和泥炭沼中一切富有生機之物的象徵。』

迪弗熱回憶起那過去的一幕幕，確實，繼他承受了穆爾霍的黑色土地和白雪之後，普魯士不斷地給他派來一個個顫動著生命的溫暖的創造物：『加拿大』的昂霍爾德、群群候鳥、羅明騰的鹿、實為另一個『他』的藍柏爾柏馬，戈達普的小姑娘，最後還有卡爾騰堡的這些學員，他們猶如一塊堅不可摧的磐石，活潑、健壯，他經常聽到他們以金屬般清脆的聲音高歌，以一致的步伐在高塔下那個封閉的院子裡行走，發出鍛鐵般有節奏的聲響。

校長引他穿過小教堂，登上平台，他們駐足停在那銅劍前，三把銅劍，以其鋒利無比的劍刃，將森林與湖泊那寧靜但卻翻滾著白浪的雲際一劈為三。

『這幾把銅劍，每一把上都刻著我的一位先輩的名字，』他解釋道：『中間的是赫爾曼・馮・卡爾騰堡，在他陣亡的那場戰鬥的前夕，聖女出現在他的面前，告訴他已經為他在騎士天堂準備好了位子。西側的是維普萊希特・馮・卡爾騰堡，是一位名副其實的基督健將，他曾在一天之內親手爲一萬普魯士人施行洗禮。東側的是維特．馮．卡爾騰堡之劍，他是我的父親，他在馮．興登堡元帥的指揮之下，於一九一四年八月率部從斯拉夫侵略者的手中解放了他自己的這片土地。』

說罷，他滿懷深情敬意，用手撫摸著非凡之劍的青色金屬。封閉的院子裡，升騰起洶湧的海浪般的歌聲，學員們聲音整齊地歌唱道：

讓古老世界虻痕累累的朽骨顫慄吧！
戰鬥已經開始。我們消除了恐懼。勝利在等待著我們！
我們前進，前進，前進，一切都將粉碎在我們的腳下！
今天，德國屬於我們，明日，屬於我們的將是全世界！

E.S.　在法國時，我這人那麼不容忍人，動輒發怒，總是罵罵咧咧，怒氣沖沖，可自我踏上德國的土地之後，卻如此耐心、順從，連我自己也常常感到納悶。原因是我在這兒經常面臨著一種富有意義的現實，它幾乎總是明朗的、可辨的，如若它變得難以理解，那肯定是在深入發展，獲得表面看似喪失的豐富意義。法蘭西不斷地觸犯我，在那死氣沉沉的沙漠之中，出現的是一些微乎其微的褻瀆神明的徵兆。當然，這兒出現的一切並不都符合善與眞，不！遠非如此！但是，這兒獻給我的物質是如此精細而又嚴肅，即使它相當猛烈地撞擊著我，我也無暇、無力量生氣。

比如這位布拉特森，令人憎恨至極，總是想方設法惹我生氣。他有不少癖好，其中之一就是把外來的——波蘭的或立陶宛的——地名和人名統統改成純粹日耳曼化的名字，包括發音。他以怪誕的嗅覺，嗅出一個個看似最正常不過的地名的不純來源，上書帝國元首，檢舉醜聞，並向元首提出了一些較爲悅耳的——至少對他的耳朵來說——供選擇的更換名。不料，他的這一癖好大發作，竟然抓住了我的姓！這一次，他覺得問題不在於用德語來取代波蘭語或立陶宛語。他堅信Tiffauges（迪弗熱）一姓實由Tiefauge（提浮格）演變而來，因此含有久遠的條頓來源，而條頓的歷史越久遠，就越令人尊敬。這一來，他只喊我提浮格先生，遇到高興的時候，甚至封我為貴族，稱我馮·提浮格先生。

『那證明了您的血統的純潔性的，』他對我說：『是您至今還顯赫地帶著與您父系祖先的姓有著同等價值的特殊符號：Tiefauge，意為深深的眼睛，即深嵌在眼眶裡的眼睛。當人們見到您時，馮·提浮格先生，便能深刻地領會這個姓，不禁會自問這到底是不是一個綽號而已呢！』

可是前幾天，他越說越遠，我差點兒怒氣發作。那天情況不妙，我們檢查的一個小男孩所顯示的均為Ostisch（低下的）特徵，而且從他強健結實的肌肉組織、特短型腦袋（88.8）、矮短身材，灰暗的膚色和AB血型看，他的特徵恐怕永遠不會改變，為此，布拉特森十分生氣，負責挑選學員的人竟然沒有一點眼力。當時，我測量時也連連出錯，最後又打碎了一瓶檢測RH因子的試劑。這時，布拉特森開口侮辱起我來。噢，當然是很微妙的，他不過在我的姓中添加了一個字母！

『小心點，提利浮格先生（Triefauge）！』他說道。

我的德語已經相當不錯，知道Triefauge的意思是『病眼』，常淌淚水，老有眼屎！由於我近視得很厲害，要是不戴這付厚厚的眼鏡，就什麼也看不見，所以對此類侮辱我很敏感。我走到了教授博士的身旁，幾乎都碰到了他，然後把臉衝著他的臉，慢慢地摘下了眼鏡。平時，在那厚厚的舷窗似的鏡片後，我的眼睛總是眯得像條細縫，這時卻張得大大的，眼珠子鼓滿了眼眶，差點凸了出來，以蛇怪般的呆滯目光，緊緊地盯著教授博士。

我不知道怎麼會突然想到扮起這副鬼相來。這是我平生第一次嘗試，可效果如此之佳，以後肯定還要再試。布拉特森臉色刷地發白，往後退去，結結巴巴地說了句道歉的話，然後一直到孩子的檢查結束，他再也沒有說什麼。

迪弗熱一直認為，他人生各個發展階段的決定命運的價值能否得到全面證實，關鍵在於這一價值能否在被超越的同時，得以保留到下一階段中。因此，他迫不及待，希望他在羅明騰獲得的一切能在卡爾騰堡臻於完善。到了十月份，當物質供給變得極為困難，不得不考慮採取極端措施之時，他的願望終於實現了。『上司』出門了幾天，回校後解釋說他跟區長在柯尼斯堡進行了磋商。埃利克・諾赫答應給他武器彈藥，以便卡爾騰堡能夠保證學員訓練的進行，同時給他一門防空高射炮，以防越來越頻繁的空襲。此外，他還給了『上司』許可令——立即生效——可以捕獵約翰尼斯堡區域內的任何獵物，以改善學校的伙食。『上司』決定，搜捕驅趕獵物的任務由迪弗熱承擔，因為他具有雙重的頭銜，一是學校的給養員，二是曾當過帝國犬獵隊隊長的陪獵員。不過，區長做了進一步說明，他並沒有賦予嚴格意義上的狩獵權利，並明確規定不得使用火器。因此，只得採取追逼獵物的方法，用刀劍殺死被追捕的獵物，或更簡單，採取布設陷阱的辦法。這等於一手交出權利，一手又收回權利。然而，迪弗熱還是在這種限制的情況下盡量想方法，他要求給他一個百人學員隊，由他統一安排，立即在索斯特洛茲納泥沼地的養兔林和野兔經常出入的地方設下準會有收穫的繩圈。另一路，則由納塔太太率領——也是一個百人隊——負責到德洛塞爾瓦爾德森林採蘑菇。秋天，東風陣陣，天氣乾燥，而且有點冷，如果說這種氣候對納塔太太的出征確實不利的話，那麼對迪弗熱倒是有好處的。這一年，清晨結冰的日子也早早來臨，十一月初第一場雪下了之後，就再也沒有斷過。

E.S. 今天上午，一陣大太陽過後，平原上驟然間昏天暗地。西邊，一團金屬色的巨大烏雲黑得十分奇特，正慢慢地向我們滾來。這不過是宇宙憂患的一時表現，是返祖性顫慄的短暫顯示，對我來說是十分熟悉的，但是這一次，卻是從我心間迸出，籠罩了世人、野獸和世間萬物。突然，空中生機盎然，千千萬萬的白色絮片歡快地四處旋轉。眞可謂黑白倒錯的奇觀，與毫無色彩變幻的環境和諧一致。就這樣，鉛色的烏雲不過是一袋潔白的羽毛！那位曾說過『白雪的隱密黑色』的希臘宇宙學家是誰？

聖誕之夜，颳起了猛烈的西北風，彷彿要抹去總的說來還算平靜、燦爛的一年的記憶。正午時分，純粹爲銅色的雲彩鋪天蓋地，沉重地壓在頭上。只見一群群驚慌失措的海鳥在高空飛過，發出恐懼的叫聲。沉睡的平原突然間躁動不安，與令人窒息的噩夢進行搏鬥。在寧靜溫馨的黑夜中默默落下的白雪此刻翻捲著，宛若一座黑白色的城牆向大地逼近。冰封的湖面上，狂風驅趕著被折斷的樹枝、被掀起的樹根、樹幹，甚至崖石。由於前面有個開闊地帶，整座城堡成了暴風肆虐的樂器，彷彿一把巨大的伊奧利亞的豎琴在有力地吹奏著，響徹了前門、通道、頂塔、鐘樓和尖頂。風向標在呻吟著，猶如人們的泣訴聲，一扇扇大門猛烈地抽打著牆壁，走廊過道裡彷彿奔跑著一群群無形的惡狼，發出陣陣嚎叫。

然而，Julfest ⑩儀式將全校學員聚集到了檢閱廳，大廳的正中擺著一棵燈火閃爍的聖誕樹。這一儀式慶祝的不是基督的降生，而是『太陽兒』在這冬至時分從灰燼中死而復生。冬至這一天，太陽的軌道達到其最低點，白晝也最短，人們哀悼著太陽神之死，彷彿宇宙受到了噩運的威脅。與大地的不幸和蒼天的冷漠和諧一致的哀歌讚頌著逝去的光明之神的恩德，祈求它重新回到人間。這一祈求得到了滿足，因爲從這天起，白晝將一點點奪走黑夜的時間，開始時難以察覺，但不久就將變得顯而易見，戰績輝煌。

『上司』高聲朗讀著分散在帝國各地的其他四十座納粹政訓學校致卡爾騰堡的祝願信，它們是：普倫、克斯林、伊爾費爾德、斯圖姆、新澤爾、普特布斯、黑格訥、魯法施、安娜貝格、普洛斯施科維茲……每報一個地名，半圓形的學員隊伍中便走出一位孩子，給高大的冷杉樹上添上一支蠟燭。接著，出現了一陣寂靜，只聽得狂風在呼叫，突然，『上司』彷彿受到了頓悟，高聲道：

『願天堂在劍的保護下永遠安寧！』

終於，他以平靜的聲音解釋道，每一種類型的人都是通過一種特殊的工具造就成的，所謂工具，也是一種象徵。比如文人，寫作是其自然職責；農民，總是與犁鏵結合在一起；建築家，角尺是他們的象徵；鐵匠，則在鐵砧之中看到自己使命的形象，卡爾騰堡的學員們則雙重地注定要使用劍，首先他們是帝國的年輕鬥士，其次是因爲這是城堡的紋章。凡是不屬於劍的一切都應該與他們格格不入。若使用劍以外的一切東西，都是怯懦、叛逆的行爲。他們應該始終牢記偉大的亞歷山大的一生中快劍斬死結的那段故事。在弗里吉亞的戈爾迪烏姆衛城上，聳立著朱庇特神殿，神殿裡陳列著該國第一位國王的戰車。戰車的軛是用繩結綁在轅杆上的，可繩結的兩端卻看不見。據一位令人崇敬的先知宣告，誰能解開這個結，亞洲就將屬於誰。亞歷山大渴望擁有亞洲帝國，面對考驗的難題而迫不及待，於是一劍劈開了連結戰車兩部分的繩結。因此，每個難題都可能有兩種解決辦法：一種是拖拉、緩慢和怯懦的解決辦法，另一種是快劍斬繩結般的解決辦法，以迅雷不及掩耳之勢，瞬間解決問題。全體青少年學員應該以亞歷山大爲榜樣，一旦有死結違抗他們的意志，就抽劍將它斬開。

在他說話的時刻，猛烈的暴風如同羊頭撞鐘，不斷地撞擊著四壁，冷杉樹上的小火花被震得直

譯註⑩：德語，意思爲冬至節。

晃。突然，世界末日般的一陣狂風襲來，檢閱廳的大玻璃窗頓時被擊得四碎，火花全都熄滅了，伴隨著雷鳴的黑暗，吞沒了所有孩子。只有一顆星星，宛若一隻黃眼睛，刺破了東方那正在怒號的、沉沉的黑暗世界。

E.S.

我費了很長時間，才跳入了這個巨大的木馬旋轉裝置，裝置上掛滿了彩旗，五顏六色，赫然入目，正在驅動著一大群孩子和一小撮大人。此刻我置身其間，便更清楚地明白了這一裝置服從的是何種驅動力。顯而易見，時間的軌跡在此不是直線型的，僅是環形的。人們不是生活在歷史之中，而是生活在日曆之中。因此，這是永久旋轉的獨裁統治——木馬旋轉裝置的形象是再也準確不過了。希特勒主義與任何進步、創造、發現或創建純潔的未來的思想都是格格不入的。它的道德原則不是決裂，而是復興：崇拜人種、祖先、血統、死者和土地……

在這個聖人與節日屬於一個特殊的殉難名冊的日曆中，元月二十四日永遠都是個不幸的紀念日，因爲在一九三一年的這一天，年輕的赫伯特．納庫斯離開了人世，由於他的年齡的緣故，他成了所有青少年組織的神聖的保護主。

再次爲學員們放映『Hitlerjunge Quex』⓫一片——學員們強烈反對，因爲他們已經看過了——此片是根據申曾格爾那部從納庫斯的命運中得到啓發的小說拍攝而成的。我對影片選擇的演員感到吃驚。這是一個比眞正的納庫斯要小得多的孩子，體質孱弱，有點兒像女孩，皮膚略顯白嫩，一出場就命中注定要成爲祭司的犧牲品。相反的，那些殘酷地殺害了他的年輕的社會黨人，卻一個個像是早熟的小野蠻人，穿著大人的服裝、離不開煙、酒和女人。影片上的這隻溫順純潔的祭獻羔羊，與希特勒讚頌的男孩子形象相去甚遠，希特勒曾讚揚他『像皮一樣堅韌，像獵兔狗一樣瘦削，像克魯伯的鋼鐵一樣堅強』。影片的執導竟然比我早十年發現這一德國兒童形象——與官方宣傳的眞理截然相反——我覺得實在了不起，這一形象並非充滿活力，充滿征服的慾望，而是從來都免不了要成為屠殺無辜者的犧牲品。

放完電影，是夜間守靈。鼓聲持續不斷地傳來，有節奏地伴隨著對這黑體的淒聲呼喚：右側的鼓手擊兩個長聲，左側的鼓手擊三個短點，然後眾人答之以五個短點、三個短點和兩個短點。不絕於耳的淒慘的鼓點聲模擬著在前進中的命運之神的群舞。突然，冗長單調的鼓聲被小號的噠噠聲所打斷。沉寂。黑夜中響起了一個恬靜的少年之聲。另一個聲音與它一唱一和。接著又響起了第三個聲音。

『今天晚上，我們隆重紀念我們的同學赫伯特．納庫斯！』

『我們不是在守著一尊冰冷的石棺。我們緊緊地站在一位被殺害的同學的周圍，我們要說——』

『已經有一個人在我們之前勇敢地進行了我們今日致力的事業。雖然他的嘴已經不會說話，但為我們樹立了活的榜樣！』

『許許多多的人在我們的周圍倒下了，但許許多多的人同時又降生於世。世界是廣闊的，它擁抱著生者和死者。但是，先輩的偉大業績激勵著在戰鬥中以他們為榜樣的後來人。

『他年僅十五歲。一九三二年元月二十四日，社會黨人在柏林的博塞爾基茨居民區用匕首殺害了他。赫伯特．納庫斯不過是履行了他的希特勒青年團員的義務，但正是這一點使他招致了我們的敵人的仇恨。他的屍體將永遠是馬克思主義和我們之間的一道分水嶺！』

此刻，他們在高唱著『一個年輕的民族站立起來，衝向……』，宛若水晶玻璃般清脆的聲音升向寒冷的天空，卍字旗在旗杆上扭動著，像是一條被聚光燈細細的光束燙傷的章魚。

譯註⓫：德語，意思為『希特勒青年讚』。

斯特凡・拉費森

我於一九〇四年生於東弗里斯蘭地區的埃姆登。這是一個荷蘭式的富足的小城，一半從事商業，一半爲港口城，因爲城內有兩條運河，分別將它與埃姆斯河和多特蒙德河連結在一起。我父親在城中的一個貧民區開了一家肉舖，由於窮人吃不起肉，所以我們也一樣窮。父親有個哥哥，就是我的齊格弗利德大伯，他也是屠戶，不過是在石勒蘇益格—荷爾斯泰因州的基爾城，是在該城海軍司令部的所在區開肉店。齊格弗利德於一九一〇年過世，我們很快移居，並繼承了他的遺產。

當時我還很小，難以清楚地察覺到北海海濱小城和波羅的海軍港口之間的不同氣氛，前者往往死氣沉沉，但乾乾淨淨的，後者則是一片充滿鬥爭、騷亂的動盪氣氛。不過，我倒是在一種激烈的政治氛圍中長大的。德國皇帝認定德國的前途是在海上，所以將基爾定爲他選定的聖城。他常來此城，不過在每年六月底的 Kieler Woche ⓬ 週期間，他的來臨更爲引人注目，因爲他是爲親自主持國際賽船會而來的。

一九一四年，我父親被動員入伍，在一艘潛水艇上當兵。一九一七年，他跟他的 LL-Boot 號潛水艇一起消失了。在一條很少被歷史否定的殘酷規律的作用下，對德國皇帝的寶座最猛烈的打擊恰恰來自基爾。一九一八年十一月，海軍官兵的叛亂敲響了第二帝國的喪鐘。說到底，這是天地公道：停戰與和平實現了，德國海軍被取締，德國船艦被驅逐出地球的各個海域，基爾及其造船廠和碼頭突然被判了死刑。我家的肉舖自然跟著完蛋了。我對此毫不在乎。當時我十五歲。由於缺豬肉，我常用垮台的皇家馬隊的馬肉做紅腸，可我總是心不在焉。候鳥的感傷早已觸動了我的心……

候鳥的行動，首先是一種年輕的一代與老一輩分道揚鑣的行爲。這場失敗的戰爭，這貧困的生活，還有這失業和這政治騷亂，我們都不願意接受。我們把先輩們試圖讓我們承受的可鄙的遺產扔回到他們的臉上。無論是他們的贖罪道德，裹著緊身衣的妻子，還是貼著牆紙、掛著門簾、擺著流蘇軟墊的令人窒息的套房，冒煙的工廠，或是他們的錢，我們統統不要。我們成群結夥，穿著襤褸的衣衫，頭戴已經破舊的花氈帽，手拉著手，唱著歌離去，全部的行裝只有肩上掛著的一把吉他。我們發現了廣闊清純的德國森林，發現了林中的清泉和仙女，我們一個個瘦骨嶙峋，滿臉污垢，但卻激情滿懷地，睡在乾草房和馬槽裡，以愛情和清泉滋養著我們的生命。使得我們如此團結的，首先是我們都屬於同一代。我們彷彿在維繫著一個年輕人自己的共濟會。當然，我們也有導師。他們是卡爾．費希爾、赫爾曼．霍夫曼、漢斯．布魯赫、塔斯克等。他們在一些小雜誌上爲我們寫故事和歌曲。但是，我們話說半句，就能彼此心領神會，用不著什麼理論學說。在基爾時，我們從來沒有見過他們。

就在這個時期，出現了乞丐團這一奇蹟。我們這些到處闖蕩的小學生，突然間從乞丐團那兒獲得了啓示，他們與我們是多麼相像，就如同兄弟，但是他們屬於納粹的意識形態，我們意識到自己的理想和生活方式並不一定非要與一個組織嚴密、慣性強大的社會格格不入。這些乞丐，就像是候鳥，具有革命的力量，直接威脅著社會大廈。

夢想破滅了。開始了街巷激戰。我的肉舖突然間擁有了意義：我成了行會的政治負責人。我們張貼標語，攻擊非正統的宗派，阻止在基爾放映反軍國主義影片《西線無戰事》。市政府做出了反應，不加區別地打擊納粹黨人和社會黨人。一天，發出了禁止穿戴希特勒青年團制服的命令。我領導的小組中所有殺豬的小伙子全都上街遊行，身著屠夫服，粗糙的白圍兜上沾滿豬血，腰帶上別著殺豬的大刀，資產階級分子看了，無不魂飛魄散。社會黨人有一幫吹短笛的，笛聲是他們的集合信

譯註⑫：『基爾帆船周』，基爾爲德國北部港口城市，每年舉辦一次爲期一周的國際帆船比賽。

號。我們也有一幫吹短笛的，經過了多次衝突對抗之後，短笛成了納粹的專有品。

但是，哪一天都永遠超不過一九三二年十月一日這個日子。巴爾杜・馮・希拉赫⑬決定於這一天在波茨坦召開納粹青年團第一次代表大會，因而租了三十八個巨大的帳篷，以接待一千名與會者。結果，從帝國各州湧來了十萬多名姑娘和小伙子。他們有的步行，有的騎自行車，有的乘火車或坐汽車，車上人擠人，旗幟招展。前所未聞的大混亂！熱鬧、混亂的友情大奇觀！不供應任何吃的。全都累到了極點。我們一個個情緒激昂，沉浸在歌聲、喊聲之中，陶醉在前進、反向前進的腳步之中！對，前進！它成了我們的神話，我們的鴉片！前進，前進，前進！這是進步的象徵，征服的象徵，也是團聚的象徵和集合的象徵，它使我們業已變得像輪船、像傳動杆一般沉重、生硬和佈滿塵土的大腿變成我們自身的主要政治器官。

六萬個男孩集結在『獵人場』上，五萬名姑娘待在體育場上。整整七個小時，我們的隊伍在觀禮台前一隊隊走過。但是，我們基爾的青年是最出色的，也是最狂烈的。我們捲起了袖口，翻下了襪子，因爲我們爲自己銅鑄般的肌肉而自豪。在如雷灌耳的短笛聲中，我們經過了主席台，這時，元首的一位副官跑到了我們身旁。

『元首派我來問一問你們是做什麼的？』

『請告訴他，我們是誓死爲他效力的基爾希特勒青年團員！』

這聲回答中，飽含著多大的快樂，多麼強烈的犧牲熱望！

四個月之後，阿道夫・希特勒成了帝國的首相。

E.S.　今天上午，布拉特森遞給我一份納粹政訓學校總監察部發的有關從候選人中挑選學員的通函。『在挑選時，』通函特別指出：『必須考慮到無論就生理還是就心理角度看，達利克或北歐民族的兒童的發育一般都比較緩慢。他們從外表看去懵懵懂懂，智力遲鈍，與東波羅的海和阿爾卑斯山人種的同齡兒童相比，明顯是不利的，對此，挑選者切勿判斷失誤。實際上，敏捷的智力與句句切中要點、巧於言詞的能力（「終於有了個口齒伶俐的兒童！」）往往是與德意志人種的純潔性格格不入的早熟標誌。通過深入的檢查，幾乎總能揭示出往同一方向發展的人種特徵。』

『瞧，馮．提浮格先生，』他接上話頭說：『這份通函的起草者具有辨別力與膽識，怎麼讚頌他都不會過分。您是否已經發現每個民族首先依仗的往往是它最缺乏的德行？比如，純粹法國式的殷勤在現實中是否包括一種到處表現，尤其是向女人顯示的根深柢固的無禮行爲呢？西班牙人如此嫉妒地往自己臉上貼的榮譽感，往往被古利比利亞人種那種難以自己的背叛與腐化癖性所揭穿。至於瑞士人的正直——海爾維第的領事館總是把主要時間用於設法把犯有欺詐罪的同胞救出監獄——英國人的冷漠——啊！這些人是多麼瘋狂而又盲目地懷有仇恨！——荷蘭人的清潔——噢，荷蘭的宿營地臭氣熏天！——還有什麼義大利人的歡快……您到實地去看看，自己得出看法吧！德國也不例外。自從您到德國之後，恐怕整天就有人朝您耳朵裡灌什麼我們的理性，我們的組織意識與效率意識。實際上，馮．提浮格先生，德意志的靈魂像地獄般混亂！北歐兒童的遲鈍與無神並不是因爲發育遲緩造成的。不管他們發育得多麼成熟，也永遠不可能達到地中海人種的智慧閃光度。理性是古希臘人的創造，可那是個巴爾幹化的第納爾—阿爾卑斯山人種與地中海東岸及埃及人種相結合而極度退化的民族，簡言之，是整個歐非人種難以辨清的大雜燴。純淨往往是模糊不清的，馮．提浮格先生，這是必須有勇氣正視的眞理！北歐兒童看似愚不可及，可他恰恰具備直接驅動在深層煥發的生命力。他懵懵懂懂，可他卻是在傾聽從他的本原升騰而起並指揮著他的一舉一動的肺腑之聲。

譯註⑬：Baldur von Schirach，巴爾杜．馮．希拉赫（一九〇七～一九七四），納粹政客，曾被任命爲德國全國青年領袖。

任何人都不具備德國人的那種隱密地創造著事物精髓的黑源意識。正是這種原始本能致使他在大部分時間裡像個昏昏沉沉的傻瓜，可以做出最爲可怕的蠢事，可有時卻從他身上出現無可比擬的創造性！』

E.S. 儘管我的德語進步很大，但顯然我到德國的時間太遲了，這一輩子都不可能像講法語一樣用這門語言。我對此並不太遺憾。我的思想與語言之間的差距——儘管已經變得微不足道——使我在用德語思維、說話或做夢時擁有無可置疑的好處。首先，因此而稍有些模糊的語言在我和對話者之間造成了某種像隔牆似的東西，賦予了我以意想不到的自信，讓我受益匪淺。有些事情若用法語是怎麼也說不出口的——比如不客氣的話和某些供詞——但一旦變成刺耳的日耳曼語，卻毫無阻礙地脫口而出。除此之外，由於我對德語並未完全掌握，自然說起話來也就直截了當，與用法語的迪弗熱相比，我這個人就要毛躁、直率、粗野得多了。這種變化是非常值得欣賞的……至少對我而言。

德語沒有連誦。詞、甚至音節，像卵石一樣堆在一起，中間留有空隙。不像法語的句子那樣被某種流動性淹沒在令人愉悅的連續性之中，而是往往有著不連貫的鬆散危險。由於德語是用一個個硬件構成的，如積木遊戲用的木塊，所以可以用極爲易解的組合詞進行無窮的構建；而法語，若用同樣的創造方法，那準會很快變成一鍋爛粥。因此，德語的句子要是講得快、講得急促，那刹時間就會像一堆卵石在碰撞，嘎吱作響。要是雕像或機器人，恐怕可以勉強忍受，可我們這些分泌黏液的溫和的創造物，我們還是喜歡法蘭西島的柔聲細語。

最荒誕的，是德語賦予各事各物的詞性、甚至給人所規定的詞性。中性的引入自然是富有意義的完善手段，但條件是要加以區別地運用。不然，就會出現普遍變性的不良用心。月亮成爲陽性的創造物，太陽則爲陰性的創造物。死爲陽性，生爲中性。連椅子也變成了陽性，簡直就瘋了。相反，馬車成了陰性，這是符合明理的。但是，有悖常理而到了無以復加地步的，是德語中肆無忌憚地將女人中性化（諸如 Weib, Mädel, madchen, Fraülein, Frauenzimmer）⓮等詞）。

納粹政訓學校的學員最大的有十七、八歲。在那些名副其實的兒童中間卻夾雜著這些年輕小伙子，這對苛求純眞的迪弗熱來說，是個刺激。這些人在飯廳、宿舍和整個學校裡散發著一種雄渾的腐敗軍人氣味，令他感到厭惡，並在他和卡爾騰堡之間製造了一種令人遺憾的障礙。不過，與他的使命如此作對的障礙或早或遲是必定要消除的。東區區長答應的武器要是運到的話，就可在校內訓練被征召入伍的學員班。『上司』始終抱有希望，夢想卡爾騰堡有朝一日可以擁有一支訓練有素、裝備齊全的青年士兵隊伍。但是，儘管他一次又一次催促，武器遲遲不到。三月一日，出現了不可避免的事情。兩個高年級學員百人隊——十六歲和十七歲的兩個隊——被取消，受令立即編入有關組織。年齡最大的直接進入國防軍，最小的則到強化訓練營進行訓練。給這些學員配備的十位黨衛軍士官同時離開納粹政訓學校。

E.S.　下星期就要送往屠宰場的大孩子們正在訓練場上準備進行訓練。他們全都腳蹬皮靴，身著短褲，在清晨刺骨的寒風中光著上身。斯特凡要把體力訓練與集體行動結合起來，於是想出一招，讓學員練習拋接木柱。木柱約長十米，十二人爲一組，用手臂扛著。每個小組先做拋接練習，從左肩換到右肩，然後呈直線拋向空中，接住後緊接著拋向右側，右側的小組必須接住。萬一失手，自

譯註⓮：德語，意思分別爲：女人、姑娘、內人、丫頭、小姐。

然免不了會發生腦袋被砸、耳朵被刮或肩膀骨折的情況，但這種危險準不會使我們的『上司』大驚小怪的。

這些朝氣蓬勃的學員都在十五至十八歲這個年齡段內，他們之中大都下巴和雙頰上刮鬍刀痕清晰可見。但是，必須公道地承認，所有這些赤裸的上身都充滿令人心動的柔情，粗糙的腰帶、短褲和皮靴更突出了這一點。白皙的胸脯上，不見一根胸毛，連胳肢窩裡也大都光溜溜的。乳白色的脖頸上，有人掛著繫有獎章的鏈子，襯托出某種稚氣，更需要媽媽的親吻，而不是哥薩克騎兵的馬刀。

從肉體角度看，一個二十歲人的胳膊也許跟一個十二歲人的大腿差不多，但切勿被此現象蒙騙。在他們的腰帶下部，兒童的純潔已經消失，只有黑黑的部位和寡廉鮮恥的雄性標誌……

這次學員的損失，顯然使卡爾騰堡恢復了『兒童的純潔性』，但學校人數減少了一半，幹部的配備也出現了紊亂。不久後，斯特凡召開了一次軍事會議，迪弗熱也參加了這次會議，躲在布拉特森、黨衛軍軍官和留下來的幾名非軍人教官的身後。斯特凡一一做了解釋，士官們走後，由學員們自己的參與來進行彌補，讓他們更多地參與學校的物質管理生活。將分隊輪流下廚房、洗衣房、馬廄，同時建立正常的輪班制度，保證完成柴火及其他物質供應等任務。比較嚴重的是新學員的招收問題。卡爾騰堡應該在學員在校人數上保持納粹政訓學校中的第一流地位，絕不應該因爲戰爭中出現的困難而改變自己的使命。誠然，原則上每座納粹政訓學校的學員應該來自帝國各州，避免只偏重在某個地區招收，如果情況不同，可以採取應急措施。『上司』爲此要求與會的所有負責人親自到各地去巡視一下，去發現具備條件的少年，以塡補因兩個百人隊應召入伍而造成的空缺。他本人與布拉特森博士、教授一起負責入圍人選的審查。

什麼納粹政訓學校的地位和使命，迪弗熱才不關心呢。但是，如果說他爲剔除了學校中年齡最大、最不純潔、自然也最不能激起他的柔情的學員而感到歡欣的話，那麼，他也很敏感地感覺到了卡爾騰堡一旦失去其稠密、喧囂的豐富色彩之後，整個氛圍裡出現了無可置疑的鬆散。因此，他強烈地希望學校能夠重新滿員，儘管他對『上司』的號召並不抱有任何幻想。實際上，他領悟到了一點，那就是對所有這些頭腦不清的外行人來說——也許只有布拉特森還有點在行，但其方式是多麼污濁、多麼邪惡——這一號召根本起不了作用，而只是向他發出的：總有一天，命運將掃除這幫惡棍，把他生來就該掌管的王國的鑰匙重新交到他的手中。

E.S. 不出所料，十位士官的離去以及兒童們對學校物質生活運轉的參與，在我們所置身其間的完美的機器中造成了不可救藥的混亂。除了還有幾個可供參考的標誌還勉強存在之外——點名、向國旗致敬儀式以及另幾項儀式——學校中原來十分協調的時間安排現已變得亂七八糟，紀律也有了缺口。對我來說，這種自由與春天的來臨是不可分割的，百獸在瘋狂地呼喚春天，積雪下無形的溪流已經在汩汩流淌。新年並不是開始於元月一日，而是在三月二十一日。人類的日曆竟然與制約著四季更迭的巨大的宇宙之鐘如此不協調，這到底是怎樣犯下的謬誤呢？

我自然不知道這正在開始的一年將把我引往何處？但是，這位布拉特森——他渾身散發著罪惡的氣味——使我窺見到了一種巨大而又令人心碎的啓示的可能性：誰知道這兒絕對——或看似——符合我的渴望與嚮往的一切，實際上是否是一種惡性的錯位？

今天上午，他在黑板上寫道：

活人＝遺傳＋環境

接著，他又在這第一個公式下寫下了下面這個公式：

存在＝時間＋空間

最後，他又把環境與空間圈了起來，稱之爲布爾什維克主義。剩下的遺傳與時間則構成了希特勒主義。

『這就是二十世紀初大辯論用的詞語，』他評論道：『共產黨人否認活人的遺傳財富。在他們看來，一切都應該歸於教育。如果一隻豬沒有成爲獵兔狗，那是社會的不公，是餵養者的錯！啊，啊，啊！還搬出巴甫洛夫的話！還有那個猶太人佛洛伊德，他認爲我們生命中的一切完全取決於我們最初來到人世的那幾年的幸福與不幸，他說的是一個意思，只不過更爲微妙罷了。這是一種無傳統無民族的雜種與流浪者的哲學，是無根的世界居民的哲學。希特勒主義則頑強地植根於古老的德意志土地，是一種耕作者與定居民族的學說，推翻了上述那一觀點。對我們來說，一切都存在於遺傳財富之中，它世代相傳，而且遵循著世人皆知、萬古不變的規律。不純的血統是無法改善，也是不可能教育的，唯一可取的做法，就是乾脆把它徹底毀滅。

『要記住，舊制度的貴族哲學預先形成了我們的思想。對貴族來說，「天生」就應該是，或「天生」就不是，任何功績都絕不能使平民忘卻其平民身分。家族越古老，就越尊貴。我自然承認像馮·卡爾騰堡伯爵將軍這樣的人，都是我們的種族主義的先驅。但是，他們卻不善於發展。生物學應該取代哥達式轟炸機[15]。貴族頭銜應該讓位於染色體。血譜，提浮格，血譜，這是出沒在我們腦中的神！我們用我們身上最珍貴、最富於生命力的東西，用充滿血液、柔軟顫動的肺腑取代了舊貴族的古紋章！正因爲如此，我們絕不應該懼怕拋灑熱血。您明白吧：Blut und Boden[16]。兩者互爲依存。熱血源自大地，又回歸大地。大地應該用熱血澆灌，它呼喚著熱血，它需要熱血。而熱血又降福於大地，肥沃著大地！』

但是，當我聽到這番荒誕的評說，我想起了自己屬於約伯之族，是流浪的民族，是無根的民族，耶和華曾對該隱說：『你兄弟的血從地下向我呼喊。你必將在這地上受到詛咒，這地開了口，要從你手中接受你兄弟的血。』

夜幕一降臨，全體學員便集中在訓練場上，排著密集的隊伍，在城堡一側留出了一個四方形的空位。在空位上，有一個低低的站台，兩旁點著火把，插著彩旗，用作即將舉行的祈禱儀式的祭壇。一側是年輕的鼓手，高高的鼓身飾著黑白色的火焰斑紋，緊貼著他們的左腿，當年法國雇用的德國士兵用的就是這種鼓；另一側是年輕的號手，花冠狀的銅號執在髖部，全都在默默地等待著。

突然，響起刺耳的號聲。咚咚的鼓聲緊接著升向夜空，如洶湧的波濤向前翻滾，充滿危險，接著漸漸平息下來，彷彿消失在遠方。

一個個孤獨但卻狂烈的聲音以飽含控訴之情的詩句講述著一個背叛與死亡的故事。

『此刻，樂隊保持靜穆，人們排著不見隊尾的長隊，全都在虔誠地默哀，國旗徐徐降下，向爲祖國獻身的人們的亡靈致敬。』

『此時此刻，我們在紀念帝國的第一位戰士艾伯特．萊奧．施萊格特。』

『施萊格特出生在黑森林南部舍瑙地區的一個世代農民家庭。他的遺體就安葬在他的家鄉。他自願入伍，在戰爭中多次受傷，「凡爾賽條約」簽訂之後，他先後任波羅的海突擊隊隊員和上西里

譯註⑮：第一次世界大戰末期德軍用的飛機。
譯註⑯：德語，意思爲『熱血與大地』。

西亞的邊防守衛隊隊員。』

『但是在西線，暴風雨驟起，雷電朝這位傑出的戰士劈來。法國軍隊踐踏了正義與和平，入侵魯爾河。抵抗的火焰四處燃起。施萊格特在第一線戰鬥。他和戰友們奮勇作戰，使敵人的交通線陷於癱瘓，並切斷了他們的增援之路。』

『可由於有人背叛，他落入了法國人的手中！』

『我們是熱愛德國的青少年，我們在自己的旗幟上寫下了兩個字：戰鬥！必須消滅一切怯懦、怕死的行爲！我們的權利只能來自熱血與大地。烈火將焚盡軟弱分子！讓我們粉碎腐朽與被蟲蛀的一切！把祖國從奴役中拯救出來！鍛造出德意志民族！我們是熱愛德國的青少年，我們在自己的旗幟上寫下了兩個字：戰鬥！』

『當人民在絕境中發出呼喚時，施萊格特沒有絲毫的猶豫。這位在前線作戰的中尉，駐守在波羅的海海濱地區的炮兵中隊長，這位民族社會主義事業的捍衛者，魯爾河的抗敵首領——時刻準備著獻身。

你是否已見東方淡紅色的曙光？
正在升起的是自由的太陽。
我們手挽手，誓死同心協力。
爲何還要懷疑？請結束我們的爭端，
血管裡是德意志的鮮血在流淌。
人民，立即拿起武器，人民，立即拿起刀槍！

『施萊格特受到了一個軍事法庭的審判，因他試圖炸毀杜塞爾多夫與杜伊斯堡之間的卡爾庫姆哈爾巴赫大橋。自元月十一日佔領了魯爾河之後，侵略軍征用了所有的列車，主要是爲了保證裝運搶奪來的煤。斯萊格特決定阻止這一掠奪行徑，向鐵路發動攻擊。二月二十六日，侵佔了魯爾河的法軍將軍發布命令，凡破壞鐵路者，一律處以死刑。施萊格特被判處死刑，立即槍決。』

『一支力量強大的押送隊於一九二三年五月二十六日凌晨把他拖到了戈爾茲海默荒原的一個採石場，如今，那兒聳立著刻有他名字的十字架。他被反綁著雙手。他們打他，逼他下跪，但是，在他腦中響起安德烈亞斯・霍費爾⑰的聲音：「絕不！」他要站著死，就像他站著戰鬥一樣。他又挺直身子。死亡的槍聲在拂曉的寂靜中響起。他的身體最後一次猛地挺立而起，緊接著迎面倒向地面。』

『我們的這位同胞就這樣倒在了石頭上。太陽消失了，我們面對他的遺體，悲痛萬分，那曾是我們的一切希望所在。上帝，你的道路是黑暗的！這是一位英雄。我們的旗幟披上了黑紗，但是他卻帶著偉大的業績，與我們先輩走到了一起。我們與這位死者團結一致。他的意志就是我們的意志，他的命運就是我們的命運。雖然我們失去了他，但他對祖國來說是永垂不朽的，就在他的墳墓的深處，響起他的聲音：我在！』

卡爾騰堡的幹部四處招收兒童，但收效甚微。這些人自己已經精疲力竭，動不動就被征召入伍，所以全都得過且過，缺乏任何承載使命感，招收新學員的事根本就不放在心上，況且他們效力的這個機構，他們遲早要離開，而且私下他們已經在說，這座學校解體的時日已經爲期不遠。然

譯註⑰：Andreas Hofer，安德烈亞斯・霍費爾（一七六七～一八一〇），蒂羅爾的愛國志士、軍事首領，一八一〇年被法軍俘虜，拿破崙下令將他處決。

而，拉費森始終被瘋狂的信念所激勵，大罵他們無能，而布拉特森則對帶來給他檢查的幾個人平平的人種素質感到遺憾。

這一天，迪弗熱從尼古拉伊斯肯給藍柏爾柏馬換釘蹄鐵歸來。這一年，春天姍姍來遲，可突然間以極爲溫柔歡快的步履走來了，迪弗熱毫不懷疑，某件幸福的喜事正在爲他醞釀。被閹過的藍柏爾柏馬爲嶄新閃亮的蹄鐵而驕傲，在石子路面上踏得噠噠直響，擦出了火光。迪弗熱想起了佩爾納爾那雙彷彿會發出雷電似的、打了釘的高筒皮鞋，心中不無懷舊之感，正是這份懷舊之感給他一生中最悲慘、最困苦的時刻投上了一圈帶有病態之美的光暈。他由此聯想到了納斯托爾那輛漂亮的『翠鳥』牌自行車，至今，每當他想起這輛車子，心中仍然會升騰起幾分驕傲。他走到離魯卡爾騰堡一個小時路程的勒克南湖畔，這時，他看見了六輛自行車，全都靠在湖岸邊的樹下。正是這種重型的德國自行車，如牛角般翹起的車把，配有腳煞車，車架上固定著一個舊式的木手把氣筒——透過樹枝，向他射來了如鏡的水面發出的束束閃光，同時傳來陣陣喊叫聲、嬉笑聲和潑水聲。

他下了馬，把藍柏爾柏馬放在一小片鮮花盛開的草地上，兩分鐘後，他跳入了清澈、清涼的水中，水面遂泛起陣陣富有生機的波浪，如閃電一般。他估算了距離，一口氣潛到了孩子們中間，探出水面。孩子們以喝采聲和歡笑聲對他表示歡迎。他們來自三百公里外的馬林堡，這次是趁五旬節的假日，結伴騎自行車遊覽馬祖里地區的森林和湖泊。迪弗熱跟他們談起了卡爾騰堡，談起了城堡及其體操房、射擊場、馬匹、船隻、武器，談起了學員們在裡面過的令人振奮的生活。末了，他邀請他們去吃晚飯，跟與他們年齡一樣大的幾百名同學一起過夜。

拉費森一聽到馬林堡這個地名，又高興又自豪，不禁渾身顫動。那是條頓騎士的歷史和精神首都，那座保存完善、令人讚歎的城堡無疑是東普魯士最驕傲的建築傑作。在馬林堡，每年四月十九日，B．馮．希拉赫都要在騎士大廳發表廣播演講，向德國滿十歲的全體兒童宣讀將他們與元首永遠連結在一起的那句名言。布拉特森看到新來的幾個孩子，激動得禁不住連聲讚歎。他從來沒有親眼見過如此純的博爾比東波羅的海人種的標準模樣，興登堡是迄今最爲傑出的代表。他遂與這些少年的家人及所在城市當局進行了電話與信函聯繫。他們恐怕再也見不到馬林堡了。

這漂亮的一次行動之後，『上司』召見了迪弗熱。他承認在這之前低估了法國人的價值。迪弗熱所做的向他證明了除了可以給卡爾騰堡運回奶酪和一袋袋蠶豆之外，還可有更出色的表現。當然，『上司』無法賦予他任何官方的權力，但委託他負責巡視整個地區，以尋找無愧於納粹政訓學校的少年學員。他將發通函，通知約翰尼斯堡行政當局，包括呂克、洛特森、森斯堡和奧特爾斯堡，如有必要，還可通知更遠的一些地區。迪弗熱只向『上司』負責，由他對迪弗熱的工作做出評價。

布拉特森沒有來得及對他助手的提升表示祝賀。近來，傳說要進行一次大規模的行動，代號爲『收割行動』，發起人就是帝國黨衛軍首領本人。這次行動的內容是要在從中央軍團佔領的地區來的孩子中挑選四萬至五萬名十至十四歲的白羅塞尼亞兒童，流放到德國的一些專門爲他們修建的村莊中。東部佔領區事務部長A．羅森貝格再次對籌畫這次純粹爲黨衛軍風格的行動的人員表現出固執至極的不理解，並提出異議；這麼小的一些孩子對帝國來說是個負擔，而不可能增加什麼勞動力，因此，他建議只挑選十五至十七歲的男孩。希姆萊的密使向他耐心解釋，這次行動並不是輸送勞動力的粗野做法，而是要在兩個共同體的生物底層進行大輸血，以致命的方式削弱斯拉夫鄰國的旺盛力量。但毫無結果。他們只得決定把東部事務部撇在一邊，採取行動。

這時，他們想起了奧托．布拉特森以及他在一百五十顆猶太布爾什維克人頭事件中的出色表現。毫無疑問，他對俄羅斯、波蘭邊境地區的了解，在當時的情況下是很了不起的。

六月十六日，他跟校長及『上司』告辭，然後把他的那些金魚——Cyprinopsis auratus——集中放進幾個鐵桶裡封好，接著離去。走時，他衝著那幾件『輕薄』的行李大發脾氣，最後，上面給他派了一輛蹩腳的歐寶汽車，幫他運走了。第三天，經『上司』同意，迪弗熱搬進了『人種研究中心』的那三間屋子。

當他成了屋子的主人，走進『實驗室』，獨自置身於『少校教授博士』丟棄的亂七八糟的人種檢測儀器中間時，不禁發出了神經質的狂笑，其中夾雜著勝利的快感和面對命運的新變化而令他擔憂的不安情緒。

E.S. 今天晚上，各排學員默默無聲地在溫暖芬芳的夜色中散開，分別到塞豪赫、斯皮滕湖畔以及提爾科洛湖對岸去點起夏至之火。在這些地點，各排點燃的篝火相互都能看到。

這個太陽節含著隱隱的悲切氣氛；初春剛剛來臨，剛剛被慶祝，便馬上開始衰敗。誠然，衰敗得並不明顯，並不顯眼，但每日都要被噬咬掉一、兩分鐘。就這樣，孩子一旦到達了健康的頂點，便已開始孕育著衰退的萌芽。相反，處於年終的聖誕節卻在冬季最黑暗、最潮濕的時刻在暗暗地歡慶阿多尼斯⑱的復活。

學員們圍著柴堆，留下颳走黑煙和火星的風口。最小的一位學員從隊伍中走出，往柴堆走去。他手中拿著一顆小小的火種，像光蝶一樣輕盈，顫動著，如夢如幻，我們眞擔心這位點火少年沒有完成任務，火苗便熄滅了。果然，當少年跪到鋪著樹葉的多樹脂木柴堆前時，火種突然滅了。少年往後跳了一步，這時，柴堆裡竄起了火苗，發出瘋狂的劈啪聲。清脆的聲音遂在顫動著突現的閃光的黑夜中響起：

人民與人民走在一起，

如同火苗與火苗一起燃燒！
升向空中，神聖的烈火，
呼嘯著從一棵樹躍向另一棵樹！

他們一個個輪流走出隊伍，到火堆邊點燃手中舉著的火把。接著，他們重又回到方形隊伍，整個隊伍成了一片顫動的火花。

在黑黑一片的遠處，他們看到其他各排也點燃了篝火，一個孱弱的朗誦者在歡呼著那燃燒的火焰：

請看那火光閃耀的門檻，它將把我們從黑暗中解救出來。在門檻的彼端，已經出現了燦爛季節的曙光。前程的大門已經爲心中充滿著對祖國狂熱之愛的人們打開，請看那一個個閃爍的光點，它們給尚處在黑暗之中的大地注入了生命。古老、悲慘的馬祖里湖在回應我們的召喚，燃燒起千萬朵兄弟般的火焰。它們在催促、激勵著一年中最燦爛的一天的到來。

三位學員每人端著一個櫟樹枝織成的花圈，向火堆走去：

『我敬獻上這個花圈，以紀念戰爭中的死難烈士。』
『我把這個花圈安放在民族社會主義革命的前線。』

譯註⓲：Adonis，希臘神話中的美少年，愛神阿佛洛狄忒的情人。

『我把這個花圈獻給準備爲祖國奮勇獻身的德意志青年。』

其他學員同聲回答他們的獻詞：

『我們是烈火和乾柴。我們是火星和火焰。我們是擊退黑暗、寒冷和潮濕的光明與溫暖。』

燃燒的柴堆轟地一聲崩塌，頓時火星飛濺，方形隊旋即活躍起來。學員們圍著火堆轉圈，隨即一個接著一個躍身穿過火焰。

這一次，毋需任何解釋，也用不著解密碼用的格子。這一儀式如此執著地把前程與死亡結合在一起，把孩子們一個個拋入烈火，這分明是一種召喚，是魔鬼在祈求屠殺無辜，而我們正高歌走向屠殺無辜的道路。

我懷疑卡爾騰堡是否還能維持到人們慶祝下一個夏至。

打這之後，常可見到迪弗熱騎著他那匹高大的黑馬在馬祖里湖區奔波，從西部的柯尼希山區到東部的呂克沼澤地區，甚至還踏上了南部波蘭邊境地區。他帶著印有卡爾騰堡紋章的介紹信，到各市鎮政府做通報，察看市鎮小學，與老教師交談，仔細觀察兒童，最後巡視活動以拜訪家長爲結束；而在他軟硬兼施、令人眼花繚亂的許諾夾雜著隱晦含蓄的威脅下，很少有哪位家長不轉變思想，同意把兒子送到納粹政訓學校的。然後，他飛馬回到卡爾騰堡，向拉費森做匯報。一般來說，拉費森都確認迪弗熱的決定可以付諸實施，但有的時候，迪弗熱也會遇到某些公開或不甚公開的阻力。而在這個因爲失敗而到處籠罩著陰暗氣氛的國度裡，要戰勝這些阻力通常很困難——不用說，最難接近的目標大多是他出於種種因素最爲看重的孩子們。

在約翰尼斯堡沙漠中心地帶，有個小湖，叫貝爾達赫恩，宛如一條狹長的綠舌，彎彎曲曲，小湖盡端，在一座漁家木屋裡，住著一戶貧苦人家，迪弗熱發現他們有一對雙胞胎。他對雙胞妊娠現象一直很著迷，在他看來，雙胞妊娠蘊涵著深層的生命力，在這個層次，肉體指揮著靈魂，奴役著靈魂，任其擺布。這是大自然的任性，不管是情願也罷，被迫也罷，雙胞胎中的一位自然要向另一位暴露自己最隱密的東西，從而把另一位變成第二個自我。除此之外，哈奧與哈洛長著幼狐毛色的紅棕頭髮，乳白色的肌膚，佈滿同樣的雀斑，像是在同一個糠堆裡滾過似的。一見到他們倆——當時他們正在湖畔採蘆葦——迪弗熱馬上想到了布拉特森教給他的那套令人困惑的理論——迪弗熱曾經忿忿不平，對這套理論不屑一顧、予以駁斥——在布拉特森看來，人類只有兩個人種，一個是紅棕色人種，這一人種哪怕在細胞這一深層次，都是別具一格的；另一個是金褐色人種，那只不過是同一色素的不同變異而已。

情況令人失望，招收這對雙胞胎遇到了來自孩子父母的消極性阻力，幾乎難以克服。他們硬是裝著聽不懂德語——他們自己之間講一種斯拉夫方言——無論迪弗熱如何解釋，他們始終像是智力不健全的人似的，就是聽不明白，一個勁地反覆嘮叨孩子才十二歲，去當兵還小。迪弗熱只得又到附近村鎮去轉，但白費氣力。所有市鎮的政府都不太願意捲入這件說不清道不明的事情之中，都不承認這個湖區屬他們管轄。最後還是拉費森出面，在法國人迪弗熱的鼓動下，讓約翰尼斯堡當局直接干涉，市長本人最後把兩個孩子親自領到了卡爾騰堡。

E.S. 來了一個電話通知我，那對雙胞胎終究還是被召來了。約翰尼斯堡司令部的一輛汽車正把他們往卡爾騰堡送，一個小時之後到。

我心中遂充滿了一種自己極爲熟悉的激情。這是一種強直性痙攣，渾身顫抖，牙齒喀喀直響，下巴頷成了一台主力馬達。我竭力搏鬥，以克制住震顫，然而只感覺到牙齒在打架，嘴巴裡迸射出一小股一小股的唾沫。這是我本能的搏鬥，但我很快任憑自己被巨大的幸福感所淹沒——實質上，這是一種提前到來的幸福。我甚至在思忖，雖然獵物還沒有完全到手，但已唾手可得，不可能令人失望，此刻的等待難道不正是生活中給我帶來的最珍貴的東西嗎？

他們到了。市長那輛笨重的賓士車拐進了院子，停在門前。兩個雙胞胎先後下了車。他們長得像極了，簡直就像同一個孩子先後兩次彎腰，又兩次跳到鋪石地面上。可他們明明是兩個人，肩並肩站著，身上裹著同樣的希特勒青年團服裝，黑色的絨褲，棕色的襯衫，佩著肩帶，更加濃重地襯托他們那紅棕色的頭髮和白皙的皮膚。

幾個星期以來，我一直在納悶這兩個特殊的孩子，尤其是普遍意義上的雙胞胎現象爲何對我有著如此強烈的誘惑力。這恐怕不過是卡爾騰堡遵循的一種規律的特殊體現而已，根據這一規律，卡爾騰堡的四百名小男子漢構成了一個集體，具有特別強的凝聚力，遠非所有個性相加的總和所能相比。究其原因，正是這樣形形色色的個性相互矛盾，致使大部分個性相互抵消，從而剩下了一個巨大的毫無掩飾的整體。個性是靈魂，它滲透到肉體中，使肉體佈滿細孔，變得輕盈而富有生機，就如酵母給予麵糰靈性。可一旦靈魂消失，肉體便重又恢復其原始的純潔性和原始的分量。

在這一肉體的非精神化過程中，這對雙胞胎走得就更遠了。不再是靈魂相互抵消的矛盾衝突。實際上，這兩個肉體只有一個可以精心地打扮、擁有思想的頭腦，因此他們發展失衡，但卻心安理得，炫耀其乳白的膚色、粉紅的汗毛、多肌肉或多脂肪的肉體，達到了一種無法超越的動物性裸露程度。因爲裸露並非一種狀態，而是一種量，就其權利而言，是無限的，但實際上卻是有限的。

我馬上在實驗室對這對雙胞胎進行了檢查，結果證實了這些觀點。哈奧和哈洛屬於淋巴體質，呼吸類，反應緩慢，比較肥胖。短頭型的腦袋（90.5），高顴骨寬臉頰，農牧神似的耳朵，扁平的鼻子，寬寬的牙縫，帶有細褶的綠眼睛。簡而言之，臉有點兒像食肉動物的模樣，既懵懂又精明，表現出一種平平的智力，受到強大的本能生命的控制。強健的軀體，表明了永遠難以打破的平衡力。渾圓的肩膀，鼓脹卻柔軟的胸肌，顯示出脂肪多於肌肉。胸廓寬大，形成了半圓的拱腹，與之相呼應的是腹股溝和上恥骨溝構成的尖拱，下方的頂部掛著一朵位置顛倒的百合花——生殖器。在這兩張對稱的弓之間，是三條腹肌，清晰地顯現在肉滾滾的軀體上，倒是挺奇怪的。寬寬的頸背下，是肥胖的後背，彷彿是用麵糰揉捏而成，是白的，呈橢圓形，宛如麵包心——中間一條椎骨溝，將之一分為二，椎骨溝最後消失在渾然收縮的腰部。猛地凹陷的腰，醞釀著奇突的臀。短短的手指，四方的手掌，掌心鼓著肌肉。笨重的大腿，粗粗的踝骨，膝蓋的髕骨寬而平，雙膝總是傾向於處在一種超度伸展的狀態，這一姿勢刺激著肥肥的大腿，兩條大腿像是懸崖似地安放在兩隻腳上，一點也不平衡。

白皙的肌膚上，紅棕色的雀斑構成了散點、長條和滑道，連胳膊和頸背上，也是一片片雀斑，四周淨是缺刻，像是地圖一般。大腿的內側，佈滿了青紫色的小靜脈，富有規則的布局，簡直就像是網眼。

……

E.S. 由於迫不及待想佔有，雙胞胎兄弟剛到，我就匆匆給他們做了檢查。這次檢查沒有給我揭示出精華與奇蹟，但是今天上午，這一切卻清楚地跳入了我的眼簾，給我以奇妙的幸福。

我一直耐心地做出努力，竭力尋找某種差異——哪怕很小——以免把他們混淆了，可差不多白費氣力。說實在的，差異是存在的，經過幾天的共同生活之後，我一眼就可分辨出哈奧和哈洛。這種分辨力並不是建立在某個確切的區別性標誌之上，而主要是建立在孩子的整體姿勢、一般舉動和行爲的基礎上。在哈洛身上，有著活力和激情，一舉一動乾乾脆脆，可在哈奧身上卻沒有，速度比較緩慢，彷彿總是在思考什麼。不難發現，這對雙胞胎中帶頭的是哈洛，需要時，哈洛還會出面指揮，但是哈奧卻總是善於以自己的夢想和拖延爲自衛手段，對抗那位過於親近、過於活躍的兄弟。

至於可用幾個字概括而確切地對人種做出區別的標誌，我也找到了，但是在另一個層次，比我誤入的層次要更微妙、更抽象、更具理性。我早就發現，倘若以鼻梁爲中心點，把一個孩子一劈爲二，那麼左邊的一半和右邊的一半，儘管總的來說非常相似，但實際上還是有著無數微小的差異的。人們可以說這個孩子是以同一個模子創造出來的兩半構成的，但卻滿足了不同的願望——左邊的一半傾向於過去，傾向於思考與激情；右邊的一半則著重於前途、行動與攻擊——並在創造的最後階段達成一致。在人體的另一終端，從肛門的前側開始，沿著會陰脊、陰囊中線，一直到陰莖包皮的盡端，有塊微微隆起的皮膚，呈琥珀色，像是有軋花的圖案似的，稱爲『raphe』，連這一部位也以其野蠻、粗魯的方式暗示，男孩是由兩瓣合成的，而且是處於最後的階段合成的，就如貝殼或賽璐珞娃娃，由兩瓣合爲一體。

然而卻出現了奇蹟，將以白色的標石給今天這個日子留下紀念的標誌：事實不容置辯，哈洛的左邊一半與哈奧的右邊一半吻合，同樣，哈洛的右邊一半與兄弟的左邊一半一模一樣。這是一對鏡像類雙胞胎，可正面重疊，而不是像別的雙胞胎一樣，正面與背面重疊。對移位、倒位與重疊程序的操作，我一向都極感興趣，尤其是攝影術，給我提供了特殊的例證，但總是處在想像的範圍之內。可現在，我在孩子的血肉之軀上重新發現了這一不斷縈繞在我腦際的主題。

我讓他們倆肩並肩坐在一起，帶著一種識破祕密的感覺細細地進行觀察——說實話，每當我面對一張臉龐或一個人體，總會產生這種感覺，但這一次，卻沒有以往那種令人遺憾的念頭；因爲我總認爲事與願違，總覺得自己越堅持，就會越覺得對方是張假面具，最終總免不了產生狐疑。這時，我發現哈奧的前額上有圈按順時針方向捲的鬈髮，而在哈洛的額頭上，恰有圈逆時針方向捲的鬈髮。雖然很暗淡，但是這首次閃現的光亮卻很快引我注意到在哈洛的右頰上有一道傷痕——實際上是某種美人痣——而在哈奧的左頰上，也同樣有一道，而且一模一樣。不過，繼首次閃光之後如光束般不斷閃現的諸多發現中，最有啓發意義的顯然是他們身上那些紅棕色雀斑的形狀。

我給柯尼斯堡人種學研究所打了電話，當初在布拉特森手下做事時，我曾求過他們幫助。我向他們匯報了我的新發現。他們馬上向我們證實確實存在著『鏡像類雙胞胎』，但這種現象相當罕見，他們認爲，產生這一現象，是因爲雙胞胎分離時間比較晚，不是在原生階段，而是在胚胎開始分離之時。他們還說，等到有機會到我們所在地區來視察時，他們一定來看看我的這對雙胞胎。

七月份，學員們收到了幾個月前早就許諾贈送給他們的神奇玩具：一門高射炮，包括四挺雙管重機槍，四挺口徑兩厘米快射輕機槍——每分鐘發射子彈兩百至三百發——一門三七炮，還有三門一〇五毫米遠程大炮。此外，還發給他們一部測聽器，不過，還得再等一段時間才能給他們探照燈，配全這套防空設備。高射炮隱蔽在離城堡兩公里處的德洛塞爾瓦爾德村一個高地的松林裡，必要時，可以用炮火封鎖東部的侵犯之敵必經的阿雷西公路。兩名教官率領著從各隊抽調來的四個學員分隊，輪流値勤。

打這之後，射擊訓練接連不斷，天空佈滿了絮狀的白色煙雲，隆隆的勝利炮擊聲不絕於耳，提醒著人們戰爭迫在眉睫，有時甚至可以聽到彈片落到城堡屋頂的聲音。迪弗熱定期給値勤的學員分隊運送給養。他發現這些男孩子們有的待在松樹下，身著運動褲在曬太陽，有的則戴著封得死死的護耳氈，在咆哮、轟鳴的大炮周圍忙個不停。他們從來沒有這麼玩過，但大家都爲空中沒有出現一架飛機當作他們的活靶而遺憾。

E.S. 乍看，事情好像眾說紛紜，但戰爭與兒童之間的深刻聯繫是不能否認的。松林裡，鋼與火的魔鬼偶像張著血盆大口，一群少年學員迷醉，在侍候、餵著這些魔鬼偶像的幸福之中，此情此景無可辯駁地證明了戰爭與兒童之間的內在聯繫。不管怎麼說，孩子都硬要槍啦、劍啦、炮啦、坦克啦這些玩具，要不就要玩具鉛兵或者全套殺手玩具。有人也許會說，孩子這樣做不過是學前輩的樣，但是，我恰恰給自己提出疑問，眞正的情況是否相反？因爲總的說來，與去工廠做工或去辦公室辦公的時間相比，大人們打仗的時間要少多了。我在納悶，戰爭的爆發，目的是不是想讓大人當一下孩子，輕鬆地退回到玩各種各樣的武器和玩具鉛兵的年齡。大人做膩了辦公室領導、丈夫和家長這些角色，一旦被征召入伍，便卸掉了各種職務和稱號，自由自在，無憂無慮，跟同年齡的戰友們一起玩樂，操縱飛機、大炮和坦克，這些東西不過是他們兒時玩的玩具放大了一些而已。

悲慘的是，大人並未能成功地退回去。誠然，大人又拿起了兒時的玩具，但是他已經不再有玩要的天性和對玩具的寓意性的認識——也正是這種寓意性，賦予了玩具本來的意義。在大人粗糙的手中，這些玩具變得巨大而可怖，如同一些惡性腫瘤，吞噬著人體和鮮血。大人殺人的嚴肅態度取代了兒童遊戲的認眞勁兒，大人模仿兒童，形象整個倒置了。

倘若現在把這些由病態的想像力設計、失控的力量製造的畸形玩具給孩子的話，那將發生怎樣的情形呢？發生的就是德洛塞爾瓦爾德高地——以及卡爾騰堡納粹政訓學校和整個帝國——給我們展現的場面：標誌著大人與兒童理想關係的『承載』性可怕地出現在兒童與成人玩具中間。玩具不再被兒童所承載——玩具喪失了其想像性的性質，不再被兒童破壞性的小手拉呀、推呀、翻呀、滾呀。相反，兒童被玩具所承載——被吞入坦克、關入飛機駕駛艙或囚禁在雙管重機槍的轉塔上。

我在此第一次觸及了一個無疑是關鍵的現象，即承載的惡性錯位。我的象徵力學的這兩個形象遲早將相互影響；總的說來，這是情理中的事。這兩者形象結合而產生的新形象爲亞承載性，我的意思很明白，這只是一種亞承載性，因爲顯而易見，恐怕還存在著這一偏差現象的其他形式。又有一個新的元件加入了我的系統。我還未抓住其各個方面。因此，我必須看著它運轉，觀察它在不同的環境中的表現，以衡量其重要性。

七月的第二個星期，一場異常猛烈的暴風雨襲擊了整個地區，險些給卡爾騰堡造成了悲劇。夏季多雨，這一天，由於天氣悶熱，『上司』在斯皮滕湖組織了一次划船比賽。數平方公里的湖面上，漂浮著一個個編了號的瓶子，瓶內裝著情報，一百艘小帆船橫渡湖面，尋找漂浮的瓶子。每艘船上有四個學員，必須盡量找到瓶子，通過瓶內裝的情報片段，重組情報的完整密文。滾燙的狂風越來越猛烈地吹打著湖面，上百艘白色的小舟在風中飛駛，靈巧地相互避讓，只見一個個兒童探出半個身子，順手打撈裝有情報的瓶子，令人讚歎不已。五時許，天空驟然黑了下來，狂風捲進湖水。『上司』遂下令返回浮碼頭。除了四艘帆船被掀翻（但沒有造成損失），其餘的船隻全都停在了泊位上。可是，暴雨把它們全都趕進了棚子。這時，點名發現少了第三學員隊的一艘帆船。天已近黃昏，加上鉛黑一片，落下道道瘋狂的雨簾，湖面上幾乎看不見任何東西。『上司』派人給湖畔的所有主要村莊打了電話，同時用快艇在湖上仔細搜索。結果白費氣力。第二天，湖面又恢復了平日的寧靜，但空盪盪一片。

這時，迪弗熱想到應該去搜索無人居住的湖岸。他帶了十一隻短毛獵犬。這些高大的獵犬對孩子們的活動與氣味已經十分熟悉，只聽得牠們發出快樂但卻不協調的吠聲，馬上在湖岸搜索起來。迪弗熱騎著藍柏爾柏馬，在後面吃力地緊緊跟著。最後獵犬找到了四個男孩，他們都還活著，但已經凍僵了，原來他們的船撞在一條小河入湖口的岩石上，把船撞壞了。

迪弗熱從這次經歷中受益匪淺。既然獵犬熟悉並能重新找回少年學員，也許牠們對所有達到進入納粹政訓學校年齡與質量標準的少年也同樣有著識別的本能。於是，他帶著信念，領著這群獵犬到各處招收學員。一進村口，獵犬便分散開來，跑進一家家住戶和小園子，只要牠們忽然停下，一個勁地衝著哪扇門或在柵欄前、在樹下狂叫，那必定是向負責招生的迪弗熱報告裡面有令他感興趣的人選，而這麼做幾乎從不落空。每次，迪弗熱都帶著那根長長的獵鞭，口袋裡裝著一塊塊鮮肉，對出了亂子或搜索到好獵物的獵犬分別給予獎懲，把獵犬的訓練推到了極致。這一意外的輔助方式極爲珍貴，因爲隨著美好季節的到來，越來越多的教官被征召入伍，因此學校漸漸空了，孩子們很分散，憑一個人的力量，很難到處都眼到耳到管得過來。不過，這麼做也有危險，這些嗷嗷狂吠的黑色獵犬和這個騎著夜色大馬、臉色黝黑的騎士，居民們看了總是感到突然，受到震撼。這種恫嚇的效果有時也有好處，但也會激起對方極度的反感，如七月二十日的謀殺事件就是個證明。

一個星期來，收穫異常豐富。這一天，迪弗熱從埃爾勒諾村回來，他剛剛徵得同意，鎮上於一九三一年出生的男孩將全部讓『上司』過目。他正騎馬小步穿過一片幼木林，突然離他耳朵兩指之處響起咻的一聲，他正在之前經過的一棵小樺樹身子一歪，被一把無形的砍刀砍落在地。一秒鐘之後，耳邊傳來了槍擊聲。藍柏爾柏馬一閃，差點把他摔到地上。迪弗熱腦子一轉，想驅獵犬朝槍響的方向追去，可這等於又要吃一顆子彈，而且射程將更短，再說，要是他眞的跟謀殺者正面相對，他又能怎麼樣呢？於是，他策馬回到卡爾騰堡，心中暗暗發誓，絕不提起這次成爲謀殺目標的事。

他在院子裡下了馬，『上司』在辦公室的窗口招呼他，遞給他一張劣質的紙條，上面用複印紙粗糙地印著這樣的文字：

告家住格爾亨堡、森斯堡、洛特森和呂克地區的所有母親！

當心卡爾騰堡的吃人魔鬼！

他在覬覦你們的孩子。他走遍我們的各個地區，劫走孩子。如果您有孩子的話，一定要始終想到吃人魔鬼，因爲他始終在想著孩子們！不要讓孩子單獨出遠門。要教導他們，一旦看見一個騎著藍馬、帶著一群黑犬的巨人，一定要逃，要躲起來。要是他來找您，您千萬要頂住他的威脅，對他的許諾也不要聽。做爲母親，你們在一舉一動中都應該牢記住一點：要是吃人魔鬼帶走了您的孩子，您就再也見不到他了！

布拉特森離去前不久，有一次曾漫不經心地跟迪弗熱提起過：『有人跟我說在尼古拉伊肯森林有個燒炭工的兒子。他長著一頭雪白的頭髮，兩隻紫色的眼睛，頭型的寬度係數差不多爲七十。您有機會應該到那兒轉一轉。他名叫洛塔爾．武斯滕洛特。對我的一封封召見通知，他父母從來就沒有理睬過。』迪弗熱第一次踏上了這個地區，這是全區最貧困的地方。此外，交通也很困難，必須乘木筏穿過一道湖峽。木筏十分簡陋，是用圓木紮起來的，一點也不結實，開木筏的患有甲狀腺腫，人倒挺快活，但看去像是個聾子。藍柏爾柏馬左躲右閃，最後終於絕望地往木筏上猛地一跳，險些落水。接著，患有甲狀腺腫的木筏手發動了小馬達，馬達聲陣陣，在湖畔回響。藍柏爾柏馬轉動著兩隻外突的眼睛，在短短的航程中不斷地用兩隻前蹄瘋狂地踢打著圓木筏。迪弗熱看見林間空地上堆著無數的燒炭用的木柴堆，想起了某個矮人村。一個個渾身黑乎乎的男子圍著木柴堆忙碌個不停，迪弗熱想起了布拉特森的話。他先後跟好幾個木炭工搭訕，問起武斯滕洛特這個名字，他們全都裝出不知道的樣子，好像幫不上忙，直到最後，他們中有一個人給他指了指東邊五、六公里處一個名叫貝倫溫凱爾的地方。

迪弗熱策馬走進了開闊的伐木區，裡面只有很少的幾棵幼樹，再往前，便是一片紫色的荒原和採沙場。藍柏爾柏馬在齊肢深的沙中靠腰的力量費力地往前走。接著，又是森林，林間有一堆堆的木柴。在已清理的採伐土地和開闊的林間空地裡，那火光刺激著已經習慣了荊棘叢和矮林綠蔭的眼睛。一幫男子圍著一個吱吱作響的炭火堆，迪弗熱湊上前去。第一個注意到他出現的是個孩子，至少從他的個子看像個孩子，因爲他身上也套著同樣的麻木袋，在腰間一紮，像穿件古代羅馬戰士穿的寬袖外套。迪弗熱正欲開口問他，可馬上又住口；這個問題已經沒有必要問了。只見孩子朝他抬起淨是炭黑的臉，兩隻銀蓮花顏色的眼睛閃爍著淡紫色的目光，穿透了那張像面罩似的黑臉。

『洛塔爾．武斯滕洛特。』迪弗熱喊了一聲，聲調中夾雜著疑問與確信。

孩子沒有絲毫吃驚的表示，也許只有那兩隻銀蓮花顏色的眼睛再一次閃爍，壓倒了那張黑臉。他慢慢地摘下頭上戴著的羊毛帽，露出一頭直直的頭髮，那白白的顏色，彷彿鍍了白金一般。

迪弗熱料定非得經過吃力的商談不可，而且也不一定有什麼結果。憑他的經驗，他知道學員人選的社會出身越卑微就越難招收，而大資產階級則擠破了納粹政訓學校的大門，要把自己的後代往裡送。相反，每次到工人、農民家庭——這是青年團領導部門最爲賞識的——招生，卻免不了受到懷疑，其中含有恐懼與敵意。然而，結果令迪弗熱大爲吃驚，武斯滕洛特夫婦馬上就同意了他提出的一切條件。他們答應得這麼快，弄得迪弗熱也感到納悶，懷疑他們到底是不是眞的明白談的是什麼事情。爲了避免誤會，迪弗熱把他們領到了瓦爾諾德鎭政府——最近的鎭——請鎭政府祕書給他們翻譯了他的主要意思，並以白紙黑字寫了下來。

回到貝倫溫凱爾，迪弗熱被一大群可愛的孩子抬了起來，一邊高唱著善行讚歌，因爲他在最後時刻已經商定，當晚就把洛塔爾帶回卡爾騰堡；此刻的他，腦中已經浮現出自己身裹大衣，懷抱紫眼睛、白頭髮的孩子，在落日輝煌的餘輝中策馬飛馳的圖景。然而最後，他不得不放棄這一圖景，因爲洛塔爾趁他不在的時候，竟離開了燒炭村。有人見他往瓦爾諾德方向走了，還以爲他洗了一把臉之後，出門去找他父母和那個陌生人了呢！時間已經很晚了，迪弗熱還是未能找到那孩子，他只得空手踏上回卡爾騰堡的路，心裡又是氣、又是悲，直喘粗氣。

他與瓦爾諾德鎭政府講妥，他們將負責與武斯滕洛特家保持聯繫，一旦洛塔爾回家便通知卡爾騰堡。因此，迪弗熱給洛塔爾在學校留了位置，因爲他預見到洛塔爾會被編入哪個隊，包括飯廳的餐桌位置和宿舍的床，而且早就開始整理他的衣裝、餐具，甚至將隆重發給他的短劍。但是時間一天天過去，每次給瓦爾諾德那邊打電話，得到的只是模糊的許諾和迴避的沉默。迪弗熱沒有絕望，更沒有把這事忘了，而是滿懷希望地等待著。跟他一生中的任何一個重大事件一樣，洛塔爾的失蹤不可能是偶然造成的。情況確實令人非常失望，而且是命中注定的，彷彿一隻巨手在他的眼前擊破了雲層，在他的眼皮底下接走了紫眼睛的男孩。如果說洛塔爾在這一天從他手中溜走的話，那是因爲洛塔爾進入卡爾騰堡之事非同小可，命運必定要給它營造傳奇般的氛圍。

直到八月末，所有氛圍才營造齊備。這一天，一個百人學員隊穿過了湖，在約翰尼斯堡森林進行了一次類似圍獵的活動，結果凱旋而歸，小舟上滿載著鹿和羊，獵物的脖子搭拉在船外，鹿角掠著水面。圍獵時，迪弗熱、藍柏爾柏馬和他那群獵犬守著東側，孩子們搜索著矮林和荊棘叢，把所有想逃命的野禽走獸往湖邊趕。他們沒有火器，只有短劍和木棍，外加套索和繩網。由於參加圍獵人數眾多，而且靈活，彌補了方法與經驗的不足，加上幾年來一直沒人打過，獵物出奇得多，所以這些臨時組織的歡快的圍獵活動幾乎從來沒有空手而歸的。然而這天早上，林下灌木叢區卻靜悄悄的，沒有什麼動靜，見不到野兔之類的小獵物，這似乎說明附近的矮樹叢或萌芽林中潛藏了大的野獸。搜索活動進行了整整一個小時，沒有遇到什麼開心事，可突然從一棵山毛櫸枝上咻地飛出一隻碩大的松雞，發出斷斷續續的撲翅聲。原來，松雞在樹上挨了一記木棍，遂飛快地朝一個荊棘叢撲去，正要往裡鑽，一隻短毛獵犬一口咬住了牠。這是一隻漂亮的松雞，像火雞那麼大，大家把牠掛在一根長竿上，由兩個孩子抬著。

大家漸漸靠近搜索活動本該正常結束的地點——湖畔，這時，只聽得一條礫石小道上響起喀嚓喀嚓的蹄子聲，大家頓時一動不動。迪弗熱令獵犬保持寂靜，卻被藍柏爾柏馬的姿勢吸引了過去，只見牠激動得站著，雙耳朝前傾，彷彿凝固了一般，只是呼吸急促，渾身肌肉直顫。接著，掠過一道黃褐色的閃電，竄出一隻十叉鹿，旁邊跟著兩隻母鹿。套索嗖嗖地一個個被扔出，幾個孩子不顧一切地緊緊追逐三隻鹿，但白費力氣。迪弗熱很快就和他們拉開了遠遠的距離，呼喊聲在他身後漸漸消失。他朝藍柏爾柏馬的前身弓著身子，向前飛奔，前面是早已看不見影子的那群獵犬，在用吠聲給他引路。

開始幾個小時，純粹像一場漂亮的遊戲，但毫無收穫。三隻鹿逕自朝前奔去，靈活地越過斜坡，穿過小徑，後面是窮追不捨的群犬，呈手指狀向前衝去，十一隻狂熱的嗓子發出汪汪的齊奏。迪弗熱放鬆了藍柏爾柏馬的韁繩，任牠穿過灌木叢、掠過柳林、踏過蕨地和歐石南叢生的地方，每次遇到壕溝、枯樹或樹籬，牠便瘋狂地揚起四隻鐵蹄。有時，迪弗熱還不得不低下腦袋、閉起雙眼，以免被松針刺到或被低垂的橡樹枝擊傷。迪弗熱和著馬的節奏，那噴著白沫、渾身發燙的巨大軀體中，透溢出如此強烈、如此貼近的生命力，不可阻擋地使他信賴而又盲目地與牠合為一體。

他終於在一個湖灣的岸邊追到了群犬，只見那頭十叉鹿正往對岸游去，鹿角高高地露出水面，像個在漂動的燭台。兩隻母鹿不見了蹤影，迪弗熱驚歎不已，群犬竟然沒有被這兩隻次等的動物分心，引入叉道。十叉鹿爬上了對岸，渾身淌水，群犬見狀，遂衝下湖去，湖水不深，藍柏爾柏馬也跟著淌水過了湖灣。追逐重又開始，黑色的獵犬瞪著血紅的眼睛，汪汪直叫，在越來越稀疏的喬林中並肩猛追。迪弗熱見牠們穿過一塊塊耕地，緊接著鑽入了一片榛樹林，重又不見了。耳邊又傳來了吠聲，群犬緊逼獵物，越過矮樹林、穿過榛木林，跑過荊棘叢生的紫色荒野和長著一片片養兔林的沙丘地帶，突然，迪弗熱醒悟過來，追逐已經停止，被追逼的獵物此刻肯定面對著群犬，因爲耳邊狂吠聲不斷，其音調和音色似乎已經變了，當然，那吠聲更響了，但同時也更深沉、更不協調。不再是竭力追趕獵物時的齊聲狂叫，而是瓜分獵物前的死亡之歌。

他催馬前行，藍柏爾柏馬遂小跑起來，彷彿也明白群犬已經停止追逐。拐過一個突出的林角，迪弗熱發現前方是一片開闊的休閒地，盡頭聳立著一棵紫金色的山毛櫸，顯現出很不規則的樹身輪廓。他快馬來到群犬身旁，群犬緊緊地圍著樹根，莫名其妙地朝著粗粗的樹枝方向狂吠。只見一個紫色眼睛的男孩蹲在樹幹上，雙手握著枝杈。

『我怕獵狗，』他老遠就衝著迪弗熱高喊，想讓他聽到自己的聲音，『把獵狗喊走！』

即使他想這樣做，迪弗熱也不可能把緊緊圍在他腳下狂跳的十一隻高大的獵犬趕開。他把藍柏爾柏馬推到樹身旁，設法站在馬臀上。這匹閹馬彷彿明白了即將舉行的『承載』儀式的重要性，整個身子一動不動，彷彿凝固一般，儘管群犬在身邊騷擾著，牠彷彿捲進陣陣黑色的狂濤。洛塔爾賴在樹幹上，小腳亂踢，不讓迪弗熱挨近。最後，迪弗熱終於抓住了他的一條腿，把他往身邊拉。這孩子落到了迪弗熱的懷裡，令他狂喜不已，以致於沒有感覺到懷中的小獵物用牙齒死死咬著他，把他的手咬出了血。

E.S.　馬不僅僅是象徵排泄的圖騰動物，也是出類拔萃的承載動物。這一『肛門天使』還可成爲劫持、誘拐的工具——如騎士懷抱獵物騎著馬——上升到超承載的高度。更有甚者，即使已經完全達到超承載的高度——如在〈樫木王〉一詩中，一個超乎人類的生命從一個騎士手中奪走了他帶著的兒童——還可以採取劫持行動。在歌德的這首敘事詩中，可以看到一位父親用大衣緊裹著懷中的孩子，騎馬在荒原上拚命逃跑，可樫木王想方設法誘騙這個孩子，最後誘騙不成，乾脆武力劫持，從而把承載之舉推向了第三級力度。這正是被極北的魔力推向白熱化程度的克里斯多夫—阿爾伯克爾克拉丁神話。在這場圍獵中——『肛門天使』把『承載天使』追逼得走投無路——我特殊的天才把鹿變成了孩子，由此而出現了『超承載』儀式。這又一次飛躍爲本質競技打開了新的一頁，最終將在卡爾騰堡臻於完善。

校長經常緊急召見迪弗熱，把他留在城堡裡，有時一待就是幾個小時，拉費森在很長一段時間裡對此一直感到納悶，心想校長到底想要迪弗熱做什麼。出於自尊，拉費森不能直接問法國人，而等級觀念又不允許他要求將軍對此做出解釋。實際上，只是他們那次在路旁相遇，然後一起坐馬車回來後，老貴族在迪弗熱那個充滿符號和象徵標誌的天地裡發現了一塊可供探索的田地，與他本人的所憂所慮相當貼近，同時也是一個比較新鮮的領域，從而引起了他的興趣。他總是嚴肅地單獨待在自己的房間裡，從不過問學校的日程、工作和節日，而每次迪弗熱來，總是必恭必敬，而且態度認眞，對此，校長大爲欣賞，尤其是迪弗熱說話時總能引起共鳴的話語，令人忘卻這不過是個毫無頭銜的法國平民。確實，迪弗熱生來第一次打開了他對自己的憂慮、歡樂和發現始終維護的絕對祕密。當然，他對校長公開的祕密是有分寸的——比如，他就沒有向校長坦露自己屬於吃人魔鬼這一種族，也沒有洩漏把他與命運維繫在一起的默契關係——但是，他跟校長談起錯位（惡性與良性）、飽和、承載以及體現這一切的英雄等，目的是爲了有更多的了解。

在交談時，校長經常回憶起他的往事，談起他在普倫軍人子弟學校度過的童年與青少年時代，在這所學校裡，他跟帝國皇帝的兒子共同接受培養；談到他在科尼斯堡軍營的生活，即使對一個在深宅大院中長大的容克來說，那種軍營生活也難以忍受，因此，義和團戰爭一爆發，他便連忙抓住機會，逃脫了軍營。他當時剛從波茨坦畢業，以中尉的身分參加了由馮・瓦爾德澤陸軍元帥率領的國際征伐團⑲，為被遭受殺害的德國公使克特勒報了仇，解救了被圍困在北京的外國使團。他還毅然投入了一九一四年的戰爭，那股激情是他的年齡所無法解釋的，但似乎得到了德國進攻初步勝利的證明。可是，當後來不得不拆散騎兵團，將騎兵與步兵混為一體，全都投到淨是污泥的戰壕中時，他明白了某種本質的東西正在事物發展的進程中被砸碎，那就是事物發展中最靈活、微妙與閃光的原動力。隨之而來的是失望與慘敗，而這正是當初鑄成大錯所不可避免的惡果。

後來，他經歷了皇帝退位與社會黨人的動盪，但他因一個他感到與之息息相關的世界的消亡而過早地衰老，所以對這一切也都無動於衷。此後，紋章學像一道半透明的屏幕，把他與現實隔離了開來。

『一切都表現在徵兆之中，』他口氣肯定地說：『當一九一九年國民議會召開於威瑪市劇院——威瑪！在劇院開會！混亂不堪！——取消了直接取向於條頓騎士國的輝煌的黑白紅三色帝國旗幟，換成金色的橫長條的黑紅兩色旗時，我就意識到我的祖國的偉大事業已被徹底葬送，早在一八四八年，這一做為民族新象徵的旗幟就已像一朵毒花在街道上空開放。這是公開地宣告一個羞辱與墮落的時代的到來。誰要以徵兆來說教，都要受到他們的懲罰！迪弗熱，您是一個能釋讀徵兆的人，我很清楚，再說，您也給我證明了這一點。您好像已經發現了德國是一個純本質的國家，這裡發生的一切都是徵兆，都是寓言。您言之有理。再說，一個被命運打上印記的人在德國是必定要喪

譯註⑲：指八國聯軍。

命的，就如一隻夜蛾，在黑夜中飛旋，而最終必然找到光源，被其陶醉，進而被奪走生命。但是，您還有許多東西要學習。迄今，您只是發現了事物之上的徵兆，猶如刻在界碑上的字母和數字。這不過是象徵存在的脆弱形式。您千萬別以爲徵兆永遠都是不給人以傷害的、脆弱的抽象物。徵兆是有力量的，迪弗熱，正是它們把您領到了這裡。徵兆是有感應的。受到嘲弄的徵兆會變成魔兆。它是光芒與和諧的中心，具有製造黑暗與分裂的力量。您的天賦指引您發現了承載、惡性錯位與飽和等。您還要去探索這一象徵機制的極致，亦即這三個形象的組合，那是世界末日的代名詞。因爲令人可怖的時刻必將到來，徵兆將不再容忍自己像士兵舉著軍旗那樣被某個創造物所承載，它將獲得自己的自主性，擺脫象徵的事物，而且令人恐懼的是，它要取代象徵物。這一來，便禍從天降！要記住耶穌受難之事。祂曾長時間地負載著祂的十字架。可後來，變成了十字架負載著祂。於是，時間的帷幔撕碎了，太陽黯然失色了。當象徵吞噬了被象徵之物，當十字架變成了受難的對象，當惡性錯位打亂了承載，世界末日便爲期不遠了。因爲一到這個時候，象徵便不被任何東西所控制，而成爲天之主宰。它將迅速擴散，侵佔一切，化成千百種不再表示任何東西的意義。您讀過聖約翰的《啓示錄》嗎？那裡面可看到壯觀而又可怖的場面，大火映紅了整個天空，燒著了奇形怪狀的動物、星星、利劍、冠冕、星座，而大天使、權杖、御座和太陽則混亂不堪。這一切都是象徵，這一切都是密碼，這是不容置疑的。但是，千萬不要設法去弄明白、去尋找每一個符號所象徵的事物。因爲這些徵兆都是魔兆：它們不再象徵任何東西。由它們的飽和而造成了世界的末日。』

他一時打住，朝窗戶走了幾步，從窗口可見一杆旗，夜風正以柔和的颯颯聲撫摸著旗幟。

『您看，在我自己的城堡裡，到處插著軍旗和卍字焰狀裝飾旗，』他繼續說道：『一九三三年，我承認，當新上台的首相把魏瑪的三色旗扔進垃圾堆，重又恢復俾斯麥帝國的三色旗時，我一時曾燃起希望。但是，當我看到他對三色旗的處理時——旗以紅色爲底，中間一個白色的大圓盤，圓盤中間標著一個黑色的卍字，我懷疑再也沒有比這更不祥的了。這隻大蜘蛛失去了平衡，一邊扭動著身軀，一邊以其勾狀的爪子威脅著阻礙了牠行動的一切東西，而這正是燕尾十字再也明顯不過的反襯，因爲燕尾十字閃耀著安詳與寧靜的光芒！第三帝國繼續恢復傳統的標誌，意欲在輝煌之中重新引入普魯士軍隊的鷹標，這一來，便糟糕透頂了。您當然知道，在紋章學術語中，右稱爲左，而左讀作右，嗯？』

迪弗熱點了點頭。他第一次聽說這一紋章學的規則，但這一規則與象徵主宰的遊戲中他經常發現的左右錯位現象是一致的，所以，他很快就不覺得陌生了。

『他們對這一錯位現象做出應用性的解釋，那恐怕是事後編造出來的。據他們說，對一枚盾形紋章，不應該從面對它的外人的角度去看，而應該從左臂佩戴著紋章的騎士的角度去看。儘管如此，普魯士鷹標的頭按照正常的紋章學傳統應該是朝右的。可是，請看看第三帝國的鷹標，它的利爪緊捏著一頂櫟葉冠，上面標著卍字：頭往左傾。這是一隻頭向左側的鷹，實在是太反常了，一般來說，它只用於貴族的混血或墮落的支系。當然，納粹黨的任何一個要人都無法對這一離奇的現象做出解釋。他們含沙射影，暗示宣傳部的徽章繪制人出了差錯。今天，戈培爾終於找到了一種解釋法：第三帝國之鷹看著東方，即它們威脅、進攻的蘇聯方向。事實並非如此，迪弗熱先生。』

說著，他挨近了法國人，以嘶嘶作響的低聲把令人可怖的祕密告訴了迪弗熱，從此將與他共守這一祕密。

『事實是，歸根結底，第三帝國是起主宰作用的徵兆本身的產物。一九二三年的通貨膨脹是一次說明問題的警告，但誰也沒有醒悟到，那鋪天蓋地的貶値的紙幣，那一個個貨幣象徵不再象徵任何東西，而成了烏雲般的蝗蟲，瘋狂地撲向全國，到處破壞。請注意，正是在一美元値四點二兆兆馬克的那一年，希特勒和魯登道夫在一小撮黨徒的簇擁下走向慕尼黑的奧第昂廣場，想推翻巴伐利亞政府。後果您是知道的；一陣槍響，掃倒了與希特勒一起前往的十六名納粹黨人，格林受了重傷，施勃納─里希特被子彈擊中了要害部位，倒下時把希特勒也帶倒在地，致使希特勒肩膀脫臼。元首被關進了蘭茨貝格堡，整整十三個月，他在獄中寫了《我的奮鬥》。但是，這一切都是次要的。在此後涉及德國的一切之中，人都是次要的。在一九二三年十一月九日這一天於慕尼黑所發生的一切，舉足輕重的只是一面旗，就是那面陰謀家的卍字旗，它倒在了十六具死屍流淌的血泊之中，那血染紅了旗幟，賦予它以神聖性。從此之後，這面血旗── die Blutfahne ──成爲納粹黨最神聖的聖物。自一九三三年以來，它每年要展示兩次。首先是十一月九日，重現當年在慕尼黑統帥部行進的情景，猶如中世紀紀念耶穌受難的活動，但更重要的是九月份，帝國黨代表大會在紐倫堡召開，標誌著納粹典禮的最高潮。在這期間，血旗宛如給無限的雌體授精的種源，與渴望「受精」的新的旗幟相接觸。我親眼見過那個場面，迪弗熱先生，我敢肯定，元首主持旗徽結合儀式的一舉一動，完全像是用自己的手慢慢地把公牛的生殖器塞進母牛的陰道裡的配種者的做法。一支支隊伍在遊行，每一個士兵都是一個旗手，而最終成了旗幟的隊伍，如一片廣闊的海洋，在狂風中波濤起伏，到處是軍旗、旌旗、旌麾、會旗和裝飾旗。夜晚，一只只火炬把典禮推向高潮，火光映紅了旗杆、旗面和旗冠上的微型銅像，把命該結局慘淡的人群淹沒在大地的黑暗之中。當元首邁步走向一個巨大的祭壇主持祭禮時，一百五十盞防空探照燈一齊閃亮，在齊柏林(Zeppelinwiese)草坪上方構築了一座光的大教堂，八千米高的光柱證明了在慶祝的祕密祭禮具有通往天體的力量。

『您熱愛普魯士，迪弗熱先生，因爲您說過，在極北的光線下，徵兆閃爍著無與倫比的光芒。但是，您還沒有看清這一令人可怕的徵兆激增現象將導致何種後果。在充滿象徵的空中，正孕育著一場世界末日般的猛烈的暴風雨，將把我們全都吞沒！』

E.S

夜裡三時許，全體緊急集合。我第一次目睹了被孩子們稱爲『化裝舞會』的場面，而這是普魯士士官的腦袋瓜想出來的最令人憎惡的懲罰形式之一。實際上，拉費森意識到卡爾騰堡紀律渙散，整個學校已經擺脫了他的管制。爲此，他做出瘋狂的反應，不斷給予猛烈的敲打。

按照命令，孩子們須在三分鐘時間之內，著作戰服在操場上集合完畢。遲到者連連受罰。檢查之後，凡著裝不合格者，也受到了懲罰。接著，他們以立正姿勢站立了十五分鐘，突然，又響起一道新的命令。兩分鐘後，全體學員必須換上青年團服裝，趕回原來位置。飛登樓梯。衝向宿舍。在衣櫥間一陣擠撞。開口說話的、遲到的、還有某個部位不合著裝規定引起了『上司』注意的，全都遭到了劈頭蓋臉的一頓懲罰。又是一刻鐘的立正。解散。兩分鐘後，全體人員著外出服在此集中。然後又是運動服，檢閱服。他們一個個咬緊牙關，竭力當好小機器人，但是我也看到不少人氣得落淚。

我本來可以待在床上。說實話，我無法錯過這次觀賞服裝大檢閱的機會。我激動地觀察著，他們的個性是多麼適應那不斷變化的服裝，他們在無意識地爲我進行服裝表演。他們的個性不是通過服裝表現出來的，不像聲音那樣，根據牆體的厚薄，或多或少總能透過一點，只是清晰程度不一。然而在這裡，每次呈現的總是全新的個性，不僅僅是嶄新的，而且還具有難以預料的效果，每一次都徹底變樣，彷彿完全暴露。就像一首詩被譯成這種或那種語言，絲毫不喪失其本質的魅力，只是每一次都飾以嶄新的、奇特的誘惑力。

就最粗俗的層次而言，服裝是人體的鑰匙。在這一不加區別的層次，鑰匙與柵門多多少少是相混淆的。說服裝是鑰匙，是因爲它們是由人體穿戴的，但實際上，服裝與柵門更爲相似，因爲服裝常常把人體整個兒遮起來，就像一種完整性的翻譯，甚至像一種冗長的解說，比被解釋的本文還全面。但是，這兒涉及的正是一種乏味、囉嗦、庸俗的解說，毫無象徵意義。

服裝不僅僅是鑰匙或柵門，更是人體定型的工具。臉的形狀由上方的帽子和下方的衣領所確定，也就是註解與解釋。根據衣袖的長短、緊鬆或有無，胳膊也就有別。緊而短的衣袖貼合胳膊的曲線，可襯托出二頭肌的隆起、三頭肌的鼓突，並突出肩膀的渾圓，但不惹人喜愛，沒有撩人觸摸的意味。寬鬆的衣袖則隱沒胳膊的圓胖，使之顯得比較細長，但是，底袖的肥大舒適，讓人不禁想摟住、佔有那胳膊，甚至肩膀。短褲與襪子爲膝蓋定型，根據短褲的長短、襪筒的高矮，賦以膝蓋不同的形象。倘若褲腿較長，襪統較高，那兩頭受夾的膝蓋便只能擔當那種連杆頭似的拙笨、生硬的角色。它表現出的是嚴厲、功效與對肉體的冷漠。倘若襪筒不高或者襪子緊貼著鞋子，那麼腿肚的柔韌便展示出其全部價值，與膝蓋對嚴厲性的追求分庭抗禮。這一形象清楚地令人想到從外部強迫某個無所顧忌、富有魅力的人格守陳規的必然後果——失敗，不管人們給他穿怎樣的衣服，這種人總是在無意中由自己的軀體對服裝做出本能的選擇使用，而不受任何限制。較爲和諧的是穿長筒襪，襪子一直穿到膝蓋的下部，甚至蓋過部分膝蓋，同時配上很短的短褲，充分地裸露出大腿。這樣一來，大腿便被定形、被突出，而膝蓋則黯然失色，成了它的陪襯。這是最爲恰當的方式，既體現了服裝的嚴肅性，又充滿激情地讚美了肉體；既尊重了秩序，又頌揚了最豐滿、最溫柔、最誘人的大腿部位，實現了兩者的結合。人們從極爲可靠的本能出發，往往在小男子漢的不同著裝中使用這種方法，尤其是青年團服與運動服。但是，長筒襪往往起不到自己的作用。可要是襪子太短，拉得不美，或捲得不得體，便會過分地暴露大腿，使之喪失任何表現力。因此，只有寄希望於鞋子了，鞋子該是相當倔強，可以在最終時刻挽救整座潰散的大廈，它也相當固執、好嘲弄，可以爲大廈提供其缺少的堅固基石。

E.S. 洛塔爾·武斯滕洛特。一九三二年十二月十九日生於貝倫溫凱爾。身高：一百四十八公分。

體重：三十五公斤。胸圍：七十七公分。頭顱寬度係數：七十二。

他像弓一樣敏感，有力地顫動，瘦削的身材更突出其隆突的肌肉，賦予它非凡的價值，而他肌肉之發達，也確實令人驚詫。深凹的胸目形若大敞的尖形拱肋。這是布拉特森沒有意識到的一種特徵，但上身的結構卻取決於它。在最不幸運的人身上，可以說胸廓往往因肋骨的靠近而呈封閉狀，而肋骨的右前側完全連在一起。一般情況下，胸廓呈三角形，爲倒V狀。V的兩支可能向內彎曲，但越接近半圓拱眼，曲線便越和諧。任何人的悟性都取決這一胸目，其作用遠超過天庭的開闊或嘴巴的柔美。在這裡，我並不是在玩弄字眼。事情是合乎情理的，在這一層次，本義與轉義混合一體，但是切勿忘記，esprit（精神）一詞源自spiritus，而spiritus的第一個義項就是『氣』、『風』的意思。

線條簡練的臉龐，彷彿是以單線條勾勒而成的，瘦削的臉，薄薄的嘴，輪廓不太明顯的鼻子，兩隻紫色的眼睛，但是，一頭銀白色的秀髮，宛若套著沉甸甸的髮罩，使臉龐顯得更爲瘦小，髮型爲當地流行的『鍋蓋型』，呈圓弧狀。根本就用不著布拉特森的那套人種測量儀器，單憑他這個別具一格的頭型，就可探討人體之美的金科玉律。人的美主要取決於頭與臉的比例。兒童之所以比成人美，奧祕正在此。兒童的頭一般很早就可定型，一旦定型後，便幾乎不再長。相反，臉卻會再長。其面積至少會擴大一倍，這一來，美感便消失了。因爲隨著臉與頭的比例逐漸加大，人的腦袋便越來越接近動物的形狀。確實，動物的頭與臉的比例與人的是相反的：無論是狗還是馬，腦袋全被臉佔了——我指的是額、眼、鼻和嘴——頭幾乎不佔任何位置。當然，我也必須指出，男人與人們普遍欣賞其美的女人在一定程度上都保持了兒時的頭與臉的比例——或不成比例——關係。在從動物到人的這條標線上，兒童處於成人之上，因此，兒童應該被視爲『超人』——超越成人——的存在。此外，就智力而言，難道不是可以得出同樣的結論嗎？若把智力的定義確定爲學習新事物、解決首次出現的問題的能力，那麼，誰能比兒童更聰明呢？要是沒有兒童時代的學習，哪一個成人能在沒有掌握任何語言的基礎上，憑空學成一門語言，會寫會說呢？

在我做記錄時，他在乖乖地等著，整個髖部突出，柔軟而無活力的右大腿架在生機勃勃的細長的左腿上，兩者形成強烈對照。生殖器呈梨形；龜頭和睪丸呈三個差不多均衡的組織，被一道皺網連成一體，皺褶呈輻合線狀會聚在與恥骨連接的狹窄的肉質莖部位。

我抬起頭，他朝我微微一笑。

孩子們全部集中在城堡的騎士廳裡，今天晚上，騎士廳成了一個昏暗的大階梯教室，響著竊竊低語聲和強壓的笑聲。低矮的站台被四把火炬照得通亮，拱頂彷彿在晃動，拱肋呈簇狀垂落在支柱上。這次如同往常，一切都是事前安排妥當，而且不走漏任何風聲，因此，當校長身著莊重的將軍服出現在講台上時，全場頓時鴉雀無聲。由於他在學校中幾乎過著隱居的生活，總是身著毫無特色的便裝，儘管誰都知道——連最小的學員也不例外——他的名聲與頭銜是黨衛隊員們那種陰森可怖的虛假榮耀所遠不可及的，但他身上卻仍然籠罩著神祕的色彩，這一切無不賦予他今晚的講話以非凡的吸引力。他開口說話，全場更靜了，如同凝固一般，因爲他的聲音低沉，幾乎難以聽清。全體兒童淹沒在昏暗之中，可以說都朝他傾去身子，以聽清他的講話。但是，他的聲調漸漸升高，語氣也隨之而變得堅定，他祈求的一個個高大的形象佔據了整個空間。

『學員們，』他說道：『今天晚上，我們要舉行一個儀式，這是你們年輕的生涯的頂點。你們中間有三位將榮獲佩劍。哈奥、哈洛和洛塔爾，從今之後，你們將左身佩劍，鮮血與榮譽的雙重奉獻將永遠高於你們的生與死。在任何地方，這一儀式都不可能獲得像在這拱頂之下產生的深沉反響，這些拱頂是由我的祖先赫爾曼建造的，他叫馮·卡爾騰堡伯爵，是立窩尼亞雙劍基督團騎士、佩劍騎士團的修院院長、波美拉尼亞選帝侯和里加的御醫。你們是佩劍團的傳人，你們今晚成爲了佩劍騎士團的小騎士，他是你們的主人和保護主。因此，必須讓你們了解他是怎樣一個人，是怎樣生活的，以使你們在任何狀態下都能回答這一個提問：若處在我的位子，偉大的赫爾曼會怎樣做呢？

『赫爾曼·馮·卡爾騰堡與他同時代的所有騎士一樣，首先在東方的烈日下練就了膽識。他經歷了偉大的十字軍東征的一切苦難與歡樂。但是，他並不滿足於——如他的大部分戰友就是如此——攻殺非基督教徒。他同時也是一位仁慈的修士，知道照料病人，醫治傷員，他把東方的祆教僧侶祕傳給他的傷口敷藥和軟糖式藥劑帶回到我們地區，使他在里加的主教宮裡名聲大振。十三世紀初，他參加了歷次旨在保證佩劍騎士團牢牢控制極北邊緣地區——自波羅的海沿岸至納爾瓦和佩普西湖畔地區——的戰鬥。佩劍騎士團的騎士爲數很少，只有幾百人，跟你們，跟集中在這個大廳裡的學員人數一樣多。但是，他們是些巨人！他們一無所有，沒有財富、沒有妻子，甚至都沒有自己的意願，因爲他們一直宣傳貧潔，宣傳順從。他們睡覺時也不離開武器，佩劍時刻放在身邊，可以說，佩劍是他們唯一的配偶，因爲他們有著嚴格的規定，不能擁抱他們的母親和姐妹。每星期只有兩天，喝點牛奶，吃點雞蛋，星期五一律守齋。他們對首領不能有任何祕密，不該知道的祕密也從不接受。他們出發打仗，騎著像大象一樣的高頭大馬，尤其是那全身的盔甲和全副武裝，煞是壯觀，每一個騎士就像一座活動的堡壘。但是，在他們的鎖子甲下，他們的肩和背在隱隱地淌血，因爲他們全都在戰鬥之前相互撻以苦鞭……

『走在他們前頭的，是他們中最偉大的赫爾曼·馮·卡爾騰堡，他閃耀著神聖的光芒，那光芒是如此強烈，連異教森林中的千年橡樹也跪倒在他的面前。雖然其他的季節比較溫和，但赫爾曼更愛冬天，因爲冬季的嚴寒象徵著道德的嚴格，因爲森林的坦露令人想起一個光明的神聖生命，因爲被寒風掃蕩過後的天空的純潔展現著被信仰洗滌過的靈魂的純潔。他同樣也喜愛堅硬的大地、冰凍的沼澤和湖泊，因爲給他的馬車和炮隊的前進提供了方便。

『在所有的樹木中，他喜愛的是冷杉，因爲冷杉樹挺拔而又茂盛，四季常綠，閃爍著光澤，像一座公正的大廈，層次分明，總而言之，因爲冷杉樹是樹木中最具有德意志性格的。』

就這樣，校長講了很長時間，他談到了過去、現在和將來，把學員們佩在左髖上的童劍比作插在城堡大平台的護欄上直刺蒼天的巨劍，把坦克師團與蘇聯的戰鬥比作了德國騎士與斯拉夫人的鬥爭，歷史上在坦嫩貝格有過兩次戰役，一次是一四一〇年，條頓騎士與佩劍騎士寡不敵眾，慘敗在波蘭和立陶宛人的手中；另一次是一九一四年輝煌的復仇戰，興登堡率領的德國人消滅了薩姆索諾夫率領的俄軍。最後，他回憶了法國和德國對待各自的修士騎士所採取的不同態度：在聖地復興，條頓騎士興建馬林堡——這是他們對皇帝和教皇賜予他們的教省擁有權力的象徵——的時刻，法國的聖殿騎士團騎士卻遭受污辱，被押上了美男子菲利浦的焚屍堆。同樣，德國的騎士精神至今仍然活在這塊土地上，活在這城堡中，可法國卻永無盡頭地爲假王贖罪。但是，迪弗熱注意到，校長從來沒有一次暗示被打入地底、肩負城堡的阿特拉斯。

他講話完畢後，全體學員起立，高唱K．霍夫曼的詩：

展開血染的旗幟

燃起沖天的大火

在這鏗鏘的歌聲的撞擊下，古老的拱穹發出震顫。接著，那三位新生所屬的百人隊集中到城堡前的廣場上，慶祝莊嚴的守夜儀式。

這可不是微不足道的小事，因爲他們要排成半圓圈，朝東處留下缺口，一直守到太陽升起。當火球在尼克爾貝格山峰後出現時，學員們將高唱太陽頌歌。然後，隊長再次提醒三位新手，一旦成爲元首的佩劍騎士，就要保證絕對忠於元首；接著，隊長命令，若他們感到沒有爲第三帝國無條件獻身的力量，那他們就出列離去。最後，在曙光的輝煌之中，他再莊嚴地把佩劍交給他們。

也許把他們集中在一起的那場儀式起著某種作用：哈奧和哈洛變得與洛塔爾密不可分。不管他做什麼，無論他到哪兒去，好動、外露、不倦的洛塔爾身邊總是跟著安靜、寡言、甘於無所事事的雙胞胎兄弟。開始時，學員們對這個有悖於小共同體不言明的行爲準則的三人團做出了反應。但是這三位新手結成了不可動搖的漠然陣線，反擊別人的含沙射影和諷刺嘲笑，最終攻擊者們洩了氣，這個三人團成爲了一個無可指摘的既成事實。

迪弗熱最喜歡觀察他們，很容易就發現了那兩個雙胞胎表現出本能、默契的忠誠，侍候著白髮少年。他們不慌不忙，但也沒有絲毫的猶豫，總是帶著某種準確無誤的先見之明處處爲洛塔爾構成恰當、舒適的理想環境。無論集合、點名、向國旗致敬，還是練馬術、搞體操器械訓練或六毫米毛瑟手槍射擊訓練，哈奧和哈洛總是先到一步，然後，輕浮、急躁的洛塔爾才匆匆忙忙地來到他倆中間就位。

一個籠罩著霧靄的灰濛濛的上午，『上司』命令學員們在戰術訓練場上進行訓練。紅色的外衣強烈地映襯在白色沙土的蒼白色光線中。迪弗熱在三人幫面前停下腳步，他們三人正在疊羅漢，哈奧在右，哈洛在左，兩人用手托著洛塔爾。所有學員都三人一組在進行疊羅漢訓練，但是與白髮少年和『鏡像類』雙胞胎構成的形象相比，無不顯得雜亂而欠完美。因爲他們三人的形象是那般平衡、那般沉著，又是那麼嚴密、對稱。

『啊，這三位，我早已發現了。不管他們做什麼，總是團結在一起，就像卡爾騰堡的佩劍。』

迪弗熱沒有聽到校長拄著鐵手杖靠近的聲音。他轉過身，向校長致意。

『對，』校長繼續說道：『他們是如此協調，就像是從美麗的古紋章中印出來的！』

『上司』一聲令下，每個小組處於中心位置的男孩子便跳到他的腳下，與其他人一起保持一動不動的立正姿勢。

『這白色的背景，紅色的身影，難道沒有讓您想起什麼，迪弗熱？』老人順著自己的思路繼續說道，『若我讓您當從屬於我家族的騎士，佩戴上令人想起我家族紋章的徽章，比如尖頭椿形三侍從黑頂銀紋章，您看如何？哈，哈，哈！再說，這三個男孩不是您招來的嗎？』

校長的玩笑正與法國人迪弗熱的憂慮不謀而合，他慢慢靠近校長，露出詢問的神色，沒有意識到自己的這一舉動也可以被理解爲某種威脅。

『您要記住，』校長鎮靜自若地往下說道：『紋章學常常求助於植物，尤其是動物，可很少使用人臉。爲什麼？我給自己提出過這一問題。不錯，普魯士的紋章中有一種由兩位野蠻人托著盾牌、腳下放著狼牙棒的圖案。有時也看到摩爾人的頭像，但大都是傳說中的人物，半人半動物，類似半人馬、斯芬克斯、美人魚或哈爾比亞[20]等。但就我所知，沒有男子、女子或兒童的形象，或者說十分罕見。』

他轉過身去，細心地選擇落腳的空處，慢慢地朝城堡走去。突然，他又停下腳步：

『噢，我有個想法。您難道不覺得把活人的形象刻到紋章中難道不是與某種祭獻的觀念隱密地聯繫在一起嗎？總之，若我們追根溯源，便可發現圖騰動物都是被擁有、宰殺、食用的動物，正是這樣，圖騰動物才把自己的德行傳達給佩戴圖騰標誌的人。說到底，最有名、最神聖的人像紋章是什麼呢？請告訴我？是釘在十字架上的基督！這是最高犧牲的典型象徵！因此，在自己家族的紋章中，展示某隻鷹或某頭獅子儀式性的祭獻，殺死某種惡魔，如龍或人身牛頭怪，或者表現對黑人奴隸或野蠻人的征服，都是情理之中的事。但是，尤其需要鬥士、女人，特別是兒童！您明白一點了吧，我可憐的迪弗熱，用我的尖頭椿形三侍從黑頂銀紋章，我就賦予了您吃人魔鬼紋章！哈，哈，哈！』

E.S.　騎藍柏爾柏馬從埃本洛德回來的路上，見到了一個騎自行車的兒童。我拉住藍柏爾柏馬，小步前行，始終不超過這個孩子。到底是怎麼回事？自行車是種有高度、長度但沒有厚度的物品。人一騎到車上，人體立即就變成了一個側影，突出了人體的各種線條。人體因此而變得明晰、清純，宛若一幅圖像。成了一件浮雕，一枚紀念章。只見一條大腿。然而它的反射卻能使我們看清其內側。腳不觸地。整個人體被一種由腿肚、膝蓋和大腿參與的完美的循環運動所驅動，而車座上那小小的臀部的有力振動消融循環運動。肌肉顯然在起作用，單調地重複著循環動作，彷彿是人體活動模型的動作。雙肩支起，幾乎挨到了耳朵，上身一動不動，表現出一種蔑視一切或恐懼的姿勢。

到了奧赫爾道夫村口，那位小自行車手停下車，把車架好，離去了。魅力頓時消失。第三空間重又擁有了他。行走的不規則動作模糊了他的線條。方才我覺得如此奇妙、幾乎對他產生企圖的兒童，一下了自行車，便馬上落到平庸無奇的地步。當然還談不上令人鄙視，但確實不值得特別關注。

到底是怎麼回事？自行車對成人毫無作用，可對兒童卻能起到譯碼格的作用：它隔出關鍵所

譯註⑳：希臘神話中司暴風的有翅女怪。

在，使密碼明晰可解。這雙重地闡釋了校長某些相當含糊難解的話語。首先，自行車之經驗揭示了兒童的承載天賦，若這一使命必然招致犧牲的結局，那它是可怖的。其次，我現在更清楚地領悟到了鑰匙與譯碼格之間的差別，鑰匙只賦予我們一種抓住關鍵的特殊意識，而譯碼格卻能徹底地抓住關鍵所在，給我們的直觀提供閃光的實體。這也是承載等級的區別，因爲鑰匙由關鍵所承載——如鎖帶著鑰匙——而譯碼格卻承載著關鍵所在，就如燃燒的鐵條承載著殉難者的軀體。現在，還需要弄明白的是鑰匙如何向譯碼格轉變的問題，校長將之定義爲惡性錯位，正是這種惡性錯位，把釘人的十字架轉變爲被釘的十字架。

老先生所知道的肯定遠多於他所跟我說的。只有靠我自己利用他允許我跟他保持的親密關係，抓住一切機會套他的話，讓他全盤托出。

迪弗熱沒有空暇去問校長。自七月二十日的暗殺行動以來，整個德國，尤其是暗殺行動發生的所在地東普魯士，掀起了逮捕與槍殺的狂潮，實爲史無前例。令人可怖的警察盲目瘋狂地打擊陰謀分子及其家人、朋友，甚至連最遠的關係也不放過。在蓋世太保的報告中，經常出現普魯士貴族最顯赫的姓氏，諸如約克、莫爾特克、維茨勒本、舒倫堡、施威林、施圖爾普納格勒、多納、勒道夫……

一天上午，一輛配有僞裝車篷的小車停在了城堡門前。從車上下來兩個身著便裝的人。他們跟馮·卡爾騰堡伯爵將軍進行了祕密交談。然後，他們馬上開車離去。不過，他們只是離開了城堡，把車停在城堡前面的廣場上等著。一個小時之後，約莫十一點鐘，廣場上的孩子們十分驚奇地發現他們的校長身著莊嚴的軍服走了出來。他腳步很快，動作機械，目光直盯著前方。就這樣，他沒有向大家回禮，走過了中心小徑，鑽進了在等候著他而車窗緊閉的小車，遂向施朗根弗里埃斯方向開去，消失不見了。

校長是迪弗熱唯一可以信賴的一個人，他的離去深深地影響了迪弗熱。校長善於思辨，在自己身邊造成了一片舊時偉大的氛圍，總是誘使法國人迪弗熱做出努力，保持清醒的頭腦，進行思考，這一切無不起到作用，使迪弗熱超越了慾念的層次。老人走了之後，迪弗熱便聽任於自己強烈的本能力量，有時也表現出幾分荒唐離奇的文雅，他的《用左手寫下的文字》可對此提供證明。不管怎麼說，局勢的惡化使他越來越自由。九月二十六日，希特勒宣布集體征召（Volkssturm），把女人、老人和兒童全部征召入伍，試圖改變失敗的命運，這在迪弗熱的發展歷史中標誌著一個新的階段。校長不辭而別，拉費森還是忍了，可他眼看著自己手下的軍官、士官和與他合作共事的老百姓一批批被抽走，好不氣惱，直抱怨留給他指揮的是個『幼兒園』。不過，他至少還是要求學員們進行訓練，保持武裝，以接受最後的考驗。他常常去柯尼斯堡，說是到希姆萊參謀部的所在地波塞爾納辦事，而把權力全交給了迪弗熱，讓這個法國人勉強保證納粹政訓學校的日常生活。

E.S.　三天來，在地下室的一間屋子裡，埃本洛德的剃頭師傅和他的學徒不停地用電動理髮剪糟蹋小男子漢們的長髮，那理髮剪大極了，我以爲是專門用來剪馬鬃的。應該說明一點，孩子們已經五個月沒有理髮了，得用手撩開礙事的頭髮才能看清東西或者吃飯。如此不修邊幅，自然我負有一定責任，原因是每次想到大家要遭受如此野蠻的修剪，我心裡總是感到一揪。後來，我還是屈服了無法避免的命運，可現在，我卻發現我完全可從中得到益處。

我首先注意到頭髮本身就可以是美的，但是，在頭髮與臉龐所處的關係中，頭髮始終扮演著消極的角色：它削弱表現力，沖淡臉部輪廓，使整個臉龐黯然失色。不過，對醜陋的臉面，頭髮倒是有用的；有一頭濃密的頭髮，總不像光禿禿地任人打量那麼醜。醜陋是一般的規律，有頭髮總比禿腦袋強。但是，如果是一張俊美的臉，最好還是避免被頭髮扼殺了。從地下室上來的孩子，鬧騰著互相拍打被剃得光溜溜的頭背，他們臉龐的美全都暴露無遺，幾乎到了過分的程度，令我驚愕不已。這是赤裸裸的美，無遮無掩，沒有絲毫的含糊，宛如雕像，像佩劍和大理石面飾那般線條清晰。當笑聲振作了這張面飾，賦予它生命，它便講起話來，講得是那麼美，那麼富於感染力！

看到這場面，我遂下到地下室去目睹形變的景觀。我久久地觀察著理髮剪從脖頸到前額在濃密的頭髮中挖起一條又一條蒼白色的壕溝。頭皮即刻暴露出它的祕密，顯得坑坑窪窪，佈滿道道斑痕，尤其是展現出頭髮的布局。一團團柔軟的頭髮落到孩子的肩上，地上積了厚厚的一層，發出濃烈的氣味，理完髮後，剃頭師傅無所謂地用掃把將頭髮全都掃到了屋子裡面。我馬上下達了命令，要保存好這些頭髮。準可以裝滿幾麻袋。可到底派何用場我還不知道。

E.S. 觀察孩子們理髮時，我發現大多數情況下，頭髮好像都是以處在枕骨正頂部的中心部位爲出發點，呈螺旋形的布局，構成一個個離心漩渦，遍及整個腦殼。最不平服的那一綹往往由螺旋中心的頭髮所組成，只有這個部位的頭髮不被一起捲入漩渦。

我想起了上星期學員們在飯廳的桌子上剝鹿皮的情景。在斜斜掠過的光線下，可以清晰地看到一團團朝不同方向捲的細皮。那也同樣存在著人髮的漩渦現象，根據毛髮從中心點往外輻射還是從外面往中心點輻合，而成離心狀或同心狀。此外，還可看到界限分明的毛區，只見大片的鹿毛在冠狀突起部位的兩旁相對峙，勢不兩立，或棄陣而去，被一條暴露的毛分路一分爲二。我還想起了布拉特森博士說過的一些話，按照他的說法，人身上的毛跟熊的毛或狗的毛一樣多，只是──人體的某些部位除外──很細、無色，要用放大鏡才能看清。這一來，我覺得若對兒童的毛髮分布圖做一研究，比較一下它們之間的幾種不同式樣，恐怕不無意義。

我於是選擇三個最突出的對象，在夕陽的逆光中，他們顯得毛茸茸的，彷彿飾滿了金銀閃光片。我把他們一一召到實驗室，讓他們站在窗戶和我中間，用放大鏡一公分一公分地細加觀察。

結果很有意思，但每個人的情況並無差別。納粹政訓學校的學員再次表明自己是一個比人們可能認爲的更一致、更少差異的種類。

人體的毛髮都是呈螺旋形布局的，根據旋轉的方向不同可分爲兩類：在眼內角、腋窩、腹股溝、臀內角、腳背、手背，當然還有枕部，呈輻散漩渦狀；相反，在頷角、恥骨鷹嘴、肚臍和生殖器根部，則呈輻合漩渦狀。在肋部上有一條分路，將腋窩和腹股溝的漩渦連在一起，分路旁的漩渦爲輻散狀。與之不同的是，在胸膛的前部和後部，在脊柱和胸骨一線，可見細毛輻合、衝撞，構成了一個長長的中心毛團，很不服貼。

在大部分情況下，這一分布圖只有在合適的光線下用放大鏡慢慢觀察才能發現。但是，若用雙唇快速輕拂皮膚，則可以很快了解毛髮的分布情況。一片片細軟的毛以較爲豐滿或較爲柔和的觸摸來回答唇的輕拂，展示其走向。

E.S.　我對自己這雙笨拙的大手埋怨得夠多了，所以，一旦它們有所貢獻，我便還它們以公道。我過去一直夢想有一雙魔術師的手，手指細長、靈活，可以輕而易舉地插入短袖襯衣或短褲的開口處，看來，我這種夢想恐怕是錯了。雖然我這雙大手絕對不可能完成類似輕拂的動作，但仍有著它們特有的靈巧性。它們就會在很短的時間內，學會了熟練地飼養萊茵河的鴿子。我的這雙手有著極爲明顯的養鳥的天賦，所以當我的雙手向鴿子伸去時，鴿子——哪怕是陌生的鴿子——都不會有逃跑的反應。

至於孩子，我是多麼善於抓住他們，眞可以說是令人讚歎不已！任何人看我擺弄小男孩，都會覺得我粗暴而又放肆。可小男孩卻不會誤會。通過第一次接觸，他就會明白在這一粗暴的外表下卻遮藏著溫柔和豐富的才幹。跟他們打交道，我的一舉一動，哪怕是最粗魯的，也都暗含著某種溫柔。我的超然的命運賦予了我一種天賦，生來就了解孩子的分量，了解孩子身體的平衡點、重心、各關節、韌帶、肌肉的顫動及骨骼的活動強度。母貓叼住小貓的脖子就走，並不是特別小心，就像叼一只皮包似的。可小貓卻快活得直叫，這是因爲表面的粗野遮掩著內心的母愛與默契。

跟一個不認識的小孩，我第一個動作就是把手搭在他的頸背上，搭在他頸背下面一點的部位上。不管是細瘦還是粗壯，皺巴巴還是平滑，挺立還是彎曲，這一關鍵的脖根部位是人腦與人體的鑰匙。它立即可以告訴我等待著我的是抵抗還是順服。這一動作並不承諾什麼，可以不受任何指摘地收回。不過，它也可以自然而然地昇華，佔有背部、雙肩，然後順勢而下，一直到腰部，那是頂天立地、持物負重的平衡點。

我的雙手天生就是爲了承、托、運之用。手的兩個傳統位置——旋後位和旋前位——之中，只有旋後位適合於我的手。它們總是自然而然地呈旋後姿態，手指挺直、合攏，手心朝天張著。旋前位總是讓我感到不自在，造成肌肉痙攣。總之，是雙負有承載使命的手！不僅僅我的這雙手，我的整個身體都負有此使命，首先是我的高大的身材、搬運夫般的背以及海格立斯那樣的非凡的力量，總之我身上的一切都是與孩子那弱小輕盈的身體相對稱的。我的高大與他們的矮小是大自然裝配得完美無瑕的兩個部件。這一切都是自古就已準備、規定和安排好的，因此易受劫難，同時也令人神往。

E.S.必須有某種儀式來表現學員人數的總清點、總統計，城堡應該是這一活動的聖地。每次『上司』不在，由我主持每晚在內院舉行的點名時，我抱的正是這一目的。我根據一絲不苟與隨機應變的雙重要求安排點名活動。

孩子們在三劍平台俯瞰的院子裡自由自在地玩耍。我在小教堂靜心地等待著，教堂的彩繪玻璃使夕陽的餘暉顯得絢麗多彩。我任憑自己沉浸在喊聲、叫聲、讚歎聲之中，這一交響曲宛若有聲的焚香朝我裊裊飄來，透過我在納伊的經歷，把我帶到聖克里斯多夫中學。東普魯士人的聲音確實有著法國人沒有的嘶啞和鋒利，但是我從中恰好找到了德國賦予我的那種本質的純潔與我留在此地的原因所在。

時間一到，彷彿被儀式的齒輪傳動裝置所驅動，我穿過平台向前走去。當我的身影出現在赫爾曼劍和維普萊希特劍中間時，喧鬧聲戛然而止，我把手往赫爾曼劍的尖上一放，隊伍立即排列得整整齊齊。四百個孩子共排成四十個縱隊，每隊十人，構成了一個密密麻麻的長方陣，正好被內院所容納。沒有幾個月的無情『操練』，他們不可能在瞬間便排成無可挑剔的隊列，我眞懷疑他們是以腳下的方磚爲排列方位標。而當我發現這四百張臉龐一絲不茍地正朝著我，同時映出我投向他們的目光時，我一揮手，打破我手下這批嚴守紀律的小戰士所保持的莊嚴的寂靜，下令唱起東普魯士讚歌：

一手緊握長槍，一手捏緊馬韁，西方的兒女們，我們騎馬向東方馳騁，爲了完成條頓人的事業。

狂風在呼嘯，暴雨如鞭打，水淋淋的馬兒不時失蹄，但我們始終向前，像昔日的騎士和農夫，奔向我們信仰所在的土地。

我們在塵土中飛馳，如風馳電掣，目光緊逼東方，看著不懈地監視著天邊的卡爾騰堡的樓塔。

我們重新鍛造了鐵鏽侵蝕了的犁鏵和利劍。利劍在握，犁鏵深耕土地，明天，太陽將爲我們升起。

少年的眾聲朝我湧來，鏗鏘有力。它們刺穿了我，給我帶來痛苦與歡樂，我的心在緊縮，因爲在這一不可抵擋的衝擊中含著鮮血與死亡。接著，是美妙而悠長的點名『連禱』。在這個報名字和出生地的儀式中，我想引入一個新的因素，而且每次都花樣翻新，任點名與應答自由意外地結合。因爲長方形隊伍中每個人的位置並不是事先規定的，因此，每天晚上每個學員所佔的位置都有變動。然而，點名是這樣安排的：最後一列的左側第一位點右側一位的名字和出生地，後者答『到！』然後再點下一位的名字和出生地，這樣順序點到第一列右側的最後一位爲止——最末了一位的答『到』聲標誌著點名的結束。

顯而易見，如此安排的點名並起不到這類活動的傳統作用，因爲點名的目的在於查明缺席者。但是，我期望從中得到的正是相反的結果，我要這關閉在狹窄的天地裡、但卻絕對無拘束的四百個不同的個體輪流做出徹底、完滿的表現。一個個始終變化的聲音輪次高聲點著一個個富於聯想意義的名字，對我來說，再也沒有比這更悅耳的音樂了。約翰尼斯堡的奧特馬、迪爾恩塔勒的烏爾利施、柯尼斯堡的阿爾明、馬林堡的伊倫、普魯士艾勞的沃爾夫拉姆、蒂爾西特的尤根、拉比阿烏的蓋洛、貝倫溫凱爾的洛塔爾、赫恩薩爾茲貝格的格哈德、海默費爾登的阿達爾貝特、諾登貝格的霍爾格、霍恩斯特恩的奧爾特溫……我不得不忍痛打斷這一統計，這是對我的財富的統計，它把一個人體的分量與普魯士一塊土地的氣息結合在了一起。

點名之後，是片刻的寂靜。接著，四百個孩子以整齊一致的動作，唰地一聲往後轉，跟我面朝著太陽升起的方向，眼前，只見一片鋪滿金色的麥穗和麥茬的田野，這是我業已擁有的金髮，對此，我必須創造一種適當的慶祝形式。齊唱重又築起有聲的金字塔，牢固而又輝煌。他們齊聲歌唱吸引著他們靈魂的東方大平原：

在東風中展開旗幟，
東風把它們鼓起，捲向前方，
出發的號角已經奏響，
我們的熱血聽到了它的呼喚。
德意志形象的大地定將向我們做出回答，
因爲多少人用鮮血把她澆灌，
她不可能永遠保持漠然；
在東風中展開旗幟，
讓旗幟爲新的出征獵獵飄揚！
我們要堅強，
去東方戰鬥，
經受不可倖免的一切考驗。
在東風中展開旗幟，
東風使旗幟變得更加舒展……

E.S.

今天上午在比肯默海爾停留了一下，有人告訴我那兒有個叫德恩太太的婦人，她的職業是紡織梳理工，可據說她自己家有一台織機，如果把羊毛送到她那兒，她可以爲你織成布。戰爭破壞了經濟生活，使之落到了如此原始的地步，以後，誰家養了羊，才可能談得上有衣服穿！我沒有羊，可手下有一幫小男孩。我一想，豈不可以用他們的頭髮給自己織一件披風或類似上裝的衣服。可以說，這就是我的金羊毛，一件既帶著愛又做裝飾的短披風，一方面滿足我內心的激情，另一方面又顯示我外部的權力。我想起了那些本來麻木的情人，胸前卻掛著頸飾，裡邊裝著一綹心愛的人兒的頭髮，眞是可悲，我不禁哈哈大笑起來！

德恩太太是個又高又大的女人，粗粗的大腿和胳膊，大大的鼻子，看見一個身著標誌不明的軍服的騎士停在她的門前，馬上表現出極大的不信任。當我跟她談起她織布的事時，她充滿敵意，始終緘口不語。恐怕是因爲這事會受到處罰的緣故吧！確實在這一帶，凡是非義務性的事早都已經被禁！爲了讓她明白我希望在怎樣的基礎上與她進行交談，我從軍大衣下拿出一個布包。到了她家的廚房裡，我把布包裡包著的一條羊腿拿了出來。她好像放心了一些。接著，我把進門後一直在身後拖著的一只麻袋包打開，讓她看了看裡邊裝著的孩子們的頭髮。我向她做了解釋，告訴她我有很多頭髮，希望她把頭髮織成布。她反應強烈，令人難以理解。只見她突然渾身顫抖，往後退去，一邊連聲說著『不，不，不』，兩隻手直推，對羊腿、一袋頭髮還有我表示拒絕。最後，她從後面的一扇小門逃了出去，消失不見了，只聽得菜園裡傳來狂亂的奔跑聲，聲音越來越遠。

我在納悶她一見到我那袋頭髮爲何會害怕到如此程度。我希望落了空，從屋裡走了出來，帶著羊腿和我的這袋具有強大力量的金羊毛，我眞擔心它們在很長時間裡還派不上用場！

E.S.　我用那次集體理髮剪下來的所有頭髮塡塞了一個床墊、一床壓腳被和一個枕頭。那個愚蠢的納塔太太竟然還說用之前要洗一洗！

在這更爲溫柔的『羊毛』被窩裡度過了非凡的一夜，這種羊毛散發的強烈氣味並不亞於未經加工的羔羊毛！不用說，我一秒鐘也沒有睡著。孩子們的羊脂味很快衝上我的頭，把我拋入如痴如醉的幸福之中。歡快，淚花，歡樂的淚花！夜裡兩點左右，我再也受不了外面包著的那層荒唐的布。我打開了墊子、壓腳被和枕頭，把裡面的頭髮統統倒進布拉特森的養魚池，自他走後，這池子一直乾乾的，這下突然又獲得了存在的理由。我鑽進了這一新型的窩中，就像以前待在鋪滿絨毛的鴿棚裡。我那些可愛的孩子，他們全都聚集在這兒，我臉上緊貼著他們的一把把頭髮，一一認出了他們：那散發著收割的牧草味的，是亨納克；閃爍著藍灰色反光的，是阿爾明；別具一格的金灰色的頭髮，只有奧特維爾才有；而細得難以觸辨的環形鬈髮——對！小天使般的鬈髮——是伊倫的；那銅一般堅硬的金髮是哈洛的，充滿鐵的味道，還有巴杜爾和洛塔爾，以及所有其他的孩子。接著，我把他們的頭髮拌開，攪亂，混雜在一起，大把大把地緊抱在懷中。這時，我激動得渾身抽動，啜泣起來，我不禁自問——如今仍在自問——我的理智是否在這過分的激動中開始粉碎了。

我就像一個好喝酒的人，但屬於深層次，純粹是遺傳性的，雖然飲酒成癖，但平常喝的從來都是一種名牌的甜蘋果酒，可突然間，就這麼讓他毫無節制地喝起七十度的劣等烈酒來。

繼這不眠之夜，我今晨起床時發出了陣陣嚎叫聲。

E.S. 他們擠滿了內院，又喊又叫，在一絲不苟地做著交叉移位舞蹈遊戲。突然出現了一陣粗野的擠撞；一個小孩朝我飛來，我以靈敏的承載反應力，在空中接住了他。我的兩隻大手緊緊地捂著這顆頭髮濃密的圓腦袋，只見兩隻淺褐色的眼睛直打轉，一會朝左，一會向右，射出逃避的目光。我朝這面像湖一般清澈但卻深邃的靈魂明鏡俯下身子；就像一隻在九重天上遨遊的飛鷂，可突然間，我感到一陣眩暈，在水鏡上方搖晃。而那嘴巴微微張開，宛若貝殼一般清涼。

這時，我發現那彷佛繡了邊的深紅色雙唇上佈滿了一道道線狀的裂痕，鼓起一塊塊乾燥的唇皮，彷彿一個個分隔的孤島。

『你嘴唇痛？』

『對，先生。』

『你的同學都這樣嗎？』

『我不知道。』

『快去看看！』

我鬆開了他，他對我這離奇的命令感到驚訝，很快消失在人群中，就像一條魚重被放進魚缸裡。可一分鐘之後，他又出現了，身後拉著一個學員，與他像極了，恐怕是他的兄弟。這一位的嘴巴簡直成了一條開裂的傷口，皸裂的情況嚴重極了，有的裂口甚至在滲著血膿。

當天晚上，我便到阿雷西的藥店裡弄到了一小罐用甜巴杏仁與可可脂混合配製的防裂油。晚飯之後，大飯廳變成了一個奇特而又動人的『禮拜儀式』場所。孩子們列隊在我面前走過，我給他們一個個敷擦聖油……他們一個個在我面前停下腳步，朝我伸出嘴巴。我左手慢慢舉起，拇指和食指並攏，一派祝聖者的莊嚴姿態。緊接著，我的手，我的這隻『左手、天才之手、神聖之手』便文風不動；由孩子們自己朝它低下頭，順勢抹上一點聖油，彷彿在晚間接收臨終聖體，就像祈禱的人們在吻一位神聖的護主那可以顯聖的雕像。當然也不乏——噢，少有的幾位！就那麼不該少的幾位！——異端分子，他們往後仰去腦袋，或者把頭扭向一邊，表示拒絕。

奇妙而含混的承載之道，它要求人們在奉獻、克己的範圍內去擁有，去主宰！

E.S.

我發現淋浴室是個得天獨厚的場所，可以造成窒氣的密度，在我看來，它向來都是與承載之道相對而互補的另一極端。淋浴室位於一個更衣間後，是間寬十二米、長二十米的大屋子。石板地面上挖著排水溝，天花板下如花盛開似的掛著五十個蓮蓬頭，由一個容量爲五千升的混合型鍋爐供水，流量控制器裝在更衣間裡。一個混合龍頭可輪流放出冷水或熱水，也可把冷、熱水合在一起，調到一定溫度。

孩子們以學員隊爲單位被領到淋浴室。爲了節省熱水，從今天起，他們將成批進入浴室。出於男性的友愛精神，平時都有一個軍官或士官與他們共同淋浴，但以後，只有我陪他們了。

由於以木柴代替了煤，得整夜不停地添柴，才能使水溫上升到攝氏四十度。我先後五次起床來給鍋爐添水，腦袋裡縈繞著有關納斯托爾的回憶，在這個悶熱的不眠之夜，他的幽靈四處遊蕩，他就是在聖克里斯多夫中學的鍋爐房中窒息而死的。

按規定，孩子們將在早飯前被領到淋浴室，時間差不多八點鐘。我光著身子躺著，任熱水往我身上沖，有種幾近窒息的感覺，眼睛什麼也看不見——正在這時，孩子們清脆的叫聲和光腳丫在石板上的啪啦聲充滿了整個樓梯道。他們在蓮蓬頭噴出的細細熱雨中快樂地喊叫、歡笑，你擠我撞，蒸氣的熱浪瀰漫成一片白色，淹沒了一切。孩子們的身體全都融化在蒸氣裡，偶爾露出一點，遂又消逝，宛如一個瞬間即逝的夢。

所有這些孩子在被吞噬之前，無一倖免地全都投進這個大鍋裡煎熬，而我受愛心驅使，主動投入其間，與他們一起經受煎熬。

多少次，我被倒下來的水淋淋的身體壓在底下，任其踐踏——突然間，我回想起一個久違的舊友。多少年來——更確切地說，是自宣戰以來，我就一直沒有再想起『它』，那就是天使症。但這是一種在蒸鍋中經受的天使症，忽然變換了徵兆：不再是那種將我拋入焦灼的深淵之中的窒息感，而是一種輝煌的升天的感覺，彷彿在滾滾的潔白雲海之上升騰；此時此刻，倘若沒有我這膨脹的心臟往肋骨發起猛烈而沉悶的衝擊，沒有那因爲我飛往輝煌頂點而舉行的盛典中所擊打的節奏強烈、激動人心的鼓聲，這一切就恐怕只是一種平淡無奇的感覺而已，甚或還含著幾分粗俗的意味。我想起了宗教給我的許諾：肉體的復活；那復活的肉體將改變相貌，變得無比年輕、生機勃勃。於是，我伸展我這個已經受到玷污、呈現棕色的成人肉體，並將這如雕像般的茶褐色臉龐埋入那滾熱的氣流裡，把這佈滿一道道皺紋的黑臉埋進這堆精白麵粉之中，任憑它被這些富有生氣的肉體夾裹而去，把它從不幸中解救出來！

E.S. 夜開始變冷。由於缺煤，暖氣設備無法繼續運轉，不得不放棄每室八人的小宿舍，把騎士大廳改建成集體宿舍，用鐵爐燒火來取暖。孩子們對宿舍的變動欣喜若狂，心想這樣一來，就有機會喧鬧起鬨了。就我自己而言，我覺得這是個好機會，可以將自己那種專注而煩躁的孤獨感直接面對這一充滿嘆息與夢幻、驚懼與輕鬆的黑夜大團聚的場面。

孩子們把他們的小床一張張拼在一起，看上去就像是一層加高了的地板，又如一條鋪了墊子的白色大道，我赤腳行走在上面，在四處留下自己的足跡，心中不乏快意。總之，這彷彿是一個催眠場，而不是通常意義上的宿舍。

……

催眠場出現了奇蹟。孩子們盼望已久的盡情喧鬧起鬨的時刻終於來臨了，顯得熱鬧非凡！在白色小床鋪就的鬆軟大平原上，他們瘋狂地馳騁。緊接著，被子和枕頭四處橫飛，鬥士們成群地倒下，發出歡快的叫喊聲；瘋狂的追逐戰最後在床架下展開，向一個由床墊築起的很不堅固的堡壘發起了猛烈的進攻。屋子裡悶熱不堪，充滿了動物氣息，厚厚的窗簾遮著所有窗戶，整個室內密不透風。

我蜷縮在牆角，終於忘記了自我，只是注視著這一場場戰鬥。我知道，孩子們整個白天都在挖反坦克壕，早已精疲力竭。這會兒，有的已經在他們伏著身子做埋伏的地方睡著了。孩子們的興奮勁兒已開始減退，於是，我一下關掉了照亮大廳的七十五個大燈泡，結束了這場大狂歡。夜間使用的七十五個暗淡的小燈，使宿舍內搖曳起淡藍色的微光，比黑夜更具有催眠效果。雖然有幾個狂人仍在繼續進行後衛部隊的戰鬥，但嘈雜聲很快平息下來。這時，我感到自己的眼皮已經重得快睜不開了，眞想不到我這個夜貓子、常失眠、夢遊的人，居然也是最先入睡，蹲在床邊、背靠著牆角就睡著了。這恐怕是這個晚上最出人預料、最富有啓迪意義的事兒，我平時睡不著，大概是因爲我這個人生來就是要跟四百個小孩一起睡覺的命。

但是，我身上也許還有另一個『我』，認爲我在這兒的任務不只是爲了睡覺，正因爲如此，我在半夜突然被驚醒——必須明確說明，我醒來後就像閃動的眼睛一樣很有精神。一個個身子橫七豎八地躺在月光下的大平台上，呈現出千姿百態，奇特而動人。有的成團地緊擁在一起，彷彿因爲恐懼而像兄弟般地緊抱著；還有的像是被同一枚子彈成排地打倒在地；最令人感到悲愴的是那一個個獨自躺在一處的人，有的一個人爬到一個角落，像動物一樣死去了，有的則相反，用盡最後一口氣，想爬到戰友們的身邊去，可未能如願。

繼夜晚一陣歡快的喧鬧之後，卻出現了這個大屠殺的場面，它殘酷地使我想起了命運對我的戲弄，始終充滿威脅，這就是所謂的惡性倒錯。校長毫不吝嗇地對我發出一次次警告，但通常都是暗示性和象徵性的。可今晚的忠告卻明確而可怖。迄今爲止我所發現並推向白熱化程度的一切本質，明天就會改變徵兆，甚或今晚就有可能改變，將化成一把地獄之火，在我對這一切本質不斷高漲的讚美聲中，燒得越來越猛烈。

但是，這些預感帶來的悲傷卻如此崇高而壯麗，輕而易舉地與莊嚴的快樂感融爲一體，每當我朝入睡的孩子傾去身子，心中總是升騰起這種歡樂的感覺。我滿懷溫情地輕聲走過孩子們身旁，行走在這個催眠場上；我記下每個人獨特的睡姿，偶爾，翻過一個入睡的孩子的身子，看著他的臉，就像我們在沙灘上翻過一塊卵石，觀察一下它陰暗潮濕的一面。不遠處，兩個雙胞胎兒弟摟在一起睡，我輕輕地把他們倆一起抱了起來，他們嘴裡低聲哼哼著，腦袋在我肩上輕輕滑動。這兩個渾身汗涔涔而溫順的大娃娃，我永遠不會忘記他們入睡時的身體分量，永遠不會忘記這一分量的特徵！我的雙手、雙臂、我的腰和我身上的任何一塊肌肉，都從來沒有接觸過可與此相比的特殊重力……

E.S. 這一令人難忘的夜晚富有啓迪，我後來又做了深深的思考，發現孩子們在睡眠時呈現的千姿百態可以歸納爲三大類型。

首先是仰臥式，處於這種睡姿的孩子如同一具雕刻的死者小臥像，虔誠地躺著，面朝天空，雙腳並攏。必須承認，這種姿勢令人想到的是死亡，而不是睡覺。與這種仰臥姿勢相對的是側臥式，雙膝蜷到腹部，整個身體蜷縮成雞蛋的形狀；這是一種胎兒的姿勢，是三種類型中最常見的一種，彷彿是對出生前的時代的一種回歸。以上兩種姿勢，一種象徵著彼世，一種模擬著此世，與這兩種相反的，是俯臥式，唯有這種睡姿充分體現了大地的存在。它賦予入睡者所棲身的基礎以重要性——至關重要。入睡者委身於這一基礎——理想的基礎就是我們的大地——一方面是爲了擁有它，另一方面也是爲了乞求它的保護；這是依戀大地者的姿勢，他們用自己的肉體來哺育大地，同時，這也是教給新兵躲避子彈和炮彈碎片的姿勢。人若以俯臥式睡覺，腦袋總是側向一邊，枕在左頰或右頰，或者更確切地說，總是枕著左耳朵或右耳朵，彷彿在爲大地聽診。最後，我們指出值得布拉特森注意的一點，那就是這種睡姿似乎是長頭型的人最合適的睡眠方式，倘若考慮到嬰兒顱骨的可塑性，經常讓嬰兒趴著睡，而且注意讓嬰兒的腦袋側向一邊，那恐怕有助於製造出長頭型的人。

E.S.　昨天，我仔細打量著藍柏爾柏馬，牠沒有繫韁繩，也沒有上馬鞍，只用一個簡單的籠頭扣在一個牆環上。一旦卸去了所有馬具，牠便整個放鬆了，耷拉著腦袋，驢似地豎著耳朵，彎著脊骨，顯得鬆弛無力、委靡不振，一副瘦得肋部凹陷、疲乏不堪的模樣。可要是給牠套上籠頭、扣上鼻羈、束緊肚帶，牠遂變得精神抖擻，矯健地跺著蹄子、高昂著腦袋、眼珠一動不動、耳朵如同標槍……我也如此，此刻，我滿臉病態，侷促不安，徒長著一副魁梧的身材，渾身沒勁兒，兩條腿疲軟不堪，兩條胳膊無力地搖蕩著。但是，一旦用孩子的身體把我裝備起來，用孩子的腿當我的肚帶，用孩子的上半身當作我的馬鞍，用孩子的雙手當作我的韁繩，用孩子的笑聲當作馬刺，那我馬上就會恢復原來的我。

E.S.　成年人的臀部就像一團死肉，積存著脂肪，如同駱駝的駝峰那樣可悲，孩子們的臀部則完全相反，總是生氣勃勃地顫動著，始終處於警覺狀態，雖然有時也消瘦乾癟，但無時不掛著微笑，一副純眞的樂觀模樣，像臉一樣富有表情。

E.S.　六點鐘，初現的霞光映紅了東側塔樓上的瓦片。在陽光的愛撫之下，催眠場上的四百個小男孩騷動起來，抬起還閉著眼睛的腦袋，仍夢著百花競開，獲得光明、色彩、芬芳，還有那男根天使頭上呈金字塔形的生命角。這陣清晨的騷動過去之後，他們重又陷入昏昏沉沉的狀況之中，命該經受黑暗，做出犧牲，被打入生殖的牢籠之中，只有在苦服傳宗接代的勞役之時才會有一點生機。除非……也許是承載之道？誰知道這是不是聖克里斯多夫得到巨大獎賞所表示的意思呢：由於肩頭承載了上帝，所以他那根杆子突然花滿枝頭，果實纍纍？

E.S. 他們耳朵裡流出的液汁，像蜂蜜一樣呈金黃色，帶有精妙的苦澀味，除我之外，誰見了都會倒胃口。

6. 承載天體

到了半夜，耶和華把埃及地的所有長子全都殺了。

——《出埃及記》第十二章第二十九節

一九四四年的最後幾戰將賭注押在東普魯士的戈達普，該城位於卡爾騰堡東北方約一百公里處。十月二十二日，契爾尼亞柯夫斯基將軍指揮的白俄第三戰線的部隊一街一房地佔領了該城，但在十一月三日，德克爾將軍率領第二十九坦克軍團發起反擊，又奪回該城。直至一九四五年一月十三日蘇軍發動新的攻勢之前，居民們得到了暫時的喘息，得以衡量一下所面臨的危險，看看納粹政府慷慨承諾的保證是否可靠。但是，誰要猜測蘇聯紅軍有可能攻入東普魯士，那就是犯罪，將被扣上失敗主義和背叛祖國的罪名。蘇軍不斷逼近，從東面逃來的隊伍絡繹不絕，開始是白俄的農民，然後是立陶宛人和梅梅爾地區的居民，後來連東普魯士的德國公民也開始出現了，但是做爲德國平民，無論如何也不能把逃難的隊伍看作一種危險警報。在村鎮的廣場上、城市的公園裡，常能看到被絞死的公民在搖晃，因爲有確鑿證據證明他們在做逃跑的準備。因此，當紅軍攻入被德國國防軍放棄的地區時，那裡的居民一片驚慌。據蘇軍士兵說，當他們進入農莊時，牲口都還在馬廄或畜棚裡，壁爐的火還在熊熊燃燒，甚至鍋台上還燉著菜湯。該地區僅有的幾條狹窄公路上，不同種族的難民頂著三九嚴寒，像瘋了一樣往西部逃，與開往前線或撤回後方的國防軍車隊擠成一團。

儘管迪弗熱對外部事件基本上漫不關心，但有兩次他曾親眼目睹了這一大逃亡的慘況。第一次是在一九四四年聖誕節前不久，在阿雷西鎮至呂克城的公路上。當時，一個德軍縱隊向呂克緩慢地前進，可迎面而來的難民似乎被嚴寒凍結在路上。依那情況看，恐怕是阿雷西鎮那邊車子堵住了，大車在路上一動不動，看上去像散了架似的，因爲男人們趁停車間歇紛紛檢查馬具和固定貨包的繩索，孩子們則在路邊斜坡上或公路邊的樹叢裡嬉戲。迪弗熱順著隊伍策馬往阿雷西鎮奔去，走了一千五百米，他發現了堵車的原因，只見一群老百姓和軍人正在兩輛攪在一起的車子周圍奔忙。原來是一輛軍用馬車在下一個冰凍了的小坡時滑向一側，不巧撞上了一輛農民的四輪運貨馬車，運貨馬車的轅杆像長矛一樣刺進了一匹軍馬的前胸。那匹垂死的軍馬雙膝跪在地上，被右邊的軍馬和左邊農民的馬支撐著，可左右兩匹馬不耐煩地直踢腳，並直立起身子，想掙脫羈絆。

這一逃亡的情景給迪弗熱留下了深刻的印象，他不由得想起一九四〇年六月法國人的大逃亡，眞像是《發舟西莒島》❶的情景。他反覆念著《聖經》中的禱詞：祈禱吧，願您別在冬天逃亡。那匹前胸被刺穿的軍馬的模樣深深地刻在他腦海裡，再也無法抹去。他不禁揣摩這也許是一個象徵——可惜無法破譯——或更確切地說是一個與卡爾騰堡的紋章不乏相似之處的紋章。然而，當難民的隊伍重新移動，他所見到的東西就沒有絲毫象徵意味，而是觸目驚心的赤裸裸的事實：一具人屍在冰凍的路面上，坦克履帶、汽車輪胎、馬車輪子或乾脆是靴子不知多少次地從上面經過，將屍體軋扁、碾平、碾碎，碾成薄薄的像塊地毯，簡直可以說是按人體輪廓粗裁出的一塊地毯，上面隱約顯出一個人影，看得出一隻眼睛和幾綹頭髮。

幾天之後，迪弗熱在洛特森到萊茵的路上又遇到一隊人馬，內心受到了更爲猛烈的震動。他遠這時見一隊戰俘迎面而來，一個個頭上戴著軍人橄欖帽，腦袋縮在圍巾裡，雙腳裹著破呢絨布或包著紮成靴子似的廢報紙，用麻繩拉著身後的鐵皮箱或混凝紙箱，箱下裝著木製滑板充當雪橇。他們大約有幾百人，或許有上千人，一路說笑著，一點也不像其他難民那樣心事重重，默默無言。只見他們腰間的食物袋鼓鼓的，走起路來一晃一晃，他們一出現，迪弗熱便知道他們是什麼人了。可當他聽到第一句法語時，心裡還是像刀絞一樣難過。他張開嘴想向他們問候，向他們詢問，然而某一種羞愧感卡住了他的喉嚨。他突然想起了司機厄納斯特、莫伯日人米米爾，龐坦的費飛、蘇格拉底，尤其想到了瘋子維克多，心中湧起一股懷舊之感，連他自己也感到吃驚。總之，沒有任何東西阻止他加入他們的行列，向著法國的方向快樂地前行，在這隆冬季節，他們穿著破布和廢紙做的靴子，準備跨越近兩千公里被戰爭蹂躪的土地……他低頭看了看自己的靴子，那是一雙卡爾騰堡老爺穿的漂亮靈巧的黑靴，就在這天早上他上過油，擦得晶亮。此刻戰俘們從他面前走過，一個個壓低了聲音，以爲他是德國人，可是有一個像費飛的黑髮棕膚的小個子經過時卻朝他喊道：

『德國佬完蛋了！到處都是蘇聯人，到處都是！』

只是與同胞擦肩而過，就招致了巴黎式的嘲笑，這使迪弗熱突然意識到了自己——笨拙、寡言和憂鬱——與這眾多的戰友始終有著不可逾越的鴻溝。他的藍柏爾柏馬很不耐煩地仰頭嘶叫起來，他撥轉馬頭，重又踏上了回卡爾騰堡的路。他很快便忘記了這次遭遇，因爲他已是屬於普魯士的一員，儘管身邊的普魯士已分崩離析。可回卡爾騰堡的路上，他腦子裡一直縈繞著榿木王的形象：榿木王深陷在沼澤中，由一層厚厚的泥沙保護著，不受任何侵害，無論是人類的侵害，還是時間的侵蝕。

譯註❶：《發舟西苔島》爲法國畫家華托的作品，取材於法國短衫黨起義，描繪了當時貴族逃亡的景象。

E.S.

今天上午，在古姆比恩。鞋匠舖子前面，一些婦女和老人在排著隊，每人手中拿著一截舊輪胎。鞋舖裡面，顧客脫下鞋，等著鞋匠把舊橡膠皮釘到鞋上，給就要磨穿的鞋子配上新鞋底……

隨著我的力量不斷增加，我懷著焦慮中夾雜著迷醉的心情目睹著德意志民族漸漸解體。小孩子們被轉移到了後方。大一點的孩子應徵成了高炮部隊的幫手。學校因此而先後關了門。只有縣府所在地的郵局尚在運轉，寄封信或寄個郵包必須跑上數公里。各市鎮的政府裡，總是一位老人同時充當市長、副市長及祕書，處理一些必辦的公務，例如發放購糧卡，向陣亡人員家屬報告親人捐軀的消息等。納粹省黨部還要求包括結婚登記工作。雖然偉大的帝國已經搖搖欲墜，但它還不忘要以合法手段保證世代繁衍。在方圓一百公里的範圍內，再也找不到一名醫生。

人們偶爾聽到一些怨言，抱怨生活愈來愈複雜。事實上，生活倒在簡單化，不過生活愈簡單，就愈艱辛、愈苦澀。現代生活中的行政、商業及其他溝通渠道就像一些小型彈簧，緩衝著人類與物質之間的衝突。居民們愈來愈面臨著嚴酷的現實。

正因爲這個國家在崩塌，因此她更爲深切地觸動著我。我看著她倒在我的腳下，赤裸裸的，軟弱無力，疲憊不堪，一貧如洗。可以這麼說，大廈不斷搖晃，使往日深埋的根基突然失去遮掩，暴露在光天化日之下。她又像一隻撞昏了的昆蟲，突然墜入了昏暗和失去地面的保護，在那柔軟灰白的肚子上，六隻爪子朝著天空拚命掙扎。在混亂不堪的民族那蒼白的腹中，似乎已嗅到濕土的氣息和活屍腐爛的臭味。在這塊土地上，長眠著普魯士的龐大身軀，她已沒有防衛能力；雖還活著，身子尚是熱的，但那柔軟和脆弱的肢體已經散落在我的皮靴之下。這一切足以迫使這個國家及其兒女服從於我的要求，服從於我對溫情的迫切要求。

拉費森已有一個星期不見蹤影。一天晚上，他帶領國防軍的一個車隊回到了城堡，在院子裡卸下了三千枚反坦克火箭彈和一千兩百顆反坦克地雷。

反坦克火箭是以單人用火箭發射筒發射的，雖然輕便簡單，但威力極大。這種武器來得非常及時，是分散的游擊隊員對付入侵者裝甲車的理想武器。聚能裝藥的火箭彈在裝甲板上爆炸時，會噴出一股燃燒氣流和一個高熔金屬核，速度每秒達數千米，溫度高達數千度。高熔金屬核從燃燒氣流燒穿的洞口進入坦克艙，熔化艙內的金屬，傷害或殺死駕乘人員，還能點燃艙內滯留的油漬或油霧。然而，反坦克火箭彈射程有限，僅爲八十米。

軍事教官反覆強調，射擊手必須盡量讓目標靠近，勇敢迎敵。教官多次指出，十五米爲理想距離，但這也是異常危險的距離，極其大膽的距離，他要求射擊手在重型坦克面前沉著應戰，臨危不懼。

於是，拉費森在城堡的一個大廳裡支起一塊黑板，給孩子們開設理論課，讓孩子們先在精神上馴服裝甲怪物。

『坦克是個聾子，半個瞎子，』他一字一句地說，顯得胸有成竹，『你們能聽見坦克，而坦克聽不到任何聲音。馬達聲使艙內駕駛員辨不清武器的發射地，聽不出是自動步槍，是火炮還是飛機投彈。

『坦克也看不清東西。瞄準裝置受到許多死角的限制，主要分布在坦克四周近處。前進中車身震動很大，更難進行觀察。夜間行車時，坦克還得打開炮塔和護窗板。

『坦克不可能同時向四周射擊，也無法對近處射擊。炮塔旋轉一周至少需要三十秒，有這個時間加上死角掩護，對一位果斷的步兵來說，下手並不危險。坦克炮的死角從七米到二十米不等，自動槍的死角因坦克型號而定，一般在五到九米。最後一點，坦克在前進中無法準確射擊。要想打準，坦克必須停下來，這就給輕步兵發出了警報。』

接著，他列舉了坦克的六個致命點，射擊手應該集中火力攻擊這些地方，它們是：傳動系統，底板，通風系統，發動機，炮塔頸部及瞄準裝置。

隨著他的講解，孩子們彷彿看到一頭具有可怖力量的怪獸躍出地面，張牙舞爪，吼聲震耳，但它步履緩慢，手腳笨重，眼睛近視，兩耳全聾，與他們平時打的紅黑獵物沒什麼兩樣。誠然，這個獵物比梅花鹿更危險，但比較而言，卻更容易接近它，致它於死地。這不過是一頭超級野豬，如此而已。孩子們想像著歡樂的狩獵準備活動，不由得開心地笑了。

反坦克火箭實彈演習在艾興多夫荒原上進行，靶子由磚砌的矮牆構成，形狀大致像坦克。通過實彈演習，孩子們明白了現實比說的要嚴酷得多。發射時爆炸聲震耳欲聾，噴出的火焰直衝射擊手的頸部，因夾角太小射到地面而未能爆炸的火箭彈頭在雪地上亂蹦，發出『噓噓』的聲音。可一旦擊中目標，火舌遂將矮磚牆化成彩色碎屑，這一切無不在告訴孩子們，他們剛剛獲得了一種恐怖的玩具，因而開始了一個新的年代。況且第三天便發生了傷亡事故，奪去了一個少年學員的生命，他就是赫爾默特·馮·比貝爾西。

根據無後座力炮原理，發射藥點火後會產生兩股威力相等的推力，一股向前，擲出彈頭，另一股向後，消失在空氣中。射擊手和副射手的主要威脅來自向後噴射的那條火舌。它由鋼管噴向人們往往認爲沒有什麼威脅的後側。這一火舌若碰上近處的障礙物，就會飛濺開來，對射手造成致命危險。而站在射手後面的副射手危險更大，因爲火舌在三米以內能置人於死地。

迪弗熱得知了赫爾默特被反坦克火箭彈的後座火焰燒掉了整個腦袋的消息後，立刻來到安放遺體的城堡附設小教堂，待在死者安眠的擔架旁，孤身一人守了大半夜。

E.我難以克制自己，在晨曦閃現之前一直目不轉睛地觀察著這具纖瘦的軀體，他被安放在白色床單上，宛若一幅中國水墨畫，一副骨架上挑著幾塊肌肉，鼓突在外面，猶如圓形的肉瘤，又像是光樹枝上長出的幾個槲寄生球。這副古怪的模樣是否足以令人感到，這具無頭遺體已沒有絲毫的人性？我說沒有人性，是想說他和成年人的忙碌再也沒有任何關連。赫爾默特・馮・比貝爾西不再是赫爾默特，他並非來自塵世。他像一塊隕石，一個從天外飛來的精靈，應召融化在地球上。他死後的肌肉比他生前任何時候都發達。他的肌腱、神經、內臟、脈管等組成了一台神祕的機器，給他能量，給他滋養，但現在已融化成單質、生硬的一堆物質，只有形狀與重量。他的胸腔似乎因吸氣而高高隆起，叩指發出實聲的腹腔皮膚微微起伏，然而這一切絕不意味著他尚有一絲氣息。當然，我應該就重量——淨重——概念進行思考，而負載之舉將是思考的完美頂點。

我一直在猜想，人的腦袋不過是個充滿精神（spiritus，氣）❷的小球。它吊起人的軀體，使之處於直立狀態，同時抽去它的大部分重量。通過腦袋，軀體才有了精神，才能脫離肉體，減去分量。反之，沒有了腦袋，軀體就會掉落在地，突然還原爲非凡的肉體，擁有著聞所未聞的重量。隨著精神的逐步分離，肉體便相應地加重；雙胎妊娠爲此提供了相對的樣板，而死亡則給這一現象恢復了絕對的原型。因此，儘管鬆弛的軀體一動不動，失去一切彈性，但它似乎反而顯得格外的福態。

我雙手托起死去的孩子，雙眼凝視著他脖子上那個可怕的傷口。突然，我覺得力不可支，不出所料，我被這一軀體的分量壓得左右搖晃。我可以莊嚴地證實，這具無頭屍體的重量是它活著時的三倍或四倍。

譯註❷：法語中的 esprit（精神）一詞，源於拉丁文的 spiritus（氣，精神）一詞。

至於承載之舉產生的歡悅感，它將我帶向了空中，世界末日的大炮在不停地發射，震盪著黑暗的天穹。

E.S. 半夜時分。他們都在那裡，集中在催眠場上，處於絕對服從的境地。怎麼辦呢？我成了夜間的大飛蛾，一身絨毛，笨拙地從他們面前飛過，不知如何傾訴我的慾望。我是多麼渴望吐露我內心的悲哀啊！我這隻夜間的天社蛾，抖動著仁愛的翅膀，飛向了電燈泡。那東西有一股無法抗拒的誘惑力，但當飛蛾眞正靠近它時，卻不知如何是好。牠不知道怎樣對付燈泡。而事實上，一隻飛蛾又怎樣奈何得了電燈泡呢？

說實話，我在不斷做出努力，以打消心頭的疑慮，可它一直固執地纏繞著我，我只得在夜深人靜時將它付諸筆墨。是否因爲在赫爾默特遺體旁守了那次靈，使我染上了一種嗜好，喜歡上比催眠場上呼呼作響、乖乖喘氣的人體更爲沉重、更爲冷酷的肉體呢？

E.S. 壓在我頭上的最沉重的惡運之一——難道不能更準確地說，是飄蕩在我頭頂的最榮耀的福分之一？——就是每當我提出一個問題或說出一個心願時，命運遲早總會做出相應的回答。雖然我對它的打擊早已習以爲常，但命運的回答幾乎總是以其強大的力量令我感到吃驚。

這些被我關在卡爾騰堡這個與世隔絕的天地裡的孩子，該怎麼辦呢？我現在才明白，那些擁有絕對權力的暴君爲什麼最終總會變得極度瘋狂，原因就在於他們不知道該如何使用權力。世上沒有任何東西比無限的權力和有限的能力之間的失衡更爲殘酷。除非命運能夠突破貧乏的想像力的界限，踐踏搖擺不定的意志。

從昨天起，我領教了怎樣野蠻而又絕妙地使用這些孩子的方式。

拉費森可謂不遺餘力，要讓卡爾騰堡響應元首反覆下達的拚死抵抗的命令。赫爾默特的死並沒有影響反坦克火箭的實彈射擊訓練。同時，學員隊輪流按彈幕法埋設反坦克地雷陣。這是一種碟式地雷，操作起來相對安全一些，因爲至少要四十公斤的壓力才能引爆。不過，這種地雷自重十五公斤，對孩子們的體力和耐力無疑是一次嚴峻的考驗。他們必須將地雷從卡車上搬運到事先選好的埋設地點，即敵方坦克可能突破的『必經之路』。在縱深二到三百米的範圍內，地雷呈梅花狀分布，每兩米的陣面就有三顆地雷。

我曾放心大膽地拉過一軍車地雷，軍車是國防軍借給我們暫用幾天的，車上裝著五百顆重型地雷，足夠把整座城市掀上天。前面已卸過兩車，已分埋完畢，只剩下二十來個孩子在等著我。按規定，每人只搬一個地雷——只許搬一個——並且獨自向前走，在至少四十米的範圍內不得有其他運雷者。我負責分發，分完後，我就尾隨最後一位運雷者往前走去，這一半是因爲無聊，一半則出於好奇與友善。

他叫阿尼姆，是烏滕堡省烏爾姆人，一個典型的施瓦本❸農民子弟。施瓦本人個頭不高，但腰圓背厚，長著黨衛隊挑選者們認爲是罪過的圓腦袋和硬腦門兒，兩隻淡綠的眼睛，一頭金髮。施瓦本人被德國其餘地區的人公認爲吝嗇、記仇、戀鄉和骯髒，總之，他們與金髮奧弗涅人別無二致。不過，我倒挺喜歡這位阿尼姆，因爲他有力量，而且主要集中在雙腿上，看上去，那雙粗壯的腿與他的體重極不相稱，雙腿外表笨重，但卻步伐輕盈，一蹦一跳，彷彿爲腳步如此輕鬆而感到高興似的。

然而這一次，烏爾姆的阿尼姆失去了平地生風的步子，他右手提著深重的死亡之碟——這個鐵

譯註❸：施瓦本：德國南部一地區名。

甲封閉的圓餅壓得他身體歪向左側——另一條空手的胳膊直直的，在空中呈水平狀擺動著。他邁著碎步向前走去，我從後面攆上去，暗自想幫他一把，儘管這樣做是違反命令的。走出百米後，他停了下來，重新將又細又鋒利的地雷把手上墊手的破布裹好，換了一隻手拿著，又小步走了起來，步子比剛才還急促，右胳膊在空中晃蕩。然後，他又停了下來，忽然看見了我，朝我笑了笑，鼓了一下腮幫表示累了。最後，他採用了一種無疑是更省勁的搬運技術，但完全違反了教官所教的布雷和排雷規程。只見他兩手托在地雷下端，將它抱起，緊貼在腹部，上身微微往後傾。他又停息了兩次，這樣，我離他就更近了，當地雷爆炸時，我離他只有十來米的距離。

我什麼也沒聽見，只看到那孩子行走的地方燃起一團白色火光，緊接著，一陣耀眼的風暴將我橫掃在地，一陣氣化的血雨淋了我一身。有一陣，我恐怕已不省人事，只記得有人圍上來，很快將我抬走。當時的情景似乎難以想像。在醫務所，大家見我毫髮未損，甚爲驚奇。我從頭到腳像穿了一件血衣，可卻沒有一滴血是從我自己身上流出來的。原來是阿尼姆被氣化成紅血球霧，染了我一身血。

這次野蠻的洗禮發生在爲赫爾默特守靈後不久，它把我變成了另外一個人。

一輪鮮紅的大太陽在我面前突然升起。這輪太陽是個孩子。

一陣朱紅色的龍捲風將我拋入塵埃之中，猶如索勒❹在大馬士革的路上被光芒擊倒在地。這陣龍捲風是個年輕的男孩。

一陣鮮紅色的颶風將我的臉埋進了泥土之中，如同授神品的大主教陛下使年輕的教士激動得像被釘子釘在地上一般，一動不動。這陣颶風是卡爾騰堡的一個小男孩。

一件紫金色大衣壓在了我的肩頭，不堪重負，表明了我這位檑木王的尊嚴。這件大衣，就是施瓦本人阿尼姆。

E.S.

其實我早就恢復了元氣，但還賴在納塔太太那雙鎭痛的手中不想離去，原因不得而知。細細想來，很奇怪我竟沒有早點來這地下室看看，現在這裡成了醫務所，一股甜蜜又嗆人的乙醚味令我激動異常。綻開的皮肉，受傷的肉體較之完好無損的肉體更具有肉體的本質。它有其潔淨的衣裝，那些繃帶就像破譯密碼的格子，比普通的服裝更意味深長。這種焦慮中混雜著迷醉的氣氛，一下將我帶回到聖克里斯多夫中學的醫務室，想當初，佩爾納爾讓我用嘴給他舔受傷的膝蓋之後，我曾在醫務室裡住過一段時期。

上帝保佑，我現在身強體壯，頭腦清醒，有著足夠的承受力，可以對這一萬分痛苦而又跨度很大的人生階段做一反思。確實需要經歷這漫長的歲月，才能認清並承認自身優柔寡斷、怯懦害羞的本質。但是我們應該精確一些，避免在時間上出錯：當高燒與抽搐將我擊倒在佩爾納爾面前的時候，我顯然，還沒想到過要去分析一下我自己的狀況。我總是過分貼近地經歷生活中的每一件大事，難以設法拉開距離去進行評判。況且，當時要是那樣做了，那我所經受的極度痛苦足以說明我的神經系統已經徹底垮掉。幸好後來我在校醫務室休息了很長時間——也許有十五天——這段時間本該打開我的眼睛，然而某種難以名狀的恐懼卻使我固執地死閉著眼睛，害怕過分了解自己。

直至今天，也只有今天，我才有力量寫出那次危機的眞相，我盡量以簡短的詞語做一說明：當我嘴唇碰到佩爾納爾傷口的嫩肉時，刺激我的是一種極度的快感，強烈得無法忍受，無論在這之前，還是在這之後，我都沒有領受過比這更爲深刻、更爲殘酷的灼熱感覺，那是給人快意的灼熱感。我那尚還封存著柔情的純潔機體，自然經受不住這電擊般的刺激。

譯註❹：索勒：《聖經》裡以色列人的第一代國王。

至於後來在醫務所度過的日子，可以說是重新經受那無法忍受的考驗，只是有了緩衝淡化，有所減輕罷了。那股甜絲絲的乙醚味，實在說不清道不明。它碰到東西就沾，甚至滲透到食物之中，使我沉浸在輕飄飄的迷醉狀態，幸福中夾雜著不安。然而，對我最有吸引力的是包敷傷口，我總是貪婪而好奇地觀看著揭繃帶的情景，先是揭去膠帶，然後除掉棉塞，最後取下敷料紗布，露出傷口的眞實面目，四周的皮膚白白的，彷彿印有凹凸條紋。就這樣我度過了一個個令人激動、令人耀眼的瘋狂時刻。對我來說，包上一塊魚膠硬膏，再呈十字形貼上兩條氧化鋅膠布，遠比最令人眼花繚亂的衣飾更讓人心動。至於傷口本身，其形狀大小、深淺程度甚至癒合的過程，無不給我的慾念提供食糧，比純粹的裸體提供的食糧要豐富得多，也更出人意外，不管那裸體多麼誘人！傷口癒合的不同階段的標誌就是痂蓋：它們有時被揭去，又裸露出新的傷口，鮮血在那裡重新凝固；有時則自動脫落，露出紅裡透白的新長的皮膚。連各種消毒劑也無不給傷口增添一種矯飾逗人的外表。在雙氧水留下的乳白色水跡上，一經塗抹，便產生了奇妙的化妝效果，宛若一朵散沫花。然而，任何東西都無法與一種新藥品——因無痛感而被懷疑爲無效藥物——的刺眼的紅色相媲美，那就是紅汞。當然，有的傷口也像薄唇的嘴巴，線條樸實嚴峻，但爲數極少。大部分傷口瀉著笑意，扮著怪相，濃妝艷抹，如同妓女的嘴臉。

E.S. 今天早晨，四百名孩子全都集結在城堡前的場地上，排著密密麻麻的隊伍。他們剛做完操練的準備工作。儘管寒風刺骨，可他們身上只穿一條黑色短運動褲，光著上身，露著雙腿。拉費森必須在十一點趕到約翰尼斯堡司令部，他藏著軍帽、緊束腰帶，腳蹬皮靴，架著單片眼鏡，將馬鞭夾在肋下，急匆匆地走了過來。啊，瞧他全身披甲，金龜子似的站在這群手無寸鐵的無辜孩童面前的模樣，我便明白了幾分——此刻，他的靈魂已被邪惡的念頭死死勾住！只聽他一聲號令，隊列便像多米諾骨牌般地向前倒去，只見一大片人體富有規則地臥倒在地，恰似收割者身後的一把把麥子或牧草。這時，他往這一個個人體中走去，可他不是在人體之間落腳，卻偏要踏在人體之上。兩只皮靴毫無顧忌地踐踏著這個由人體編織成的地毯，隨意地從孩子們的手、屁股或後頸上踩過去。他甚至在這些被『砍倒』在地的孩子中央停下腳步，叉開兩腿，把馬鞭夾在胳膊下，點起一支雪茄……

你以魔鬼的本能，準確地找到了反負載之舉的方式，爲此，基爾的斯特凡，我要向你宣告，殘酷的死神時刻就要降臨！

他們來自愛沙尼亞的雷爾瓦和佩爾瑙、拉脫維亞的里加和利巴烏，以及立陶宛的梅梅爾和科烏諾，不像其他難民那麼引人注目，因爲他們主要是在夜間遷徙，由黨衛軍負責押送，所到之處，被黨衛軍掃蕩一空。一位老農婦看見他們在月光下像鬼魂似地靜悄悄走過，說是面對盜墓的敵人，而東方墓地的死人從墳地裡爬了出來，匆匆逃跑了。另外一些目擊者說，他們光光的腦袋下面長著一張骷髏似的臉，身子搖搖晃晃，儼然是支撐著睡衣的木頭衣架，還說什麼他們常常被鐵鏈扣在一起。要是他們中間哪一個再也沒有一點力氣、癱倒在地時，離得最近的一個押送隊員就會朝他的脖子上砰地一槍，結束他的生命；因此，這種神祕大遷徙的身後留下了一具具屍體。

紅軍到來之前，勢必要轉移那些死亡工廠、礦井、採石場、猶太人居住區或東部集中營裡的人，迪弗熱還沒碰到過一支從這些地方轉移出來的隊伍。可是有一天，他去北方昂格爾堡辦事，途中，他勒住藍柏爾柏馬，發現路邊的壕溝中有一具用牧羊人舊披風蓋著的軀體。這是一具人屍，分不清性別、年齡，只有左手腕刺著一個號碼，左胸前縫著一顆淡紅色的大衛星，上面清晰地顯現出一個黃色的『J』字。迪弗熱重新上馬，但只走了兩公里，又在一塊界石邊停下來，發現一只麻袋包似的東西靠在界石上。這次是一個兒童，戴著一頂帽子，帽子是用三塊氈子縫起來的。他正在呼吸，還活著。迪弗熱輕輕地搖一搖他，希望他能有所反應，但卻徒勞，他已完全麻木，彷彿瀕臨死亡。當迪弗熱把小孩抱在懷裡時，他的心不禁痙攣起來，他發現這小孩輕得不可思議，粗布包上只探出個腦袋，裡面彷彿什麼東西也沒有。迪弗熱重新踏上了去卡爾騰堡的路，離城堡還有二十多公里；他希望在天亮之前回到那裡。

果然，在一個小時之後，極北的夜色泛出微明，閃爍的光亮和神祕的氣氛籠罩著迪弗熱。藍柏爾柏馬邁著寧靜而勻稱的步子向前走著，路面上的冰塊在鐵蹄從容不迫的擊打下紛紛開裂，化成一顆顆星星。迪弗熱不像往日狩獵時滿載而歸時那樣，手抱滿頭金髮的純潔獵物，風風火火地趕回卡爾騰堡。他也不再被平常那種承載的迷醉狀態所左右，難以自已地發出嚎叫與狂笑。在他頭頂上方的蒼穹中，幾顆星斗圍著北極星慢慢地轉動。大熊星座及其他星座、鹿豹座與天貓座、白羊座和海豚座、天鷹座和金牛座與諸神怪星座，如麒麟座、室女座、飛馬座和雙子座混爲一體。迪弗熱向前走著，莊重而緩慢，隱隱約約地感覺到他正在完成承載天體的第一步，開創了一個嶄新的紀元。在他肥大的大衣之下，標著星記的孩子不時顫動著嘴唇，用一種未知的語言吐出幾個字。

城堡屋頂蓋的瓦片大都不太合縫，給成群的夜鳥提供了通道。可是在城堡頂樓的一角，有一間隔開的小屋，那是熱水管和排氣管的集散點，裡面若點上一個小油爐，就可以保持暖房那樣的溫度。迪弗熱在雜物堆裡隨便找了一張行軍床，安放在小屋裡，將孩子安置在床上，然後下樓來到廚房，做了碗牛奶麵糊端上樓，想方設法讓那孩子吃，可白費力氣。

此後，他除了要在城堡內外忙碌，還要在這間塞滿破爛卻很溫暖的小屋裡做出種種努力，設法使遍體鱗傷的埃弗拉伊姆獲得新生。這孩子的年齡根本無法確定，可以說他八歲，也可以說他十五歲，或者在這兩者之間的任何一個歲數，而且他的身體的極度虛弱與智力的過早成熟形成鮮明的對比。迪弗熱在醫務室找到了一塊除蟲菊皂，用藥皂輕輕地擦洗埃弗拉伊姆的腦袋，只見他頭上的頭髮、虱卵和痂蓋黏在一起，像是罩著一頂帽子，臭不可聞。但令迪弗熱感到不安的，是這個骨瘦如柴的身體染上了痢疾，劇烈的腸絞痛使他身體亂扭，在迪弗熱放在他身下的便盆裡排出夾帶有血絲的淡白色糞便。他一個勁地要水喝，一喝就是很多，強烈的乾渴無法抗拒，迪弗熱不在時，他就自己爬到閣樓裡一個碩大的銅製水龍頭上去喝水，水龍頭四周擺放著管子、斧頭、噴嘴、水桶等一套消防設備。喝完水，他倒頭就睡，可常被噩夢驚醒，夢見他在與一些看不見的敵人搏鬥。為了不引起別人注意，迪弗熱在自己的屋子裡安裝了一個小灶，為他那位病人熬肉汁或做菜湯。

兩天後，孩子才開始跟他說話。他說的是一種夾雜著希伯來語、立陶宛語和波蘭語詞匯的意第緒語。迪弗熱只能聽懂其中一些源於德語的音素。但是，他們有大量的時間，也有無窮的耐心，總可以達到互相理解；當孩子那張淨是脫皮、只見兩隻黑色大眼睛的瘦臉轉向迪弗熱時，迪弗熱便側耳傾心地細聽，因為他看到正慢慢在建立起的一個新世界，以驚人的忠實性反照出他的世界，將其中符號全都改變了方向。

他發現，在以戰爭為中心的瘋狂的德國，集中營系統形成了一個地下世界——除偶然情況外——與地上那個活人世界沒有任何聯繫。在被德國國防軍佔領的歐洲——但主要是在德國、奧地利和波蘭——數以千計的村莊、小寨或村鎮，組成了一幅意味著國家的地獄版圖，擁有其聖地、首府、地方行政機構、通訊網絡及火車編組中心。希爾梅克、納茨維萊、達豪、新加默、貝爾根-貝爾森、布亨瓦爾德、奧拉寧堡、特裡錫恩斯塔德、毛特豪森、斯圖索夫、羅茲、拉文斯布呂克……在埃弗拉伊姆的嘴中，這些地名具有方位標的價值，在這個黑暗的世界上，他最熟悉的就是這些地方。但它們還沒有奧斯威辛那般黑暗。奧斯威辛在波蘭境內，位於卡托維采東南三十公里處，德國人叫它奧斯維茨，那是個邪惡的渣滓洞，是個卑鄙、痛苦與死亡的大都會，歐洲各地的運屍車全都開往那裡。埃弗拉伊姆很小的時候就到了那兒，差不多可以說是在那裡出生的，他似乎為自己能在這樣一個魔窟中長大而感到幾分自豪，在集中營囚犯們的眼中，這個魔窟擁有葬身之地的威望。德國國防軍入侵愛沙尼亞不久，他和他的父母於一九四一年七月被特別機關逮捕，被直接送到了奧斯威辛。他們是用裝動物的車運來的，只記得下車時，灰暗的空中飄著一顆顆氣球，用繩子繫著，像紅腸似的被串成一串。黨衛軍們用大棒驅趕著牲畜似的囚犯們往前走，然後是沖洗身子、剪髮、消毒，再命令他們在一大堆亂七八糟的破衣服中找幾件穿上，孩子們見了，一個個都高興極了。

『有的孩子穿上女人的衣服取樂，有的則一瘸一拐地亂跑，因為他們穿了兩隻左腳鞋或兩隻右腳鞋。眞像是在過兒童化裝節！』

埃弗拉伊姆回憶起到達時的那種滑稽場面時，忍不住咯咯地小聲笑了起來。後來，他跟父母分開了，就再也沒見到他們。他被關進了兒童監號，裡面集中關押著十六歲以下的孩子，甚至還有幾個嬰兒。一個以前當過老師的人常來給他們上課，他永遠也不會忘記有一次上課時老師給他們出的作業題目：如果萬有引力終止了，你們會怎樣呢？答案是：我們都會飛到月亮上去。每次想到這次作業，埃弗拉伊姆總忍不住發笑！有時，黨衛軍對他們還算友好，孩子們可以留頭髮。他們給了孩子們一張乒乓球桌，還給了他們一包來自加拿大的衣服。

當埃弗拉伊姆第一次說出『加拿大』這個地名時，迪弗熱便立即領悟到偉大的惡性錯位的號令剛剛發出了回聲。加拿大是他個人夢境中的一個省分，是他兒時在景教氛圍中尋找的避難所，也是他被囚禁在普魯士土地上的最初幾個月的棲身地。他要孩子作詳細解釋：

『加拿大？』埃弗拉伊姆對他如此無知感到很驚奇，回答說：『那是奧斯威辛的寶庫。你知道，囚犯們身上總是藏著最珍貴的東西，如寶石、金塊、首飾、手錶等。當他們被用煤氣毒死之後，他們的衣服以及衣袋、襯裡中所有能找到的東西都集中放在一座特別的木棚裡，大家都管這木棚叫

「加拿大」。』

迪弗熱所擁有的最祕密、最幸福的東西卻遭到了如此可怕的變形，他實在無法就此罷休，忍不住追問道：

『但是爲什麼呢？你們爲什麼把木棚叫做「加拿大」呢？』

『啊！因爲對我們來說，「加拿大」意味著財富、幸福和自由！你知道，人們常對我說：「如果你想得到幸福，就移居加拿大。你的舅公熱胡達在多倫多有一家服裝廠，他很富有，有很多孩子。」我一直夢想去加拿大。可在奧斯威辛，我找到了它。』

『加拿大還有些什麼呢？』

『有些房間裝滿衣服，還有的放著眼鏡，夾鼻鏡，甚至還有單片眼鏡。噢，還有間小屋堆滿了頭髮，都是女人的頭髮，至少得有二十公分長才有用處。有的女人想逃跑，爲了辨別女逃犯，不管她們頭髮有多長，一律在腦袋中間剪出一道縫。頭髮成車成車地運來。據說是用來爲在蘇聯的德國士兵製作毛氈鞋墊的。』

迪弗熱聽著孩子講著，腦海中不禁浮現出他自己一手拖著一口袋頭髮，另一隻手把羊腿遞給德恩太太的情景，想起了那個高大的女人，滿臉恐怖地向後退去，用頭、用手、用整個身體在說著『不，不，不』的場面。她也許早就聽說過奧斯威辛存放的頭髮，以爲要逼她到那座龐大的地獄工廠去幹活。

接著埃弗拉伊姆講起了點名的折磨，有時點名持續六個小時之久，不管天冷還是天熱，囚犯們都得一動不動地站著。迪弗熱立刻意識到這是他清點人數的儀式的惡性錯位，因爲他主持孩子們的點名儀式時總是不乏愛心。從那時起，對埃弗拉伊姆來說，集中營裡經過專門訓練、用來追捕、撕咬囚犯的短毛獵犬不過扮演了一個小小的角色，只是淡淡的一筆，旨在完善可怖的相似性，也正是這種反襯構成了他個人的地獄。相反，當他發現那些浴室實際上是些偽裝過的毒氣房時，他徹底絕望了。

『最後，』埃弗拉伊姆繼續說：『我和另外二十個孩子用一輛馬車組成了一個運輸分隊，拉車的馬就是我們！我們推著車或拉著車，順著集中營內寬闊的路飛跑。真的是在奔跑，我總是跑在最前面，把車轅推向左邊或右邊，指揮車子的前進方向。我們運送襯衣、被子和木料。我們就這樣在集中營裡到處走，可以看到一切。我親眼目睹過優勝劣汰的場面。有一次，我給一個婦女送去了胭脂，讓她塗在臉上，免得一副病懨懨的樣子。

還有個冬季的某一天，一個蓋世太保開恩，讓我們到毒氣室裡去暖和一下。這些都是假淋浴室。他們讓犯人們脫光衣服並關照他們記住衣服放在什麼地方，免得把自己衣服穿錯。他們甚至還分發了浴巾。接著，他們把男男女女盡量往裡邊塞。最後，蓋世太保們用肩猛頂，把門推上關緊。他們有時還把小孩子從人們頭頂上扔進去。淋浴的蓮蓬頭是假的，我親眼見過那上面是有小孔，但沒有眞的戳通。等放完毒氣打開門時，那場面可以想見，最強者曾經踩著弱者拚命往高處爬，以逃避從地面往上升的致命毒氣。那人呀，整個兒一堆，一直堆到天花板，下面是婦女和兒童，上面是身體最強壯的男人。』

儘管埃弗拉伊姆的年齡和他所謂的運輸分隊給他提供了種種便利，他當然不可能看到巨大的死亡城裡發生的一切。但他有耳朵可以聽，要知道，消息在集中營裡傳播得是很快的。埃弗拉伊姆知道集中營裡有一個B區，門格爾博士在那兒用囚犯做醫學實驗。埃弗拉伊姆對迪弗熱說，門格爾對雙胞胎特別感興趣，一有新的車子到，便注意下車的人，選出所有能找到的雙胞兄弟或姐妹，供他試驗。他主要的興趣在於能夠對兩個同時死亡的雙胞胎進行解剖，顯而易見，門格爾特別尋覓的這種巧合在現實中幾乎是不存在的。然而門格爾博士的手卻促成了這種巧合的發生。後來，傳說在奧斯威辛有用囚犯進行眞空致死的試驗，用以研究治療飛機高空飛行中突發性減壓造成的生理後遺症。用作試驗的囚犯被關在一個沉箱裡，這種箱子的空氣可以隨時抽空。透過沉箱的玻璃小窗，可以看到鮮血從受害者的鼻子和耳朵裡噴射而出，受害者拚命地用手指甲抓腦門上的皮膚，動作緩慢而又不可抗拒地一片片撕下整個臉上的皮膚。

迪弗熱恐懼地透過埃弗拉伊姆那深長的回憶，看到了一個地獄之城在殘酷無情地建立起來，與他在卡爾騰堡所夢想的承載之城一一對接，完全對稱。加拿大、頭髮織品、點名、短毛獵犬、雙胞胎研究、氣壓實驗，尤其是那假淋浴室，所有這些發現、發明，都反照在一面恐怖的鏡子裡，被推向了白熱化的極致，成了地獄。迪弗熱還了解到黨衛軍拚命追捕、要趕盡殺絕的兩個民族，是猶太人和茨岡人。這樣，他便發現了定居民族對遊牧民族的千年遺恨在這裡被推到了極點。猶太人和茨岡人，這兩個漂泊不定的民族，都是約伯的後裔，都是他的兄弟，無論在心靈上還是在精神上，他都感到與他們息息相通，但是，他們卻在奧斯威辛經受著腳蹬皮靴、頭戴鋼盔、用科學武裝起來的該隱的打擊，而一批批死去。迪弗熱對死亡集中營的猜斷至此便告結束了。

死亡之門飾著極富諷刺意味的門匾，上面寫著『勞動就是自由』（Ardeit macht frei），如果說對通過了這扇大門的大多數囚犯來說，奧斯威辛是個死亡終極地的話，那麼對有的人來說，它同樣也是一個中途站，把他們從這兒送到另一些集中營、工地或工廠，這完全取決於管理部門的矛盾心理，因爲管理部門既想把他們滅絕，又想盡最大能力地榨取他們的勞動力。一九四四年的春天，埃弗拉伊姆隨一車囚犯開往他的故鄉立陶宛，可途中被迫進了考納斯集中營。不過，在裡面沒待多久，因爲自八月起，蘇聯部隊步步逼近，集中營只得撤退，出現了向西南方向的逃難隊伍，而這次是靠兩隻腳。淒慘的逃難隊伍不得不從一個臨時集中營到另一個臨時集中營，最後穿越了昂格爾堡，就在這裡，迪弗熱撿到了埃弗拉伊姆。

納粹當局盡其所能地拖延往西德轉移興登堡元帥的骨灰，因爲這對東普魯士來說恐怕具有不幸的象徵意義；興登堡的骨灰原來安放在坦嫩堡陵墓，四周插著他曾指揮過的普魯士軍團的旗幟。一九四五年元月，他的骨灰終於被送走了，當時，戰局剛剛才平靜了兩個半月，蘇聯向德軍防線發動了大規模的反攻。一月十三日，一股寒潮降臨了。裝甲部隊在湖泊和沼澤地的冰上通行無阻，在三百五十門大炮的掩護下，俄軍兩個重坦克旅突破了德軍在貢比嫩和埃本羅德之間的防線，後面緊跟著十三個步兵師。羅明騰森林被包圍，一座座獵宮被燒成了廢墟。白雪覆蓋的田野和冰封的湖面上，眼睛瘋狂、長鬃蓬亂的群馬無拘無束地奔跑，只見牠們的右腿上都繫著一塊駝鹿角形的鐵牌，本地區的人們不難明白，特拉克赫南帝國種馬場的種馬已不復存在。二十七日，蘇聯人攻到柯尼斯堡城下，德軍工程兵部隊炸掉了希特勒在拉斯登堡構築的軍事掩體和『狼穴』設施。聽說在瓦爾齊恩，鐵腕總理的兒媳，老俾斯麥男爵夫人，死活也不願意離開一八六六年國王賜給薩道瓦征服者的城堡和土地。她跟一個老僕人留著不走，只要求下人在逃離之前給她挖一座墳。她用髮罩包著白髮，戴著單柄眼鏡，雖然弱不禁風，但卻勇敢地等待著『紅潮』的傾淹，她知道自己是無法逃生了。

但是，蘇軍的挺進方式不是長驅直入，然後橫掃全國，而是儘可能地各個突破，有時戰線拉到數百公里之長，因此勝利者的後方殘存著無數的小股抵抗力量。由於希特勒下達死命令，要求他們拚命抵抗，拒絕投降，所以這些抵抗力量有長期存在下去的可能。正是由於這一原因，駐紮在立陶宛的北部兵團，自一九四四年十月初與東普魯士切斷聯繫後，單靠利巴烏港的海上補給，一直堅持到了停戰。柯尼斯要塞到了四月十日才投降。當五月八日，德國國防軍全面投降之時，各地還存在著不少重要的袋形陣地，尤其在海爾半島和但澤灣東岸一線。

在這世界末日來臨的日子裡，落在各納粹政訓學校肩上的任務已有明確規定。納粹政訓學校總領導、黨衛軍中將海斯梅伊在一九四四年十月二日的通告中寫道：當敵軍打來之時，雖然政訓學校幾乎全部坐落在曠野上，孤立無援，但不得坐等軍隊的保護，必須採取一切措施，把一座座學校築成一個個獨立的抵抗堡壘。柯尼斯司令官把一隊兒童送上了前線，可頭盔尺寸成了難題，孩子們一開槍，頭盔就會震得滑落到眼睛上，進攻前分發的白酒和香煙也都換成了糖果和巧克力。不過這一切並不足為奇。

一月二十二日至二十三日的夜間，在卡爾騰堡東面的平台上，可以看到天邊火光閃耀，那是呂克城在燃燒。接著，整整兩天兩夜，一支支潰逃的部隊從卡爾騰堡的城牆下經過。幾輛戰爭初期使用的老式M—2坦克拖著四、五輛大卡車，車上載滿了傷員，馬達發出最後的喘息，在冰凍的車轍上顛簸、打滑。還有在法蘭西戰役中使用過的B.M.V三輪摩托車、車身掀了蓋的客車和蓋著篷布的馬車，而拖車的馬像熊一樣渾身長毛，每走一步，腦袋便點一下，同時喘出兩道熱氣。最後是零散的步兵，用童車推著他們的武器和行裝往前走去，仍然少不了混亂不堪的情況。拉費森覺得應該把學員們關在城堡裡，以免他們看到國防軍這種一敗塗地的場面。

接著，出現了空虛與死寂。最後，在二月一日傳來了消息，據此可在地圖上標出一條新前線，這條標線從庫爾姆到但澤，穿過卡爾騰堡西部兩百公里的格勞登茲、馬林韋爾德和馬林堡。這一來，情況已經十分明朗了，城堡與後方的聯繫已被切斷，被困在一個激戰暫時中斷的袋形戰場裡。

迪弗熱對這些插曲並不留意。他最美好的時光，是在埃弗拉伊姆身邊度過的。小孩已恢復了一點生機，一縷微弱甚至歡悅的火焰奇異地跳動著。一天，迪弗熱讓孩子騎在他肩頭，漫步登上城堡頂樓，在小圓窗奇異的映照之下，整個背景顯得宏大而駁雜。他在小圓窗前叫住那孩子，讓他觀看卡爾騰堡四周那廣袤的森林、湖泊和沼澤。埃弗拉伊姆對此產生了興趣，此後，每次見到迪弗熱，就要騎在他背上散步。

『以色列駿馬，馱我吧！』埃弗拉伊姆對他說：『讓我去看看那些樹木，我得時刻注意著解凍的日子，地一解凍，尼散月❺十五日的夜晚就快到了。』

這遊戲並非沒有危險，而且迪弗熱心裡也明白，這個佩戴著星標的孩子，待在這窩金毛『猛獸』之間，時刻都冒著極大的危險。然而，這孩子曾經歷盡地獄般的磨難，現在他再經受著威脅，已經不算什麼了。

可是，有一天晚上，『以色列駿馬』剛剛奔馳到城堡北翼，不料，迎面碰上了黨衛隊員亨德奈希特，那傢伙正上樓把幾塊床墊放在雜物間裡。雙方都愣了一下，可片刻之後，迪弗熱不及將孩子放下，便一把抓住黨衛隊員作戰服的翻領，將他拎起來，頂在牆上。麻布軍服像鐵鉗一樣夾住了黨衛隊員的胸脯，綳得他肋骨喀喀作響。黨衛隊員漸漸無力招架，扭曲的面孔變成了藍色。這時，埃弗拉伊姆突然尖叫起來，揮起兩個小拳頭直擂他『坐騎』的腦袋，一邊在他肩頭猛地蹬腳。迪弗熱已因恐懼和憤怒失去了理智，完全聽任孩子踢打，可孩子亂掙亂扭，結果身子向後一仰，滾落在地板上，蜷縮成一團，神經質地抽噎著。這一下，迪弗熱鬆開靠著牆、像隻海豹似的直喘粗氣的『獵物』，跪到小孩身邊。

『比希摩特❻，不要殺他！』孩子抽泣著說道：『上帝的士兵就要來解放以色列人民了，可你不要殺人，不，別殺！我向你發誓，他什麼也不會說出去的！』

迪弗熱不再理會那個黨衛隊員，抱起孩子回到那間破房子裡。埃弗拉伊姆也許是對的，但這風險確實很大。這是第一次在緊急關頭，埃弗拉伊姆將自己的意志強加給這個法國人。迪弗熱毫不懷疑，在被他保護的人面前，他今後將做出越來越大的讓步。他甘願如此，因爲他感到，這孩子比他更加受到命運的支配。可是他很想知道，究竟誰是比希摩特，孩子爲什麼給他起了這樣一個名字。

第二天，他就問了那個小孩。

『這是因爲你力大無比，以色列駿馬，』小孩回答道：『有一天，上帝從暴風中對約伯說：

「看那比希摩特吧，
我創造了你，也創遣了他，
他食草爲生，像牛一般。
看哪，他的力氣就在腰間，
他的尾巴像雪松一樣堅立，
肋間肌肉中藏著他的強健！
他那大腿的筋啊，結成堅固的一簇。
他的骨頭好像銅管，
他的肋條彷彿鐵杆，
這是上帝的傑作。
創造者賜他利劍。
群山爲他長出青草，
身邊有遊玩的百獸擁繞。

譯註❺：爲猶太教曆的一個月份，尼散月十五日晚，逾越節活動開始。
譯註❻：比希摩特：《舊約．約伯記》（見第四十章十八節）中講的怪獸，狀似河馬，『肢體像鐵棍』。

他在蓮葉下安眠，
潛伏在長滿蘆葦的池沼。
睡蓮爲他遮蔭，
垂柳將他環抱……』❼

埃弗拉伊姆曾在猶太教唱詩班裡吟誦過這些《約伯記》中的詩句。他背完詩之後，發出一陣精靈般的笑聲。

迪弗熱──他腦子裡立即閃現出楷木王潛伏在長滿蘆葦的池沼中的情景──讚歎孩子對自己的上帝最終的勝利如此深信不疑。他靠近孩子，彷彿在靠近熊熊燃燒的火爐，以讓自己處在孩子那先知般的光輝照耀之下。一天，自來水突然斷了，原來本地的蓄水池閘門被炸彈炸毀了。後來，水管裡又有了涓涓細流，卻是紅色的，水槽、水盆裡留下來一道紅色的鏽跡。埃弗拉伊姆並不感到驚異；埃及蒙受第一次災難時，全國的水不就全變成了血嗎？『時機成熟了，』他重複說道：『解放的日子就要來臨了。』

三月底，氣溫驟然升高。一場暴風雨橫掃整個地區，風捲著大批的椋鳥、鴴和鳳頭麥雞漫天亂飛，解凍的湖中掀起狂濤，淹沒了處在低窪地帶的村鎮的街道。隨後，風勢減弱了，可以看見一群群野天鵝排成人字形從高空中飛過。防空高炮隊的孩子們情不自禁地瞄準飛過射擊場的活靶子開炮。一發炮彈在密集的鳥群中炸開，鳥群頓時在紛飛的羽雲中四散，炮手們大聲歡呼。

拉費森爲大地早早解凍而暗自慶幸，因爲有可能因此而延遲蘇聯人發動的進攻。當晚，一切又都重新恢復了平靜，植物在發芽，空氣中充滿了清新的氣味，在這夜中，人們第一次聽到了遠處，俄國坦克的履帶發出的清晰、刺耳又可怖的喀喀響聲。即使有人還不相信，可懷疑會馬上被打消：一個青年農民，驃騎一匹特拉克赫南種馬場的栗色馬趕來，只見他赤腳帶著馬刺，顯得古裡古怪的。他是從阿雷西趕來的，那是十幾公里外的一個大鎮，居民幾乎全撤光了，只剩下他和幾個老年人還有一些牲口，三小時以前，蘇聯人佔領了阿雷西鎮，恐怕他們隨後就會打來。拉費森立即命令佔據預先選定的一切制高點。年輕炮手們以班或分隊爲單位執行任務。

如果坦克履帶不絕的合奏還能給人的精神留一點緩衝時間的話，那麼等待可就顯得漫長了。終於，晦暗的暮色裡，兩輛坦克出現在斜坡上，燈也不開，往城堡的高牆駛來。這是T—三四型坦克，這些『厚皮動物』是由西伯利亞農夫製造的，粗糙無比：裝甲沒有按尺寸裝配好，邊上佈滿了拇指大小的毛口，履帶寬大得像張滾動的地毯，車體低矮，呈流線形。可這些笨重的戰車對寒冷和泥濘毫不在乎，從亞洲邊界一直開到這裡，將希特勒的裝甲師團碾碎在履帶之下。

坦克停下來，打開車燈，掃向城堡的高牆，高牆毫無反應。坦克後面緊跟著的是一輛小型兩棲軍需車，這是美國貨，這種車在湖沼遍布的地區很受青睞。車上下來一個軍官，逕自走到坦克前站住，他的身影在幾束燈光的映照下，十分醒目。只見他手中拿著一個麥克風。這是尼古拉·季米特列耶夫中尉，他是參加過史達林格勒戰役的老兵，在明斯克前線得過勳章，他的蠻勇和運氣使他在士兵和戰友之間成爲傳奇式人物。他把那個電『漏斗』伸到嘴邊，帶著烏克蘭人的大舌音，用德語喊了幾句話。

譯註❼：參見《舊約·約伯記》第四十章，高思聖經學會的譯文爲：『且看河馬，牠同你都是我造成的，牠像牛一樣吃草。牠的精力全在腰部，牠的力量是在腹部的肌肉；牠挺起尾巴好像香柏，大腿上的筋連結在一起；牠的脊骨好似銅管，牠的骨骸有如鐵杠。牠是天主的傑作，造牠者賜給了牠利刃。群山供給牠食物，百獸在那裡同牠遊戲。牠臥在蓮葉之下，躺在蘆葦和沼澤深處；蓮葉的蔭影遮蔽著牠，溪邊的楊柳掩護著牠。』

『我沒帶武器！我們知道這兒有孩子。投降吧！你們不會受到任何傷害。請打開門……』

城堡的一座側塔中射出一串子彈，打斷了他的喊話。麥克風在雪地中滾動，季米特列耶夫雙手捂著前胸。由於坦克關掉了燈，沒人看見他倒下。黑暗旋即又被火箭彈的閃光劃破，一發發火箭彈猛地射向坦克。狄塞爾柴油發動機轟鳴起來，兩隻怪物慌忙開始撤退。可是其中一輛已被炸斷了履帶，它猛地打了一個偏轉，正撞在另一輛坦克上，發出一聲沉重的金屬撞擊聲，隨即一動不動了，像兩隻鬥牛在頂角。一陣彈雨削平了坦克表面的一切突起部分，一股股濃煙從坦克兩側噴出。半小時的短暫平靜之後，一門一五五毫米火炮開始向城堡直射，雷鳴般的轟響震動了空氣，緊接著奏響了清脆的音樂，整座建築的玻璃全都炸碎震飛。片刻之後，從更遠處傳來了高炮中隊的怒吼，那大炮恐怕正在縱射擠滿了俄軍的施朗根弗里埃斯的公路。

拉費森無意死守城堡。他早就考慮過，一交上火之後，便立即後撤，然後集中火力，攻擊撲進入口或缺口的蘇聯裝甲部隊。然而，這些盤算中缺少了一個主要依據：對進攻者火力的估計。來敵炮火兇猛，攻克了部分舊牆，使他大吃一驚。進攻者並不是要打開一個有限的、很容易堵上的缺口，而是要將堡壘全部摧毀，將基石上的工事牆整面整面地轟倒。一小時後，兩挺重機槍增到了八挺，架在帶平台的卡車上，以倉庫為掩護，火力攻佔城堡正面的所有門窗，同時，榴彈炮小分隊——是防坦克火箭的蹩腳靶子——分散在建築四周。防禦陣地就要守不住了。被圍者只剩下一條出路：設法和分散在圍牆外的輕步兵分隊會合，那些人負責以不斷變幻的攻擊位置，神出鬼沒地騷擾來敵的裝甲車及機動大炮。

迪弗熱剛剛脫下華麗的、卡爾騰堡主人的衣服，換上那件印著K.G.兩個字母的法軍戰俘囚衣，迫擊炮彈便開始雨點般地落在屋頂。他匆匆登上頂樓，經過拐角小屋時所瞥見的情景，促使他加快了腳步。小屋的門已被炸碎，三個少年學員橫七豎八地趴在一挺輕機槍架上，槍口還指著黑漆漆的矩形窗口。一間倉庫裡儲存的床墊正散發著濃重嗆人的黑煙，雖然屋頂已朝著滿天的星斗開了個大窟窿，黑煙仍然在地上瀰漫。迪弗熱衝進了埃弗拉伊姆的破房子。

猶太兒童正坐在屋子裡一張搖搖晃晃的小桌旁，桌上鋪了一塊長方形的白布。他在桌上擺上了幾片麵包，一根羊骨頭，一些青草和一杯摻了葡萄酒而發紅的水。

『埃弗拉伊姆，必須離開這兒，』他進屋就喊：『蘇聯人攻破堡壘了！』

『尼散月十五日的夜和其他夜晚有什麼不同呢？』埃弗拉伊姆嚴肅地問道。

『快走，一分鐘也不能再耽誤了！』

『比希摩特，上帝的傑作，回答我的問題：「那一夜，我們出了埃及。」這一夜和其他夜晚有什麼不同呢？』

『那一夜，我們出了埃及。』迪弗熱被問住了，他重複著。

可是大地一陣抖動，腳下的地板直晃。一些泥灰從天花板上雨點般地落下來。

『跟我來，埃弗拉伊姆，該走了！』

『好，我們馬上就走，』小孩挪開了小桌子，說道：『上帝的士兵正在擊殺埃及人的長子，可他們會保佑我們逃走的。就算你不願意跟我一起坐在逾越節的家宴的桌邊，起碼也得讓我背誦一遍哈迦達❽開頭的詩句吧！』

他凝神端坐，嘴唇開始翕動。又傳來幾顆榴彈的爆炸聲，接下來是一片比炮聲更令人心焦的死寂。迪弗熱等得不耐煩了。

譯註❽：哈迦達：希伯來語 hagadar 的音譯，爲猶太教用來解釋聖經的詩文。

『你的哈迦達，坐到我肩頭上繼續背好了！來，快跨上以色列駿馬！』他跪到小孩身邊，下了命令。

他彎下腰向外走，好讓騎在他肩上的小孩出門。可是，正要離開那間破房子，突然劈哩啪啦的手提式衝鋒槍四處響成一片，防空炮隊卻依然悄無聲息，彷彿表明已向城堡發起了衝鋒。迪弗熱不得不往回走，因爲城堡的整個左翼已成一片火海。必須從中央樓梯下樓，冒險通過廝殺聲不斷傳來的主樓。迪弗熱每走一步，都能看到戰死的少年學員，這兒一個，那兒一堆，有的全身沒有任何傷痕，像睡著了一般——他痛苦地想到了古代的催眠場——有的卻殘肢斷臂，已無法辨認。外面傳來高叫的俄語命令和手槍聲，迪弗熱急忙又上了一層樓。一扇小門大開著，那是校長的辦公室。他馬上跑了進去。朝向劍台的窗子大開著，使得屋子深處好像開了一個大窟窿。迪弗熱靠在掛氈上，積攢著力氣。就在這一刻，響起了那聲呼喊。迪弗熱立即就聽出來了，而且他知道，這是他生平第一次絕對清楚地聽到了它。這是用婉轉的喉音發出的悠揚的哀鳴，充滿了和聲，有的和聲帶著一種奇怪的喜悅，有的則含著難熬的痛苦。從迪弗熱在聖克里斯多夫中學冰冷的過道中度過的苦難童年時代起，這聲呼喊就不停地縈繞在他的耳畔，直到在羅明騰森林中回響，向死去的巨鹿致哀。剛才，在劍台上，響起了這聲非凡的歌唱，無比清晰，以前那些或遠或近的回聲，無不在摸索著向他靠近。他知道，他第一次聽到了懸於生死之間的那一聲呼喊的原聲，這就是他命運的本音。而且，又一次地——如同遇到法國戰俘撤退的那天一樣，可這次卻帶著無比的折服力——夾在裹屍布般的泥炭層中的榿木王，那張平靜、虛靈的面容浮現在他的腦海中，彷彿是他最後的救星，最後的生路。

『你聽見了嗎？』他說：『我覺得好像劍台上有個垂死的人在噓氣。你看見什麼了嗎？』

埃弗拉伊姆俯身勉強看見了劍台的欄杆，他說借著炸彈爆炸不斷閃現的暗淡亮光，他看到了三把劍。對，三把劍，可它們都帶著濃重的暗影，彷彿變成了三根旗杆，掛著打著黑褶的、沉重的錦旋。

他重又走向主樓梯，快到二樓平台時，附近突然響起槍聲，他趕緊躲進牆角。幾個蘇聯士兵——他第一次看見蘇聯士兵——推著一個人走了過來。那人踉踉蹌蹌，一頭倒在地上，被猛地踢了幾腳又爬了起來。他們用力一推，他跌跌撞撞朝這邊走來，面孔一時正對著迪弗熱，迪弗熱這下看清了那張浮腫的臉，一隻眼睛已被打瞎，面頰上流著血紅而又透明的液體。他認出了拉費森。黨衛隊員又一次撲倒在地，他想用手抓住樓梯扶手重新起來。但他終究跪了起來，這時，一個蘇聯士兵用手槍槍管頂住他的腦袋。一聲悶響，拉費森的整個腦袋被掀起，向前拋去，撞在了扶手牆上遂又反彈回來。死屍順著樓梯滑下去。此時，迪弗熱抓住埃弗拉伊姆兩個瘦小的膝蓋用力向前拉，他讓自己的頭深夾在小孩兩腿之間，彷彿想讓小孩放心，他一定會保護好他的。然而，他童年的一句話回響在心頭：其唯一目的在於在遭受海難時，孩子的無辜可以作他的擔保和依靠，保證他獲得上帝的恩賜，將他拯救。

現在樓梯是過不去了。他被迫再一次上樓，也許可以到小教堂裡去，藏在巨大的平台上。迪弗熱從來不多考慮什麼。他總是根據當時的緊急情況本能地採取行動。小教堂屋頂的一部分已被炸塌了，可是通向大平台的門依舊大開著。迪弗熱急忙衝了進去。他跑了幾步，可是面前的情形不禁使他呆住了，一動不動。

一層潔白無瑕的雪覆蓋著平台上的石板。雖然已經解凍，這兒的雪還沒有融化。欄杆也是雪白的，只有三柄劍下方沾上了大片的紅色，彷彿有人在每柄劍旁扔了一件鮮紅的披風。哈奧、哈洛和洛塔爾三人都站在那兒。棕紅頭髮的孿生兄弟像忠誠的戰友一樣，守在白髮小孩的兩邊，大睜的雙眼凝望著茫茫虛無，利劍從肛門處刺穿了他們的整個身體，他們的傷口卻各不相同。劍從哈奧左肩胛骨穿出，只見他呈斜立姿勢，彷彿抬起一個膝蓋，頭側向一邊，似乎想要竭力站穩的樣子。一絲已凝結的血跡在夜風中顫抖，將欄杆和他的一隻像得過破傷風攣縮般的腳趾連在一起。哈洛的頭歪向右側，彷彿微微偏向洛塔爾一邊：這是由於利刃從他喉管左側穿出，一直刺到耳朵。他雙拳緊握，兩膝微屈，一副想要全力躍向天空的姿勢。洛塔爾頭向後仰，他咧開嘴咬著衝開了他牙關的劍尖。他是從下往上被利劍垂直刺穿的，他雙腿並攏，兩手下垂，像是完美的劍鞘，護著刺穿了他身體的利刃。星星隱沒了，殉難的兒童屹立在黑暗的天幕之下。『尖頭樁形三侍從黑頂銀色紋章。』迪弗熱喃喃地說道。

一枚炸彈炸毀了小教堂，震得平台直顫，碎石亂瓦雨點般打在迪弗熱和埃弗拉伊姆身上。

『埃弗拉伊姆，我眼鏡掉了，幾乎什麼也看不見了。你給我指路！』迪弗熱說。

『沒事兒，以色列駿馬，我揪住你的耳朵，給你指路！』

一串曳光彈劃破夜空，像一顆顆火球落在樹上。

『埃弗拉伊姆，我看見黑暗的天空中有一個拳頭。它緊握著，裡面噴出了血來。』

『我們走吧！比希摩特，我覺得你 meschugge ❾了。』

『埃弗拉伊姆，《聖經》上不是說他的頭髮純白如雪，他的雙眼好似火焰，他的雙腿有如爐中燒紅的青銅，而且有一柄雙鋒劍從他口中吐出嗎？』

『比希摩特，你要再不轉身，我就揪掉你的耳朵！』

迪弗熱乖乖地服從了。自此刻起，在這個佩戴星標的小孩雙腿和雙手緊夾之中，他反倒成了一個小孩了。走出不到十米，他們就被一群蘇聯士兵擋住，手提式衝鋒槍對準了他們。埃弗拉伊姆連忙用假嗓子大喊：『Voïna Prani! Franzouski prani!』❿蘇聯人一聽，才往後退去，給肩上馱著孩子的人讓開了一條路。

古堡中的戰鬥已經結束，只有城堡右翼和阿特拉斯塔樓看上去還完好無損，可蘇聯人不得不派出小分隊去一一地殲滅分散在城堡四周樹林和沼澤中的納粹政訓學校的學員分隊。槍聲越來越遠了。迪弗熱沿著被燒毀的建築走去，走過了獵狗圈，柵欄裡十一條被衝鋒槍打死的短毛獵犬構成了卡爾騰堡最後的狩獵圖。他踏上了去施朗根弗里埃斯的大路，恍惚中被引向了救難的西方。他彷彿落進了汪洋大海，本能地向前游去，但並不抱任何得救的希望。他做出了也許可以使他得救的一切，但從不相信他眞的會得救。在施朗根弗里埃斯，火光亮如白晝，燃燒的房屋像一把把火炬，閃爍著火光的煙柱直衝雲霄。穿過施朗根弗里埃斯後，黑暗重又在他周圍合攏，他又走了幾分鐘，更是什麼也看不清了。忽然，埃弗拉伊姆猛扯他的耳朵。

『停下！比希摩特，你聽！』

他停下了腳步，側耳細聽。靜夜裡，一列坦克前進中發出的多重的金屬聲正朝他們逼近。前方一公里處，一枚紅紅的火箭呼嘯著在黑暗中劃出了一道曲線。幾乎同時，一發發炮彈怒吼著飛出，在公路上開了花。看來，高炮中隊並沒有被殲滅，他們正在回答輕步兵分隊的信號。

『必須離開公路，』埃弗拉伊姆做出了決定，『你向左去，走荒野，我們繞過坦克縱隊。』

迪弗熱沒有爭辯，逕自向左側斜坡走去，踏入泥濘、淹沒腳踝的雪堆，感到腳下的土地十分鬆軟，似乎是觸到了蕨類植物。一棵小灌木劃破了他的臉，這一來，他便像盲人一樣，伸直雙手向前走去。就這樣，他走了很久很久，直到公路上的爆炸聲漸漸消失了，耳邊只剩下一片隱約而急驟的颯颯聲。慢慢地，他腳下的泥土變得像海綿一樣，極有吸力。每走一步，都得用力拔腳。後來，他的雙手觸到了一棵小樹的枝幹，認出了是棵沼澤地的黑榿木。他想停下腳步，轉過身去，但是肩頭

譯註❾：德語，意爲『發瘋』。
譯註❿：用法文記錄的俄語發音。意爲：戰俘，法國戰俘。

上有一股無法抗拒的力量在推動著他。隨著他的雙腳在半透明的水窪地裡越陷越深，他感到小孩——本來是那樣的瘦削，那樣的蒼白——竟像鉛塊一樣重壓在他的身上。他向前走著，淤泥沿著他的雙腿不斷上升，每前進一步，他身上的負擔就沉重一分。此刻，淤泥擠壓著他的腹部，壓迫著他的胸膛，他必須以超人的力量才能克服這一黏性的阻力，可他依然堅韌不拔，因爲他知道這樣都是正常的。他最後一次朝埃弗拉伊姆仰起頭，只看見一顆六角的金星在黑暗的夜空中悠悠地轉動。

——全文完——

2003.7.10.

國家圖書館出版品預行編目資料

左手的記憶 / 米歇爾・圖尼埃著；許鈞譯 -- 初版. -- 臺北市：皇冠,2003 〔民92〕 面；公分. --（皇冠叢書；第3279種）(Classic；45)
譯自：Le Roi des Aulnes
ISBN 957-33-1964-0（平裝）
876.57　　92008189

皇冠叢書第3279種
CLASSIC 45

左手的記憶
Le Roi des Aulnes

作　　者—米歇爾・圖尼埃
譯　　者—許鈞
發 行 人—平鑫濤
出版發行—皇冠文化出版有限公司
　　　　　台北市敦化北路120巷50號
　　　　　電話◎2716-8888
　　　　　郵撥帳號◎1526151~6號
香港星馬—皇冠出版社(香港)有限公司
總 代 理　香港灣仔告士打道80號16樓
　　　　　電話◎2529-1778　傳真◎2527-0904
出版統籌—盧春旭　版權負責—莊靜君
編務統籌—孟繁珍　外文編輯—簡伊玲
美術設計—李顯寧　行銷企劃—黃俊隆
校　　對—王曦瀛・黃素芬・陳秀雲・孟繁珍
印　　務—張芸嘉・林佳燕
著作完成日期—1970年
初版一刷日期—2003年6月

法律顧問—王惠光律師

讀者服務傳真專線◎02-27150507
皇冠文化集團網址◎http://www.crown.com.tw
電腦編號◎044045
國際書碼◎ISBN 957-33-1964-0
Printed in Taiwan
本書定價◎新台幣350元／港幣117元